P. G. Wodehouse

Jeeves wirkt Wunder

Roman

Aus dem Englischen von Thomas Schlachter

Edition Epoca

Titel der englischen Originalausgabe:
»The Mating Season«
Englische Erstausgabe 1949
© Copyright by The Trustees of the Wodehouse Estate

Eine frühere Übersetzung von Harald Raykowski erschien 1986 unter dem Titel
»Das höchste der Gefühle« bei dtv.

Die Drucklegung erfolgt mit freundlicher Unterstützung der
»Gesellschaft zur Förderung gehobener englischer
Unterhaltungsliteratur, insbesondere der Werke von P. G. Wodehouse«.

1. Auflage, Oktober 2011
© Copyright by Edition Epoca AG Bern
Alle deutschsprachigen Rechte vorbehalten

Konzept: Tatiana Wagenbach-Stephan, Zürich
Satz: Barbara Herrmann, Freiburg i. Brsg.
Einband: Monique Stadler-Schaad, Winterthur
Druck und Bindung: fgb · freiburger graphische betriebe
ISBN: 978-3-905513-55-4

1. Kapitel

Auch wenn ich nicht direkt behaupten will, mir sei »bang ums Herz« gewesen, muß ich doch gestehen, daß ich am Vorabend meines Zwangsaufenthalts in Deverill Hall an einem markanten Frohsinnsmanko litt. Mich schauderte beim Gedanken, in einem Hauswesen zu landen, das auf Du und Du mit einem Schlagetot wie meiner Tante Agatha stand, denn ich fühlte mich bereits stark angeschlagen, da ich in den vergangenen drei Tagen Tante Agathas Sohn Thomas am Hals gehabt hatte, einen unserer führenden Satansbraten in Menschengestalt.

Hiervon machte ich nun Jeeves Mitteilung, und dieser bestätigte, daß sich weit günstigere Umstände denken ließen.

»Und doch«, sagte ich in meinem gewohnten Bemühen, den Silberstreif zu lokalisieren, »fühlt man sich geschmeichelt.«

»Sir?«

»Weil die Wahl des Volkes auf einen gefallen ist, Jeeves, und reihum der Ruf ›Wir wollen Wooster!‹ erschallt.«

»Ach so. Ganz recht, Sir. Überaus erfreulich.«

Aber Sekunde mal. Ich habe ganz vergessen, daß der geneigte Leser ja keinen Schimmer haben kann, worum's überhaupt geht. So läuft das doch oft zu Beginn einer Geschichte: Wie der Wind kommt man aus den Startblöcken geschossen, so als wäre man ein energisches Schlachtroß, das gleich seine Nummer abziehen wird, nur um im nächsten Moment festzustellen, daß die Kundschaft aufbegehrt und lauthals nach Fußnoten verlangt.

Ich will darum rasch den Rückwärtsgang einlegen und für Klarheit sorgen.

Meine Tante Agatha – das ist diejenige, die Glasscherben verspeist und

Ratten mit den Zähnen tötet – war aus ihrem Bau auf dem Lande gekrochen und unverhofft mit ihrem Sohn Thomas in London aufgetaucht, wo sie mich in ihrer gebieterischen Art angewiesen hatte, letzteren drei Tage lang einzuquartieren, während deren er Zahnärzte und Theater zu besuchen und Vorbereitungen für seine Rückkehr ins Internat in Bramley-on-Sea zu treffen hätte, woraufhin ich mich nach Deverill Hall, King's Deverill, Hampshire, aufmachen müßte, dem Wohnsitz gewisser Spezis von ihr, um beim dortigen Dorfkonzert mein Scherflein beizutragen. Offensichtlich wollte man das Programm mit Talenten aus der Großstadt aufpeppen, und ich war von der Nichte des Vikars ins Gespräch gebracht worden.

Und mehr gab es dazu nicht zu sagen. Es war zwecklos, der Alten zu erklären, daß ich Klein Thos lieber nicht mit der Kneifzange anfassen würde und daß es mir empfindlich gegen den Strich gehe, mich mit Unbekannten zu verabreden. Wenn Tante Agatha zur Befehlsausgabe schreitet, spurt man besser. Gleichwohl sah ich, wie bereits angedeutet, der Zukunft mit gemischten Gefühlen entgegen, welche keineswegs aufgehellt wurden, als ich erfuhr, daß Gussie Fink-Nottle ebenfalls in Deverill Hall weilen würde. Findet man sich im Verließ einer Gangsterbande wieder, so ist zur Hebung der Moral sehr viel Besseres vonnöten als dieser Gussie.

Ich sann ein Weilchen nach.

»Ach, wäre ich doch nur besser im Bild über diese Leute, Jeeves«, klagte ich schließlich. »In solchen Fällen wünsche ich zu wissen, was mir bevorsteht. Bisher habe ich einzig in Erfahrung bringen können, daß ich Gast eines Grundbesitzers namens Harris oder Hacker sein soll. Vielleicht heißt er auch Hassock.«

»Haddock, Sir.«

»Haddock, soso?«

»Jawohl, Sir. Bei dem Gentleman, der Sie beherbergen soll, handelt es sich um einen Mr. Esmond Haddock.«

»Komisch, dieser Name sagt mir was – ich habe das Gefühl, ich hätte ihn schon irgendwo gehört.«

»Mr. Haddock ist der Sohn des Herstellers eines breit annoncierten Heilmittels: Haddocks Kopfwehknacker. Möglicherweise sind Sie diesem Spezifikum auch schon begegnet, Sir.«

»Aber natürlich, ich kenne es bestens! Wirkt zwar nicht so umwerfend wie Ihr eigener Katertrunk, doch immerhin ist es ein solider Beistand am Morgen danach. Dann gehört er also zum Stamme jener Haddocks, wie?«

»Jawohl, Sir. Mr. Esmond Haddocks Vater selig ehelichte einst Miss Flora Deverill selig.«

»Vor ihrer beider Seligwerdung, will ich wohl annehmen?«

»Die Schwestern der Dame betrachteten den Lebensbund als Mesalliance. Die Deverills sind ein alteingesessenes, aber auch – wie es heute so oft vorkommt – arg verarmtes Landadelsgeschlecht.«

»Langsam blicke ich durch. Mag es Haddock von Vaters Seite her auch an Noblesse gebrechen, stopft er immerhin die finanziellen Löcher, wie?«

»Jawohl, Sir.«

»Was er sich zweifellos leisten kann. In diesen Kopfwehknackern steckt wahres Gold, Jeeves.«

»Das steht zu vermuten, Sir.«

Mir fiel etwas auf, was mir oft auffällt, wenn ich mit diesem redlichen Gesellen einen Plausch halte: Er schien verdammt gut Bescheid zu wissen. Dies erwähnte ich nun, und er erklärte, daß sich sein Insiderwissen einem dieser merkwürdigen Zufälle verdanke.

»Mein Onkel Charlie bekleidet in Deverill Hall den Posten des Butlers, Sir. Dank ihm verfüge ich über solch einschlägige Informationen.«

»Ich wußte gar nicht, daß Sie einen Onkel Charlie haben. Charlie Jeeves?«

»Nein, Sir. Charlie Silversmith.«

Zufrieden steckte ich mir eine Zigarette an. Nach und nach löste sich der Nebel auf.

»Tja, Schwein muß der Mensch haben! Dann können Sie mich ja mit allen relevanten Fakten versorgen, falls relevant hier das *mot juste* ist. Um was für einen Schuppen handelt es sich denn bei Deverill Hall? Hübsches Anwesen? Kieswege? Panoramasicht?«

»Jawohl, Sir.«

»Gute Verpflegung?«

»Jawohl, Sir.«

»Und um auf die Besatzung zu kommen: Gibt es auch eine Mrs. Haddock?«

»Nein, Sir. Der junge Gentleman ist noch ledig. Er residiert in Deverill Hall zusammen mit seinen fünf Tanten.«

»*Fünf?*«

»Jawohl, Sir. Im einzelnen sind dies Charlotte, Emmeline, Harriet und Myrtle Deverill sowie Dame Daphne Winkworth, Witfrau des Historikers P. B. Winkworth. Dame Daphnes Tochter, Miss Gertrude Winkworth, wohnt meines Wissens ebenfalls im Haus.«

Beim Stichwort »fünf Tanten« hatten meine Knie leicht nachgegeben, denn daß ich mich einem solch massierten Tantenpulk ausgesetzt sehen würde, war ein verstörender Gedanke, selbst wenn es sich nicht um die eigene Bagage handelte. Dann aber riß ich mich zusammen, indem ich mir in Erinnerung rief, daß im Leben nicht die Tanten zählen, sondern der Schneid, mit dem man diesen entgegentritt.

»Verstehe«, sagte ich. »An weiblicher Gesellschaft herrscht also kein Mangel.«

»Nein, Sir.«

»Gussies Anwesenheit dürfte mir zum Trost gereichen.«

»Durchaus denkbar, Sir.«

»Im Rahmen seiner Möglichkeiten.«

»Jawohl, Sir.«

Ich frage mich gerade, ob sich der geneigte Leser an den erwähnten Augustus erinnert, dessen Treiben zu beleuchten ich schon früher Gelegenheit hatte. Um kurz Rückschau zu halten: bescheuert bis obenhin, Visage wie ein Fisch, Hornbrille, Orangensafttrinker und Molchzüchter, verlobt mit Englands oberster Nervensäge, einer gewissen Madeline Bassett ... Ach, Sie haben ihn wieder vor sich? Schön.

»Sagen Sie mal, Jeeves«, hob ich an, »was bringt Gussie denn mit solchem Geschmeiß zusammen? Ist doch rätselhaft, oder nicht, daß auch er Kurs auf Deverill Hall nimmt?«

»Nein, Sir. Mr. Fink-Nottle persönlich hat mich ins Bild gesetzt.«

»Dann haben Sie ihn also gesehen?«

»Jawohl, Sir. Er kam vorbei, als Sie fort waren.«

»Wie hat er denn auf Sie gewirkt?«

»Bedrückt, Sir.«

»Ihn ängstigt wohl wie mich der Gedanke, diesem Haus des Schreckens einen Besuch abzustatten?«

»Jawohl, Sir. Ursprünglich glaubte er, Miss Bassett werde ihm Gesellschaft leisten, doch nun hat sie sich im letzten Moment anders entschieden und weilt im ›Haus zur Lärche‹, Wimbledon Common, und zwar als Gast einer alten Schulfreundin, die vor kurzem eine Enttäuschung in der Liebe erfahren hat. Miss Bassett hielt dafür, daß besagte Dame der Aufmunterung bedürfe.«

Mir war schleierhaft, wie die Gegenwart einer Madeline Bassett irgendwen hätte aufmuntern sollen, da sie vom Haarknoten bis zur Schuhsohle ein von allen guten Geistern verlassenes Wesen ist, was ich jedoch unerwähnt ließ. Ich gab lediglich meiner Meinung Ausdruck, daß Gussies Galle bestimmt ganz schön übergelaufen sei.

»Jawohl, Sir. Er zeigte sich erbost über diesen Kurswechsel, ja ich glaubte seinen Äußerungen entnehmen zu dürfen – er war so freundlich, mich ins Vertrauen zu ziehen –, daß zwischen ihm und Miss Bassett eine gewisse Kühle Einzug gehalten habe.«

»Ojemine!« sagte ich.

Und ich will auch gleich verraten, weshalb ich ojeminete. Wenn Sie sich an Gussie Fink-Nottle erinnern, werden Sie sich wohl auch an die Kette von Umständen erinnern, die darauf hinausgelaufen war (falls Ketten denn tatsächlich auf etwas »hinauslaufen«), daß diese Bassett-Gans es sich in ihren Strohkopf gesetzt hatte, Bertram Wooster verzehre sich in Liebe zu ihr. Ich will hier nicht ins Detail gehen, aber sie war jedenfalls felsenfest davon überzeugt, daß sie, falls ihr je danach wäre, Gussie abzusägen, bloß einen entsprechenden Eilruf an mich zu schicken hätte, und schon würde ich im Sauseschritt herbeieilen, um spornstreichs die Heiratserlaubnis zu kaufen und die Hochzeitstorte zu bestellen.

Wer nun also mit meinen Ansichten über jene M. Bassett vertraut ist, wird ohne weiteres verstehen, warum mir die Rede vom Einziehen einer wie auch immer gearteten Kühle ein jähes »Ojemine!« entlockte. In welcher Gefahr ich unablässig schwebte, war mir stets bewußt geblieben, und bevor die beiden tatsächlich vor den Altar traten, konnte es für mich keinen Seelenfrieden geben. Erst wenn der Gottesmann sein unwiderrufliches Urteil sprach, würde Bertram befreit aufatmen.

»Tja, ist bestimmt bloß ein harmloser Zank zwischen Liebenden, wie es sie so häufig gibt«, sagte ich in zweckoptimistischem Ton. »Wahrscheinlich herrscht inzwischen wieder völlige Eintracht, und Amor waltet in altbewährtem Bienenfleiß seines Amtes. Ha!« sagte ich, als es an der Haustür bimmelte, »draußen wartet jemand. Falls es Klein Thos ist, so richten Sie ihm aus, daß er heute abend um Viertel vor acht abmarschbereit und mit rosig geschrubbten Bäckchen hier erwartet werde, um mich ins Old Vic Theatre zu *König Lear* zu begleiten, und daß es keinen Zweck habe, sich in die Büsche zu schlagen. Seine Mutter hat gesagt, er müsse das Old Vic besuchen, und genau das wird er auch tun.«

»Ich halte es für wahrscheinlicher, daß es Mr. Pirbright ist, Sir.«

»Der alte Catsmeat? Was bringt Sie denn darauf?«

»Auch er war während Ihrer Abwesenheit hier und ließ durchblicken, daß er es später nochmals versuchen würde. Er kam in Begleitung seiner Schwester, Miss Pirbright.«

»Gütiger Himmel, tatsächlich? Corky? Ich dachte, die sei in Hollywood.«

»Soweit ich weiß, weilt sie in England auf Urlaub, Sir.«

»Haben Sie ihr Tee angeboten?«

»Jawohl, Sir. Master Thomas hat eingeschenkt. Anschließend ging Miss Pirbright mit dem jungen Gentleman ins Lichtspielhaus.«

»Zu dumm, daß ich nicht da war! Ich habe Corky schon ewig nicht mehr gesehen. War sie guter Dinge?«

»Jawohl, Sir.«

»Und Catsmeat? Wie wirkte er?«

»Bedrückt, Sir.«

»Sie verwechseln ihn mit Gussie. Es war, wie Sie sich erinnern mögen, Gussie, der bedrückt wirkte.«

»Genau wie Mr. Pirbright.«

»Die Bedrücktheit scheint sich dieser Tage aber mächtig ins Zeug zu legen.«

»Wir leben in schweren Zeiten, Sir.«

»Auch wieder wahr. Na, dann immer rein mit dem Knaben!«

Er wischte hinaus und kam kurz darauf zurückgewischt.

»Mr. Pirbright«, verkündete er.

Seine Diagnose war korrekt gewesen. Ein einziger Blick auf den jungen Besucher zeigte mir, daß er bedrückt war.

2. Kapitel

Und dabei ist zu bedenken, daß man das fragliche Objekt nur selten in diesem Zustand antrifft. Normalerweise ein ungemein sprudelnder Bursche. Ganz pauschal würde ich sagen, Claude Cattermole Pirbright sei unter allen übermütigen Laffen des Drones Club der allerübermütigste, und zwar sowohl auf der Bühne wie neben ihr.

Ich sage »auf der Bühne«, denn seine Lohntüte verdient er im Schweiße des Rampenlichts. Er entstammt einer großen Theaterdynastie. Sein Vater war der Mann, der die Musik für die Revue *Die blaue Lady* und zu anderen großen Bühnenerfolgen komponiert hat, die ich leider alle verpaßt habe, da ich seinerzeit noch in der Wiege lag. Seine Mutter war Elsie Cattermole, in New York jahrelang ein Star. Und seine Schwester Corky schlägt etwa seit dem sechzehnten Lebensjahr das Publikum mit Sex-Appeal und *espièglerie* in Bann, falls *espièglerie* wirklich das Wort ist, nach dem ich hasche.

Fast unvermeidlich war es deshalb, daß er sich nach dem Studium in Oxford auf der Suche nach einem Wirkungsbereich, der ihm nicht nur drei Mahlzeiten am Tag sicherte, sondern auch reichlich Muße fürs Cricketspiel ließ, für die Bretter entschied, die die Welt bedeuten. Heutzutage ist er die erste Wahl jedes Theaterdirektors, der für eine Gesellschaftskomödie die Rolle von »Freddie« besetzen muß, dem unbeschwerten Freund des Helden und männlichen Träger der zweiten Liebesgeschichte. Kommt in einem solchen Stück kurz nach dem Anpfiff eine gertenschlanke Gestalt mit einem Tennisschläger auf die Bühne gestürzt und ruft »Hallo, Mädels«, so braucht man gar nicht ins Programmheft zu gukken, denn es handelt sich todsicher um Catsmeat.

Bei solcher Gelegenheit hebt er spritzig an und macht bis zum Schlußvorhang spritzig weiter, und nicht anders verhält es sich in seinem Privatleben. Auch dort ist er die fleischgewordene Spritzigkeit. Pongo Twistleton und Barmy Phipps, die jedes Jahr beim bunten Abend des Drones Club die Pat-und-Mike-Klamotte aufführen, deren Autor und Regisseur Catsmeat ist, haben mir erzählt, daß er, wenn er mit ihnen die Dialog- und Klamaukszenen einstudiert, weit stärker an Groucho Marx als an irgendein menschliches Wesen erinnere.

Und doch wirkte er nun wie gesagt bedrückt. Dies ließ sich unmöglich übersehen. Seine Stirn war von des Gedankens Blässe angekränkelt, seine Miene die eines Mannes, der, hätte er »Hallo, Mädels« gesagt, dies wie eine Figur in einer russischen Tragödie getan hätte, welche eben verkündet, Großpapa habe sich in der Scheune aufgehängt.

Ich hieß ihn herzlich willkommen und sagte, es tue mir leid, daß ich außer Hauses gewesen sei, als er ein offenes Ohr suchte, zumal Corky ihn begleitet habe.

»Ich hätte zu gern mit Corky geplaudert«, sagte ich. »Mir war gar nicht bewußt, daß sie wieder in England ist. Nun habe ich sie leider verpaßt.«

»Nein, hast du nicht.«

»Und ob ich das habe! Morgen reise ich nach Deverill Hall in Hampshire ab, um bei einem Dorfkonzert mitzuwirken. Offenbar will mich die Nichte des Vikars unbedingt in der Truppe haben. Dabei kann ich mir gar nicht vorstellen, woher dieses gottgefällige Wesen von mir weiß. Schließlich rechnet man nicht damit, daß der eigene Ruf so weit trägt.«

»Du Blödmann, das ist doch Corky!«

»Corky?«

Ich war sprachlos. Es existieren kaum duftere Bienen als Cora (»Corky«) Pirbright, mit der ich auf vertrautestem Fuß stehe, seit wir in unseren prägenden Jugendjahren zusammen in die Tanzstunde gingen, doch nichts in ihrem Verhalten hätte mich je auf die Idee gebracht, daß sie mit dem Klerus verwandt sein könnte.

»Mein Onkel Sidney ist der dortige Vikar, und meine Tante weilt im

Moment in Bournemouth. Während ihrer Abwesenheit führt ihm Corky den Haushalt.«

»Großer Gott! Der arme alte Sid! Sicher räumt sie in seinem Studierzimmer auf.«

»Gut möglich.«

»Und rückt ihm die Krawatte gerade.«

»Würde mich nicht überraschen.«

»Außerdem sagt sie ihm wohl, er rauche zuviel, und scheucht ihn, kaum hat er es sich im Ohrensessel gemütlich gemacht, aus diesem hoch, um die Kissen aufzuklopfen. Er wird das Gefühl haben, in der Offenbarung des Johannes zu leben. Aber findet sie denn ein Pfarrhaus nach Hollywood nicht eher reizarm?«

»Ganz und gar nicht. Sie liebt so was. Corky ist da anders gestrickt als ich. Ich wäre außerhalb des Showgeschäfts todunglücklich, aber sie konnte, ungeachtet aller Erfolge, nie viel anfangen damit. Vermutlich wäre sie niemals Schauspielerin geworden, wenn Mama es sich nicht so sehnlich gewünscht hätte. Ihr Traum ist es, jemanden zu heiraten, der auf dem Land wohnt, um an seiner Seite für den Rest ihres Lebens bis über den Hals in Kühen und Hunden und Ähnlichem zu stecken. Da bricht wohl unsere tief in der Scholle verwurzelte Familientradition durch. Mein Großvater war Bauer. Ich kann mich noch gut an ihn erinnern. War kaum zu erkennen unter seinem Backenbart und lamentierte ständig übers Wetter. Nichts ist Corky lieber, als die Pfarrei unsicher zu machen und Dorfkonzerte zu veranstalten.«

»Hast du 'ne Ahnung, was ich den Bauerntölpeln vorsetzen soll? Doch hoffentlich nicht ›Ein Bäuerlein zur Hochzeit geht‹?«

»Nein. Du bist für die Rolle des Pat in meiner Klamotte vorgesehen.«

Endlich einmal gute Neuigkeiten! Allzuhäufig verdonnern einen die Leithammel solcher Veranstaltungen dazu, »Ein Bäuerlein zur Hochzeit geht« zu singen, ein Lied, das aus unerfindlichen Gründen stets die niedersten Instinkte jener groben Klötze weckt, die hinter der letzten

Sitzreihe stehen. Kein Mensch dagegen hat je von bäurischen Stehplatzinhabern gehört, die sich nicht für eine derbe Klamotte erwärmen konnten. Daß Schauspieler A Schauspieler B einen Schirm über die Rübe zieht und Schauspieler B Schauspieler A eine ähnliche Tatwaffe in die Magengrube stößt, scheint sie in den Zustand tiefster Ergriffenheit zu versetzen. Bestückt mit einem grünen Bart und kompetent sekundiert von meinem Mitspieler, konnte ich mich jederzeit dafür verbürgen, daß sich das Auditorium kringelig lachen würde.

»Schön. Prima. Bestens. Ich sehe der Zukunft guten Mutes entgegen. Aber wenn sie jemanden für Pat gesucht hat, warum ist sie dann nicht an einen bewährten Berufsschauspieler wie dich herangetreten? Ach so, jetzt begreife ich. Sie hat dir die Rolle angetragen, doch du hast dich hochmütig aufgerichtet, weil solcher Laienquatsch unter deiner Würde ist.«

Verdrossen schüttelte Catsmeat die Birne.

»Davon kann keine Rede sein. Nichts hätte mir größeres Vergnügen bereitet als ein Auftritt beim Konzertabend in King's Deverill, doch daran war überhaupt nicht zu denken. Die Damen von Deverill Hall können mich nicht verknusen.«

»Dann hast du sie also kennengelernt? Wie sind sie denn so? Stocksteife Frauenzimmer, nehme ich an.«

»Nein, kennengelernt habe ich sie nicht. Aber ich bin mit ihrer Nichte Gertrude Winkworth verlobt, und es paßt diesen Weibsbildern hinten und vorne nicht, daß ich Gertrude heiraten könnte. Ließe ich mich in Deverill Hall auch nur aus der Ferne blicken, würde man die Hunde auf mich hetzen. Apropos Hunde: Corky hat heute morgen einen solchen im Hundeheim von Battersea gekauft.«

»Ach, wie süß«, sagte ich geistesabwesend, denn meine Gedanken waren ganz auf Catsmeats Techtelmechtel gerichtet, und ich versuchte gerade seinen kleinen Herzkäfer vom Klüngel all der Tanten zu separieren, über den Jeeves gesprochen hatte. Schließlich fand ich die richtige

Schublade: Gertrude, Tochter von Dame Daphne Winkworth, Witfrau des Historikers P. B. Winkworth.

»Genau deswegen bin ich hier.«

»Wegen Corkys Hund?«

»Nein, wegen dieser ganzen Gertrude-Chose. Ich brauche deine Hilfe. Und jetzt erzähle ich dir alles von vorn.«

Als Catsmeat eingetreten war, hatte ich ihm als guter Gastgeber einen Whisky mit Schuß offeriert, von dem er sich bisher zwei, drei kleine Schlückchen sowie einen kräftigen Schluck genehmigt hatte. Nun aber kippte er den Rest hinunter, und die Wirkung blieb nicht aus, denn kaum war dieser hinter der Binde gelandet, redete Catsmeat lebhaft und flüssig drauflos.

»Ich möchte zunächst festhalten, Bertie, daß seit jenen Tagen, da der erste Mensch aus der Ursuppe kroch und unseren Planeten mit Leben erfüllte, keiner jemanden so geliebt hat wie ich Gertrude Winkworth. Dies erwähne ich, weil du dir vor Augen führen mußt, daß du es hier nicht mit einer dieser luftig-leichten Sommerromanzen zu tun hast, sondern mit dem ganz großen Welttheater. Ich liebe sie!«

»Sehr gut. Wo hast du sie denn kennengelernt?«

»Auf einem Landsitz in Norfolk. Man hat dort ein Laienspiel aufgeführt und mich als Regisseur beigezogen. Mein Gott, was waren das für Abende im Dämmerlicht, draußen im verwunschenen Garten, wo die Vögelchen schläfrig im Gebüsch trällerten und ein Sternlein ums andere am Himmelszelt erschien …«

»Alles klar. Und nun erzähl schon weiter.«

»Sie ist ganz wunderbar, Bertie. Warum sie mich freilich liebt, bleibt mir ein Rätsel.«

»Und doch tut sie es?«

»Und wie! Wir haben uns verlobt, und sie ist nach Deverill Hall zurückgekehrt, um ihrer Mutter die frohe Kunde zu überbringen. Und was, glaubst du, ist dann geschehen?«

Selbstverständlich hatte er die Pointe seiner Geschichte gleich am Anfang ausgeplaudert.

»Frau Mama hat Kontra gegeben?«

»Einen gellenden Schrei hat sie ausgestoßen, der wohl bis nach Basingstoke zu hören war.«

»Und Basingstoke liegt …?«

»Etwa zwanzig Meilen Luftlinie entfernt.«

»Ich kenne Basingstoke. Großer Himmel, wie gut ich Basingstoke kenne.«

»Sie …«

»Als Junge war ich mal da. Unser einstiges Kindermädchen hat dort in einem Häuschen namens Balmoral gewohnt. Sie selbst hieß, so komisch das klingen mag, Hogg und hatte chronischen Schluckauf.«

Catsmeat versteifte sich leicht und wirkte wie ein dörflicher Stehplatzinhaber, dem man »Ein Bäuerlein zur Hochzeit geht« vorsetzt.

»Hör mal, Bertie«, sagte er, »ich schlage vor, wir reden jetzt weder über Basingstoke noch über euer Kindermädchen. Zur Hölle mit Basingstoke und zur Hölle mit eurem vermaledeiten Kindermädchen! Wo war ich noch mal?«

»Wir sind bei der Stelle abgeschweift, wo Dame Daphne Winkworth gerade einen gellenden Schrei ausgestoßen hat.«

»Stimmt. Ihre Schwestern nahmen die Nachricht, daß Gertrude den Bruder der im Pfarrhaus residierenden Miss Pirbright zu ehelichen gedenke und daß dieser Bruder von Beruf Schauspieler sei, ebenfalls schreiend und gellend auf.«

Ich spielte mit dem Gedanken, ihn zu fragen, ob man auch jene Schreie bis nach Basingstoke habe hören können, doch die Vernunft hielt mich davon ab.

»Sie mögen Corky nicht, und genausowenig mögen sie Schauspieler. In ihrer Jugend, als Königin Elisabeth noch das Zepter führte, sah man Schauspieler als Halunken und Vagabunden an, und sie kriegen es einfach nicht in ihre Betonschädel, daß der Schauspieler von heute ein solventer Bürger ist, der seine sechzig Mäuse pro Woche kassiert und den Großteil davon in Staatsanleihen steckt. Verflixt noch mal, ich wäre schon längst ein reicher Mann, wenn ich wüßte, wie man die Typen vom Finanzamt austrickst. Du weißt nicht zufällig, wie man die Typen vom Finanzamt austrickst, Bertie?«

»Nein, tut mir leid. Nicht mal Jeeves dürfte das wissen. Dann hat man dich also abserviert?«

»Ja. Gertrude teilte mir in einem traurigen Brief mit, es sei nix zu wollen. Du magst nun fragen, warum wir nicht durchbrennen.«

»Das wollte ich eben tun.«

»Ich könnte sie niemals dazu breitschlagen. Sie fürchtet den Zorn ihrer Mutter.«

»Eine harte Nuß, diese Mutter?«

»Eine der härtesten. Früher war sie Direktorin eines Mädchenpensionats. Auch Gertrude gehörte zu den dortigen Kettensträflingen und ist bis heute nicht darüber hinweggekommen. Nein, das mit dem Durchbrennen müssen wir uns wohl abschminken. Und jetzt kommt der Haken, Bertie. Corky hat mir zu einem Vertrag bei ihrem Hollywood-Studio verholfen, und es ist möglich, daß ich Knall und Fall abreisen muß – eine furchtbare Situation.«

Ich schwieg ein Weilchen, versuchte ich mich doch an etwas zu erinnern, was ich irgendwo über irgendwas gelesen hatte, das irgendwas anderes nicht auszulöschen vermöge, doch ich kam und kam nicht drauf. Die Grundidee dahinter war jedoch, daß ein Mädchen, das einen Mann liebt und welches ein Weilchen einzuwecken und zu verlassen dieser sich gezwungen sieht, auf ihn warten wird, und diesen Punkt erwähnte ich nun auch, worauf er sagte, das sei ja schön und gut, doch ich wüßte nicht alles, denn nun erst schürze sich der Knoten des Dramas.

»Wir kommen jetzt zum Höllenhund Haddock«, sagte er. »Und genau hier bedarf ich deiner Hilfe, Bertie.«

Ich antwortete, das sei mir nun doch zu hoch, und er sagte, selbstverständlich sei mir das zu hoch, verdammt noch mal, und ob ich Knalltüte ihm nicht Zeit geben könne, sich zu erklären, worauf ich antwortete, doch, doch, das lasse sich schon einrichten.

»Haddock!« zischte Catsmeat zwischen zusammengebissenen Zähnen hervor und zeigte sich auch sonst äußerst aufgebracht. »Haddock der Glückszerstörer! Weißt du irgendwas über diese Ratte der Güteklasse A, Bertie?«

»Lediglich, daß sein Vater selig Hersteller von Haddocks Kopfwehknackern war.«

»Und ihm soviel Geld hinterlassen hat, daß er darin ein Vollbad nehmen könnte. Selbstverständlich will ich nicht andeuten, Gertrude könnte ihn wegen seiner Penunzen heiraten. Ein solch abgefeimtes Kalkül wäre unter ihrer Würde. Allerdings hat er nicht nur Geld in Hülle und Fülle, sondern sieht auch noch aus wie ein griechischer Gott und gebietet über magnetische Anziehungskraft. Dies jedenfalls behauptet Gertrude. Außerdem entnehme ich ihren Briefen, daß seitens der Familie Druck auf sie ausgeübt wird. Und du kannst dir ungefähr vorstellen, was es mit einem Druck auf sich hat, den eine Mutter und vier Tanten ausüben.«

Langsam erkannte ich die Richtung.

»Du meinst, Haddock versucht dich aus dem Rennen zu werfen?«

»Gertrude schreibt, so sei sie in ihrem ganzen Leben noch nicht bestürmt worden. Was nur beweist, was für ein hüpfender und naschender Schmetterling dieser Lumpenhund ist, denn erst neulich hat er Corky in ganz ähnlicher Weise bestürmt. Frag sie ruhig danach, wenn du sie siehst, aber bleib taktvoll – ihr Barometer steht ohnehin schon auf Sturm. Ich sag' dir eins: Der Mann ist eine öffentliche Gefahr. Im Interesse weiblicher Keuschheit gehört er an die Kette gelegt. Aber wir besorgen's ihm, nicht wahr?«

»Ach ja?«

»Und ob wir's ihm besorgen! Ich sag' dir jetzt, was du für mich tun sollst. Du stimmst mir doch bei, daß selbst ein Kerl wie dieser Esmond Haddock, dem der Begriff ›Latin lover‹ auf den Leib geschrieben ist, in deiner Anwesenheit sein mieses Liebeswerben einstellen müßte?«

»Du meinst, er bedarf dazu der Ungestörtheit?«

»Haargenau. Sobald du dich in Deverill Hall eingenistet hast, beginnst du ihm die ruchlose Tour zu vermasseln. Weich Gertrude nicht von der Seite. Häng dich wie eine Klette an sie. Sorg dafür, daß er im Rosengarten nie allein mit ihr ist. Falls von einem Bummel durch den Rosengarten die Rede ist, so schließ dich zwanglos an. Du kannst mir doch folgen, Bertie?«

»O ja, durchaus«, antwortete ich leicht unsicher. »Dir schwebt vermutlich etwas im Stile von Marys kleinem Schaf vor. Ich weiß nicht, ob dir das Gedicht bekannt ist – ich habe es als Kind gern rezitiert. Im großen und ganzen ging's darum, daß Mary ein kleines Schaf hatte, so weiß wie Schnee sein Fell, und wo auch ging Klein Mary hin, war schon ihr treu' Gesell'. Du möchtest wohl, daß ich meine Rolle nach dem Vorbild von Marys treuem Gesell' gestalte, wie?«

»So ist es. Sei ständig auf der Hut, denn die Gefahr ist entsetzlich. Um dir eine ungefähre Vorstellung davon zu geben: Sein neuester Vorschlag sieht vor, daß Gertrude und er demnächst mit belegten Broten im Gepäck frühmorgens ausreiten, und zwar bis zu einem Ort in fünfzehn Meilen Entfernung mit Klippen und ähnlichem Zinnober. Und willst du wissen, was er bei der Ankunft dort tun will? Er möchte ihr den *Lovers' Leap* zeigen.«

»Tatsächlich?«

»Sag nicht so nonchalant ›Tatsächlich?‹! Denk doch mal nach. Fünfzehn Meilen hin, dann der *Lovers' Leap,* und fünfzehn Meilen zurück. Mich schwindelt beim Gedanken daran, was ein Bursche wie Esmond Haddock alles anstellen kann bei einem Ausritt von dreißig Meilen, in dessen Zentrum der *Lovers' Leap* steht. Ich weiß nicht, auf welchen

Tag der Ausflug angesetzt ist, doch in jedem Fall mußt du von Anfang bis Ende dabei sein, ja nach Möglichkeit sogar zwischen den beiden reiten. Und laß den Kerl um Gottes willen beim *Lovers' Leap* keine Sekunde aus den Augen. Das ist der Ort der größten Gefahr. Sollte er dort auch nur die geringsten Anstalten machen, sich zu ihr zu beugen und ihr etwas ins Ohr zu flüstern, so fahr wie der Blitz dazwischen. Ich verlass' mich auf dich, Bertie. Mein Lebensglück liegt ganz in deinen Händen.«

Stellt ein Mann, mit dem man die Schulbank gedrückt, im Internat gewohnt und in Oxford studiert hat, die Behauptung auf, er verlasse sich auf einen, so bleibt einem wohl nichts anderes übrig, als das Vertrauen nicht zu enttäuschen. Es würde zu weit gehen zu behaupten, daß mir die Aufgabe gefiel, doch ich willigte mit einem »Alles klar« ein, und er ergriff meine Hand und sagte, wenn es mehr Menschen wie mich gäbe, sähe es besser aus auf dieser Welt – eine Ansicht, die scharf mit derjenigen meiner Tante Agatha kontrastierte und die, so mein Verdacht, wohl bald ebenso scharf mit derjenigen von Esmond Haddock kontrastieren würde. In Deverill Hall mochte es Leute geben, denen Bertram ans Herz wachsen würde, doch ich wäre jede Wette eingegangen, daß E. Haddocks Name nicht auf jener Liste Erwähnung fände.

»Mir fällt ein Stein vom Herzen«, sagte Catsmeat, nachdem er meine Hand losgelassen und sie dann abermals ergriffen und gedrückt hatte. »Die Gewißheit, daß du vor Ort bist und dich nimmermüde für meine Interessen verwendest, bedeutet mir unendlich viel. Ich bringe schon ein ganzes Weilchen nichts mehr runter, doch heute abend werde ich beim Dinner wieder mal tüchtig reinhauen. Wenn ich mich bei dir doch nur irgendwie revanchieren könnte.«

»Das kannst du«, antwortete ich.

Mir war eine Idee gekommen, zweifelsohne gezündet durch das von ihm verwendete Wort »Dinner«. Seit Jeeves mir von der Kühle berichtet hatte, die zwischen Gussie Fink-Nottle und Madeline Bassett eingezogen war, bekümmerte mich in hohem Maße der Gedanke an einen Gussie, der an diesem Abend allein sein Mahl verzehrte.

Man weiß ja, wie das ist, wenn man nach einem Zank mit der Geliebten sein Dinner in Einsamkeit zu sich nehmen muß. Schon bei der Suppe fängt man an, über das Mädchen zu sinnieren und sich zu fragen, ob es nicht totaler Schwachsinn war, sich mit ihr zusammenzutun. Beim Fischgang intensiviert sich dieses Gefühl, und ist man schließlich mit dem *poulet rôti au cresson* durch und bestellt gerade den Kaffee, so hat man wohl endgültig den Schluß gezogen, daß sie eine Fuchtel und eine Schreckschraube und eine Zimtzicke sei, die sich nur ein Wahnsinniger als Lebenspartnerin aufhalsen würde.

Gefragt ist in solchen Momenten ein unterhaltsames Gegenüber, das alle düsteren Gedanken verscheucht, und mir schien sich hier die Chance zu bieten, Gussie mit einem solchen zu versehen.

»Das kannst du«, sagte ich also. »Du kennst doch Gussie Fink-Nottle, oder? Er ist bedrückt, und aus gewissen Gründen wäre es mir lieb, wenn er den heutigen Abend nicht mutterseelenallein vor sich hingrübeln würde. Könntest du ihn nicht zum Dinner ausführen?«

Catsmeat biß sich auf die Unterlippe. Ich wußte genau, was ihm durch den Kopf ging. Er dachte, was auch andere schon gedacht haben: daß die Grundvoraussetzung für einen vergnüglichen Abend ein dabei durch Abwesenheit glänzender Gussie war.

»Ich soll Gussie Fink-Nottle zum Dinner ausführen?«

»Genau.«

»Und warum nicht du?«

»Ich muß in Tante Agathas Auftrag ihren Sohn Thomas ins Old Vic begleiten.«

»Laß die Sache doch sausen.«

»Unmöglich, das würde sie mir noch jahrelang um die Ohren hauen.«

»Na schön, dann also.«

»Gott segne dich, Catsmeat«, sagte ich.

Wegen Gussie brauchte ich mir also keine Sorgen mehr zu machen. Entsprechend unbeschwert legte ich mich an diesem Abend zur Ruh, nicht ahnend, wie man so schön sagt, was der folgende Tag bringen würde.

3. Kapitel

Im Grunde brachte der folgende Tag in seiner Frühphase sehr viel Erfreuliches. Wie meistens, wenn man spätestens zur friedlichen Abendstunde sein Fett abkriegt, ließ sich der Tag ganz hervorragend an. Da ich wußte, daß Klein Thos um 14.53 Uhr in seine Besserungsanstalt am Meer abdampfen würde, frühstückte ich mit einer lustigen Weise auf den Lippen, und selbige Hochstimmung gab, wie ich mich erinnere, auch noch beim Lunch den Ton an.

Ich begleitete Thos zur Victoria Station, verfrachtete ihn in den Zug, legte ein Pfundstück in seine Hand und winkte ihm wie ein guter Cousin zu, bis er außer Sicht war. Daraufhin begab ich mich zum Queen's Club, wo ich ein Weilchen dem Racketspiel frönte, und kehrte schließlich, noch immer quietschfidel, in meine Wohnung zurück.

Bis dahin war alles in bester Ordnung gewesen. Als ich den Hut an den Huthaken hängte und den Schirm in den Schirmständer stellte, dachte ich noch, daß Gott im Himmel sei und in Frieden die Welt (um den Dichter Browning zu bemühen) – oder daß der gerade zitierte Zustand dem vorliegenden doch zum Verwechseln ähnlich sehe. Mit einem Wort: Ich hatte nicht den Hauch einer Ahnung, daß das böse Erwachen gleich um die Ecke lauerte, um mir mit dem Knüppel kräftig eins aufs Dach zu geben.

Das erste, was mir beim Überschreiten der Schwelle auffiel, war der Umstand, daß der Lärmpegel sehr viel höher lag, als es dem Heim eines Gentleman geziemte. Durch die geschlossene Wohnzimmertür identifizierte das Ohr eine weibliche Stimme, die aufmunternd klingende Schreie ausstieß, und als Untermalung dieser weiblichen Stimme ein lautes Bellen, wie es Hunde auf der Jagd anzuschlagen pflegen. Es machte fast den Eindruck, als wäre mein Boudoir vom Komitee der Jagdgesellschaft zum Revier für deren jüngste Lustbarkeit erklärt worden, und mein erster Instinkt ging dahin, mir die Sache genauer anzusehen, wie dies wohl jeder Wohnungsbesitzer getan hätte. Niemand wird Bertram Wooster einen Pedanten nennen, doch gibt es Momente, wo dieser einfach auf den Tisch schlagen muß.

Ich öffnete folglich die Tür und wurde sogleich von einem Festkörper mit der Zunge eines Ameisenbärs auf die Bretter geschickt. Besagte Zunge ließ dieses Wesen nun begeistert über meine höher gelegenen Regionen gleiten, und als sich der Nebel lichtete, erkannte ich, daß ich mich in einen struppigen Hund gemischter Abkunft verheddert hatte. Neben uns aber stand – und zwar so, als wäre sie eine Mutter, die ihrem herumtollenden Erstgeborenen zuschaut – niemand anders als Catsmeats Schwester Corky.

»Ist er nicht ein Goldschatz?« fragte sie. »Ist er nicht ein zuckersüßes Engelchen?«

Dieser Meinung vermochte ich mich nur bedingt anzuschließen. Der Vierbeiner war offenbar von freundlicher Wesensart und hatte an mir sofort Gefallen gefunden, doch rein äußerlich durfte er sich wahrlich keine Chancen auf irgendwelche Schönheitspreise ausrechnen, gemahnte er doch eher an einen Boris Karloff in Hundegestalt.

Corky dagegen war wie gewohnt eine Augenweide. Nach zwei Jahren in Hollywood erschien sie in noch besserem Licht, als dies bei unserer letzten Begegnung in der Heimat der Fall gewesen war.

Das junge Ding gehört zu jenen graziösen Mädchen mittlerer Größe, die Gertrude Lawrence nachgebildet sind, und ihr Frätzchen hat von jeher mehr als nur einen flüchtigen Blick verdient. Im Ruhezustand verströmt es etwas geradezu Meditatives, als wäre sie eine Seele von einer Frau, die nur die lautersten Gedanken hegt, während es in bewegtem Zustand so verflixt bewegt ist, daß der bloße Anblick die Moral auf Vordermann bringt. Ihre Augen sind in haselnußbraunem Ton gehalten, und das Haar fällt in dieselbe Kategorie. Der Gesamteindruck ist der eines pumperlgesunden Engels. Kurzum, wer zu wählen hat, an wessen Seite er am liebsten auf eine einsame Insel verschlagen werden möchte, mag Hedy Lamarr als erste nennen, doch Corky Pirbright kommt ziemlich weit vorne in der Verfolgergruppe.

»Er heißt Sam Goldwyn«, fuhr sie fort und wuchtete das auf dem Bauch liegende Tier hoch. »Ich habe ihn aus dem Hundeheim von Battersea.«

Ich erhob mich und wischte mir das Gesicht ab.

»Ja, das hat mir Catsmeat schon erzählt.«

»Ach, dann hast du Catsmeat also gesehen? Gut.«

Nun schien ihr aufzugehen, daß wir unser übliches Hallihallo verbummelt hatten, denn sie begann sich darüber zu verbreiten, wie schön es sei, mich nach so langer Zeit wiederzusehen. Ich sagte, wie schön es sei, sie nach so langer Zeit wiederzusehen, und sie fragte mich, wie es mir gehe, und ich sagte, es gehe mir gut. Ich fragte sie, wie es ihr gehe, und sie sagte, es gehe ihr gut. Sie erkundigte sich, ob ich noch immer das Kamuffel von ehedem sei, und auch in diesem Punkt konnte ich ihre Neugier befriedigen.

»Ich habe bereits gestern vorbeigeschaut und gehofft, dich zu sehen«, sagte sie, »doch leider warst du aushäusig.«

»Ja, Jeeves hat es mir erzählt.«

»Ein kleiner Junge mit roten Haaren hat mir Gesellschaft geleistet. Soll dein Cousin sein.«

»Der Sohn meiner Tante Agatha und unbegreiflicherweise ihr absoluter Augapfel.«

»Wieso unbegreiflicherweise?«

»Tja, weil er der König der Unterwelt ist. ›Der Schatten‹, so nennt man ihn dort.«

»Mir hat er gefallen. Ich habe ihm fünfzig Autogramme gegeben, welche er nun seinen Schulkameraden für sechs Pence das Stück verkaufen will. Seit langem schon bewundert er mich auf der Leinwand, und wir haben uns auf Anhieb wie die dicksten Kumpel verstanden. Catsmeat erschien ihm nicht ganz so gewogen.«

»Er hat Catsmeat ja auch einmal eine Reißzwecke auf den Stuhl gelegt.«

»Was das Sympathiedefizit natürlich erklärt. Doch wo wir schon bei Catsmeat sind: Hat er dir das Skript für den Pat-und-Mike-Sketch gegeben?«

»Ja, das habe ich gekriegt. Ich habe es letzte Nacht im Bett studiert.«

»Gut. Hochanständig von dir, mir beizuspringen.«

Ich verriet ihr nicht, daß sich mein Beispringen in erster Linie höherer Gewalt verdankte, und zwar in Gestalt einer Tante, die keine Widerrede duldete. Statt dessen fragte ich, wer denn mein Partner in dieser fidelen Melange aus Spaß und Aktualität sei und die untergeordnete, aber durchaus anspruchsvolle Rolle des Mike bekleide, und sie antwortete, es handle sich um einen Künstler namens Dobbs.

»Wachtmeister Dobbs, der ortsansässige Polyp. Und in diesem Zusammenhang, Bertie, möchte ich dir etwas einschärfen, und zwar mit allem mir zu Gebote stehenden Nachdruck. Wenn du Polizeiwachtmeister Dobbs an den Stellen, die das Skript hierfür vorsieht, mit deinem Schirm eins überbrätst, dann übe keine falsche Zurückhaltung. Gib dem Kerl Saures – mit aller Muskelkraft deines Handgelenks. Ich möchte, daß er sich grün und blau von der Bühne schleicht.«

Da ich geistig ziemlich rege bin, drängte sich mir der Eindruck auf, sie habe mit dem fraglichen Dobbs noch eine Rechnung offen. Dies sagte ich auch, und sie gab mir recht, wobei eine jähe Furche die alabasterne Reinheit ihrer Stirn verunzierte.

»Allerdings! Ich liebe meinen Onkel Sidney über alles, und dieser ungehobelte Bulle ist ein Dorn in seinem Fleisch. Er ist der Dorfatheist.«

»Ach, tatsächlich? Ein Atheist ist er also? Damit hatte ich noch nie was am Hut, ja im Internat gewann ich für meine Bibelfestigkeit sogar mal einen Preis.«

»Er reizt Onkel Sidney ständig bis aufs Blut, indem er sich aus Seitenstraßen auf ihn stürzt und abfällige Bemerkungen über Jonas und den Wal macht. Diese Klamotte ist ein Geschenk des Himmels, bietet sich einem im Alltag doch nur selten die Gelegenheit, Polypen eins mit dem Schirm überzubraten, und falls je ein Polyp dieser Behandlung bedurft hat, so ist es Ernest Dobbs. Wenn er nicht gerade Jonas und den Wal aufs übelste verunglimpft, dann fragt er Onkel Sidney, woher eigentlich Kains Frau käme. Daß solche Dinge einen sensiblen Vikar betrüben, leuchtet wohl ein, drum halt dich ran, mein Herzchen. Wo gehobelt wird, darf ruhig der eine oder andere Span fallen.«

Sie hatte das Woostersche Blut in Wallung gebracht und die Woostersche Ritterlichkeit wachgerüttelt. Ich versicherte ihr, Wachtmeister Dobbs wüßte spätestens, wenn man in der alten Dorfhalle »God Save The King« anstimme, daß er gerade in eine wüste Keilerei verwickelt gewesen sei, und sie dankte mir überschwenglich.

»Ich sehe schon, daß du einschlagen wirst, Bertie. Und ich will dir auch gleich verraten, daß dein Publikum Großes von dir erwartet. Seit Tagen schon redet man im Dorf von nichts anderem als vom bevorstehenden Besuch des großen Londoner Komikers Bertram Wooster. Du wirst der Höhepunkt des Abends sein. Und weiß Gott, den einen oder anderen Höhepunkt kann der Abend noch vertragen.«

»Wer tritt denn sonst noch auf?«

»Bloß die örtliche Mischpoke ... sowie Esmond Haddock. Er gibt ein Lied zum besten.«

Sie sprach den Namen mit eisigem Ekel aus, so als besudele er ihre Lippen, woraus ich mühelos schloß, daß Catsmeat nicht zu Unrecht behauptet hatte, ihr Barometer stehe wegen E. Haddocks unsäglichem Hü und Hott auf Sturm. Da er mir jedoch eingebleut hatte, das Thema taktvoll anzugehen, wählte ich meine Worte mit Bedacht.

»Ach ja. Esmond Haddock. Catsmeat hat mir von Esmond Haddock erzählt.«

»Und was genau?«

»Na ja, dies und das.«

»Kam ich auch darin vor?«

»In gewisser Weise schon.«

»Was hat er denn gesagt?«

»Hm, falls ich ihn nicht falsch verstanden habe, hat er Andeutungen darüber gemacht, daß der obige Haddock unserem Burgfräulein einen Tort angetan hat. Gemäß Catsmeat haben du und dieser moderne Casanova einst Händchen gehalten, doch nach einigem Hüpfen und Naschen hat er dich wie einen alten Handschuh weggeworfen und sich mit Gertrude Winkworth zusammengetan. War bestimmt alles ganz anders. Vermutlich hat Catsmeat Kraut und Rüben durcheinandergebracht.«

Sie machte reinen Tisch. Wenn ein Mädchen wochenlang mit auf Sturm stehendem Barometer und von beiden Seiten angeknackstem Herzen durch die Gegend läuft, kommt sie irgendwann zur Einsicht, daß jungfräulicher Stolz zwar etwas Schönes sei, aber nur ein echtes Eingeständnis ihrer Seele Erleichterung verschaffe. Und sich mir anzuvertrauen war zudem etwas anderes, als einem Wildfremden intimste Details zu enthüllen. Zweifellos mußte sie daran denken, daß wir einst miteinander in die Tanzstunde gegangen waren, ja möglicherweise stand ihr sogar das Bild eines pickelübersäten Wooster im Kostüm des »kleinen Lord« vor dem inneren Auge.

»O nein, er hat mitnichten Kraut und Rüben durcheinandergebracht. Tatsächlich haben wir Händchen gehalten. Allerdings hat nicht Esmond mich wie einen alten Handschuh weggeworfen, sondern ich ihn. Ich sagte ihm, er könne mir gestohlen bleiben, falls er sich nicht endlich auf die Hinterbeine stelle, anstatt weiter vor seinen Tanten im Staub zu kriechen.«

»Ach, er kriecht also vor seinen Tanten im Staub?«

»Jawohl – der elende Wurm!«

Das konnte ich nicht durchgehen lassen. Bessere Männer als Esmond Haddock sind schon vor ihren Tanten im Staub gekrochen, was ich auch sagte, nur schien sie mir kein Gehör zu schenken. Junge Frauen schenken mir kaum je Gehör, wie ich immer wieder feststellen muß. Ihre Miene war abgespannt, und in den Augen lag ein verschleierter Ausdruck. Außerdem fiel mir auf, daß ihre Lippen bebten.

»Ich sollte ihn wohl nicht als elenden Wurm titulieren. Eigentlich kann er ja nichts dafür. Seit er sechs ist, lebt er bei ihnen und wird täglich herumkommandiert, und so fällt es ihm natürlich schwer, die Ketten zu sprengen. Er tut mir ja auch leid, aber alles hat seine Grenzen. Nachdem er ihnen vor lauter Muffensausen unsere Verlobung verschwiegen hatte, sprach ich ein Machtwort. Ich forderte ihn auf, es ihnen mitzuteilen, und er lief grün an und meinte, das könne er nicht, worauf ich sagte, also schön, blasen wir die Chose eben ab. Und seither habe ich nicht mehr mit ihm gesprochen, außer um ihn zu bitten, beim Konzert dieses Lied vorzutragen. Und das Traurige daran ist, Bertie, daß ich ihn abgöttischer denn je liebe. Nur schon beim Gedanken an ihn könnte ich losheulen und in den Teppich beißen.«

An dieser Stelle vergrub sie ihr Gesicht in Sam Goldwyns Fell – ein vermeintlicher Beweis für die Liebe eines Frauchens, in Tat und Wahrheit aber ein von mir sogleich durchschautes Mittel, um der Tränen Fluß zu stoppen. Ich persönlich hätte ja ein Batisttaschentuch vorgezogen, denn das Tier stank zum Himmel, aber so sind die Mädels nun mal.

»Ach je«, sagte sie, als sie wieder auftauchte.

Es ließ sich gar nicht so leicht sagen, wie man weiterfahren sollte. Ein »Wer wird denn, meine Süße?« wäre vielleicht auf Anklang gestoßen – vielleicht aber auch nicht. Nachdem ich kurz überlegt hatte, sagte ich bloß: »So ein Jammer.«

»Schon gut«, antwortete sie mit neugewonnener Contenance. »So ist das Leben nun mal. Wann reist du denn nach Deverill?«

»Heute abend.«

»Und mit welchen Gefühlen?«

»Mit eher gemischten, von meinen unterkühlten Füßen ganz zu schweigen. Im Kreise von Tanten fühle ich mich nie in Hochform, und Jeeves zufolge treten sie in Deverill Hall gleich im Rudel auf. Angeblich sollen es nicht weniger als fünf sein.«

»So ist es.«

»Eine ganze Menge.«

»Fünf zu viel. Ich kann mir nicht vorstellen, daß du Freude an ihnen hast, Bertie. Eine ist taub, eine bekloppt, und Biester sind sie samt und sonders.«

»Du greifst da zu kräftigen Worten, mein Kind.«

»Aber nur, weil mir keine noch kräftigeren einfallen. Sie sind fürchterlich. Ihr ganzes Leben haben sie in dem moderigen alten Haus verbracht, und man könnte glauben, sie wären direkt einem dieser alten dreibändigen Schmöker entstiegen. Alle Welt wird an ihren blaublütigen Maßstäben gemessen. Wem kein blaues Blut durch die Adern rauscht, den behandeln sie wie Luft. Als ihre Schwester Esmonds Vater heiratete, sind sie meines Wissens wochenlang nicht mehr aus der Ohnmacht aufgetaucht.«

»Ja, Jeeves hat durchblicken lassen, daß jener Mann in ihren Augen die Familienehre befleckt habe.«

»Kein Vergleich mit dem Fleck, den ich hinterlassen hätte. Durch meine Verbindung zum Kintopp gelte ich geradezu als scharlachrote Frau.«

»Weil du gerade von der scharlachroten Frau sprichst: Ich habe mich schon oft gefragt, ob sie von Kopf bis Fuß mit Scharlach bekleidet war oder bloß ein rotes Gesicht hatte? Aber das verschlägt nichts. So also sieht's aus, wie?«

»Jawohl, so sieht's aus.«

Ich war ganz froh, daß in diesem Moment Sam Goldwyn, auf den Lippen den Slogan »Zurück zu Bertram!«, einen weiteren jähen Hechtsprung auf meinen Bauch zu vollführte, konnte ich so doch einen emotionsgeladenen Moment überbrücken. Ich machte mir ernsthaft Sorgen. Was sich dagegen tun ließ, wußte ich nicht, doch gab es nichts daran zu deuteln, daß die Familie Pirbright auf dem Heiratsmarkt sehr glücklos operierte.

Corky schien ähnlich zu empfinden.

»Ausgerechnet mir muß so was passieren«, sagte sie. »Der einzige Mann, den ich unter den Millionen, die ich schon kennengelernt habe, heiraten will, kann mich nicht heiraten, weil ihn seine Tanten nicht lassen.«

»Ein harter Schlag für dich«, pflichtete ich bei.

»Und ein ebenso harter Schlag für den guten alten Catsmeat. Wenn man ihn so sieht, würde man nicht denken, daß Catsmeat zu den Männern gehört, denen ein Mädchen das Herz brechen kann, und doch ist es so. Nur wer ihn richtig kennt, begreift, welche Tiefen in ihm schlummern. Gertrude ist sein ein und alles, aber daß sie der Dauerbelagerung durch Esmond plus Mutter plus Tanten standhält, erscheint mir unwahrscheinlich.«

»Ja, er hat mir von dem Druck erzählt, der auf sie ausgeübt wird.«

»Wie hat er auf dich gewirkt?«

»Bedrückt.«

»Stimmt, die Sache geht ihm an die Nieren«, bestätigte Corky. Ihre Miene umwölkte sich. Catsmeat war schon immer ihr Schoßkind gewesen, falls der Leser weiß, was ich unter Schoßkind verstehe. Offensichtlich tat er ihr in der Seele leid, und wir hätten nun zweifellos seine Kalamitäten des langen und breiten bekakelt, sie von allen Seiten betrachtet und zu eruieren versucht, was am besten zu tun sei, wäre jetzt nicht die Tür aufgeflogen und er höchstpersönlich hereingestürzt.

»Grüß dich, Catsmeat«, sagte ich.

»Grüß dich, Catsmeat, mein Lieber«, sagte Corky.

»Grüß euch«, sagte Catsmeat.

Ich sah Corky an. Sie sah mich an. Ich glaube fast, daß wir beide die Lippen schürzten, und von mir selbst weiß ich ganz bestimmt, daß ich die Augenbrauen hochzog. Das Gebaren dieses Pirbright war nämlich dasjenige eines Mannes, der alle Hoffnung hat fahrenlassen, und die Stimme, mit der er sein »Grüß euch« gesprochen hatte, war im Grunde eine Stimme aus der Gruft. Kurzum, die Situation nährte Angst und Schrecken im Busen all jener, die nur das beste für ihn wollten.

Er ließ sich in einen Sessel sinken, schloß die Augen und verharrte eine Zeitlang reglos. Dann aber fuhr er, so als wäre in seinem Schädel eine Bombe explodiert, mit einem erstickten Schrei in die Höhe, die Hände gegen die Schläfen gedrückt, und mir ging ein Licht auf. Sein Verhalten, welches so augenscheinlich dasjenige eines Mannes war, dem bewußt ist, daß nur energisches Handeln seinen Kopf in letzter Sekunde davor bewahrt hat, in zwei Hälften zu springen, verriet mir, daß wir fälschlicherweise angenommen hatten, reiner Liebeskummer sei für den Zustand dieses lebenden Leichnams verantwortlich. Ich betätigte die Klingel, und Jeeves erschien.

»Eine Ihrer Spezialmixturen für den Morgen danach, wenn ich bitten darf, Jeeves.«

»Sehr wohl, Sir.«

Er glitt hinaus, und ich nahm Catsmeat genauer unter die Lupe. Leute, die es wissen müssen, haben mir erzählt, ein richtiger Kater kenne sechs Erscheinungsformen: den kaputten Kompaß, die Nähmaschine, den Kometen, die Kernspaltung, den Zementmixer und den Tanz der Kobolde. Catsmeats Haltung ließ vermuten, daß er sie alle aufs Mal hatte.

»Du hast dich letzte Nacht also vollgebuddelt?« erkundigte ich mich.

»Leicht alkoholisiert war ich schon«, räumte er ein.

»Jeeves holt gerade eines seiner Reanimationsmittel.«

»Danke, Bertie, danke«, sagte Catsmeat mit tiefer, leiser Stimme und schloß erneut die Augen.

Er tat dies im offensichtlichen Bemühen, sich bei einem Nickerchen zu regenerieren, und ich für mein Teil hätte ihm die Ruhe durchaus gegönnt. Corky allerdings war solche Milde fremd. Sie packte seinen Kopf mit beiden Händen und schüttelte ihn kräftig, worauf der Ärmste deckenwärts schoß, und zwar diesmal mit einem Schrei, der alles andere als erstickt war, sondern durch den Raum schallte wie das Todesröcheln von hundert Hyänen. Es war nur natürlich, daß Sam Goldwyn nun seinerseits lostobte, so daß ich diesen aus Gründen des Lärmschutzes zur Tür lotste und hochkant hinauswarf. Bei meiner Rückkehr stellte ich fest, daß Corky ihrem Bruder eine Standpauke nach Maß hielt.

»Du hast mir hoch und heilig versprochen, daß du dir die Hucke nicht voll säufst, du elender Mostschädel«, herrschte sie ihn mit schwesterlichem Ungestüm an. »Soviel also ist das Wort eines Pirbright wert!«

»Bleib mir bloß gestohlen mit deinem ›Wort eines Pirbright!‹«, erwiderte Catsmeat recht unwirsch. »Als ich das Wort eines Pirbright darauf gegeben habe, daß ich mir die Hucke nicht voll saufen würde, war mir noch nicht bewußt, daß ich mit Gussie Fink-Nottle zu dinieren hätte. Bertie wird bestätigen, daß kein Mensch einen Abend mit Gussie ohne kräftige Zuführung von Stimulantia durchstehen kann.«

Ich nickte.

»Da muß ich ihm leider recht geben«, sagte ich. »Selbst in Bestform ist Gussie nicht jedermanns liebster Tischkumpan, und ich vermute, daß er gestern abend bedrückt war.«

»Sehr bedrückt«, bestätigte Catsmeat. »In meinen frühen Jahren bei der Wanderbühne sind wir mal an einem verregneten Sonntagvormittag in Southport angekommen, und genau jenes Gefühl hoffnungsloser Verlassenheit hat Gussie wieder in mir wachgerufen. Mit hängender Kinnlade saß er da und glotzte mich so lange wie ein Dorsch an …«

»Gussie«, erläuterte ich Corky, »hat sich mit seiner Verlobten gezankt.«

»… bis ich erkannte, daß mir nur ein Weg offenstand, falls ich diese Tortur denn überleben sollte. Ich bat den Kellner, mir eine Magnumflasche zu bringen und in Griffweite zu lassen. Danach trat eine Wendung zum Besseren ein.«

»Gussie trank derweil natürlich Orangensaft, oder?«

»Durchgehend«, sagte Catsmeat und erschauerte.

Ich konnte sehen, daß Corky ungeachtet dieser mannhaften, geradlinigen Erklärung weiterhin auf strenge Schwester machte und einen Mann mit Vorwürfen einzudecken drohte, dessen Zustand viel zu schwach dafür war. Selbst die liebreizendsten Frauen können am Morgen danach unmöglich auf ihre Gardinenpredigt verzichten, weshalb ich das Gespräch eilends in neutrale Gewässer steuerte.

»Wo habt ihr denn gegessen?«

»Im Hotel Dorchester.«

»Und seid ihr nachher noch irgendwohin gegangen?«

»O ja.«

»Wohin denn?«

»Na ja, hierhin und dorthin. East Dulwich, Ponder's End, Limehouse …«

»Warum denn nach Limehouse?«

»Die Gegend wollte ich mir schon immer mal ansehen, und vielleicht schwebte mir auch vor, die Trostlosigkeit jenes Viertels mit meiner eigenen zu vergleichen. Bei East Dulwich und Ponder's End bin ich mir weniger sicher. Womöglich hat mir mal jemand davon vorgeschwärmt, oder vielleicht hielt ich auch einfach einen Tapetenwechsel für angezeigt. Ich hatte für den ganzen Abend ein Taxi gemietet, und so gingen wir damit auf eine kleine Besichtigungstour. Schließlich landeten wir am Trafalgar Square.«

»Und wie spät war es da?«

»Etwa fünf Uhr morgens. Wart ihr je um fünf Uhr morgens am Trafalgar Square? Äußerst pittoresk, dieser Brunnen, wenn der Tag langsam anbricht. Und als wir so auf dem Brunnenrand standen und die Sonne die Hausdächer zu vergolden begann, hatte ich einen Einfall, von dem mir inzwischen klar ist, daß es nicht der allerklügste war. Im Moment fand ich ihn aber ganz vortrefflich.«

»Und worum ging's?«

»Ich hielt es für denkbar, daß es im Brunnen Molche gebe, und da ich wußte, wie scharf Gussie auf Molche ist, riet ich ihm, hindurchzuwaten und danach zu suchen.«

»In voller Montur?«

»Ja, soweit ich erkannte, war er bekleidet.«

»Aber man kann doch nicht in voller Montur durch den Brunnen am Trafalgar Square waten!«

»Und ob man das kann. Gussie jedenfalls tat es. Meine Erinnerung ist zwar leicht getrübt, doch ich glaube, daß es dazu einiger Überredungskunst bedurfte. Jawohl, jetzt sehe ich klar«, sagte Catsmeat, und seine Miene hellte sich auf, »ich hielt ihn zum Waten an, doch er wollte nicht waten, worauf ich sagte, falls er nicht wate, würde ich ihm meine Magnumflasche über den Schädel ziehen. Und so watete er eben.«

»Du hattest deine Magnumflasche noch immer dabei?«

»Das war eine neue, die wir in Limehouse erstanden hatten.«

»Und Gussie watete?«

»Jawohl, Gussie watete.«

»Ein Wunder, daß er nicht hopsgenommen wurde.«

»Aber das wurde er doch!« korrigierte mich Catsmeat. »Ein Polyp kam des Wegs und griff ihn sich, und heute morgen wurden ihm am Polizeigericht in der Bosher Street vierzehn Tage Haft ohne Zulassung einer ersatzweisen Geldbuße aufgebrummt.«

Die Tür ging auf. Sam Goldwyn kam hereingetollt und warf sich mir an die Brust, als wären wir ein Liebespaar, das sich nach langer Trennung wiedersieht.

Ihm folgte Jeeves, der ein Tablett mit einem Glas trug, welches eines seiner hochexplosiven Spezialpräparate enthielt.

4. Kapitel

Als ich noch ein Pfannkuchengesicht von zwölf Lenzen war und meine Zuchthausstrafe in Malvern House, Bramley-on-Sea, absaß, jenem Internat also, dessen Direktor Reverend Aubrey Upjohn war, da machte der besagte Reverend einmal mächtig Reklame für Sir Philip Sidney selig, weil dieser, nachdem er in der Schlacht von XY verwundet worden war, einem seiner Waffenbrüder, der ihm einen Schluck auf die Schnelle angeboten hatte, zur Antwort gab, er solle ihn nicht in die gerade ausgegebene Runde einbeziehen, sondern sein Glas lieber einem auf einer unfernen Bahre liegenden Kampfgefährten reichen, dessen Not größer denn die seine sei. Diesen Geist selbstlosester Aufopferung wünsche er, Reverend Aubrey, auch in uns Knaben zu sehen – »insbesondere in dir, Wooster, und wie oft habe ich dir schon gesagt, du sollst mich nicht so unterbelichtet anglotzen? Mach dein Maul zu, Junge, und setz dich grade hin!«

Wäre Aubrey Upjohn Teil unseres kleinen Kreises gewesen, hätte er genau dies nun zu sehen bekommen. Mein erster Impuls war es tatsächlich, mich auf jenes Tablett zu stürzen, das Glas an mich zu reißen und es ex zu kippen, denn wenn ich je eines Muntermachers bedurft hatte, dann in diesem Moment. Doch ich hielt mich im Zaum. Selbst in diesem Augenblick des Schreckens vermochte ich mir zu sagen, daß Catsmeats Not größer denn die meine sei. Meine Glieder zuckten, doch ich hielt mich zurück, worauf er sich des Safts bemächtigte und ihn hinuntergoß, und nachdem er zunächst die Symptome eines Mannes an den Tag gelegt hatte, in den gerade der Blitz gefahren war – die unvermeidliche erste Reaktion auf Jeeves' Katertrunk –, sagte er »Ha!« und machte schon einen sehr viel fideleren Eindruck.

Mit fiebriger Hand fuhr ich mir über die Stirn.

»Jeeves!«

»Sir?«

»Wissen Sie, was?«

»Nein, Sir.«

»Gussie Fink-Nottle klebt Tüten.«

»Tatsächlich, Sir?«

Ich fuhr mir mit einer weiteren Hand über die Stirn, und der Blutdruck kletterte mehrere Stufen hoch. Wahrscheinlich hätte mir längst klar sein sollen, daß keine auch noch so schlagzeilenträchtige Neuigkeit Jeeves je dazu bringt, mit den Augen zu rollen und einen Luftsatz zu machen, doch dieses »Tatsächlich, Sir?«-Zeug bringt mich noch jedesmal auf die Palme.

»Schenken Sie sich Ihr ›Tatsächlich, Sir?‹, Jeeves! Ich wiederhole: Der heute morgen um Punkt fünf Uhr den Brunnen am Trafalgar Square durchwatende Augustus Fink-Nottle ist von der Polizei in Gewahrsam genommen worden und reißt nun vierzehn Tage ab. Und dabei wird er heute abend in Deverill Hall erwartet!«

Catsmeat, der die Augen geschlossen hatte, öffnete sie kurz.

»Soll ich dir was verraten?« sagte er. »Er wird nicht dort sein.«

Er senkte die Lider wieder, und ich fuhr mir mit einer dritten Hand über die Stirn.

»Sie erkennen doch hoffentlich den Ernst der Lage, Jeeves? Was wird Miss Bassett sagen? Wie wird sie die Nachricht aufnehmen? Sie schlägt morgen früh die Zeitung auf. Sie liest jenen geliebten Namen in fetten Buchstaben in der Rubrik ›Neues vom Polizeigericht‹ …«

»Nein, das nicht«, sagte Catsmeat. »Gussie hat unverhofften Scharfsinn bewiesen und sich als Alfred Duff Cooper ausgegeben.«

»Aber was passiert, wenn er sich nicht in Deverill Hall einfindet?«

»Da ist was dran«, räumte Catsmeat ein und sank in einen erquickenden Schlummer.

»Ich kann euch sagen, was Miss Bassett sagen wird. Sie wird sagen … Jeeves!«

»Sir?«

»Sie sind ja überhaupt nicht bei der Sache!«

»Bitte verzeihen Sie, Sir. Ich habe gerade den Hund beobachtet. Sie werden feststellen, Sir, daß er mit dem Verzehr des Sofakissens beschäftigt ist.«

»Der Hund ist jetzt nicht von Belang.«

»Es erscheint mir geboten, unseren kleinen Freund in die Küche zu komplimentieren, Sir«, sagte er ebenso respektvoll wie resolut. Jeeves nimmt es in Fragen der Korrektheit stets sehr genau. »Ich werde zurückkehren, sobald er sicher verwahrt ist.«

Er zog sich zurück, Vierbeiner inklusive, und Corky gab mir Zeichen. Schon seit geraumer Zeit schlich sie in der Peripherie herum und machte den Eindruck, als sei ihr der Handlungsfaden entglitten.

»Aber Bertie«, sprach sie, »warum die Panik? Mr. Fink-Nottles Gefühlsaufwallung kann ich ja noch verstehen, aber wieso führst *du* solche Tänze auf?«

Ich war froh, daß Jeeves sich vorübergehend vom Konferenztisch absentiert hatte, wäre es mir in seiner Gegenwart doch unmöglich gewesen, mich frank und frei über Madeline Bassett zu äußern. Selbstverständlich weiß er über den Casus Bassett bestens Bescheid, und ich weiß Bescheid, daß er Bescheid weiß, doch wir diskutieren nicht über sie, denn dies hieße, den Namen einer Frau zu besudeln. Ein Wooster besudelt keine Frauennamen, und genausowenig tut dies ein Jeeves.

»Hat dir Catsmeat nichts über mich und Madeline Bassett erzählt?«

»Kein Sterbenswörtchen.«

»Ich will dir gern verraten, wieso ich solche Tänze aufführe«, sagte ich und schickte mich umgehend dazu an.

Das Bassett-Wooster-Wirrsal (oder meinetwegen auch -Kuddelmuddel) ist für all jene alter Kaffee, die schon an meinen Lippen hingen, als ich bei früherer Gelegenheit darüber sprach, aber es stoßen ja immer neue

Leute dazu, und zu deren Nutz und Frommen will ich die Fakten kurz resümieren.

Ihren Anfang nahm die Sache in Brinkley Court, dem in Worcestershire gelegenen Wohnsitz meiner Tante Dahlia. Dort weilten im vergangenen Sommer Gussie und ich sowie diese vermaledeite Bassett. Es handelte sich um einen jener aus der Literatur bekannten Fälle, wo Bursche A eine junge Frau liebt, sich aber nicht traut, ihr das mitzuteilen, während ein Freund von ihm, nennen wir ihn Bursche B, sich aus lauter Herzensgüte anerbietet, ihm mit ein paar wohlgesetzten Worten den Weg zu ebnen – wobei der arme Tropf vollkommen außer acht läßt, wie weit er sich damit aus dem Fenster lehnt, worauf er prompt aus diesem hinaus ins Verderben stürzt. Oder anders formuliert: Gussie konnte sich trotz größter Vernarrtheit nicht dazu durchringen, in die Vorverhandlungen einzutreten, und ich Esel sagte ihm, er solle das Ganze mir überlassen.

Und so führte ich das Mädchen eines Abends hinaus ins Zwielicht und verzapfte allerlei unkluges Zeug darüber, daß es in Brinkley Court Herzen gebe, die sich in Liebe zu ihr verzehrten. Und ehe ich mich versah, sagte sie, natürlich hätte sie meine Gefühle längst erahnt, denn Frauen hätten dafür 'nen Riecher, nur könne es leider, leider nicht sein, da sie schon Gussie versprochen sei. Allerdings, fuhr sie fort (und genau darin lauerte seither die ständige Gefahr), würde sie Gussie, sollte sie eines Tages feststellen, daß er nicht die rare, lautere Seele sei, die sie in ihm sehe, den Laufpaß geben und mich an seiner Statt glücklich machen.

Und wie ich schon früher berichtete, hatte die Sache immer wieder mal auf Messers Schneide gestanden, namentlich zu der Zeit, als Gussie sich den Kanal bis über den Eichstrich vollaufen ließ und in diesem Zustand den Eleven der Höheren Schule von Market Snodsbury die Preise überreichte. Daraufhin annullierte Madeline seine Nominierung, lenkte später aber wieder ein. Es war nun überaus wahrscheinlich, daß es erneut zur Annullierung käme, sollte sie herausfinden, daß der Mann, den sie als den reinsten und erhabensten aller Geister betrachtete, exemplarisch bestraft worden war, weil er den Brunnen am Trafalgar Square durchwatet hatte. Nichts macht einem idealistisch gesinnten Mädchen einen Burschen schneller madig als die Nachricht, dieser schmore für vierzehn Tage im Loch.

All dies erläuterte ich Corky, und sie antwortete, daß sie begreife, was ich meinte.

»Das will ich hoffen! Es sieht finster aus für mich. Kriegt Madeline Bassett erst einmal spitz, was vorgefallen ist, kann daraus nur eines folgen: Gussie wird sich auf dem Abstellgleis wiederfinden, und die gebeugte Gestalt, die man an Madelines Seite durchs Kirchenschiff schlurfen siehst, derweil die Schaulustigen den Hut abnehmen und die Orgel ›Herr, vor dein Antlitz treten zwei‹ spielt, wird diejenige von Bertram Wilberforce Wooster sein.«

»Ich wußte gar nicht, daß du Wilberforce heißt.«

Ich sagte, so was behalte man lieber für sich, wenn man sich nicht gerade im Zustand höchster Erregung befinde.

»Aber Bertie, ich verstehe überhaupt nicht, warum du nicht an ihrer Seite durch Kirchenschiffe schlurfen willst. Ich habe in Deverill Hall eine Fotografie zu Gesicht bekommen, auf der sie zum Anbeißen aussieht.«

Hierbei handelte es sich um einen weitverbreiteten Irrtum, dem besonders jene Zeitgenossen verfallen, die Madeline Bassett nie persönlich kennengelernt, sondern nur Fotografien von ihr gesehen haben. Die Außenhülle dieser wandelnden Naturkatastrophe gibt, wie mir wohl bewußt ist, kaum Anlaß zur Kritik. Die Augen sind groß und strahlend, die Gesichtszüge fein geschnitten, und auch Haar, Nase, Zähne und Ohren sind mehr als nur guter Durchschnitt. Aufgrund der Fotografie glaubt man es mit einem Wesen zu tun zu haben, das als Glamourgirl auf breiteste Akzeptanz stieße.

Die Sache hat jedoch einen Haken, und zwar einen ziemlich kantigen.

»Du fragst mich, warum ich nicht an ihrer Seite durch Kirchenschiffe schlurfen will«, sagte ich. »Das kann ich dir gern verraten. Zwar sieht sie, wie du richtig bemerkst, zum Anbeißen aus, doch ist sie der rührseligste, sentimentalste, gefühlsduseligste Schmachtlappen, der je die Sterne am Himmelszelt für Gottes Gänseblümchenkette hielt. Außerdem glaubt sie, daß jedesmal ein klitzekleines Kindchen auf die Welt kommt, wenn eine Fee Schluckauf hat. Sie ist schmalzig und schmachtend. Ihre Lieblingsfiguren in der Literatur sind Christopher Robin und Pu der Bär. Am besten läßt sich das Ganze wohl so zusammenfassen: Sie ist die ideale Gattin für Gussie Fink-Nottle.«

»Ich hatte noch nicht die Ehre, Mr. Fink-Nottle kennenzulernen.«

»Dann frag jemanden, der sie hatte.«

Sie stand grübelnd da. Ganz offensichtlich erkannte sie, was es geschlagen hatte.

»Du glaubst also, daß es dir an den Kragen geht, falls sie Wind von der Sache bekommt.«

»Daran führt kein Weg vorbei. Mir wird nichts anderes übrigbleiben, als die Suppe auszulöffeln. Wenn eine junge Frau glaubt, daß du sie liebst, und sie dir dann erzählt, sie stelle den Verlobten ins Regal zurück und sei nun bereit, sich vertraglich auf dich zu verpflichten, was kannst du da tun, außer sie zu heiraten? Man muß schließlich die Form wahren.«

»Das leuchtet ein. Schwierig, schwierig. Aber wie willst du sie denn abhalten, Wind davon zu bekommen? Wenn sie erfährt, daß Mr. Fink-Nottle nicht in Deverill Hall eingetroffen ist, wird sie zwangsläufig Nachforschungen anstellen …«

»… und sind nämliche Nachforschungen erst einmal angestellt, bringen sie die schreckliche Wahrheit zwingend ans Tageslicht. Genau. Aber es gibt ja noch Jeeves.«

»Du glaubst, er kann die Sache einrenken?«

»Er schafft das noch jedesmal. Er hat Hutgröße 73, verzehrt tonnenweise Fisch und wirkt Wunder auf all seinen Wegen. Schau nur, da kommt er ja und guckt intelligenter denn je aus der Wäsche. Na, Jeeves? Haben Sie eine Lösung aufgespießt?«

»Jawohl, Sir. Allerdings …«

»Siehst du, Corky«, sagte ich. Dann aber hielt ich inne und legte die Stirn in Falten. »Habe ich gerade das Wort ›allerdings‹ gehört, Jeeves? Warum denn ›allerdings‹?«

»Einzig und allein deshalb, Sir, weil ich leise Bedenken hege, ob die Lösung, die ich nun präsentieren werde, Ihre Zustimmung findet.«

»Lösung ist Lösung – alles andere ist mir schnurz.«

»Also gut, Sir, um die Nachforschungen zu vereiteln, die unweigerlich ins Werk gesetzt würden, sollte sich Mr. Fink-Nottle heute abend nicht in Deverill Hall einfinden, erscheint es mir unerläßlich, daß ein sich als Mr. Fink-Nottle ausgebender Stellvertreter dessen Platz einnimmt.«

Mir wurde schwarz vor Augen.

»Sie schlagen doch nicht etwa vor, daß ich als Gussie in diese Lepra-kolonie einrücke?«

»Es sei denn, Sie können einen Ihrer Freunde dafür gewinnen, Sir.«

Ich stieß ein Lachen aus – eins von der hohlen, freudlosen Sorte.

»Man kann nicht durch London spazieren und Leute darauf anhauen, ob sie sich als Gussie Fink-Nottle ausgeben wollen. Na ja, man kann das schon – aber ausdenken will ich mir so was lieber nicht. Abgesehen davon bleibt uns keine Zeit …« Ich hielt inne. »Catsmeat!« brüllte ich.

Catsmeat öffnete die Augen.

»Hallo miteinander«, sagte er sichtlich erquickt. »Wie läuft's denn immer?«

»Es läuft, es läuft. Jeeves hat einen Ausweg gefunden.«

»Das dachte ich mir schon. Was hat er denn vorzuschlagen?«

»Er glaubt … Wie war das noch mal, Jeeves?«

»Um die Nachforschungen zu vereiteln, die unweigerlich ins Werk ge-setzt würden, sollte sich Mr. Fink-Nottle heute abend nicht in Deverill Hall einfinden …«

»Und jetzt spitz die Ohren, Catsmeat.«

»… erscheint es mir unerläßlich, daß ein sich als Mr. Fink-Nottle ausgebender Stellvertreter dessen Platz einnimmt.«

Catsmeat nickte und meinte, dies erscheine ihm sehr plausibel.

»Sie sprechen natürlich von Bertie, nicht wahr?«

Zärtlich massierte ich den Ärmel seiner Jacke.

»Wir dachten da eher an dich«, sagte ich.

»An mich?«

»Ja.«

»Ich soll mich als Gussie Fink-Nottle ausgeben?«

»Genau.«

»Nein«, sagte Catsmeat. »Nein, nein und nochmals nein! Was für eine widerwärtige Vorstellung!«

Das entsetzte Beben in seiner Stimme ließ mich erkennen, wie sehr ihm die vergangene Nacht in den Knochen steckte. Wohlgemerkt, ich konnte seine Haltung durchaus verstehen. Gussie ist nicht jedermanns Sache, und wer ihn von acht Uhr abends bis fünf Uhr morgens ständig um sich hat, entwickelt eine gewisse Allergie. Mir wurde klar, daß ein gerüttelt Maß an Zungenfertigkeit vonnöten sein würde, um die tätige Mithilfe des C. C. Pirbright zu gewinnen.

»Dir böte sich dadurch die Gelegenheit, unter demselben Dach wie Gertrude Winkworth zu wohnen.«

»Stimmt!« fiel Corky ein. »Du wärst so an Gertrudes Seite.«

»Selbst um an der Seite meiner Gertrude zu sein«, konterte Catsmeat bestimmt, »kann ich nicht zulassen, daß Leute mich für Gussie Fink-Nottle halten. Außerdem würde mir das kein Mensch abkaufen. Ich wäre eine krasse Fehlbesetzung. Mir sieht man doch an der Nasenspitze den Mann von Geist und Grütze und Talent und all dem Zeug an, während es die Spatzen von den Dächern pfeifen, daß Gussie das schwachsinnigste Rindvieh der ganzen Schöpfung ist. Nach fünf Minuten Tischgespräch mit mir würden die alten Leutchen das ganze Lügengespinst wegfegen. Nein, wenn man schon eine zweite Besetzung für Gussie Fink-Nottle sucht, sollte man jemanden *wie* Gussie Fink-Nottle wählen, auf daß die Täuschung funktioniere. Die Rolle fällt dir zu, Bertie.«

Mir entfuhr ein Schrei.

»Du glaubst doch wohl nicht, ich sei Gussie ähnlich?«

»Ihr könntet Zwillinge sein.«

»Ich finde noch immer, daß du dich reichlich blöd anstellst, Catsmeat«, sagte Corky. »In Deverill Hall könntest du Gertrude vor Esmond Haddocks Avancen schützen.«

»Bertie kümmert sich bereits darum. Ich will gar nicht verhehlen, daß ich Deverill Hall liebend gern eine Stippvisite abstatten würde, und gäbe es eine andere Möglichkeit … Aber ich werde mich *nicht* als Gussie Fink-Nottle ausgeben!«

Ich schickte mich ins Unvermeidliche.

»Na schön«, sagte ich und seufzte in gewohntem Stil. »Im Austausch zwischen den Menschen bedarf es stets eines Sündenbocks oder Watschenmanns, der die Drecksarbeit übernimmt, und im vorliegenden Schlamassel scheine das eben ich zu sein. So läuft es meistens. Wann immer eine Aufgabe ansteht, die dazu angetan ist, die Menschheit erschauern zu lassen, erschallt der Ruf: ›Lassen wir Wooster ran!‹ Ich beklage mich gar nicht, ich will es nur erwähnt haben. Also schön, wir brauchen nicht darüber zu diskutieren. Ich werde Gussie spielen.«

»›Er lächelte noch, dann schied er dahin‹ – so kenne ich meinen Bertie«, sprach Catsmeat. »Und auf der Fahrt kannst du dir ja Gedanken über deinen ersten Auftritt machen.«

»Was meinst du damit?«

»Tja, da wäre etwa die durchaus strittige Frage, ob es sich empfiehlt, der Patentante von Gussies Flamme einen Willkommenskuß zu geben. Dies sind die kleinen Details, denen du deine Aufmerksamkeit schenken solltest. Und wenn du nun erlaubst, Bertie, möchte ich mich für ein kleines Nickerchen in dein Gemach zurückziehen. Hier wird man ständig gestört, und ich bedarf des Schlafes, falls ich mich der Welt je wieder zeigen will. Womit haben Sie Schlummer und Schlaf neulich verglichen, Jeeves?«

»Mit zwei Brüdern, Sir, zum Dienste der Götter berufen.«

»Das habe ich gemeint. Gut gebrüllt, Jeeves.«

Catsmeat kroch von hinnen, und Corky sagte, sie müsse ebenfalls gehen, da sie noch tausend Dinge zu erledigen habe.

»Na, Jeeves, scheint ja alles wie am Schnürchen zu laufen dank Ihrer Geistesgegenwart«, sagte sie. »Unschön ist höchstens, daß die Dorfbewohner enttäuscht sein werden, wenn sie erfahren, daß man ihnen als Pat statt des gefeierten Bertram Wooster einen viertklassigen Wanderschauspieler namens Fink-Nottle vorsetzen wird. Ich habe kräftig die Werbetrommel für dich gerührt, Bertie. Aber da kann man nichts machen. Tschüs – bei Philippi sehen wir uns wieder. Auf Wiedersehen, Jeeves.«

»Auf Wiedersehen, Miss.«

»Moment mal«, sagte ich. »Du hast deinen Hund vergessen.«

Sie blieb bei der Tür stehen.

»Oje, das wollte ich dir schon die ganze Zeit sagen, Bertie. Ich möchte, daß du ihn für ein, zwei Tage bei dir in Deverill Hall behältst, damit sich Onkel Sidney an die Vorstellung gewöhnen kann. Er ist nicht gerade scharf auf Hunde und will deshalb schonend auf Sam vorbereitet werden.«

Ich legte umgehend ein *nolle prosequi* ein.

»Ich werde mich nicht mit einem elenden Köter in Deverill Hall zeigen. Das würde mein Prestige ruinieren.«

»Du meinst wohl Mr. Fink-Nottles Prestige, über welches er im übrigen gar nicht verfügt. Wie du von Catsmeat weißt, sind sie über ihn im Bild und werden wohl schon erleichtert sein, wenn du nicht mit einem halben Dutzend Molchbehältern anrückst. Tja, noch einmal: auf Wiedersehen.«

»He!« jaulte ich auf – doch weg war sie.

Ich wandte mich an Jeeves.

»Na, Jeeves?«

»Ja, Sir.«

»Was heißt denn hier ›Ja, Sir‹?«

»Ich versuchte damit auszudrücken, daß mir die relative Vertracktheit Ihrer Situation durchaus bewußt ist, Sir. Ob ich wohl Ihre Aufmerksamkeit auf eine Bemerkung des Kaisers Marcus Aurelius lenken dürfte? ›Bedenk, welch winziges Stück des ganzen Weltwesens du bist, wie klein und verschwindend der Punkt in der ganzen Ewigkeit, auf den du gestellt, und dein Schicksal – welch ein Bruchteil des gesamten!‹«

Mein Atem ging leicht röchelnd.

»Ach, das hat er also gesagt, wie?«

»Jawohl, Sir.«

»Dann bestellen Sie ihm, er sei ein verdammter Schafskopf. Sind meine Koffer gepackt?«

»Jawohl, Sir.«

»Steht der Zweisitzer vor der Tür?«

»Jawohl, Sir.«

»Dann geleiten Sie mich hin, Jeeves. Falls ich es denn wirklich vor Mitternacht zu dieser Leprastation schaffen soll, spute ich mich jetzt besser.«

5. Kapitel

Selbstverständlich schaffte ich es vor Mitternacht dorthin. Gleichwohl kam ich reichlich spät an. Wie an einem solchen Tag nicht anders zu erwarten, erkrankte der Zweisitzer, welcher sonst so zuverlässig ist wie ein Araberhengst, auf halber Strecke an Pocken oder einer ähnlichen Unpäßlichkeit, was meinen Zeitplan völlig über den Haufen warf, und so glaubte ich, es gehe bestimmt schon auf acht zu, als ich durchs

Haupttor bog. Ein Schlußspurt in der Auffahrt erlaubte es mir dann aber doch, um zwanzig vor acht an der Haustür zu klingeln. Ich kann mich erinnern, wie Jeeves mir einst bei unserem Eintreffen in einem Landhaus, in welchem uns brenzlige Situationen erwarteten, die Worte ins Ohr raunte: »Herr Roland kam zum finstern Turm, Sir« – ein Scherzchen, mit dem ich damals nichts anzufangen wußte. Spätere Erkundigungen ergaben jedoch, daß Herr Roland einer jener mittelalterlichen Ritter war, die ihre Zeit damit zubrachten, hierhin und dorthin zu ziehen, und daß er sich eines Abends, da er vor einer Bude landete, die den Namen »Der finstere Turm« trug, skeptisch am Kinn kratzte, da ihm die Sache nicht ganz geheuer war.

Mir ging es genau gleich. Ich bestaunte Deverill Hall, denn mir entging keineswegs, daß es sich um ein prächtiges altes Bauwerk samt Zinnen und allen sonstigen Schikanen handelte, und wäre der Deverill, welcher es gebaut hatte, zugegen gewesen, hätte ich ihm prompt auf die Schulter geklopft und »Reife Leistung, Deverill!« gesagt. Dennoch schreckte mich der Gedanke an das, was mich drinnen erwartete.

Hinter jenem massiven Hauptportal lauerten fünf Tanten frühviktorianischen Zuschnitts sowie ein Esmond Haddock, der, fand er erst einmal heraus, daß ich ihm gegenüber die Rolle von Marys kleinem Schaf zu spielen gedachte, die Gastgeberpflichten wohl hintanstellen und mir das Genick brechen würde. Solcherlei Überlegungen halten einen davon ab, das Auge mit ungezügeltem Ergötzen an Tudor-Bauwerken zu weiden, und reduzieren den Unterhaltungswert weiter Rasenflächen und üppiger Blumenbeete um fünfzig bis sechzig Prozent.

Die Tür ging auf und brachte einen Doppelzentner Butler zum Vorschein.

»Guten Abend, Sir«, sprach das gewichtige Exemplar. »Mr. Wooster?«

»Fink-Nottle«, berichtigte ich sogleich den entstandenen Eindruck.

Und dabei war es schon eine respektable Leistung, überhaupt etwas zu sagen, denn die unvermittelte Konfrontation mit Charlie Silversmith hatte mir den Atem fast geraubt. Ich fühlte mich jäh zurückversetzt in jene Tage, in denen ich mich als Flaneur und Mann von Welt zu etablieren begann und regelmäßig unter dem Blick von Butlern erzitterte, die mir das Gefühl gaben, sehr jung und sehr ungelenk zu sein.

Heute, wo ich älter und abgebrühter bin, werde ich mit den meisten Vertretern dieser Spezies spielend fertig. Öffnen sie das Hauptportal, drücke ich ungezwungen die Brust raus und sage: »Aha, Freund Butler, wie geht's, wie steht's?« Jeeves' Onkel Charlie aber war ein Sonderfall. Er hätte einem dieser Stahlstiche von Staatsmännern des 19. Jahrhunderts entnommen sein können. Sein Schädel war groß und kahl, und die blassen Stachelbeeraugen standen vor. Und just jene mich nun fixierenden Augen verstärkten das Gefühl eines finsteren Turms noch weiter. Mir ging dabei durch den Kopf, daß Herr Roland, wäre plötzlich etwas Entsprechendes vor ihm aufgetaucht, seinem Schlachtroß die Sporen gegeben hätte und wie der geölte Blitz davongestoben wäre.

Der mittels einer kräftigen Leine am Rückspiegel vertäute Sam Goldwyn schien sehr ähnliche Gedanken zu hegen, warf er doch nach einem verdatterten ersten Blick auf Onkel Charlie den Kopf in den Nacken und stimmte ein bestürztes Geheul an. Ich konnte ihm seine Kümmernis gut nachfühlen. Als ein aus Südlondon stammender und der unteren Mittelschicht – wenn nicht gar dem Plebs – angehörender Hund hatte er wohl noch nie einen Butler zu Gesicht bekommen, und nun wollte es das Pech, daß er gleich beim ersten Mal jemanden wie Onkel Charlie erwischte. Mit einer entschuldigenden Bewegung des Daumens richtete ich die Aufmerksamkeit des letzteren auf den ersteren.

»Ein Hund«, sagte ich und sah darin eine durchaus gangbare Methode, die beiden miteinander bekanntzumachen. Onkel Charlie warf dem Vierbeiner einen gestrengen Blick zu, so als hätte er ihn mit der Fischgabel das Entrée verspeisen sehen.

»Ich lasse das Tier in die Stallungen sperren, Sir«, sagte er in kühlem Ton, und ich erwiderte dankend, das sei schrecklich nett von ihm.

»Und nun«, fuhr ich fort, »zische ich besser ab und ziehe mich um, wie? Schließlich möchte ich nicht zu spät zum Dinner kommen.«

»Das Dinner ist bereits im Gang, Sir. Wir pflegen pünktlich um halb acht zu essen. Falls Sie die Hände noch waschen wollen, Sir …«, sagte er und wies nach links auf eine Tür.

In jenen Kreisen, in denen ich verkehre, gelte ich im allgemeinen als recht unverwüstlicher Bursche, der in Situationen, in denen andere die Segel streichen, dabei zu beobachten ist, wie er an der Aufgabe reift, ja vollends über sich hinauswächst. Man schaue nur mal im Drones Club vorbei und frage das erstbeste Mitglied: »Läßt sich die Moral eines Wooster zermürben?«, so wird der Betreffende bestimmt eine verlockende Wettquote gegen eine solche Eventualität anbieten. Wie mühselig der Gang der Dinge auch ist, wird er sagen, wie zahlreich die sattsam bekannten »Pfeil’ und Schleudern des wütenden Geschicks« immer sein mögen – Bertram hält unverzagt die Stellung.

Nie zuvor war ich jedoch in die Lage geraten, mich nicht nur als Gussie Fink-Nottle ausgeben, sondern zu allem Überfluß auch noch ohne Umkleidemöglichkeit in einem fremden Haus dinieren zu müssen, und ich gebe gern zu, daß mir einen Moment lang schwarz vor Augen wurde. Es war folglich ein schlaffer und schwankender Bertram Wooster, der die freiliegenden Körperteile einseifte, abspülte und frottierte und anschließend Onkel Charlie ins Eßzimmer folgte. Und aufgrund der Qual, mir wie ein lustiger Vagabund vorzukommen, und der Peinlichkeit, meine Ration verdrücken zu müssen, während um mich herum jedermann – so zumindest erschien es meiner blühenden Phantasie – mit der Zunge schnalzte und auf den Tisch trommelte und sich wispernd über die höchst unerfreuliche Verzögerung beklagte (denn alle warteten sie sehnlich auf den nächsten Gang und wollten sich endlich weiter den Wanst vollschlagen), dauerte es ein ganzes Weilchen, bis ich wieder soweit bei Kräften war, den Blick schweifen zu lassen und die Tischgesellschaft genauer in Augenschein zu nehmen. Natürlich war ich pro forma vorgestellt worden – ich meinte mich zu erinnern, daß Onkel Charlie in reserviertem Ton »Mr. Fink-Nottle« gesagt hatte, so als wünsche er klarzustellen, daß *ihn* keinerlei Schuld treffe –, doch hiervon hatte kaum jemand etwas bemerkt.

So weit das Auge reichte, brandete mir ein aufgepeitschtes Tantenmeer entgegen. Es gab große Tanten, kleine Tanten, dicke Tanten, dünne Tanten sowie eine Tante, die vor sich hinmummelte, ohne daß ihr jemand Beachtung schenkte. Erst später sollte ich erfahren, daß es sich hierbei um das übliche Gebaren von Miss Emmeline Deverill handelte, jener Tante also, die Corky als »bekloppt« apostrophiert hatte. Jeder Gang wurde von ihrem Endlosmonolog untermalt. Shakespeare hätte seine Freude an ihr gehabt.

Am oberen Tischende saß ein recht junger Mann in einem prächtig geschnittenen Smoking, was mir um so schmerzlicher bewußt machte, daß ich mit meinen Klamotten den Staub der Straße ins gute Haus gebracht hatte. E. Haddock, so vermutete ich. Er saß neben einer jungen Frau in Weiß, die unverkennbar die Juniorin der Clique war, woraus ich messerscharf schloß, daß dies Catsmeats Gertrude sein mußte.

Als ich mir die junge Frau genauer anschaute, begriff ich, warum Catsmeat in Liebe entflammt war. Die Tochter von Dame Daphne, Witfrau von P. B. Winkworth, war schlank und blond und zierlich (ganz im Gegensatz zu ihrer Mutter, die ich nun als die Dame zu meiner Linken identifizierte, eine robuste Halbschwergewichtlerin mit einer Visage wie Wallace Beery). Gertrudes Augen waren blau, ihre Zähne perlweiß, und auch in jeder anderen Hinsicht ließ sie keine Wünsche offen. Ich vermochte Catsmeats Überlegungen mühelos zu folgen. Laut seiner eigenen Aussage war er an der Seite dieses Mädchens im abendlichen Dämmerlicht durch einen verwunschenen Garten flaniert, derweil die Vögelchen schläfrig im Gebüsch geträllert und die Sternlein nach und nach am Himmelszelt hervorgeguckt hatten – und kein gemütvoller

Mann konnte so etwas an der Seite einer derartigen Frau tun, ohne daß ihm die Sinne schwanden.

Ich grübelte diesen beiden jungen Herzen im Frühjahr nach und spekulierte mit einem nicht unmännlichen Anflug von Rührung über ihre Chancen, ein Happy-End herbeizuführen, als der Konzertabend aufs Tapet kam.

Das bisherige Tischgespräch war eher technischer Natur gewesen und bot dem fremden Besucher wenig Gelegenheit, Fuß zu fassen. Der Leser weiß bestimmt, was ich meine: Eine Tante sagte beispielsweise, sie habe mit der Nachmittagspost einen Brief von Emily erhalten, und eine andere Tante fragte, ob Emily etwas über Fred und Alice schreibe, und die erste Tante antwortete, jawohl, mit Fred und Alice sei alles in Ordnung, da Agnes nun Edith erzählt habe, was Jane Eleanor gesagt habe. Alles reichlich obskur.

Nun aber ließ eine bebrillte Tante verlauten, sie habe vorhin den Vikar getroffen, und der arme Zausel spucke Blut, weil seine Nichte, Miss Pirbright, darauf bestehe, ins Programm eine derbe Klamotte aufzunehmen, die von Polizeiwachtmeister Dobbs und Agatha Worplesdons Neffen Mr. Wooster bestritten werde. Was man sich freilich unter einer derben Klamotte vorzustellen habe, sei ihr ein Rätsel. »Aber vielleicht können Sie uns weiterhelfen, Augustus?«

Erfreut ergriff ich die Gelegenheit, ein paar Worte zu sagen, denn abgesehen von einem affektierten Kichern zu Beginn hatte ich seit meinem Eintreffen noch keinen Ton von mir gegeben, und in Gussies Interesse erschien es mir an der Zeit, das Schweigen zu brechen. Hätte ich noch lange in diesem Stil weitergemacht, wäre die ganze Sippschaft schon bald an die Schreibtische gehechtet und hätte die Bassett brieflich bekniet, es sich noch einmal zu überlegen, bevor sie ihr Glück an einen stummen Stoffel hänge, der die Flitterwochen bestimmt in einem Fiasko enden lasse, indem er sich mittendrin verdünnisiere, um in einen Trappistenorden einzutreten.

»Aber klar doch«, sagte ich. »Es handelt sich um eine dieser Pat-und-Mike-Nummern. Zwei Knilche treten mit grünen Bärten auf die Bühne, in der Hand je einen Schirm, und ein Knilch sagt zum anderen Knilch: ›Wer war denn die Dame, mit der ich dich auf der Straße gesehen habe?‹, worauf der zweite Knilch zum ersten Knilch sagt: ›Bei meiner Seel', das war keine Dame, das war meine Alte.‹ Und dann haut der zweite Knilch dem ersten Knilch seinen Schirm über die Rübe, worauf der erste Knilch, nicht faul, dem zweiten Knilch *seinen* Schirm über die Rübe haut. Und so dann immer weiter.«

Es kam nicht gut an. Der ganzen Tischrunde stockte der Atem.

»Sehr ordinär!« sagte eine Tante.

»Furchtbar ordinär!« sagte eine zweite.

»Entsetzlich ordinär!« sagte Dame Daphne Winkworth. »Aber auch typisch, daß Miss Pirbright eine solche Produktion für ein Dorfkonzert vorschlägt.«

Die restlichen Tanten riefen nun zwar nicht »Wo de recht hast, haste recht, Daph« oder »Volltreffer!«, doch ihre Haltung verströmte exakt diese Botschaft. Lippen wurden gekräuselt und Nasen gerümpft. Allmählich begriff ich, was Catsmeat mit seiner Aussage gemeint hatte, daß diese Frauenzimmer Corky nicht gewogen seien. Ihre Aktie notierte stark im Minus, und eine Erholung war nicht in Sicht.

»Ich bin ja nur froh«, sprach die Tante mit der Brille, »daß es Mr. Wooster ist, der mit solch würdelosen Faxen Schande über sich bringt, und nicht Sie, Augustus. Stellt euch bloß vor, was Madeline dazu sagen würde!«

»Nie und nimmer käme Madeline über so etwas hinweg«, sagte eine dünne Tante.

»Unsere teure Madeline ist ja so vergeistigt«, sagte Dame Daphne Winkworth.

Eine eiskalte Hand schien sich um mein Herz zu krallen. Ich kam mir vor wie eine jener aus der Bibel bekannten Gergesener Säue, die sich um ein Haar von dem Abhang ins Meer gestürzt hätten. Ob man's glaubt oder nicht, keine Sekunde hatte ich mir bisher überlegt, daß Madeline Bassett mit tiefster Abscheu reagieren könnte, erführe sie, daß ihr Geliebter in einem grünen Bart herumgelaufen und Polizisten mit Schirmen eins übergebraten hatte. Jawohl, wäre die Nachricht erst einmal zu ihr gedrungen, hätte das Verlöbnis keine Minute länger Bestand! Man kann bei diesen idealistisch gesinnten Erzromantikerinnen gar nicht vorsichtig genug sein. Ein Gussie mit grünem Bart wäre fast noch schlimmer als ein Gussie im Loch.

Zwar gab es mir einen Stich ins Herz, demissionieren zu müssen, denn ich hatte mich schon auf einen sensationellen Triumph eingestellt, doch weiß ich, wann Hopfen und Malz verloren ist, und so beschloß ich, daß am folgenden Morgen in aller Herrgottsfrüh eine Depesche an Corky abzugehen hätte, in der stehen würde, daß Bertram ausfalle und sie für die Rolle des Pat auf einen anderen Mimen zurückgreifen müsse.

»Nach allem, was ich über Mr. Wooster gehört habe«, vertiefte eine Tante mit Adlernase das Thema, »ist ihm solch ordinäres Geblödel geradezu auf den Leib geschrieben. Wo ist übrigens dieser Mr. Wooster?«

»Jawohl«, stimmte die bebrillte Tante ein. »Er hätte heute nachmittag hier eintreffen sollen und hat noch nicht einmal ein Telegramm geschickt.«

»Offenbar ein überaus sprunghafter junger Mann«, sagte eine dritte Tante, die von einer guten Gesichtsmassage nur hätte profitieren können. Dame Daphne riß nun das Gespräch an sich wie die Schuldirektorin an einer Sitzung mit ihren Untergebenen.

»Das Wort ›sprunghaft‹«, sagte sie, »ist noch freundlich gewählt. Ihm scheint jedes Verantwortungsgefühl abzugehen. Agatha hat mir erzählt, er treibe sie manchmal zur Verzweiflung. Oft frage sie sich, ob es nicht das beste wäre, ihn in ein Heim zu stecken.«

Man kann sich ungefähr ausmalen, mit welchen Gefühlen Bertram erfuhr, daß sich seine Blutsverwandte einen Sport daraus machte, ihn durch den Kakao zu ziehen. Man erwartet ja gar nicht Dankbarkeit, doch wer weder Kosten noch Mühen gescheut hat, um ihren Sohn ins Old Vic mitzunehmen, der wird von seiner Tante noch erwarten dürfen, daß sie sich wie eine Tante aufführt, dessen Sohn gerade ins Old Vic mitgenommen wurde – er wird von ihr mit anderen Worten erwarten dürfen, daß sie minimalen Anstand wahrt und sich wenigstens ansatzweise vom Motto »Leben und leben lassen« leiten läßt. »Daß sie empfinde, wie es schärfer nage / als Schlangenzahn, ein undankbares Kind«, so habe ich Jeeves einmal sagen hören, und eine undankbare Tante ist keinen Deut besser.

Ich lief tiefrot an und hätte mein Glas gewiß bis zur Neige geleert, wäre darin nur etwas Stärkendes gewesen. Doch nichts dergleichen. Champagner eines sehr ordentlichen Jahrgangs floß andernorts wie Wasser, ja Onkel Charlies Handgelenk wurde vom ständigen Nachschenken halb steif, doch mir war aus Respekt vor Gussies bekannten Präferenzen jenes anstößige Getränk vorgesetzt worden, das entsteht, wenn man eine Orangenhälfte auf eine Presse hält und kräftig drückt.

»Mir scheint«, fuhr Dame Daphne in dem kalten, mißbilligenden Ton fort, den sie früher wohl angeschlagen hatte, um irgendeine Maud oder Beatrice zu rüffeln, weil diese im Gebüsch eine gequalmt hatte, »er treibt in einem fort Allotria. Es ist noch gar nicht lange her, da wurde er verhaftet und gebüßt, weil er in Piccadilly einem Polizisten den Helm stahl.«

Das mußte ich klarstellen – und tat dies sogleich.

»Ach, das war nur ein dummes Versehen«, erklärte ich. »Will man einen Polizeihelm klauen, so ist es, wie ich Ihnen wohl kaum zu sagen brauche, absolut unerläßlich, diesem Helm vor dem Hochheben einen Schubs nach vorn zu geben, auf daß sich der Riemen vom Kinn des Schutzmanns löse. Unser guter Wooster hat dies versäumt, mit den von Ihnen geschilderten Folgen. Sie sollten allerdings in Betracht ziehen, daß sich der Vorfall spätabends nach der großen Ruderregatta ereignete, wo auch die besten Männer nicht mehr ganz auf der Höhe sind. Aber mal was anderes«, wechselte ich gewitzt das Thema, denn ich spürte, daß ich mein Publikum nicht hatte erweichen können, »kennen Sie eigentlich den von der Stripteasetänzerin und dem Zirkusfloh? Hm, oder vielleicht doch besser einen anderen«, sagte ich, denn mir war gerade aufgegangen, daß es sich um ein Histörchen handelte, welches man besser nicht in gemischter Gesellschaft vortrug. »Jawohl, den von den beiden Männern in der Tanzkapelle. Hat natürlich so einen Bart – sagen Sie's ruhig, wenn Sie ihn schon kennen.«

»Fahren Sie bitte fort, Augustus.«

»Ein Blinder und ein Tauber musizieren in einer Tanzkapelle.«

»Meine Schwester Charlotte ist, Gott sei's geklagt, selber taub – sie trägt sehr schwer an ihrem Los.«

Die dünne Tante beugte sich vor.

»Was hat er gesagt?«

»Augustus erzählt uns gerade eine Geschichte, Charlotte. Bitte fahren Sie fort, Augustus.«

Mein Schwung war nun natürlich dahin. Schließlich möchte man zuletzt, daß andere glauben, man verulke eine alte Jungfer samt ihren Gebresten, doch war es zu spät, die Sache auf würdevolle Weise versanden zu lassen, und so machte ich das beste daraus.

»In einer Tanzkapelle musizieren also wie gesagt ein Blinder und ein Tauber. Fragt der Blinde den Tauben: ›Tanzen die Leute bereits?‹ Sagt der Taube: ›Wieso, spielen wir schon?‹«

Meine Hoffnungen waren von Anfang an bescheiden gewesen, denn irgend etwas hatte mir gesagt, daß sich der Witz als Rohrkrepierer erweisen würde. Zwar wieherte ich selbst nach Kräften, doch blieb ich damit allein. In dem Moment, da die Tanten sich einen kollektiven Bruch hätten lachen sollen, trat schauderhaftes Schweigen ein, wie man es von Trauerfamilien kennt, die sich um ein Totenbett scharen. Tante Charlotte beendete jenes Schweigen schließlich, indem sie fragte, was ich gesagt hätte.

Ich hätte die Sache lieber auf sich beruhen lassen, doch die dicke Tante sprach ihr ins Ohr, wobei sie die Silben bedächtig abmaß.

»Augustus erzählt uns gerade eine Geschichte über einen Blinden und einen Tauben. Der Blinde fragt: ›Spielt die Kapelle bereits?‹ Und der Taube antwortet: ›Wieso, tanzen wir schon?‹«

»So?« kommentierte Tante Charlotte, und besser ließ sich das Ganze tatsächlich nicht auf den Punkt bringen.

Kurz darauf – das Schnabulieren und Pokulieren war zum Ende gekommen – erhoben sich die Damen und verließen im Gänsemarsch den Raum. Dame Daphne ermahnte Esmond Haddock noch, sich nicht zu lange mit dem Portwein zu verlustieren, und dampfte ab. Onkel Charlie brachte die Karaffe und dampfte ebenfalls ab. Esmond Haddock und ich blieben allein zurück. Ob ich nun doch zum einen oder anderen Gläschen kommen würde?

Ich rückte hinauf an Esmonds Ende des Tischs und leckte mir die Lippen.

6. *Kapitel*

Bei näherer Betrachtung glich Esmond Haddock tatsächlich jenem griechischen Gott, als den ihn Catsmeat beschrieben hatte, und ich konnte die Sorgen des jungen Liebhabers gut verstehen, der sein Mädchen in Gefahr sah, von einer solchen Erscheinung in Rosengärten gelotst zu werden. Er war ein stattlicher, aufrechter – im Moment saß er natürlich, aber der Leser wird schon wissen, was ich meine – und breitschultriger Kerl von etwa dreißig Lenzen und verfügte über Gesichtszüge, die man meines Wissens (auch wenn ich mich zuerst bei Jeeves rückversichern müßte) »byronisch« nennt. Jedenfalls wirkte er wie eine Mischung aus Dichter und Freistilringer.

Es hätte wohl niemanden überrascht zu erfahren, daß Esmond Haddock der Verfasser von Sonettenkränzen pikanten und gefühlvollen

Gepräges war, welche ihn zum Star von Bloomsbury gemacht hatten, denn sein Gebaren war das eines Mannes, der »Herz« wie selten einer auf »Schmerz« zu reimen verstand. Mit genauso geringem Erstaunen hätte man die Nachricht aufgenommen, er habe kürzlich einen Stier bei den Hörnern gepackt. Allenfalls hätte man sich über die Vernageltheit des betreffenden Tiers gewundert, sich auf ein Kräftemessen mit einem Kerl einzulassen, dessen Brustkorb sich dermaßen wölbte.

Nein, ungewöhnlich war vielmehr, daß dieser Kraftprotz laut Corkys Zeugenaussage vor seinen Tanten im Staub kroch. Ohne diese Aussage hätte ich aufgrund seines Anblicks gesagt, hier sitze ein Neffe, der noch die zäheste Tante zum zartesten Filetstück verarbeiten könne. Nicht, daß sich solche Dinge je am Äußeren ablesen lassen. Manch ein Kerl, der alle Symptome eines Alphatiers an den Tag legt und sich mit einer Pfeife im Mund fotografieren läßt, rollt wie ein Blatt Kohlepapier zusammen, kaum sieht er sich mit einer jener Verwandten konfrontiert.

Er schenkte sich Portwein ein, und zunächst herrschte Schweigen, wie es oft geschieht, wenn sich zwei charakterstarke Männer gegenübersitzen, welche einander nicht formell vorgestellt wurden. Er trank sich gewissenhaft bis zum Boden seines Glases durch, derweil ich die Karaffe mit Stielaugen betrachtete. Es handelte sich um eine jener überdimensionalen Karaffen, und sie war randvoll.

Er pichelte ein Weilchen vor sich hin, ehe er das Gespräch eröffnete. Dabei wirkte er leicht zerstreut, so als sei er in Gedanken woanders. Schließlich sprach er aber doch.

»Sagen Sie mal«, hob er in seltsam perplexem Ton an.

»Ja?«

»Diese Geschichte da.«

»Hm?«

»Über die beiden Burschen.«

»Ja, was ist damit?«

»Ich war nicht ganz bei der Sache, als Sie sie erzählt haben, und womöglich ist mir die Pointe deshalb entgangen. Soweit ich mich erinnere, geht es um einen Blinden und einen Tauben.«

»So ist es.«

»Die beiden sitzen betend in einer Kapelle, nicht wahr, und dann fordert der Taube den Blinden zum Tanz auf. So ging der Witz doch, oder?«

»Nicht ganz. Der Blinde fragt, ob die Leute bereits tanzen, und der Taube antwortet: ›Nein, erst wenn wir spielen.‹«

»Verstehe. Ja, wirklich köstlich«, sagte Esmond Haddock.

Er füllte das Glas wieder auf, und genau in dem Moment nahm er wohl den angespannten, starren Ausdruck auf meinem Gesicht wahr, der vermutlich an einen ausgehungerten Wolf erinnerte, welcher ein russisches Bäuerlein in Augenschein nimmt, denn er zuckte zusammen, so als wäre ihm gerade bewußt geworden, wie schmählich er seine Gastgeberpflichten vernachlässigt hatte.

»Sagen Sie mal, es wäre wohl zwecklos, Ihnen davon was anzubieten, oder?«

Das Tischgespräch hätte keine bessere Wendung nehmen können.

»Wissen Sie was«, antwortete ich, »ein bißchen probieren könnt' ich ja schon. Das wäre eine ganz neue Erfahrung. Ist es Whisky? Oder Bordeaux?«

»Portwein. Wahrscheinlich wird er Ihnen nicht schmecken.«

»Doch, doch, ich glaube schon.«

Und wenig später war ich in der glücklichen Lage, dies bestätigen zu können. Es handelte sich um einen ganz vortrefflichen alten Portwein, vollmundig und körperreich, und obschon mir mein besseres Ich zum Nippen riet, stürzte ich das Glas in einem Zug hinunter.

»Mhm, der ist aber gut«, sagte ich.

»Soll ein ganz besonderer Tropfen sein. Mehr?«

»Gerne.«

»Ich genehmige mir auch noch einen«, sagte er. »In diesen Tagen bedarf es der Aufmunterung, wie ich finde. Kennen Sie die Wendung: ›Dies sind die Zeiten, da sich der Männer Schneid erweist‹?«

»Ist mir neu. Marke Eigenbau?«

»Nein, hab’ ich irgendwo aufgeschnappt.«

»Sehr hübsch.«

»Find’ ich auch. Noch einen?«

»Gerne.«

»Ich trinke auch noch ein Glas. Soll ich Ihnen was erzählen?«

»Ja, bitte.«

Ich lieh ihm ein einladend hingeneigtes Ohr. Drei Kelche guten Trunks hatten mich ungemein für diesen Mann eingenommen. Ich konnte mich nicht erinnern, einem Menschen bei der ersten Begegnung je so gewogen gewesen zu sein, und wenn er mir nun seine Sorgen anvertrauen wollte, war ich gern bereit, ihm so aufmerksam zu lauschen wie ein guter Barkeeper seinem geschätztesten Stammgast.

»Die Zeiten, da sich der Männer Schneid erweist, habe ich angesprochen, weil ich mich in diesem Moment identischen Zeiten ausgeliefert sehe. Mein Schneid wird gerade durch die Mangel gedreht. Noch ein Schlückchen?«

»Gerne. Ich muß schon sagen: An das Zeug könnte man sich direkt gewöhnen. Aber warum wird Ihr Schneid durch die Mangel gedreht, Esmond? Sie haben doch hoffentlich nichts dagegen, daß ich Sie Esmond nenne?«

»Ist mir sogar lieber. Ich nenne dich dafür Gussie.«

Dies war natürlich ein schwerer Schlag ins Kontor, denn Gussie ist nach meinem Dafürhalten das hinterletzte, was es an Namen gibt. Schnell aber begriff ich, daß ich in der mir zugedachten Rolle nicht allzu wählerisch sein durfte. Wir leerten unsere Gläser, und Esmond Haddock füllte sie wieder auf. Ein mustergültiger Gastgeber, so wollte mir scheinen.

»Esmond«, sagte ich, »du scheinst mir ein mustergültiger Gastgeber zu sein.«

»Danke, Gussie«, erwiderte er. »Und du bist ein mustergültiger Gast. Allerdings hast du mich gerade gefragt, weshalb mein Schneid durch die Mangel gedreht werde. Das sollst du nun erfahren, Gussie. Zunächst will ich aber festhalten, daß mir deine Visage gefällt.«

Ich sagte, mir gefalle die seine auch.

»Es ist eine ehrliche Visage.«

Ich sagte, dies gelte umgekehrt genauso.

»Ein einziger Blick verrät mir deine Vertrauenswürdigkeit. Damit meine ich, daß ich dir vertrauen kann.«

»Das kannst du.«

»Könnte ich das nicht, würde ich es auch nicht tun, wenn du meinem Gedankengang folgen kannst. Was ich dir nämlich jetzt erzählen werde, muß unter uns bleiben, Gussie.«

»Aber sicher, Esmond.«

»Also gut, daß mein Schneid durch die Mangel gedreht wird, liegt daran, daß ich mit jeder Faser meines Herzens ein Mädchen liebe, welches mir den Laufpaß gegeben hat. Das würde doch jedermanns Schneid durch die Mangel drehen, nicht wahr?«

»Es steht zu vermuten.«

»Ihr Name … Nein, selbstverständlich darf ich keine Namen nennen.«

»Natürlich nicht.«

»Ist nicht *comme il faut*.«

»Ganz und gar nicht.«

»Deshalb will ich bloß sagen, daß sie Cora Pirbright heißt – oder für Kumpel auch einfach Corky. Du kennst sie natürlich nicht. Als ich ihr nämlich sagte, du kämst hierher, meine sie, sie habe von gemeinsamen Freunden gehört, du seist eine Tranfunzel der Extraklasse, ja praktisch ballaballa, aber begegnet sei sie dir noch nie. Umgekehrt wird Corky dir von der Leinwand her bekannt sein. Sie spielt unter dem Künstlernamen Cora Starr. Hast du sie schon in Filmen gesehen?«

»O ja, durchaus.«

»Ein Engel in Menschengestalt, findest du nicht auch?«

»Unbedingt.«

»Genau das war auch meine Ansicht, Gussie. Ich verliebte mich in sie, da kannten wir uns noch gar nicht. Ich hatte sie schon oft in Basingstoke auf der Leinwand gesehen. Und als mir der alte Pirbright – das ist unser Vikar – erzählte, seine Nichte komme hierher, um ihm den Haushalt zu führen, und sie sei soeben aus Hollywood heimgekehrt, und ich fragte: ›Tatsächlich? Wie heißt sie denn?‹, und er antwortete: ›Cora Starr‹, da war ich platt wie eine Flunder, Gussie.«

»Wundert mich kein bißchen, Esmond. Bitte fahr fort, das ist ja alles hochinteressant.«

»Tja, sie kam hier an. Der alte Pirbright stellte uns vor. Unsere Blicke begegneten sich.«

»Wie sollten sie auch nicht?«

»Und es vergingen höchstens zwei Tage, da bekakelten wir das Ganze und stimmten darin überein, Seelenverwandte zu sein.«

»Und als nächstes schickte sie dich in die Wüste?«

»Und als nächstes schickte sie mich in die Wüste. Doch nun paß auf, Gussie. Obschon sie mich in die Wüste geschickt hat, ist sie noch immer der Leitstern meines Lebens. Meine Tanten … Noch etwas Portwein?«

»Gerne.«

»Meine Tanten, Gussie, werden dir vorgaukeln wollen, daß ich meine Cousine Gertrude liebe. Glaub ihnen kein Wort. Ich will dir verraten, wie es zu diesem Irrtum kommen konnte. Kurz nachdem Corky mich meines Amtes enthoben hatte, ging ich nach Basingstoke ins Kino, und im Film, der dort lief, ging es um einen Burschen, den ein Mädchen abgewiesen hatte, und um ihr einen Denkzettel zu verpassen und sie umzustimmen, begann er um ein anderes Mädchen zu scharwenzeln.«

»Auf daß sie eifersüchtig werde?«

»Haargenau. Ich fand die Idee ziemlich clever.«

»Sehr clever sogar.«

»Und ich dachte, daß sich Corky vielleicht umstimmen ließe, wenn ich um Gertrude zu scharwenzeln begänne. Und so scharwenzelte ich eben.«

»Verstehe. Etwas riskant war das aber schon, oder?«

»Riskant?«

»Mal angenommen, du hast übertrieben und dich in allzu faszinierendem Licht gezeigt. Will sagen, du hast ihr das Herz gebrochen.«

»Corkys Herz?«

»Nein, das Herz deiner Cousine Gertrude.«

»Keine Sorge. Sie ist in Corkys Bruder verliebt. Gertrudes Herz läßt sich unmöglich brechen. Findest du nicht, wir sollten auf den Erfolg meines Plans anstoßen, Gussie?«

»Prächtige Idee, Esmond.«

Ich war, wie man sich denken kann, hocherfreut, denn dies bedeutete, daß die finstere Wolke namens Esmond Haddock nicht länger an Catsmeats Horizont stand. Um jenen Rosengarten brauchte er sich keine Sorgen mehr zu machen. Man konnte Esmond Haddock in allen erdenklichen Rosengärten auf Gertrude Winkworth loslassen, ohne daß es zu irgendwas käme. Ich hob mein Glas und trank auf Catsmeats Glück. Ob sich dabei eine Träne in mein Auge stahl, weiß ich nicht mehr, doch für denkbar halte ich es durchaus.

Da ich Corky offiziell nicht kennen durfte, blieb es mir leider versagt, Esmond Haddocks Herz zu entflammen und die Sonne in sein Leben zurückzuzaubern, indem ich ihm erzählte, was sie mir gesagt hatte – daß sie ihn nämlich weiterhin liebe. Ich konnte ihn lediglich bitten, die Hoffnung auf gar keinen Fall aufzugeben, und er sagte, er habe nicht ein Fitzelchen Hoffnung aufgegeben.

»Und ich will dir auch verraten, warum ich die Hoffnung nicht aufgegeben habe, Gussie. Neulich ist etwas Bezeichnendes passiert. Sie kam vorbei und bat mich, bei diesem gräßlichen Konzert, das sie organisiert, ein Lied vorzutragen. Selbstverständlich wäre dies ungefähr das letzte, was ich unter normalen Umständen tun möchte. Ich habe noch nie bei einem Dorfkonzert gesungen. Du etwa?«

»O ja, schon häufig.«

»War bestimmt eine schreckliche Nervenprobe, nicht?«

»O nein, mir hat's gefallen. Ich will nicht behaupten, für das Publikum sei es ein Ohrenschmaus gewesen, aber ich selbst hatte meinen Spaß. Macht dich die Aussicht nervös, Esmond?«

»Es gibt Momente, Gussie, da läßt mich der Gedanke an das, was mir bevorsteht, in kalten Schweiß ausbrechen. Dann aber sage ich mir, daß ich der junge Gutsherr bin und in der Gegend große Popularität genieße, weshalb die Sache wohl glimpflich ausgehen wird.«

»So ist's richtig!«

»Aber du fragst dich bestimmt, warum ich gesagt habe, es sei bezeichnend, daß sie vorbeikam und mich bat, bei diesem elenden Konzert ein Lied vorzutragen. Das kann ich dir sagen: Ich sehe darin den endgültigen Beweis dafür, daß die alte Glut noch immer in ihr schwelt. Wäre dem nicht so, würde sie mich dann bitten, bei Konzerten zu singen? Ich setze alles auf dieses Lied, Gussie. Corky ist ein empfindsames Mädchen, und wenn sie hört, wie das Publikum mich frenetisch feiert, geht das nicht spurlos an ihr vorbei. Sie wird schmelzen. Sie wird weich werden. Und ich fände es nicht weiter überraschend, wenn sie sich mir mit einem ›Oh, Esmond!‹ in die Arme werfen würde. Immer vorausgesetzt, man pfeift mich nicht aus.«

»Man wird dich schon nicht auspfeifen.«

»Glaubst du nicht?«

»Aber woher! Du wirst einschlagen wie 'ne Bombe.«

»Du tröstest mich ungemein, Gussie.«

»Nichts anderes war meine Absicht, Esmond. Was gibst du denn zum besten? Doch hoffentlich nicht ›Ein Bäuerlein zur Hochzeit geht‹?«

»Nein, es handelt sich um ein von Tante Myrtle vertontes Lied nach einem Text von Tante Charlotte.«

Ich schürzte die Lippen. Das hörte sich gar nicht gut an. Nichts, was ich bisher von Tante Charlotte gesehen hatte, vermochte die Illusion zu nähren, in ihr lodere das heilige Feuer der Dichtkunst. Natürlich wollte man ihr nicht ohne Anhörung am Zeug flicken, doch ich wäre jede Wette eingegangen, daß ihr nichts als Quatsch mit Soße aus der Feder floß.

»Hör mal«, sagte der von einem Gedankenblitz gestreifte Esmond, »hättest du was dagegen, wenn ich es dir mal vorsinge?«

»Nichts lieber als das.«

»Abgesehen vielleicht von einem weiteren Schlückchen Portwein, nicht wahr?«

»Abgesehen davon, stimmt.«

Esmond Haddock kippte sein Glas.

»Die Strophen schenke ich mir. Es geht um die Sonne, die hoch am Himmelszelt steht, den jungen, prächt'gen Morgen und ähnlichen Firlefanz.«

»Klar.«

»Über Erfolg und Mißerfolg entscheidet allein der Refrain. Hier ist er.«

Er warf sich in die ernste, eifrige Pose eines ausgestopften Frosches und ging in die vollen.

»›Hallo, hallo, hallo, hallo …‹«

Ich hob die Hand.

»Kurze Frage: Was tust du da? Telefonierst du?«

»Nein, nein, es ist ein Jagdlied.«

»Ach so, ein Jagdlied! Ich dachte schon, es handle sich um eine dieser ›Ich ruf' jetzt meinen Goldschatz an‹-Nummern. Alles klar.«

Er fuhr fort.

»›Hallo, hallo, hallo, hallo! Wir jagen und sind froh, padamm, wir jagen und sind froh, Gussie.‹«

Erneut hob ich die Hand.

»Das will mir nicht gefallen.«

»Was denn?«

»Dieses ›padamm‹.«

»Das ist doch nur die Begleitung.«

»Und genausowenig gefällt mir das Wort ›Gussie‹. Macht einen hundsmiserablen Eindruck.«

»Habe ich ›Gussie‹ gesungen?«

»Ja, du hast gesungen: ›Wir jagen und sind froh, padamm, wir jagen und sind froh, Gussie.‹«

»Ein reiner Versprecher.«

»Steht so nicht im Text?«

»Nein, steht so nicht im Text.«

»Ich würde im Konzert darauf verzichten.«

»Ist notiert. Soll ich weitersingen?«

»Bitte.«

»Wo war ich noch gleich?«

»Fang besser nochmals an.«

»Gut. Noch ein Tröpfchen?«

»Aber wirklich nur ein Tröpfchen!«

»Schön, ich beginne von vorn, verzichte aber wie zuvor auf den ganzen Quark über die hoch am Himmel stehende Sonne: ›Hallo, hallo, hallo, hallo! Wir jagen und sind froh, padamm, wir jagen und sind froh. Schnell, aus dem Haus, nun reitet aus! Wir jagen und sind froh.‹«

Mir wurde klar, daß ich Charlotte korrekt eingeschätzt hatte. Dies war schlicht indiskutabel. Junger Gutsherr hin oder her, ein Sangesfreund, der bei einem Dorfkonzert solchen Bockmist zu Gehör bringt, fordert die Buhrufe förmlich heraus.

»Grundverkehrt«, sagte ich.

»Grundverkehrt?«

»Überleg doch mal: Du beginnst mit ›Wir jagen und sind froh, wir jagen und sind froh‹, nur um dem einer Pointe entgegenfiebernden Publikum abermals zu sagen, daß wir jagen und froh sind. Eine leise Enttäuschung kann da nicht ausbleiben.«

»Glaubst du wirklich, Gussie?«

»Ich bin mir ganz sicher, Esmond.«

»Und wozu rätst du mir?«

Ich grübelte kurz nach.

»Versuch's doch damit«, sagte ich. »›Hallo, hallo, hallo, hallo! Wir jagen und sind froh, tralla, wir jagen und sind froh. Das wird ein Jux! Los, schießt den Fuchs! Hoho und Horido!‹«

»Das ist ja ganz vortrefflich!«

»Hat mehr Pfiff, nicht?«

»Viel mehr Pfiff.«

»Und wie geht das Lied weiter?«

Er setzte erneut die Miene eines ausgestopften Frosches auf:

»›Wie lustig bläst des Weidmanns Horn, wie tüchtig kriegt das Roß die Spor'n. So geht es über Busch und Dorn. Wir jagen und sind froh.‹«

Ich überlegte.

»Die ersten beiden Zeilen lasse ich durchgehen«, sagte ich. »›Weidmanns Horn … Roß die Spor'n‹, gar nicht mal übel. Jawohl, so ist's recht, Charlotte, wir haben schon immer gewußt, was in dir steckt! Aber nicht der Schluß.«

»Du magst ihn nicht?«

»Schwach. Sehr schwach. Ich weiß ja nicht, was für Leute in King's Deverill die Stehplätze belegen, aber wenn sie auch nur entfernte Ähnlichkeit mit den stoppelbärtigen Rabauken haben, die sich bei jedem anderen Dorfkonzert, das ich je besucht habe, hinter der letzten Sitzreihe aufstellen, dann lädst du sie geradezu ein, dich mit Häme und faulen Tomaten einzudecken. Nein, wir müssen uns was Besseres einfallen lassen. Born … Zorn … … vorn … Korn. Ha!« rief ich und streckte mich nach der Karaffe. »Ich glaub', ich hab's. ›Wie lustig bläst des Weidmanns Horn, wie tüchtig kriegt das Roß die Spor'n. Flott ziel'n wir über Kimm' und Korn! Hussa! Hussa! Hussa!‹«

Ich hatte damit gerechnet, ihn aus den Pantoffeln zu hauen, und so geschah es auch.

Einen Moment lang war er sprachlos vor Bewunderung, doch dann sagte er, ich hätte das Ganze auf eine ganz neue Ebene gehoben und er könne mir gar nicht genug danken.

»Es ist umwerfend!«

»Ich habe gehofft, daß es dir gefällt.«

»Wie kommst du bloß auf solche Ideen?«

»Reine Inspiration.«

»Wir könnten ja nun die Version letzter Hand durchspielen, was meinst du, alter Knabe?«

»Jetzt oder nie, alter Schwede!«

Es ist schon seltsam, wie man im Rückblick fast immer erkennt, wo man bei einer Sause oder einem sonstigen Unterfangen auf Abwege geraten ist. Nehmen wir nur mal unsere kleine Chorprobe. Um der Sache etwas Pep zu verleihen, stieg ich auf den Stuhl und schwang die Karaffe wie einen Taktstock, was aber, wie mir inzwischen klar ist, ein Fehler war. Dem Musikstück gab es zwar entscheidende Impulse, doch im Auge des Betrachters vermittelte es einen ganz falschen Eindruck, da es das Bild eines Saufgelages heraufbeschwor.

Und falls der Leser nun einwendet, im vorliegenden Falle habe es doch gar keine Betrachter gegeben, so antworte ich ihm ganz ruhig, daß er sich täusche. Wir hatten gerade die »Roß die Spor'n«-Stelle eingeübt und wollten nun das mitreißende Finale in Angriff nehmen, als hinter uns eine Stimme ertönte.

Diese sprach:

»Na?«

Es gibt natürlich viele Arten, das Wort »Na?« auszusprechen. Die gegenwärtig am Rednerpult stehende Person – es handelte sich um Dame

Daphne Winkworth – sprach es ungefähr im Ton der prüden Gemahlin eines babylonischen Monarchen aus, die zufälligerweise in den Bankettsaal spaziert, als die Orgie gerade in Fahrt kommt.

»*Na?*« sagte sie.

Was Corky mir über Esmond Haddocks Tantenfixierung verraten hatte, hätte mir natürlich als Warnung dienen sollen, doch kann ich nicht verhehlen, daß mich sein Gebaren an dieser Stelle schockierte, handelte es sich doch um das Gebaren eines Duckmäusers und Waschlappens. Daß ich auf einen Stuhl gestiegen war, hatte ihn vermutlich angespornt, seinerseits auf den Tisch zu klettern und mit einer ihm als Jagdpeitsche dienenden Banane herumzufuchteln. Nun aber sprang er hinunter wie ein reumütiger Sack Kohlen, und seine ganze Haltung war so kriecherisch und zerknirscht, daß ich kaum hinschauen konnte.

»Alles in Ordnung, Tante Daphne!«

»In Ordnung?«

»Wir haben gerade geprobt. Für das Konzert, na, du weißt schon. Der Abend rückt immer näher, da zählt jede Minute.«

»So? Du wirst im großen Salon erwartet.«

»Ja, Tante Daphne.«

»Gertrude möchte schon lange mit dir Backgammon spielen.«

»Ja, Tante Daphne.«

»Falls du dazu überhaupt noch in der Lage bist.«

»Doch, doch, Tante Daphne.«

Gesenkten Hauptes schlich er aus dem Zimmer, und ich wollte ihm schon folgen, als die alte Scharteke mich mit herrischer Geste stoppte. Die Ähnlichkeit mit Wallace Beery wurde immer markanter, und ich mußte daran denken, daß das Leben für die armen Püppchen, denen diese Winkworth als Schuldirektorin zugelost worden war, sich angefühlt haben mußte wie ein sechswöchiger Sommerurlaub auf der Teufelsinsel. Bevor ich ihre Bekanntschaft gemacht hatte, war mir der

Reverend Aubrey Upjohn stets als derjenige Vertreter der pädagogischen Zunft erschienen, welcher dem nicht mehr unter uns weilenden Captain Bligh von der *Bounty* am nächsten kam, doch nun erkannte ich, daß dieser im Vergleich zu Daphne der Schrecklichen der reinste Waisenknabe gewesen war.

»Augustus, haben Sie heute abend einen großen, räudigen Hund mitgebracht?« verlangte sie zu wissen.

Daß sich in meinem Kopf zunächst nichts regte, beweist nur, wie sehr mir der wilde Wirbel der Ereignisse in Deverill Hall zugesetzt hatte.

»Hund?«

»Silversmith sagt, er gehöre Ihnen.«

»Oh, ah«, antwortete ich, denn die Erinnerung hatte sich zurückgemeldet. »Ja, ja, ja, natürlich. Jawohl, gewiß doch. Sie meinen Sam Goldwyn. Eigentlich gehört er ja gar nicht mir, sondern Corky.«

»*Wem?*«

»Corky Pirbright. Sie hat mich gebeten, ihn ein, zwei Tage in Obhut zu nehmen.«

Wie schon zuvor bei Tisch führte die Erwähnung von Corkys Namen dazu, daß die Alte die Luft anhielt und konsterniert aus der Wäsche guckte. Es gab nichts daran zu deuteln, daß sich das Mädchen in Deverill Hall nur beschränkter Beliebtheit erfreute.

»Sind Sie mit Miss Pirbright sehr befreundet?«

»Oh, durchaus«, sagte ich. Zu spät erst war mir eingefallen, daß dies nicht ganz dem entsprach, was Corky Esmond Haddock erzählt hatte. Ich war froh, daß dieser nicht länger zugegen war. »Sie hatte gewisse Bedenken, ihrem Onkel das Tier ohne schonende Vorbereitung aufzubürden, denn dieser ist kein Hundenarr im engeren Sinne. Deswegen hat sie mir den Vierbeiner anvertraut. Er ist in den Stallungen.«

»Er ist *nicht* in den Stallungen!«

»Dann hat mich Silversmith auf den Arm genommen mit seiner Behauptung, ihn dorthin zu bringen.«

»Er hat ihn sehr wohl dorthin gebracht, doch hat sich das Tier losgerissen und kam vorhin wie ein irrer Derwisch in den Salon gerauscht.«

Ich erkannte, daß hier ein besänftigendes Wort am Platze war.

»Sam Goldwyn ist nicht bekloppt«, versicherte ich ihr. »Ich würde ihn zwar nicht gerade zu unseren größten Gehirnakrobaten rechnen, aber zurechnungsfähig ist er durchaus. Daß er in den Salon gerauscht ist, liegt schlicht daran, daß er mich dort vermutete. Er ist nämlich in Leidenschaft für mich entbrannt und betrachtet jede Minute als verloren, in der er mich missen muß. Zweifellos begann er, kaum sah er sich in den Stallungen festgebunden, das Seil durchzunagen, um ungehemmt nach mir Ausschau halten zu können. Rührt einem richtig ans Herz.«

Ihre Haltung ließ erkennen, daß ihr Herz gänzlich ungerührt blieb. In den Augen blitzten starke Anti-Sam-Gefühle auf.

»Das Ganze war höchst unerfreulich. Wir hatten wegen des lauen Abends die Verandatür geöffnet, und plötzlich galoppierte diese abscheuliche Bestie herein. Meine Schwester Charlotte erlitt einen Nervenzusammenbruch, an dem sie wohl noch lange laborieren wird. Der Hund fiel sie von hinten an und hetzte sie kreuz und quer durch den Raum.«

Ich verlieh dem Gedanken zwar nicht Ausdruck, da wir Woosters eines ganz besonders sind, nämlich taktvoll, doch fiel mir ein, daß dies Charlottes gerechte Strafe dafür war, all das »Hallo, hallo, hallo, hallo, wir jagen und sind froh«-Gesums verbrochen zu haben, und daß sie ihre Worte das nächste Mal mit mehr Bedacht wählen würde. Nun nämlich konnte sie besser verstehen, wie das Ganze aus Sicht des Fuchses aussah.

»Und als wir nach Silversmith läuteten, biß ihn dieses Biest.«

Ehrlich gesagt überlief mich bei diesen Worten ein Schauer der Bewunderung, und beinahe wäre mir die Gedichtzeile »Du bist ein bess'rer Mann als ich, Gunga Din« herausgerutscht. Ich hätte Silversmith nicht einmal gebissen, wenn dies der letzte Wunsch einer sterbenden Großmutter gewesen wäre.

»Das tut mir furchtbar leid«, sagte ich. »Kann ich irgend etwas tun?«

»Nein, vielen Dank.«

»Ich habe einigen Einfluß auf diesen Hund. Es dürfte mir möglich sein, ihn dazu zu bringen, Feierabend zu machen, in die Stallungen zurückzukehren und seine acht Stunden Schönheitsschlaf einzulegen.«

»Das wird nicht nötig sein. Silversmith hat das Tier überwältigen und in einen Schrank sperren können. Und da ich von Ihnen nun weiß, daß er ins Pfarrhaus gehört, werde ich ihn umgehend dorthin verfrachten lassen.«

»Ich bringe ihn hin, wenn Sie wollen.«

»Nur keine Umstände. Ich halte es für besser, daß Sie auf geradem Weg ins Bett gehen.«

Ich fand dies einen ganz ausgezeichneten Vorschlag. Seit die Damenwelt aus dem Eßzimmer gedüst war, hatte ich mit einiger Besorgnis über den ruhigen Abend im trauten Heim nachgesonnen, der einsetzen würde, kaum wären Esmond und ich mit dem Portwein durch. Man weiß ja, wie sich diese ruhigen Abende in trauten Landhäusern gestalten, deren Belegschaft überwiegend weiblich ist. Man sieht sich in Ecken gedrängt und mit Fotoalben traktiert. Volkslieder werden einem vorgesungen. Man stellt fest, wie der Kopf, der schweren Blüte einer Lilie gleich, immer weiter absinkt, bis man ihn wieder nach hinten in die Grundposition wirft, eine Anstrengung, die die ohnehin schon angegriffenen Kräfte noch vollends aufzehrt. Weitaus besser war es da, sogleich ins Schlafgemach zu gehen, zumal ich es kaum erwarten konnte, mit Jeeves Kontakt aufzunehmen, den der Zug bestimmt schon vor geraumer Zeit mit dem schweren Gepäck hatte eintreffen lassen.

Ich will gar nicht behaupten, die Worte dieser Frau und die in ihnen schlummernde Unterstellung, ich sei voll wie eine Strandhaubitze, hätten mich nicht gekränkt. Sie schien ganz eindeutig der Meinung zu sein, daß ich, ließe man mich im großen Salon von der Leine, unverzüglich jene Atmosphäre schaffen würde, die Matrosen auf Landgang in Hafenspelunken zu verbreiten pflegen. Doch wir Woosters sind im Kern unvoreingenommene Leute, und ich konnte ihr solche Ansichten kaum verargen. Mir leuchtete durchaus ein, daß die Gedanken einer Schloßherrin, die ins Eßzimmer kommt und dort einen Gast vorfindet, welcher mit einer Karaffe in der Hand auf einem Stuhl herumturnt und »Hallo, hallo, hallo, hallo! Wir jagen und sind froh, tralla, wir jagen und sind froh« singt, unweigerlich in eine bestimmte Richtung gehen.

»Die Reise hat mich tatsächlich etwas erschöpft«, sagte ich.

»Silversmith wird Sie auf Ihr Zimmer bringen«, erwiderte sie, und ich bemerkte nun, daß Onkel Charlie sich zu uns gesellt hatte. Ich hatte ihn weder kommen sehen noch kommen hören. Wie Jeeves, so war auch er lautlos aus dem Nichts erschienen. Zweifelsohne vererben sich solche Dinge.

»Silversmith.«

»Madam?«

»Bringen Sie Mr. Fink-Nottle auf sein Zimmer«, sagte Dame Daphne, doch ich erkannte, daß ihr »helfen« als das weitaus passendere Wort erschienen wäre.

»Sehr wohl, Madam.«

Mir fiel auf, daß der Butler leicht hinkte. Offenbar hatte sich Sam Goldwyn an seiner Wade zu schaffen gemacht, doch verzichtete ich auf eingehende Nachfragen, denn mir war klar, daß es sich hierbei um einen Punkt handelte, der nicht weniger wund war als die Wade selbst. Und so ging ich hinter ihm die Treppe hoch zu einem wohnlich eingerichteten Zimmer und wünschte ihm von Herzen eine gute Nacht.

»Ach, Silversmith«, sagte ich.

»Sir?«

»Ist mein Diener eingetroffen?«

»Jawohl, Sir.«

»Dann schicken Sie ihn bitte zu mir.«

»Sehr wohl, Sir.«

Er zog sich zurück, und kurz darauf trat eine vertraute Gestalt ein. Doch war dies nicht etwa die vertraute Gestalt von Jeeves, sondern die vertraute Gestalt von Claude Cattermole Pirbright.

7. Kapitel

Wäre ich ein Lehnsherr im Mittelalter gewesen (etwa der oben erwähnte Herr Roland, in jener Epoche also, da man keinen Stein werfen konnte, ohne die Birne eines Zauberers oder Magiers oder Hexenmeisters zu treffen, weshalb die Leute denn auch ständig in irgend etwas verwandelt wurden), hätte ich keinen weiteren Gedanken an die Sache verschwendet, sondern bloß gesagt: »Ach, dann hat man Jeeves also in Catsmeat verzaubert, wie? Zu dumm, aber so ist das Leben«, und unbekümmert nach meiner Pfeife verlangt sowie nach der Trinkschale und meinen drei lustigen Fiedlern.

Heute aber trifft man solche Unbeschwertheit kaum noch an, und ich würde mein Publikum vorsätzlich täuschen, wollte ich behaupten, keine Bauklötze gestaunt zu haben. Ich starrte den Mann an, und meine Augen traten wie die einer Schnecke aus ihren angestammten Höhlen, um an den Stielen hin und her zu pendeln.

»Catsmeat!« jaulte ich auf.

Er schüttelte den Kopf und furchte die Stirn – ganz wie ein Verschwörer, dessen Mitverschwörer soeben etwas Falsches gesagt hat.

»Meadowes«, stellte er richtig.

»Was heißt denn hier ›Meadowes‹?«

»Das ist mein Name, solange ich für dich arbeite. Ich bin dein Diener.« Mir ging ein Licht auf. Ich habe bereits erwähnt, daß der Portwein, dem ich in Esmond Haddocks Gesellschaft vielleicht eine Spur zu großzügig zugesprochen hatte, von einem guten alten Jahrgang stammte und sehr körperreich war. Nun erkannte ich, daß er wohl über noch mehr Gehalt als angenommen verfügt und in Dame Daphne Winkworth begreiflicherweise den Argwohn geweckt hatte, ich sei betütert. Und ich wollte das Gesicht auch schon zur Wand wenden, um meinen Rausch auszuschlafen, als er fortfuhr.

»Dein Gehilfe. Dein Kalfaktor. Dein Faktotum. Es ist ganz einfach: Jeeves konnte nicht kommen.«

»Was!?«

»Nein.«

»Du willst behaupten, Jeeves stehe mir nicht zur Seite?«

»Genau. Und deshalb springe ich für ihn ein. Was tust du da?«

»Ich wende das Gesicht zur Wand.«

»Warum?«

»Würdest du dein Gesicht nicht auch zur Wand wenden wollen, wenn du in einem Haus wie diesem festsäßest und alle dich für Gussie Fink-Nottle hielten, ohne daß dir Jeeves mit Rat und Tat zur Seite stünde? Verdammt noch mal! Verflixt und zugenäht! Warum konnte Jeeves nicht kommen? Ist er krank?«

»Nicht, daß ich wüßte. Ich sage dies natürlich nur als Laie und nicht als medizinische Fachkraft, doch bei unserer letzten Begegnung strotzte er noch vor Gesundheit. Funkelnde Augen. Rosige Wangen. Nein, Jeeves ist nicht krank. Sein Fernbleiben rührt vielmehr daher, daß sein Onkel Charlie hier Butler ist.«

»Und warum zum Kuckuck sollte ihn das fernhalten?«

»Mein teurer Bertie, streng mal deinen Grips an – so vorhanden. Onkel Charlie weiß, daß Jeeves dich umhegt und umpflegt. Bestimmt schreibt ihm Jeeves jede Woche, wie gut es ihm bei dir gefalle und daß ihn nichts in der Welt zu einem Wechsel verleiten könnte. Was aber würde passieren, wenn er plötzlich im Dienste von Gussie Fink-Nottle hier auftauchte? Ich will es dir verraten: Onkel Charlie würde Verdacht schöpfen. ›Da ist doch was faul‹, würde er sich sagen. Und ehe du wüßtest, wie dir geschieht, würde er dir die Maske vom Gesicht reißen und dich an den Pranger stellen. Ist ja klar, daß Jeeves nicht kommen konnte.«

Schweren Herzens mußte ich einräumen, daß daran etwas war. Gleichwohl fuchste es mich.

»Warum hat er mir das nicht selbst gesagt?«

»Es fiel ihm erst nach deiner Abreise ein.«

»Und weshalb konnte er Silversmith nicht einweihen?«

»Dieser Punkt fand Erwähnung, als wir die Sache ventilierten. Jeeves meinte, sein Onkel Charlie sei keiner von denen, die sich einweihen lassen. Ein äußerst prinzipienfester Mann.«

»Jeder Mensch hat seinen Preis.«

»Aber nicht Jeeves' Onkel Charlie. Großer Gott, Bertie, was für ein Kerl! Als er mich bei der Ankunft in Empfang nahm, lösten sich meine Knochen sogleich in Wasser auf. Kannst du dich erinnern, welche Wirkung König Salomon auf die Königin von Saba hatte, als sich die beiden zum erstenmal sahen? Meine Reaktion fiel ganz ähnlich aus. ›Und siehe, es ist mir nicht die Hälfte gesagt‹, so sagte ich zu mir. Wäre da nicht Queenie gewesen, die mich aus des Butlers Dunstkreis führte und mit Kochsherry wieder aufmöbelte, wären mir die Sinne wohl ganz geschwunden.«

»Wer ist denn Queenie?«

»Bist du ihr noch nicht begegnet? Sie ist das Stubenmädchen. Ein reizendes Geschöpf. Ist mit dem Dorfpolizisten verlobt, einem gewissen Dobbs. Weißt du eigentlich, wie Kochsherry schmeckt, Bertie? Ein eigenartiges Gebräu.«

Ich fand, daß wir vom Thema abkamen. Dies war nicht der Moment für zwanglose Causerien über Kochsherry.

»Aber hör mal, verflixt, die Gründe für Jeeves' Rückzieher kann ich ja noch verstehen, aber was dich hierher führt, bleibt mir schleierhaft.«

Er zog die eine oder andere Augenbraue hoch.

»Dir ist schleierhaft, was mich hierher führt? Als wir darüber diskutierten, ob ich als Ersatz für Gussie fungieren solle, sind da nicht über deine Lippen die Worte gekommen, daß ich hier und nirgendwo anders zu weilen hätte? Es ist entscheidend, daß ich vor Ort und ständig um Gertrude bin, um sie anzuflehen, ihr gut zuzureden und ihre flaue Kauflaune aufzumöbeln.« Er hielt inne und durchbohrte mich mit seinem Blick. »Du hast doch wohl nichts dagegen, daß ich hier bin?«

»Na ja …«

»Ach, so ist das!« sagte er, und seine Stimme war kalt und hart wie ein Picknick-Ei. »Du hast also irgendwelche an den Haaren herbeigezogenen Einwände gegen meinen Plan, wie? Du willst nicht, daß ich das von mir geliebte Mädchen erobere?«

»Selbstverständlich will ich, daß du das vermaledeite und von dir geliebte Mädchen eroberst.«

»Auf dem Briefweg geht das ja wohl nicht.«

»Mir ist einfach nicht klar, warum du in Deverill Hall sein mußt. Warum bist du nicht im Pfarrhaus abgestiegen?«

»Man kann von Onkel Sidney nicht gut verlangen, daß er Corky *und* mich bei sich duldet. Das wäre dann doch zuviel des Guten.«

»Dann eben im Gasthof.«

»Es gibt hier keinen Gasthof, sondern bloß das eine oder andere Bierlokal.«

»In einem der Häuschen hier in der Gegend hättest du bestimmt ein Bett bekommen.«

»Um es mit dem Häuschenbesitzer zu teilen? Nein danke. Was glaubst du eigentlich, wie viele Betten diese Burschen haben?«

Ich verfiel in ratloses Schweigen. Doch in solchen Fällen bringt stummes Hadern nichts. Als ich schließlich sprach, fiel Catsmeat das unmerkliche Beben in meiner Stimme wohl kaum auf. So sind wir Woosters eben. In Momenten seelischer Qual gleichen wir jenen Indianern, die auch dann noch Frohsinn verbreiteten, wenn sie gerade am Marterpfahl scharf durchgebraten wurden.

»Hast du sie gesehen?« erkundigte ich mich.

»Gertrude? Ja, bevor ich zu dir hochkam. Ich war in der Eingangshalle, und sie kam plötzlich aus dem großen Salon.«

»Ich nehme an, sie war überrascht.«

»Überrascht ist gar kein Ausdruck. Sie schwankte und taumelte. Queenie sagte: ›Oh, Miss, sind Sie krank?‹ und stob davon, um Riechsalz zu holen.«

»Queenie war also auch da?«

»Ja, Queenie war auch da, und zwar in ihrer ganzen Heißblütigkeit. Sie hatte mir gerade berichtet, welche Sorgen ihr die Geisteshaltung ihres Verlobten macht. Er ist Atheist.«

»Das hat mir Corky erzählt.«

»Und wann immer sie ihn zum Glauben bekehren will, zwirbelt er bloß seinen Schnurrbart und schwingt freidenkerische Reden, was die Ärmste schwer mitnimmt.«

»Sie ist sehr hübsch.«

»Außerordentlich hübsch. Mir ist kaum je ein hübscheres Stubenmädchen untergekommen.«

»Gertrude, meine ich, nicht Queenie!«

»Ach, Gertrude. Wem erzählst du das? Sie ist erste Sahne. Helena von Troja kann einpacken gegen sie.«

»Hattest du Gelegenheit, mit ihr zu reden?«

»Leider nicht. Ein paar Tanten kamen aus dem Salon, und ich mußte Leine ziehen. Das ist der Fluch dieses Dienerdaseins: Man kann sich nicht unter die feinen Pinkel mischen. Ach, übrigens, Bertie, ich habe etwas sehr Wichtiges herausgefunden. Der Ausflug zum *Lovers' Leap* ist für den kommenden Donnerstag anberaumt. Das habe ich von Queenie, die die Brote zu belegen hat. Du hast doch hoffentlich keine kalten Füße bekommen, sondern bist in der gleichen blendenden und zupackenden Verfassung wie gestern? Ich kann mich darauf verlassen, daß du dieser miesen Kröte Esmond Haddock in die Parade fährst?«

»Ich mag Esmond Haddock.«

»Du solltest dich was schämen!«

Ich setzte ein nachsichtiges Lächeln auf.

»Keine Sorge, Catsmeat, du kannst dich wieder abregen. Gertrude Winkworth bedeutet Esmond Haddock überhaupt nichts. Er stellt ihr ohne ernstliche Absichten nach.«

»Red doch kein Blech. Was ist mit dem *Lovers' Leap*? Und wie steht's mit den belegten Broten?«

»Das alles soll Corky bloß eifersüchtig machen.«

»Wie bitte?«

»Er glaubt, daß er sie auf diese Weise umstimmen kann. Nicht er nämlich hat Corky den Laufpaß gegeben – da hast du was durcheinandergebracht –, sondern sie ihm, da sich die beiden in einer bestimmten Verhaltensfrage nicht einig waren. Jedenfalls ist sie weiterhin der Leitstern seines Lebens. Das habe ich aus seinem eigenen Munde. Wir haben auf Portweinbasis Brüderschaft getrunken. Er stellt für dich also nicht länger eine Gefahr dar.«

Offenen Mundes starrte er mich an. Es war nicht zu übersehen, daß er Hoffnung schöpfte.

»Ist das amtlich?«

»O ja.«

»Du behauptest, Corky sei der Leitstern seines Lebens?«

»Das waren seine Worte.«

»Und daß er Gertrude bestürmt, ist reine List?«

»Genau.«

Catsmeat atmete geräuschvoll aus, was sich ungefähr so anhörte wie der letzte Schnaufer eines sterbenden Hahns.

»Gütiger Himmel, mir fällt ein Stein vom Herzen.«

»Ich dachte schon, daß dich das freut.«

»Und wie! Na dann – gute Nacht.«

»Du gehst schon?«

»Jawohl, ich werde dich nun verlassen, Bertie, so gern ich um dich bin. Meine Präsenz ist andernorts gefordert. Als ich mit Queenie plauderte, sagte sie beiläufig, sie wisse, wo Onkel Charlie den Schlüssel zum Weinkeller aufbewahre. Bis bald. Ich hoffe, später mehr Zeit für dich zu haben.«

»Sekunde noch. Wirst du Corky bald sehen?«

»Gleich morgen früh. Sie muß erfahren, daß ich hier bin, und über die allgemeine Lage ins Bild gesetzt werden, damit ihr keine bösen Schnitzer unterlaufen. Warum fragst du?«

»Richte ihr doch aus, sie müsse einen anderen Pat finden.«

»Wie bitte – du schmeißt die Rolle hin?«

»Ja«, antwortete ich und erklärte ihm die Lage.

Er lauschte aufmerksam und meinte, das leuchte ihm ein.

»Verstehe. Ja, ich glaube, du hast recht. Ich will es ihr gern ausrichten.«

Auf Zehenspitzen zog er sich zurück und vermittelte in seiner ganzen Haltung nur eines: Hätte er einen Hut gehabt und wären in dem Hut Rosen gewesen, so hätte er diese nun aus jenem genommen und wild um sich gestreut. Einen Moment lang pulverte mich der Gedanke ungemein auf, neuen Sonnenschein ins Leben eines Kumpels gezaubert zu haben.

Doch damit jemand, der in einem Haus wie Deverill Hall auf unbestimmte Zeit einsitzt, aufgepulvert bleibt, braucht es schon etwas mehr, und so war meine Laune bald wieder eingetrübt, vermochte ich doch am Horizont, den ich nach den Dingern absuchte, nichts zu entdecken, was einem Silberstreif auch nur nahekam.

In Situationen wie dieser, wo mein Herz schwer ist, hat es sich oft als hilfreich erwiesen, in einem guten Schauerroman zu schmökern und alles andere zu vergessen. Das Glück wollte es, daß ich einen solchen, nämlich *Mord in Greystone Grange*, eingepackt hatte. Ich begann mich nun in das Buch zu versenken und durfte bald feststellen, daß ich etwas Besseres gar nicht hätte tun können, handelte es sich doch um eines jener Werke, in denen ständig irgendwelche Baronets tot in der Bibliothek aufgefunden werden und die Heldin kein einziges Mal in die Heia gehen kann, ohne daß das Phantom durch die Wandtäfelung ihres Schlafzimmers tritt und alle guten Manieren vermissen läßt. Binnen kurzem fühlte ich mich so besänftigt, daß ich das Licht ausknipsen und in einen erquickenden Schlummer sinken konnte, der – wie es erquickender Schlummer bei mir zu tun pflegt – bis zum Eintreffen der morgendlichen Tasse Tee anhielt.

Bevor sich meine müden Lider senkten, glaubte ich noch, die Hausglocke klingeln und ferne Stimmen murmeln zu hören, was auf die Ankunft eines späten Gastes schließen ließ.

Mein Morgentee wurde mir von Silversmith höchstpersönlich gebracht, und obschon seine leicht frostige Art vermuten ließ, daß ihn Sam Goldwyns nächtliches Treiben noch immer wurmte, bemühte ich mich, den Stein der Konversation ins Rollen zu bringen. Wenn es sich einrichten läßt, versuche ich stets, zwischen Teebringer und Teeempfänger kameradschaftliche Bande zu knüpfen.

»Einen schönen guten Morgen, Silversmith«, sagte ich. »Na, wie ist denn heute das Wetter, Silversmith? Schön?«

»Jawohl, Sir.«

»Die Lerche im Flug, die Schnecke am Dorn und so weiter?«

»Jawohl, Sir.«

»Prächtig. Sagen Sie mal, Silversmith, ich weiß nicht, ob ich das nur geträumt habe, aber ziemlich spät gestern abend hatte ich das Gefühl, die Hausglocke in Aktion sowie allerlei Getuschel hinter den Kulissen zu hören. War dem so? Ist jemand noch nach Ladenschluß eingetrudelt?«

»Jawohl, Sir. Mr. Wooster.«

Er betrachtete mich abschätzig, so als wünsche er klarzustellen, daß er nicht in ein Gespräch mit jenem Mann verwickelt werden wolle, der Sam Goldwyn in sein Leben gebracht hatte. Daraufhin verschwand er wieder von der Bildfläche.

Es war, wie man sich denken kann, ein versonnener und seine Stirn ratlos furchender Bertram, der sich nun im Bett aufsetzte und seinen Tee zu schlürfen begann. Ich stand vor einem Rätsel.

»Mr. Wooster«, hatte der Mann gesagt, wofür nur zwei Erklärungen in Frage kamen: a) Mit meinem Gehör stand es nicht viel besser als mit demjenigen des tauben Tanzkapellenmusikers; b) ich hatte gerade einen Butler erlebt, der zu tief ins Glas geschaut hatte.

Weder die eine noch die andere Theorie vermochte mich zu überzeugen. Mein Hörsinn ist von jeher tadellos gewesen, und daß Silversmith einen über den Durst getrunken hatte, verwarf ich ebenfalls. Nur ein sehr liederlicher Butler würde sich schon vor neun Uhr morgens einen anzwitschern, und ich hätte in meiner Charakterzeichnung aufs übelste gepatzt, sollten meine Leser den Eindruck gewonnen haben, Jeeves' Onkel Charlie sei liederlich. Noch eher hätte sich »Der kleine Lord« die Nase begossen – aber sicher nicht Silversmith!

Und doch hatte er fraglos »Mr. Wooster« gesagt.

Ich zermarterte mir noch immer das Hirn, ohne mich einer plausiblen Lösung des Rätsels auch nur auf Sichtdistanz zu nähern, als die Tür aufging und der Geist von Jeeves mit einem Frühstückstablett eintrat.

8. Kapitel

Ich sage »der Geist von Jeeves«, weil ich die Erscheinung im ersten Schreckensmoment tatsächlich mit jenem Etikett versehen hatte. Die Worte »Da schau her! Ein Gespenst!« lagen mir auf der Zunge, und ich reagierte fast gleich wie die Heldin von *Mord in Greystone Grange*, nachdem sie bemerkt hatte, daß das Phantom seine Zelte bei ihr aufzuschlagen beliebte. Ich weiß nicht, ob der Leser schon mal ein Gespenst gesehen hat, doch meist hat dies zur Folge, daß einem der Schreck durch alle Glieder fährt.

Dann aber stieg Speckgeruch in meine Nase, und da es mir wenig wahrscheinlich erschien, daß ein Geist mit Tellern in der Gegend herumrennt, auf denen Rührei mit Speck liegt, beruhigte ich mich ein bißchen – ich verschüttete mit anderen Worten nicht auch noch den Rest des Tees, sondern fand stotternd die Sprache wieder. Zwar sagte ich lediglich »Jeeves!«, doch das war gar keine schlechte Leistung für einen Mann, dessen Zunge gerade noch halb im Halszäpfchen verheddert gewesen war und halb am Gaumen geklebt hatte.

Jeeves stellte mir das Tablett auf den Schoß.

»Guten Morgen, Sir«, sagte er. »Ich habe mir gedacht, daß Sie Ihr Frühstück eventuell in der Abgeschiedenheit Ihres Gemachs zu verzehren wünschen, anstatt sich den im Eßzimmer Versammelten beizugesellen.«

In Kenntnis des Umstands, daß sich in besagtem Eßzimmer fünf Tanten aufhielten, wovon eine taub, eine bekloppt und eine Dame Daphne Winkworth war, und die alle zusammen dem menschlichen Stoffwechsel in keiner Weise zuträglich waren, begrüßte ich die freundliche Geste lauthals, zumal mir gerade eingefallen war, daß in einem Haus wie diesem, wo man solcherlei Dinge nach alter Väter Sitte und nicht im Geiste der Moderne handhabe, der Butler wahrscheinlich am Frühstückstisch servierte.

»Tut er das?« fragte ich. »Umsorgt Silversmith die frohe Runde beim morgendlichen Mahl?«

»Jawohl, Sir.«

»Großer Gott!« rief ich und erblaßte unter dem sonnengebräunten Teint. »Was für ein Mann, Jeeves!«

»Sir?«

»Ihr Onkel Charlie.«

»Ach so. Jawohl, Sir, eine respekteinflößende Persönlichkeit.«

»Das Wort ›respekteinflößend‹ trifft die Sache genau. Was hat Shakespeare noch mal über jemanden gesagt, der ein Aug' wie Mama habe?«

»Ein Aug' wie Mars, zum Drohn und zum Gebieten‹ lautet das Zitat, nach dem Sie vermutlich haschen, Sir.«

»Ganz genau. Onkel Charlie hat ein solches Auge. Nennen Sie ihn tatsächlich Onkel Charlie?«

»Jawohl, Sir.«

»Erstaunlich. Wenn ich ihn mir als Onkel Charlie vorstelle, klingt das etwa so wie Jimmy oder Reggie, ja schon fast wie Bertie. Hat er je Klein Jeeves auf den Knien geschaukelt?«

»Sogar recht häufig, Sir.«

»Und Ihnen ist das Herz dabei nicht in die Hose gerutscht? Dann müssen Sie ein Kind von Blut und Eisen gewesen sein.« Ich wandte mich wieder meinem Teller zu. »Äußerst delikat, dieser Speck, Jeeves.«

»Er stammt meines Wissens aus der hauseigenen Raucherei, Sir.«

»Und bestimmt von glücklichen Schweinen. Bücklinge gibt's auch, ganz zu schweigen von Toast, Orangenmarmelade und, sofern mich meine Sinne nicht täuschen, einem Apfel. Was immer man über Deverill Hall sagen mag – den Gästen gegenüber läßt man sich nicht lumpen. Ich weiß nicht, ob Ihnen das auch schon aufgefallen ist, Jeeves, aber ein guter, herzhafter Bückling frühmorgens läßt einen neuen Mut fassen.«

»Wohl wahr, Sir, obschon mir persönlich eine Scheibe Schinken lieber ist.«

Ein Weilchen erörterten wir die Meriten von Bücklingen und Schinkenscheiben als Moralspender, und es spricht ja tatsächlich so manches für das eine wie das andere. Dann aber schnitt ich ein Thema an, das ich schon die ganze Zeit hatte anschneiden wollen. Ich weiß gar nicht, wie es mir hatte entfallen können.

»Ach, Jeeves, ich wußte doch, daß ich Sie unbedingt etwas fragen wollte. Was in drei Teufels Namen haben Sie hier verloren?«

»Ich dachte schon, Ihre diesbezügliche Neugier sei bestimmt geweckt, Sir, weshalb ich gerade eine Erklärung vorbringen wollte. Ich weile im Dienste Mr. Fink-Nottles hier. Wenn Sie erlauben, Sir …«

Er griff nach dem Stück Bückling, das eine jähe Handbewegung von meiner Gabel hatte schnellen lassen, und legte es zurück auf den Teller. Aus weit aufgerissenen Augen – wie die bekannte Formulierung lautet – starrte ich ihn an.

»Mr. Fink-Nottle?«

»Jawohl, Sir.«

»Aber Gussie ist doch gar nicht hier?«

»Doch, Sir. Wir trafen gestern abend zu leicht vorgerückter Stunde ein.«

Mir ging ein grelles Licht auf.

»Dann hat Onkel Charlie also von Gussie gesprochen, als er sagte, Mr. Wooster sei hier aufgekreuzt? Ich gebe mich als Gussie aus, und nun schneit Gussie herein und gibt sich umgekehrt als meine Wenigkeit aus, stimmt's?«

»Ganz recht, Sir. Die unvermutet eingetretene Situation ist kurios, ja geradezu komplex ...«

»Das können Sie laut sagen, Jeeves!«

Einzig der Umstand, daß ich durch eine solche Handlung das Tablett umgestoßen hätte, hinderte mich, das Gesicht zur Wand zu wenden. Als Esmond bei unserem Gedankenaustausch über dem Portwein von den Zeiten gesprochen hatte, da sich der Männer Schneid erweise, hatte er keinen Schimmer gehabt, wie die Zeiten, da sich der Männer Schneid erweist, wirklich daherkommen können, falls jene Zeiten denn in die Hände spucken und richtig zupacken. Ich stemmte eine Gabelladung Bückling hoch und kippte sie in den Schlund, wobei ich meine Geisteskräfte einer Ausgangslage anzupassen suchte, die wohl noch der Couragierteste als haarsträubend taxiert hätte.

»Aber wie ist Gussie denn aus dem Knast gekommen?«

»Der Richter überlegte es sich anders und erließ ihm gegen eine Buße die Haftstrafe, Sir.«

»Was hat ihn denn dazu gebracht?«

»Vielleicht der Gedanke daran, daß die Art der Gnade von keinem Zwang weiß, Sir.«

»Sie wollen sagen, sie träufle, wie des Himmels milder Regen, zur Erde unter ihr?«

»Ganz recht, Sir. Seine Ehren berücksichtigte zweifelsohne den Umstand, daß sie segnet den, der gibt, und den, der nimmt; am mächtigsten in Mächt'gen, zieret sie den Fürsten auf dem Thron mehr wie die Krone.«

Ich sinnierte. Ja, das hatte allerlei für sich.

»Wie viele Mäuse hat er ihm denn abgeknöpft? Fünf?«

»Jawohl, Sir.«

»Und Gussie blätterte diese hin, worauf er ein freier Mann war?«

»Jawohl, Sir.«

Ich legte den Finger auf die wunde Stelle.

»Warum?« fragte ich.

Ich glaubte ihn damit kalt zu erwischen, doch dem war nicht so. Wo ein gewöhnlicher Mann nur mit den Füßen gescharrt, mit den Fingern genestelt und die Worte gemurmelt hätte: »Ja, ich weiß, was Sie meinen, da liegt das Problem, nicht wahr?«, da stand er mit einer bestechenden Erklärung bereit, die er nun auftischte, ohne mit der Wimper zu zucken.

»Ein anderer Weg stand leider nicht offen, Sir. Einerseits wünschte sich ihre Ladyschaft – ich spreche von Ihrer Tante – unmißverständlich, daß Sie Deverill Hall einen Besuch abstatteten, andererseits bestand Miss Bassett nicht minder energisch darauf, daß Mr. Fink-Nottle desgleichen tue. Hätte sich einer von Ihnen nicht hier eingefunden, so wären Nachforschungen angestellt worden – mit desaströsen Folgen. Um nur einen Aspekt herauszugreifen: Miss Bassett erwartet von Mr. Fink-Nottle jeden Tag einen Brief, in dem er sein Leben in Deverill Hall und alle hier kursierenden Gerüchte haarklein rapportiert. Diese Episteln sind selbstredend auf dem hauseigenen Briefpapier abzufassen und mit dem Poststempel ›King's Deverill‹ zu versehen.«

»Stimmt. Sie sprechen die lautere Wahrheit, Jeeves. Daran habe ich gar nicht gedacht.«

Betrübt würgte ich einen Batzen Toast mit Orangenmarmelade hinunter. Wie leicht hätten sich all die Kalamitäten doch vermeiden lassen, wäre der Kadi klug genug gewesen, Gussie von Anfang an zu büßen und nicht erst im nachhinein. Ich habe es schon früher gesagt, und ich wiederhole es gern: Alle Richter sind Knalltüten. Der Leser zeige mir einen Richter, und ich zeige ihm einen Schafskopf.

Ich wandte mich dem Apfel zu.

»So also sieht's aus.«

»Jawohl, Sir.«

»Ich bin Gussie – und vice versa.«

»Jawohl, Sir.«

»Und wir müssen ständig auf der Hut sein, wollen wir die Chose nicht vermasseln. Wir werden wie auf Eiern gehen.«

»Ein ungemein passendes Bild, Sir.«

Ich aß den Apfel auf und zündete mir versonnen eine Zigarette an.

»Es mußte wohl so kommen«, sagte ich. »Aber legen Sie jetzt bitte nicht wieder Ihre Marcus-Aurelius-Platte auf, ich glaube nicht, daß ich weiteren Ausführungen über Schicksalsbruchteile gewachsen wäre. Und wie hat Gussie die Sache aufgenommen?«

»Nicht gerade enthusiastisch, Sir. Ich würde ihn eher als verschnupft bezeichnen. Mr. Pirbright hat mir …«

»Ach, Sie haben Catsmeat gesehen?«

»Jawohl, Sir, in der Gesindestube. Er half dem Stubenmädchen Queenie beim Lösen des Kreuzworträtsels. Ich erfuhr aus seinem Munde, daß er Miss Pirbright hatte sprechen können und diese über Ihre Ungeneigtheit in Kenntnis gesetzt hatte, beim Konzert den Part des Pat in der irisch angehauchten Burleske zu spielen, und daß Miss Pirbright vollstes Verständnis für Ihre Lage aufgebracht und bemerkt habe, daß der nun vor Ort weilende Mr. Fink-Nottle selbstverständlich die Rolle bekleiden würde. Mr. Pirbright hat Mr. Fink-Nottle getroffen und mit dem Arrangement vertraut gemacht, und genau dies hat Mr. Fink-Nottle verschnupft reagieren lassen.«

»Ihn schreckt die Aufgabe?«

»Jawohl, Sir. Außerdem bekümmern ihn die Geschichten, die ihm die Damen von Deverill Hall über …«

»… mein Treiben zugetragen haben?«

»Jawohl, Sir.«

»Der Hund?«

»Jawohl, Sir.«

»Der Portwein?«

»Jawohl, Sir.«

»Und das ›Hallo, hallo, wir jagen und sind froh‹?«

»Jawohl, Sir.«

Zerknirscht stieß ich eine Rauchwolke aus.

»Stimmt«, sagte ich, »ich versorge Gussie leider mit keinem sehr günstigen Startkapital. Ohne böse Absicht habe ich ihn in den Augen meiner werten Gastgeberinnen als einen jener Unschuldsengel hingestellt, die dem Publikum vorgaukeln, nichts als Orangensaft zu trinken. Kaum aber dreht ihnen jenes Publikum den Rücken zu, inszenieren sie auf der Grundlage von Portwein das reinste Alkoholikerdrama. Selbstverständlich könnte ich erstklassige Indizien zu meiner Verteidigung vorbringen: Esmond Haddock drängte mir die Karaffe förmlich auf, und ich war am Verdursten. Kein Mensch würde einem eingeschneiten Alpinisten Vorwürfe machen, der ein Tröpfchen Brandy aus dem Fäßchen eines Bernhardinerhunds akzeptiert. Gleichwohl bleibt zu hoffen, daß sie die Sache für sich behalten und nicht Miss Bassett weitertratschen. Man will schließlich nicht, daß jemand Sand in Gussies Liebesgetriebe streut.«

Wir schwiegen eine Weile und sannen den zu erwartenden Folgen nach, falls irgend etwas Madeline Bassett dazu brachte, sich zu entgussiefizieren. Schließlich wandte ich mich von dem unerquicklichen Thema ab.

»Doch wo wir schon von der Liebe reden: Catsmeat wird Ihnen wohl auch die seine gestanden haben, oder?«

»Jawohl, Sir.«

»Dacht' ich's mir doch. Schon erstaunlich, wie all diese Typen mit ihren Sorgen zu Ihnen gerannt kommen und sich an Ihrer Schulter ausweinen.«

»Ich finde dies höchst erfreulich, Sir, und bin stets eifrig bemüht, Beistand zu leisten, soweit es in meiner Macht steht. Schließlich will man solchen Wünschen Genüge tun. Kurz nach Ihrer gestrigen Abreise breitete Mr. Pirbright die sich ihm stellenden Probleme en détail vor mir aus. Solcherart ins Bild gesetzt, erlaubte ich mir den Vorschlag, daß er hier an meiner Statt als Ihr Diener erscheinen solle.«

»Es wäre mir lieb gewesen, einer hätte mich telegrafisch gewarnt. So wäre mir ein übler Schock erspart geblieben. Das allerletzte, was man sich als Krönung eines fröhlichen Umtrunks – um es einmal so auszudrücken – wünscht, ist der vollkommen unverhoffte Anblick eines Wechselbalgs! Sie würden selbst Augen machen, wenn Sie eines Morgens nach durchzechter Nacht mit meiner Tasse Tee ins Zimmer kämen und aufrecht im Bett sitzend den Arbeiterführer Ernie Bevin oder eine andere Person in dieser Preisklasse anträfen. Als Sie vorhin Catsmeat sahen, machte er Sie da mit den letzten Agenturmeldungen vertraut?«

»Sir?«

»Über Esmond Haddock und Corky.«

»Ach so, jawohl, Sir. Er berichtete mir, was Sie ihm über Mr. Haddocks unerschütterliche Hingabe an Miss Pirbright erzählt hatten. Dies schien ihn sehr zu erleichtern, da der größte Stein auf dem Weg zu seinem Glück damit entfernt worden war.«

»Ja, Catsmeat hat seine Schäfchen im trockenen. Wenn sich über den armen alten Esmond doch nur Ähnliches sagen ließe.«

»Glauben Sie denn, Miss Pirbright erwidere Mr. Haddocks Gefühle nicht, Sir?«

»Und ob sie die erwidert! Sie behauptet sogar unumwunden, er sei der Leitstern ihres Lebens, und nun sagen Sie sich wohl, dann sei ja alles in Butter, denn wenn sie der Leitstern seines Lebens ist und er der Leitstern des ihren, sollte die Sache geritzt sein. Aber Sie täuschen sich, wie sich auch Esmond Haddock täuscht. Der verblendete Esel bildet sich ein, er werde mit dem Lied, das er am Konzert zum besten geben will, dermaßen einschlagen, daß sie sich, kaum hört sie den tosenden Applaus, mit einem ›Oh, Esmond!‹ auf den Lippen in seine Arme werfen wird. Das kann er sich abschminken!«

»Tatsächlich, Sir?«

»Jawohl, Jeeves: abschminken! Die Sache hat nämlich einen Haken. Sie weigert sich, den Ehebund mit ihm auch nur in Erwägung zu ziehen, solange er seinen Tanten nicht die Stirn bietet, und beim bloßen Gedanken daran wird ihm speiübel. Es handelt sich um das, was man in Frankreich einen *impasse* nennt.«

»Warum wünscht sich die junge Dame denn, daß Mr. Haddock seinen Tanten die Stirn biete, Sir?«

»Sie sagt, er habe sich von ihnen seit seiner Kindheit herumkommandieren lassen und nun sei die Zeit gekommen, das Joch abzuwerfen. Er soll ihr beweisen, daß er ein Mann ohne Furcht und Tadel ist – die olle Drachen-Kamelle eben. Anno dazumal, als die Ritter noch furchtlos waren, stachelten die Mädels ihre Jüngelchen dazu an, Drachen zu bekämpfen. Vermutlich sah sich Ihr Herr Roland ein Dutzend Mal in solcher Lage. Aber Drachen sind das eine, Tanten etwas völlig anderes. Keine Sekunde zweifle ich daran, daß Esmond Haddock es jederzeit und liebend gerne mit einem feuerspeienden Drachen aufnähme, doch daß er Dame Daphne Winkworth sowie Charlotte, Emmeline, Harriet und Myrtle Deverill Paroli bieten könnte, bis sie zu Kreuze kriechen, müssen wir ausschließen.«

»Ist dem wirklich so, Sir?«

»Was heißt denn hier ›ist dem wirklich so‹?«

»Ich mußte nur gerade an die Möglichkeit denken, daß Mr. Haddocks Verhalten, sollte seinem Auftritt beim Konzert der von ihm erwartete Erfolg beschieden sein, resoluter werden könnte. Ich hatte selbst noch nicht die Gelegenheit, den Charakter des jungen Herrn zu studieren, doch die auf ihn gemünzten Äußerungen meines Onkels Charlie führen mich zum Schluß, daß er einer jener Gentlemen ist, die auf öffentliche Beifallsbekundungen in stupendester Weise reagieren. Mr. Haddocks Leben wurde, wie Sie richtig bemerken, von Unterdrückung geprägt, was in ihm zweifelsohne einen ausgeprägten Minderwertigkeitskomplex genährt hat. Der Jubel der breiten Massen wirkt auf junge Gentlemen mit einem Minderwertigkeitskomplex oft wie eine starke Arznei.«

Allmählich ging mir auf, worauf er hinauswollte.

»Sie meinen, falls er reüssiert, wird ihm der Kamm in solchem Maße schwellen, daß er seinen Tanten in die Augen sehen kann und diese kuschen?«

»Ganz genau, Sir. Bedenken Sie nur, wie es im Falle von Mr. Little war.«

»Donnerwetter, stimmt! Bingo war wie ausgewechselt. Jeeves, ich glaube, Sie sind auf dem richtigen Weg.«

»Jedenfalls erscheint mir die eben vorgebrachte Theorie erwägenswert, Sir.«

»Mehr als erwägenswert – sie ist 1a! Dann müssen wir alle Hebel in Bewegung setzen, damit er wirklich reüssiert. Wie nennt man noch gleich diese Dinger, die gewisse Leute haben?«

»Sir?«

»Opernsänger und ähnliches Gelichter.«

»Sie sprechen von einer Claque, Sir?«

»Genau. Das Wort lag mir auf der Zunge. Wir müssen für ihn eine Claque stellen. Ihnen, Jeeves, fällt die Aufgabe zu, das Dorf zu durchstreifen und hier ein Wort fallen zu lassen, dort ein Bier zu spendieren, bis noch dem letzten Bewohner klar ist, daß er den singenden Esmond Haddock aus voller Kehle, ja bis zur kompletten Heiserkeit anfeuern muß. Ich kann Ihnen das doch überlassen, oder?«

»Gewiß, Sir. Ich werde mich der Sache annehmen.«

»Schön. Und nun sollte ich wohl aufstehen und mich mit Gussie bereden. Vermutlich sind da ein, zwei Punkte, die er gern diskutieren möchte. Gibt es in der Gegend eine verfallene Mühle?«

»Meines Wissens nicht, Sir.«

»Oder sonst ein Wahrzeichen, das Sie ihm als Treffpunkt vorschlagen könnten? Ich habe wenig Lust, das ganze Haus samt Außenanlagen nach ihm zu durchstreifen. Vielmehr strebe ich danach, über die Hintertreppe hinauszuschleichen und mich im Schutz der Sträucher durch den Garten zu stehlen. Können Sie mir folgen, Jeeves?«

»Voll und ganz, Sir. Ich würde vorschlagen, ich vereinbare mit Mr. Fink-Nottle, daß er Sie in einer Stunde vor dem Postamt trifft.«

»Schön«, erwiderte ich. »Vor dem Postamt in einer Stunde beziehungsweise sechzig Minuten. Und wenn Sie nun die Güte hätten, den Hahn aufzudrehen, Jeeves – mich verlangt nach einem labenden Bad.«

9. Kapitel

Aus verschiedenen Gründen (beispielsweise zu langem Gesang in der Badewanne) hinkte ich fünf Minuten hinter dem Fahrplan her, als ich beim Postamt anlangte, wo Gussie unserem Rendezvous bereits ungeduldig entgegenfieberte.

Jeeves hatte, wie der Leser sich erinnern mag, diesen Fink-Nottle als verschnupft bezeichnet, und ich erkannte auf einen Blick, daß die inzwischen verstrichene Zeit nichts zu seiner Entschnupfung beigetragen hatte. In den Augen hinter den Hornbrillengläsern loderten Wut, Groll und Ähnliches. Er wirkte wie ein bärbeißiger Heilbutt. In gereizter Stimmung sieht Gussie einem Seeungeheuer noch ähnlicher als sonst.

»Na«, sagte er, ohne auch nur ein »Hallihallo« vorauszuschicken. »Das ist mir ja 'ne schöne Bescherung!«

Mir erschienen ein paar Worte der Aufmunterung am Platze, und folglich schoß ich damit sogleich los. Zunächst gab ich ihm recht, daß die Bescherung tatsächlich eine schöne sei, und forderte ihn auf, die Ohren steif zu halten. Ich wies ihn zudem darauf hin, daß sich in Deverill Hall die Sturmwolken zwar zusammenbrauen mochten, er aber hier doch sehr viel besser aufgehoben sei als in einem finsteren Verlies mit tropfenden Mauern und einer bei ihm einquartierten Rattenbrigade, falls man denn Burschen, denen das Polizeigericht in der Bosher Street vierzehn Tage Haft aufgebrummt hatte, tatsächlich so beherbergte.

Schroff entgegnete er, daß er völlig anderer Meinung sei.

»Mir wäre eine Gefängniszelle sehr viel lieber gewesen«, sagte er. »Dort spricht einen wenigstens keiner mit ›Mr. Wooster‹ an. Was glaubst du wohl, wie es für mich ist, daß alle Welt mich für dich hält?«

Ich war bestürzt, um ganz ehrlich zu sein. Unter allen Dingen, die mir Sorgen bereiteten, drückte mir kein Gedanke stärker das Herz ab als der, daß das Volk bei Gussies Anblick glaubte, Bertram Wooster vor sich zu haben. Als ich darüber nachsann, daß die kleine Welt von King's Deverill dereinst im Glauben ins Grab sinken würde, Bertram Wooster sei eine zu kurz geratene Spottgeburt, wie man sie sonst höchstens noch in den Witzblättern antrifft, da durchbohrte der Dolch der Verzweiflung mein Herz. Und so schockierte es mich nicht wenig, von Gussie zu hören, er durchlebe dasselbe Martyrium.

»Ist dir eigentlich klar«, fuhr er fort, »wie es in dieser Gegend um deinen Ruf bestellt ist? Falls du dir irgendwelche Illusionen machen solltest, kann ich dir gern verraten, daß du unten durch bist. Als ich am Frühstückstisch vorbeiging, hielten diese Frauenzimmer ihre Röcke fest. Sie erbebten, kaum richtete ich das Wort an sie. Immer wieder trafen mich Blicke, die noch den gemeinsten Strauchdieb pikiert hätten. Und als wäre das nicht schlimm genug, scheinst du an einem einzigen Abend dafür gesorgt zu haben, daß nun auch ich unten durch bin. Was muß ich da hören? Du hast gestern abend stinkbesoffen Jagdlieder gesungen?«

»Ich war nicht stinkbesoffen, Gussie, sondern nur leicht angesäuselt, um es mal so auszudrücken. Und Jagdlieder habe ich nur gesungen, weil dies der Wunsch meines Gastgebers war. Einem Gastgeber sollte man stets willfahren. Dann haben sie das also erwähnt, wie?«

»Und ob sie das erwähnt haben! Beim Frühstück gab es kein anderes Thema. Und was ist, wenn sie Madeline davon berichten?«

»Ich rate zu striktem Leugnen.«

»Das würde nicht funktionieren.«

»Vielleicht schon«, erwiderte ich, denn ich hatte reiflich darüber nachgedacht und war zuversichtlicher als zuvor. »Was können sie schon beweisen?«

»Madelines Patentante hat gesagt, als sie ins Eßzimmer kam, hättest du auf einem Stuhl gestanden, eine Karaffe geschwungen und ›wir jagen und sind froh‹ gegrölt.«

»Stimmt, bis hierhin würde ich in meinem Geständnis gehen. Doch wer wollte behaupten, jene Karaffe sei nicht allein von Esmond Haddock geleert worden, welcher wohlgemerkt auf dem Tisch stand, ebenfalls ›wir jagen und sind froh‹ grölte und sein Pferd mit einer Banane antrieb? Sollte die Affäre Madeline je zu Ohren kommen, kannst du dich aus eben dieser ziehen, indem du alles strikt abstreitest.«

Er dachte nach.

»Vielleicht hast du recht. Dennoch wäre ich froh, du würdest mehr Vorsicht walten lassen. Das Ganze war für mich überaus lästig und ärgerlich.«

»Und doch ist es nur ein Bruchteil des gesamten Schicksals, nicht wahr?« sagte ich. Versuchen konnte man es ja mal damit.

»Welches gesamten Schicksals?«

»Das ist eines dieser Bonmots von Marcus Aurelius. Er sagte einmal: ›Bedenk, welch winziges Stück des ganzen Weltwesens du bist, wie klein und verschwindend der Punkt in der ganzen Ewigkeit, auf den du gestellt, und dein Schicksal – welch ein Bruchteil des gesamten!‹«

Dem brüsken Ton, in dem er Marcus Aurelius ins Land wünschte, wo der Pfeffer wächst, glaubte ich, entnehmen zu dürfen, daß ihm der Gag genausowenig Linderung verschaffte wie zuvor mir, als Jeeves ihn auf mich losgelassen hatte. Ich hatte mir auch gar keine großen Hoffnungen gemacht, ja ich bezweifle ernstlich, daß Marcus Aurelius' Sprüchesammlung das ist, wonach ein Erdenwurm dürstet, dem das Schicksal gerade einen Tritt ans Schienbein gegeben hat. Besser man wartet damit, bis der Schmerz abgeklungen ist.

Zur Hebung der Stimmung wechselte ich das Thema und fragte ihn, ob es ihn überrascht habe, Catsmeat in Deverill Hall anzutreffen, mußte aber schon im nächsten Moment feststellen, daß ich Kerosin ins Feuer gegossen hatte. So hitzig sich Gussie über Marcus Aurelius ausgelassen hatte – jene Bemerkungen waren nachgerade sanft im Vergleich zu dem, was er über Catsmeat zu sagen hatte.

Und wie wollte man es ihm verargen? Wer von einem Burschen genötigt wird, wider alle Vernunft den Brunnen am Trafalgar Square um fünf Uhr morgens zu durchwaten und dadurch nicht nur die Hose zu ruinieren, sondern sich auch hopsnehmen und ins Loch werfen zu lassen, ja ganz grundsätzlich durch die Mühlen des Gesetzes gedreht zu werden, dem drängt sich die Ansicht auf, dem Verantwortlichen gehöre der Bauch mit einem stumpfen Brotmesser aufgeschlitzt. Dies und noch ein paar andere Dinge hoffte Gussie eines Tages Catsmeat antun zu dürfen, falls alles nach Plan lief – ein Gedankengang, der wie gesagt einleuchtete.

Als er das Thema Catsmeat schließlich erschöpft hatte, wandte er sich (womit ich schon die ganze Zeit gerechnet hatte) jener Klamotte zu, deren Verfasser und Regisseur der andere war.

»Was muß ich mir unter dieser Klamotte vorstellen, die Pirbright erwähnt hat?« fragte er, und ich erkannte, daß unser Gespräch einen Punkt erreicht hatte, der nach ebenso verbindlichen wie honigsüßen Worten verlangte.

»Ach so, er hat dir davon erzählt? Es handelt sich um eine Nummer innerhalb des Konzertabends, den seine Schwester demnächst über die Bühne der Dorfhalle gehen läßt. Ich hätte darin Pat spielen sollen, doch aufgrund gewisser Änderungen fällt die Rolle nun dir zu.«

»Das werden wir noch sehen. Worum geht's denn in dem gottverfluchten Ding?«

»Hast du's nie gesehen? Pongo Twistleton und Barmy Phipps spielen es jedes Jahr beim bunten Abend des Drones Club.«

»Ich gehe nie zum bunten Abend des Drones Club.«

»Nein? Na ja, es ist … Wie soll ich sagen? … Man spricht gemeinhin von einer Klamotte. Die Hauptdarsteller sind zwei Iren namens Pat und Mike, die auf die Bühne kommen und … Aber ich habe das Skript ja hier«, sagte ich und zog es hervor. »Überflieg es mal, dann siehst du schon, worum's geht.«

Er nahm das Skript zur Hand und studierte es mit mürrischer Miene. Mir wurde dabei schnell klar, welch elendes Dasein Stückeschreiber fristen. Da überreicht man sein neuestes Elaborat einem verbiestert in die Welt schauenden Intendanten und tritt unruhig von einem Fuß auf den anderen, derweil jener es nur böse anfunkelt, als hätte es ihm gerade einen linken Haken verpaßt, bevor er es mit einem barschen »Taugt nix!« zurückgibt.

»Wer hat das geschrieben?« fragte Gussie, nachdem er die letzte Seite umgeblättert hatte, und als ich ihm verriet, Catsmeat sei der Verfasser, meinte er, das hätte er sich ja denken können. Während der Durchsicht hatte er immer wieder geschnaubt, und nun schnaubte er noch einmal, wenn auch sehr viel geräuschvoller, so als fasse er ein halbes Dutzend Schnaubgeräusche zu einem einzigen zusammen.

»Das ist ja der hinterletzte Humbug! Von dramatischer Kohärenz keine Spur, ganz zu schweigen von Motivation und gestalterischer Stringenz. Wer sollen diese beiden Typen überhaupt sein?«

»Wie schon gesagt: zwei Iren namens Pat und Mike.«

»Dann erklär mir doch mal, welche gesellschaftliche Stellung die beiden bekleiden – das übersteigt nämlich meinen Horizont. Pat zum Beispiel scheint sich in den besten Kreisen zu bewegen, denn er behauptet, daß er im Buckingham Palace diniere. Gleichwohl vermietet seine Frau Zimmer.«

»Ich weiß, was du meinst. Seltsam.«

»Unerklärlich. Hältst du es etwa für plausibel, daß man einen Mann seiner Herkunft zum Dinner in den Buckingham Palace einlädt, obwohl ihm offenbar jeder Benimm fehlt? Auf diesem abendlichen Empfang, den er erwähnt, fragt ihn die Königin, ob er gern Tintenfischsuppe hätte. Und dann verputzt er nicht weniger als sechs Portionen davon, weil er glaubt, es gebe nichts anderes, was zur Folge hat, daß er laut eigenen Verlautbarungen für den Rest des Abends ›in der Tinte sitzt‹. Und bei der Schilderung dieses Vorfalls schickt er seinen Bemerkungen mehrmals die Ausdrücke ›traun fürwahr‹ und ›bei meiner Seel'‹ voraus. Kein Ire redet so. Hast du je *Reiter ans Meer* von John Millington Synge gelesen? Nein? Dann beschaff dir das Buch und studier es gründlich. Falls du mir auch nur eine Figur zeigen kannst, die ›traun fürwahr‹ sagt, kriegst du von mir einen Shilling. Iren sind von Natur aus Poeten. Sie sprechen über herzinnige Gefühle und Nebelschwaden und Ähnliches. Meistens sagen sie Dinge wie: ›An einem Abend wie diesem, ach, wie sehne ich mich da zurück nach County Clare, will beschauen die Kühe im hohen Grase.‹«

Mit gefurchter Stirn blätterte er im Manuskript herum, die Nase gerümpft, so als wäre ein Hautgout in sie gestochen. Dies versetzte mich zurück in jene Tage, da ich in Malvern House, Bramley-on-Sea, jeweils meinen Englischaufsatz zu dem bereits mit gezücktem Rotstift wartenden Reverend Aubrey Upjohn getragen hatte.

»Da ist schon wieder so ein wirres Gerede: ›Weißt du, was passiert, wenn sich ein Thunfisch und ein Walfisch treffen?‹ ›Nein, was passiert denn, wenn sich ein Thunfisch und ein Walfisch treffen?‹ ›Der Walfisch fragt den Thunfisch: „Traun fürwahr, was soll'n wir tun, Fisch?" Antwortet der Thunfisch: „Bei meiner Seel', du hast die Wahl, Fisch." Das ergibt doch keinerlei Sinn – Fische können überhaupt nicht reden! Und nun kommen wir zu einer weiteren Sache, die meinen Horizont übersteigt, nämlich zum Wort ›Klam.‹ Nach der Zeile ›Bei meiner Seel', du hast die Wahl, Fisch‹ sowie an vielen weiteren Stellen im Skript findet sich das Wort Klam., und zwar in Klammern. Sagt mir überhaupt nichts. Kannst du es mir erklären?«

»Das ist die Abkürzung für ›Klamauk‹ und liefert dir das Einsatzzeichen, um Mike mit dem Schirm zu verhauen. Dies zeigt dem Publikum, daß gerade eine Pointe gekommen ist.«

Gussie fuhr zusammen.

»Sag bloß nicht, das seien Pointen?«

»Doch, doch.«

»Ach so. Ach *sooo*. Das läßt die Sache natürlich in anderem Licht erscheinen …« Er hielt inne und sah mich mißtrauisch an. »Hast du gesagt, ich müsse meinen Kollegen mit dem Schirm verhauen?«

»So ist es.«

»Und wenn ich Pirbright richtig verstanden habe, ist der zweite Darsteller in dieser hirnrissigen Produktion der Dorfschupo?«

»So ist es.«

»Das Ganze ist unmöglich und kommt nicht in die Tüte!« echauffierte sich Gussie. »Weißt du eigentlich, was passiert, wenn man einen Polizisten mit dem Schirm verhaut? Dies und nichts anderes habe ich getan, als ich aus dem Brunnen am Trafalgar Square stieg, und auf eine Wiederholung kann ich gut verzichten.« Aschfahles Entsetzen war in seine Miene getreten, so als hätte er einen kurzen Blick in eine Vergangenheit geworfen, von der er gehofft hatte, Gras sei über sie gewachsen.

»Ich sage dir klipp und klar, Wooster, wie ich die Sache sehe: Ich werde weder ›traun fürwahr‹ noch ›bei meiner Seel'‹ sagen. Und ich werde auch nicht mit Schirmen auf Polizisten losgehen. Kurzum, ich will mit diesem ganzen würdelosen Gekasper nichts, aber auch gar nichts zu tun haben. Wart nur, bis ich Miss Pirbright sehe – die kriegt was zu hören! Ich werde sie lehren, mit der menschlichen Würde solchen Schindluder zu treiben.«

Er wollte fortfahren, doch erstarb in diesem Moment seine Stimme in einer Art Glucksen, und mir fiel auf, daß seine Augen vorgetreten waren. Als ich mich umwandte, sah ich Corky auf uns zukommen. Sie wurde von Sam Goldwyn begleitet und sah wie immer betörend aus, denn ihr hautenges Kleid akzentuierte die anmutigen Konturen eher, als daß es sie verhüllte, falls der Leser weiß, was ich meine.

Ich freute mich sehr über die Begegnung. Angesichts des höchst unkooperativen Gussie, welcher sich wie Bileams Esel auf die Hinterbeine stellte und nicht parieren wollte, schien mir die weibliche Note genau das Richtige zu sein. In Sekundenschnelle beschloß ich deshalb, die beiden einander vorzustellen und es Corky zu überlassen, Gussies stahlharte Schale zum Schmelzen zu bringen.

Ich war voller Hoffnung, daß Corky das Kind schaukeln würde. Obwohl sie sich von meiner Tante Agatha in fast allem unterscheidet, teilt sie mit jener singulären Landplage doch eines: Sie verfügt über natürliche Autorität. Wenn sie von einem was will, dann tut man es. So war sie schon als kleines Mädchen. Ich weiß noch, wie sie mir einmal während unserer gemeinsamen Tanzstunde eine nicht mehr ganz taufrische Orange in die Hand drückte, einen blau-gelben Matsch aus Kernen und Schimmel, und mich anwies, unsere Lehrerin damit zu bewerfen, die aus einem mir nicht mehr erinnerlichen Grund Corkys Mißfallen erregt hatte. Und ich tat brav wie mir geheißen, obwohl ich genau wußte, wie böse das Erwachen ausfallen würde.

»Heda!« rief ich und wich den Versuchen des Köters aus, seine Vorderpfoten auf meine Schultern zu legen und die Zunge an meinem Gesicht zu wetzen. Ich wies mit dem Daumen auf meinen Gesprächspartner und sagte nur ein Wort: »Gussie.«

Corkys Miene hellte sich geradezu enthusiasmiert auf. Sogleich machte sie sich daran, ihren Charme spielen zu lassen.

»Ach, *Sie* sind also Mr. Fink-Nottle? Angenehm, Mr. Fink-Nottle. Ich freue mich ja *so,* Sie kennenzulernen, Mr. Fink-Nottle. Was für ein Glück, Sie hier zu treffen. Ich wollte mit Ihnen ohnehin über den Sketch sprechen.«

»Wir haben das Thema gerade gestreift«, sagte ich, »und Gussie sträubt sich, Pat zu spielen.«

»Ach *nein?*«

»Ich habe mir gedacht, du könntest ihm vielleicht gut zureden. Tja, dann lass' ich dich jetzt«, sagte ich und stob davon. Als ich um die Ecke bog und den Kopf nochmals umwandte, erkannte ich, daß Corky ihre eine schlanke Hand an Gussies Rockaufschlag geheftet hatte und mit der anderen weit ausholende, flehende Gesten vollführte, was noch dem unbedarftesten und unaufmerksamsten Beobachter klar signalisiert hätte, daß Gussie nun in den Genuß ihrer Vorzugsbehandlung kam.

Zufrieden begab ich mich ins Haus zurück, wobei ich die Augen offenhielt, damit mir keine Tanten auflauerten, und so schaffte ich es ohne größere Unbill in mein Zimmer. Etwa eine halbe Stunde später rauchte ich dort versonnen eine Zigarette, als Gussie eintrat. Ich erkannte gleich, daß dies nicht der grantige, verdrießliche Fink-Nottle war, welcher im Laufe unseres jüngsten Beisammenseins Pat und Mike so unerbittlich den Gashahn abgedreht hatte. Sein Gebaren war kregel. Sein Gesicht glühte. Im Knopfloch trug er eine Blume, welche zuvor nicht dort gewesen war.

»Grüß dich, Bertie«, sagte er. »Hör mal, Bertie, warum hast du mir nicht gesagt, daß Miss Pirbright die Filmdiva Cora Starr ist? Ich gehöre schon lange zu ihren glühendsten Bewunderern. Was für ein reizendes Mädchen – und was für ein Kontrast zu ihrem Bruder, den ich bis ans Ende meiner Tage als Englands oberste Pestbeule betrachten werde. Sie hat mir diese Klamotte in ganz neuem Licht gezeigt.«

»Das dachte ich mir schon.«

»Wirklich frappant, daß eine derart hübsche Frau auch noch über so einen messerscharfen Verstand verfügt und ihre Argumente in solch kristalliner Klarheit vorzubringen vermag, daß man sogleich einsieht, wie recht sie von A bis Z hat.«

»Jawohl, Corky ist ein wahrer Satansbraten, was ihre Überredungskunst angeht.«

»Ich wäre dir sehr verbunden, wenn du sie nicht als Satansbraten titulieren würdest. Corky, wie? So also nennst du sie? Ein ganz bezaubernder Name.«

»Wie ist denn eure Konferenz ausgegangen? Wirst du in dem Sketch nun mitspielen?«

»Aber klar doch, ist alles geregelt. Sie hat meine Einwände vollkommen entkräftet. Nachdem du uns verlassen hattest, gingen wir das Skript gemeinsam durch, und sie überzeugte mich davon, daß diese schlichte, erbauliche Spielart des Humors alles andere als ehrenrührig ist. Reines Geblödel sei dies zwar durchaus, erklärte sie mir, aber auch gutes Theater. Sie ist überzeugt, daß ich gewaltig abräumen werde.«

»Das Publikum wird dir aus der Hand fressen. Zu dumm, daß ich nicht selbst den Pat geben kann …«

»Ist wohl besser so. Ich glaube nicht, daß du der Typ dafür bist.«

»Aber natürlich bin ich der Typ dafür!« konterte ich scharf. »Ich hätte eine sensationelle Vorstellung gegeben.«

»Corky sieht das aber anders. Sie hat mir erzählt, wie froh sie sei, daß du einen Rückzieher gemacht hast und ich die Lücke nun füllen kann. Die Rolle erfordert ihres Erachtens ein konsequentes Chargieren – du dagegen hättest dich zu stark zurückgenommen. Eine solche Rolle verlangt Charakter und präzisestes Timing, und sie hat gesagt, sie habe auf den ersten Blick erkannt, daß ich der ideale Pat sei. Mädchen mit ihrem Erfahrungsschatz sehen so was im Nu.«

Ich gab auf. Mit Schmierenkomödianten kann man nicht vernünftig reden, und zwanzig Minuten in Corkys Gesellschaft hatten aus dem untadeligen Molchfreund Augustus Fink-Nottle den größten Schmierenkomödianten gemacht, der je in einer Bodega Portwein gepichelt und seine Mitbürger penetrant als »Freundchen« tituliert hatte. Demnächst, so ahnte ich, würde er auch mich auf diese Weise ansprechen.

»Jede weitere Diskussion erübrigt sich«, sagte ich, »denn ich hätte die Rolle ohnehin nicht übernehmen können. Madeline hätte keine Freude daran gehabt, daß sich ihr Verlobter mit grünem Bart in der Öffentlichkeit zeigt.«

»Stimmt, sie ist ein wunderlich Ding.«

Ich betrachtete es als meine Aufgabe, sein dummes Grinsen zu vertreiben, indem ich ihn an etwas erinnerte, was er allem Anschein nach vergessen hatte.

»Und was ist mit Dobbs?«

»Hm?«

»Bei unserer letzten Begegnung hat dich die Aussicht geschreckt, Polizeiwachtmeister Dobbs mit dem Schirm eins überzubraten.«

»Ach so, Dobbs ist draußen. Er wurde abgesetzt. Als wir gerade probten, kam er des Wegs und las Mikes Dialogstellen, aber er war unter aller Kritik. Keine Technik. Kein Charakter. Zudem ließ er sich nichts sagen, sondern stritt sich mit der Direktion wegen jeder Kleinigkeit, bis Corky in Rage geriet und ihre Stimme erhob und er in Rage geriet und seine Stimme erhob – was dazu führte, daß Corkys Hund, durch den Tumult zweifellos gereizt, Dobbs ins Bein biß.«

»Gütiger Himmel!«

»Ja, das sorgte für eine recht unleidliche Atmosphäre. Corky erwies sich als ausgezeichnete Verteidigerin des Vierbeiners und strich heraus,

daß dieser wohl schon als schnuckeliger Welpe von Polizisten geschuri-
gelt worden sei und deshalb nur einem legitimen Bedürfnis nachlebe,
wenn er hin und wieder nach einem solchen schnappe, doch Dobbs
verschloß sich ihrer Ansicht, daß das Delikt bloß nach einem Verweis
verlange. Er arretierte den Hund und hält ihn nun auf der Polizeiwache
in Gewahrsam, bis er eruiert hat, ob es sich um einen Erstbiß handelt.
Offenbar ist ein Hund, der erst ein einziges Mal zugeschnappt hat,
rechtlich aus dem Schneider.«

»Sam Goldwyn hat aber gestern abend schon Silversmith gebissen.«

»Tatsächlich? Tja, wenn das auffliegt, hat der Staatsanwalt natürlich
leichtes Spiel. Aber ich fahre fort: Corky, die sich vollkommen zu Recht
über Dobbs' Halsstarrigkeit ärgerte, warf diesen aus dem Programm und
überläßt die Rolle nun ihrem Bruder. Natürlich besteht die Gefahr, daß
der Vikar ihn erkennen wird, was unerfreuliche Folgen hätte, doch sie
glaubt, der grüne Bart biete eine ausreichende Camouflage. Ich freue
mich schon darauf, an Pirbrights Seite zu spielen. Ich wüßte nicht, wem
ich mit größerem Vergnügen eins mit dem Schirm verpassen würde«,
sagte Gussie grüblerisch und fügte hinzu, daß Catsmeat, käme die Waffe
zum erstenmal mit dessen Kopf in Berührung, das Gefühl hätte, vom
Blitz getroffen worden zu sein. Offenbar hatte sich die für ihre wund-
heilerischen Fähigkeiten bekannte Zeit noch mächtig ins Zeug zu legen,
bevor Gussie vergessen und vergeben würde.

»Aber ich darf hier nicht länger Wurzeln schlagen«, fuhr er fort. »Corky hat mich zum Lunch ins Pfarrhaus eingeladen, und ich sollte mich
jetzt besser auf die Socken machen. Eigentlich bin ich bloß gekommen,
um dir diese Verse zu überreichen.«

»Diese *was*?«

»Diese Christopher-Robin-Verse. Da, bitte sehr.«

Er händigte mir ein schmales Gedichtbändchen aus, und ich betrachtete es einigermaßen ratlos.

»Was soll ich damit?«

»Du rezitierst beim Konzert daraus, und zwar all die, welche mit einem Kreuz markiert sind. Eigentlich hätte ich sie vortragen sollen, darauf legte Madeline besonderen Wert – du weißt ja, wie sehr sie diese Christopher-Robin-Gedichte liebt –, aber nun haben wir natürlich unsere Nummern getauscht. Ich kann dir gar nicht sagen, wie mich das erleichtert. Es gibt da ein Verschen, in dem Klein Christopher hoppidi-hoppida-hoppelt. Tja, wie ich schon sagte, mich erleichtert das enorm.«

Das schmale Bändchen glitt mir aus der kraftlosen Hand, und ich glotzte ihn an.

»Verdammt noch mal!«

»Dein ›Verdammt noch mal!‹ bringt dich auch nicht weiter. Glaubst du denn, ich hätte nicht auch ›Verdammt noch mal!‹ gerufen, als sie mir diese brechreizerregenden Werke aufnötigte? Du mußt sie zur Aufführung bringen. Madeline besteht darauf. Sie wird als allererstes wissen wollen, ob die Dinger eingeschlagen haben.«

»Aber die Grobiane hinten im Saal werden die Bühne stürmen und mich lynchen.«

»Durchaus denkbar, aber dir bleibt immerhin ein Trost.«

»Und der wäre?«

»Der Gedanke, daß du nur ein winziges Stück des ganzen Weltwesens bist, und dein Schicksal – welch ein Bruchteil des gesamten … haha-ha«, sagte Gussie und ging lächelnd ab.

Und so neigte sich der erste Tag meines Aufenthalts in Deverill Hall dem Ende, bis zum Rand gefüllt mit Tiefdruckkeilen und wechselhaften Aussichten.

10. Kapitel

Und mit jedem weiteren Tag, der verstrich, wurden die wechselhaften Aussichten wechselhafter, die Tiefdruckkeile keilförmiger. Eingestempelt hatte ich in Deverill Hall an einem Freitag. Am Morgen des folgenden Dienstags mußte ich mir endgültig Rechenschaft darüber ablegen, daß mir der gewohnte Schwung abhanden gekommen war und meine Stimmung wohl nie mehr aus dem Keller finden würde, falls denn die Wolken nicht ihr Programm änderten und in nützlicher Frist einen sehr viel substantielleren Silberstreif an den Horizont zauberten als im Moment.

Es ist schlimm genug, in einer Bude voller geifernder Tanten festzusitzen, die mit ihrem Schweif um sich schlagen und den Besucher aus roten Augen anfunkeln. Regelrecht zermürbend ist es aber zu wissen, daß man in wenigen Tagen auf der Bühne einer Dorfhalle stehen und dem vermutlich mit einem reichhaltigen Gemüsearsenal munitionierten Publikum weiszumachen versucht, daß Christopher Robin hoppidi-hoppida-hoppelt. Es schwächt die Moral, mit »Augustus« angesprochen zu werden, und außerdem gibt es ersprießlichere Erfahrungen als die, nie zu wissen, ob plötzlich eine Tante Agatha oder eine Madeline Bassett auftaucht und einen aufs schmählichste entlarvt. Soweit sind wir uns wohl einig, und ich brauche nicht weiter darauf herumzureiten.

Es waren ja auch gar nicht diese Brocken innerhalb des ganzen Weltwesens, die die Woosterschen Ohren ihrer Steifheit beraubten. Nein, die Wurzel allen Übels, die Sache, die mir Schwindelanfälle und nächtliche Schweißausbrüche bescherte und mich aussehen ließ wie jenes menschliche Wrack, über dem in der Anzeige für Haddocks Kopfwehknacker die Zeile »Vor Einnahme des Medikaments« stand, war das unheimliche Gebaren von Gussie Fink-Nottle. Sein Anblick erfüllte meine Seele mit namenloser Furcht.

Ich weiß nicht, ob des Lesers Seele auch schon einmal mit namenloser Furcht erfüllt worden ist. Es handelt sich um ein sehr unangenehmes Gefühl. Mich hatte es regelmäßig gepackt, als ich noch ein leidgeprüfter Insasse von Malvern House, Bramley-on-Sea, gewesen war, und zwar immer dann, wenn Reverend Aubrey Upjohn seine Bekanntmachungen mit dem schalen Scherz würzte, er wünsche Wooster nach der Abendandacht in seinem Büro zu sehen. Im vorliegenden Falle hatte sich jenes Gefühl während des eben geschilderten Gesprächs mit Gussie angeschlichen und in den folgenden Tagen noch intensiviert. Und inzwischen war ich, wie man so schön sagt, schlimmsten Befürchtungen anheimgefallen.

Ist Ihnen in dem erwähnten Gespräch irgend etwas aufgefallen? Oder anders gefragt: Hatten Sie den Eindruck, etwas sei von besonderer Bedeutung, so daß Sie sich »Da schau her!« sagten? Nein? Dann ist Ihnen der springende Punkt entgangen.

Am ersten Tag hegte ich bloß leisen Argwohn. Am zweiten verdichtete sich dieser. Am dritten war bei Einbruch der Dunkelheit aus Argwohn Gewißheit geworden. Alle Indizien lagen vor mir, und sie waren erdrückend. Ungeachtet der Tatsache, daß im »Haus zur Lärche«, Wimbledon Common, eine junge Frau hauste, der er die Ehe versprochen hatte und deren Sicherungen samt und sonders durchbrennen würden, sollte sie herausfinden, daß er einer anderen auf die Pelle rückte, hatte Augustus Fink-Nottle für Corky Pirbright Feuer gefangen wie ein ganzer Heuschober.

Der Leser mag nun einwenden: »Na komm, Bertram, das bildest du dir bloß ein« oder auch: »Pah, Wooster, ersparen Sie uns Ihre Hirngespinste«, aber ich kann versichern, daß ich beileibe nicht der einzige war, der dies bemerkt hatte. Bemerkt hatten dies auch fünf gestandene Tanten.

»Also wirklich!« hatte Dame Daphne Winkworth kurz vor dem Lunch bitter gesagt, als Silversmith mit der Nachricht hereingeplatzt war, Gussie habe schon wieder angerufen, um zu sagen, er werde sich im

Pfarrhaus verköstigen. »Mr. Wooster kann offenbar gar nicht genug kriegen von Miss Pirbright. Deverill Hall dagegen scheint er nur noch als eine Art Pension zu betrachten, in der er nach Lust und Laune ein und aus geht.«

Und als die Fakten schließlich auch durch Tante Charlottes Hörrohr gedrungen waren – sie bedurfte nämlich eines solchen Verstärkers –, zog sie jäh die Nase hoch und sagte sinngemäß, sie dürften sich wohl schon glücklich schätzen, wenn diese elende Dumpfbacke sich auch nur herbeilasse, in ihrem Drecksschuppen sein Nachtlager aufzuschlagen.

Und daß sie die beleidigten Leberwürste spielten, konnte man ihnen ja auch gar nicht verdenken. Nichts versetzt Schloßherrinnen einen empfindlicheren Stich als ein Gast, der sich unerlaubt von der Truppe entfernt, und es hatte inzwischen schon fast Seltenheitswert, wenn Gussie dem Futternapf in Deverill Hall doch einmal die Ehre gab. Lunch, Tee und Dinner nahm er bei Corky ein, ja seit jener ersten Begegnung vor dem Postamt wich er ihr kaum noch von der Seite – eine kalte Kompresse in Menschengestalt.

Man wird folglich verstehen können, weshalb sich unter meinen Augen schwarze Ringe abzeichneten und ich in der Magengrube fast pausenlos ein flaues Gefühl verspürte, so als hätte ich in jüngster Zeit sehr viel mehr Mäuse verschluckt, als mir bekömmlich war. Würde Dame Daphne Winkworth Tante Agatha nun auch noch mitteilen, ihr Neffe Bertram sei in die Fänge einer ganz unmöglichen Person geraten – »einer Schauspielerin aus Hollywood, meine Liebe!« konnte ich sie so deutlich schreiben sehen, als hätte ich ihr dabei über die Schulter gelinst –, käme die alte Blutsverwandte im gestreckten Galopp nach Deverill Hall geprescht. Und was dann? Na was wohl: Heulen und Zähneklappern!

Wenn die Moral einen solchen Schuß vor den Bug erhält, empfiehlt es sich, mit Jeeves in Kontakt zu treten und sich anzuhören, was er vorzuschlagen hat. Und so erkundigte ich mich nach seinem Verbleib, als ich nach dem Lunch im Korridor vor meiner Tür das Stubenmädchen Queenie antraf.

»Ob Sie mir wohl sagen könnten«, hob ich an, »wo sich Jeeves aufhält? Na, Sie wissen schon, Woosters Diener.«

Sie glotzte mich nur dumm an. Ihre sonst an ein Sternenpaar erinnernden Augen waren stumpf und rotgerändert, und ich hätte ihr Gesicht wohl als abgespannt bezeichnet. Kurzum, die ganze Situation deutete darauf hin, daß dieses Stubenmädchen entweder nicht mehr alle Tassen im Schrank hatte oder sich in stummem Leid verzehrte.

»Sir?« sagte sie mit seltsam gepeinigter Stimme.

Ich wiederholte meine Bemerkungen, die nun bis zu ihr durchdrangen.

»Mr. Jeeves ist nicht hier, Sir. Mr. Wooster hat ihm erlaubt, nach London zu fahren. Er wollte dort einen Vortrag besuchen.«

»Ach, vielen Dank«, sagte ich in dumpfem Ton, denn dies war ein schwerer Schlag. »Sie wissen nicht zufällig, wann er zurückkommt?«

»Nein, Sir.«

»Aha. Vielen Dank.«

Ich ging in mein Zimmer und betrachtete die Angelegenheit von allen Seiten.

Erkundigt man sich bei einem dieser Diplomatenheinis, welche es gewohnt sind, heikle Staatsaffären zu regeln, bekommt man bestimmt zu hören, daß es in festgefahrenen Situationen überhaupt nichts bringt, einfach auf dem Hosenboden zu sitzen und die Augen himmelwärts zu rollen – vielmehr sind alle Hebel in Bewegung zu setzen und zweckdienliche Maßnahmen einzuleiten, denn nur so kann man hoffen, eine einvernehmliche Lösung zu finden. Nach angestrengtem Nachdenken glaubte ich zu erkennen, daß der Ausweg aus der gegenwärtigen Sackgasse darin bestehen könnte, Corky aufzustöbern und ihr in unverblümten Worten klarzumachen, in welch gräßliche Gefahr sie einen alten Kumpel und Tanzstundenkameraden manövrierte, wenn sie sich von Gussie immerzu umschwänzeln und umblöken ließ.

Ich verließ zu diesem Behuf mein Zimmer und wäre ein paar Minuten später dabei zu beobachten gewesen, wie ich mich durch die sonnenbeschienenen Anlagen zum Dorf aufmachte. Und beobachtet wurde ich tatsächlich – von Dame Daphne Winkworth. Ich hatte den untersten Teil der Auffahrt erreicht und stand kurz davor, die Freiheit zu erlangen, als jemand meinen Namen – oder vielmehr Gussies Namen – rief und ich die alte Fuchtel im Rosengarten stehen sah. Aus der Tatsache, daß sie eine Gartenspritze in der Hand hielt, schloß ich sogleich, daß sie der ortsansässigen Blattlaus gerade gehörig ins Handwerk pfuschte.

»Kommen Sie hierher, Augustus!« befahl sie.

Freiwillig hätte ich dies natürlich nie getan, denn selbst in gelöster Stimmung jagte mir die alte Giftmischerin eine Heidenangst ein, und nun wirkte sie noch mindestens zehn Grad bedrohlicher als sonst. Ihre Stimme war so kalt wie ihr Blick, und mir wollte nicht gefallen, wie sie an ihrer Spritze herumfingerte. Offenbar war ich in ihrer Wertschätzung ungefähr auf die Stufe einer Blattlaus abgesunken, und sie zog eine Schnute, als könne sie es kaum erwarten, den Abzug durchzudrücken und mir eine Flüssigunze ihres Höllengebräus in die Visage zu pusten.

»Ach, hallo«, rief ich und versuchte – wenn auch komplett vergebens – ungezwungen zu klingen. »Na, sprühen Sie die Rosenstöcke?«

»Reden wir nicht von den Rosenstöcken!«

»Nein, nein, natürlich nicht«, sagte ich. Ich hatte dies eigentlich gar nicht tun wollen, sondern nur ein bißchen aus dem Stegreif geplaudert, um Zeit zu gewinnen.

»Augustus, was muß ich da hören?«

»Verzeihung?«

»Darum sollten Sie vielmehr Madeline bitten.«

Hochmysteriös. Ich stand auf dem Schlauch und glaubte, vor mir eine Angehörige des britischen Adels zu haben, die schlicht Blech redete.

»Als ich vorhin im Haus war«, fuhr sie fort, »kam gerade ein für Sie bestimmtes Telegramm von Madeline. Das Postamt hat es telefonisch durchgegeben. Manchmal telefonieren sie, manchmal überbringen sie es auch eigenhändig.«

»Verstehe – je nachdem, wonach der Beamtenschaft gerade der Sinn steht.«

»Bitte unterbrechen Sie mich nicht. In diesem Fall wurde die Botschaft telefonisch übermittelt, und ich kam gerade in die Eingangshalle, als es klingelte. Ich notierte die Mitteilung.«

»Hochanständig von Ihnen«, sagte ich, denn derlei Süßholzraspeleien sind nie verkehrt.

In diesem Fall allerdings schon. Sie fand keinen Gefallen daran, sondern runzelte die Stirn und hob die Spritze hoch, erinnerte sich aber gerade noch rechtzeitig, daß sie ja eine Deverill war, worauf sie sie wieder senkte.

»Ich habe Sie schon einmal gebeten, mich nicht zu unterbrechen. Wie gesagt, ich habe die Mitteilung notiert und den Zettel eingesteckt. Oder doch nicht«, korrigierte sie sich, nachdem sie ihr Kostüm durchwühlt hatte. »Anscheinend habe ich ihn auf dem Tisch gelassen. Aber über den Inhalt kann ich Sie trotzdem informieren. Madeline behauptet, keinen einzigen Brief aus Ihrer Feder erhalten zu haben, seit Sie hier in Deverill Hall weilen, und nun wünscht sie den Grund zu erfahren. Ihre bodenlose Achtlosigkeit bestürzt sie zutiefst, was mich auch gar nicht wundert. Sie wissen so gut wie ich, wie sensibel unsere Madeline ist, und hätten ihr jeden Tag schreiben sollen. Mir fehlen die Worte für Ihre Herzlosigkeit. Das ist alles, Augustus«, sagte sie und entließ mich mit einer Geste des Degouts, als wäre ich eine Blattlaus, die selbst die rudimentären Benimmregeln verletzt hatte, an die sich die Durchschnittsblattlaus hält. Und ich taumelte davon und tastete mich zu einer Parkbank, auf die ich mich sinken ließ.

Ihre aus heiterem Himmel kommende Information hatte auf mich, wie ich wohl kaum zu erwähnen brauche, die gleiche Wirkung wie ein hinter die Ohren applizierter Schlag mit einer sandgefüllten Socke. Nur einmal in meinem Leben hatte ich eine ähnlich intensive Erfahrung gemacht, und zwar damals, als Freddie Widgeon (wie ich Mitglied des Drones Club) eine Autohupe beschafft und sich von hinten angeschlichen hatte – ich überquerte gerade, in Tagträume versunken, die Dover Street –, um das Gerät plötzlich neben meinem Ohr lostuten zu lassen.

Niemals wäre mir in den Sinn gekommen, daß Gussie nicht täglich an die Bassett schreiben könnte – just deswegen war er doch in dieses Edgar-Allen-Poe-Haus gekommen! Und so hatte ich selbstverständlich angenommen, daß er dies auch tue. Ich bedurfte keines Diagramms, um zu begreifen, in welche Richtung sich die Ereignisse entwickeln würden, falls er seinen Bummelstreik fortsetzte. Nur noch ein bißchen mehr von seinem Schweigen, und schon käme La Bassett höchstpersönlich angerauscht, um Nachforschungen anzustellen. Beim Gedanken an das, was darauf zwingend folgen würde, gefror mir das Blut in den Adern, und meine Zehen stellten sich senkrecht auf.

Ich muß wohl zehn Minuten reglos dagesessen haben, die Kinnlade hinuntergeklappt, den starren Blick ins Nichts gerichtet. Dann aber riß ich mich am Riemen und setzte meine Wanderschaft fort. Über Bertram Wooster wird mit gutem Grund behauptet, daß er zwar auf Parkbänke sinken und eine Zeitlang den Eindruck erwecken mag, wie der Ochs vorm Berg zu stehen, daß seine Moral früher oder später aber stets die Oberhand gewinnt.

Als ich so voranschritt, hegte ich böse und bittere Gedanken über Corky, *fons et origo* – falls der Leser weiß, was ich unter *fons et origo* verstehe – des ganzen Schlamassels. Sie war es gewesen, die Gussie von seinen Verpflichtungen als Lokalkorrespondent abgelenkt hatte, indem sie schamlos mit ihm flirtete, ständig ihr strahlendstes Lächeln aufsetzte und ihm allerlei Seitenblicke zuwarf. O Weib, o Weib, so sagte ich mir und dachte nicht zum erstenmal: Je eher man dieses Geschlecht unterdrückte, desto besser für uns alle.

Im Alter von acht Jahren – in der Tanzstunden-Ära also und in Harnisch gebracht von ihren bissigen Bemerkungen über meine Pickel, von denen ich damals tatsächlich eine stattliche Sammlung besaß – vergaß ich mich einmal so sehr, daß ich Corky Pirbright eine Holzhantel auf den Haarknoten haute, und bis dahin hatte ich den unschönen Ausrutscher stets bedauert, sah ich meine Tat doch als schwarzen Fleck auf meiner sonst blütenweißen Weste und jedenfalls als Verhalten an, das einem *preux chevalier* schwerlich geziemte, mochte er auch noch so provoziert worden sein. Doch als ich nun über die Delila-Nummer sinnierte, die sie hier abzog, wünschte ich mir, es noch einmal tun zu können.

Ich schritt weiter und übte im Geiste schon den ersten Satz, den ich ihr bei unserer Begegnung an den Kopf werfen würde. In der Nähe des Pfarrhauses traf ich sie denn auch prompt an, wo sie hinter dem Lenkrad ihres Wagens saß, der am Straßenrand stand.

Doch als ich ihr entgegentrat und sagte, ich wünschte mit ihr zu sprechen, da meinte sie, dies lasse sich leider nicht einrichten, da sie an diesem Nachmittag allerlei um die Ohren habe. In Ausübung ihrer mütterlichen Pflichten gegenüber Onkel Sidney sei sie unterwegs zu einer notleidenden Frau aus seiner Gemeinde, der sie eine Schale Kraftbrühe zu bringen habe.

»Eine gewisse Clara Wellbeloved, falls du's aufschreiben willst«, fuhr sie fort. »Sie lebt in einem dieser malerischen Häuschen unweit der Hauptstraße. Und du brauchst gar nicht zu warten, denn nach Aushändigung des Süppchens setze ich mich zu ihr und plaudere über Hollywood. Sie ist eine große Bewunderin von mir, und die Sache wird sich stundenlang hinziehen. Ein andermal, mein Herzblatt.«

»Hör mal, Corky …«

»Wahrscheinlich fragst du dich jetzt: ›Aber wo ist die Brühe?‹ Leider habe ich sie vergessen, und Gussie ist zurückgetrabt, um sie zu holen. Was für ein liebenswürdiger Mensch, Bertie! So nett. So hilfsbereit. Immer zur Stelle für irgendwelche Botengänge, und ein wahres Füllhorn an Molchgeschichten. Ich habe ihm ein Autogramm gegeben. Aber wo wir schon von Autogrammen reden: Heute morgen habe ich von deinem Cousin Thomas gehört.«

»Klein Thos tut jetzt nichts zur Sache. Ich möchte mit dir lieber …«

Sie riß das Wort erneut an sich, wie junge Frauen dies zu tun belieben. Ich könnte ein Lied singen über den Hang dieser weiblichen Geschöpfe, die Ohren auf Durchzug zu stellen, wenn man mit ihnen redet. Und deswegen war ich voller Sympathie für jenen Zauberer und Beschwörer aus der Bibel, »der wohl beschwören kann« und auf welchen die taube Otter etwa so reagiert hatte wie ein durchschnittliches Matineepublikum an einem Mittwoch.

»Du weißt doch noch, daß ich ihm fünfzig Autogramme gegeben habe, welche er seinen Schulkameraden für sechs Pence das Stück hat verkaufen wollen? Tja, statt der sechs Pence hat er einen ganzen Shilling dafür gelöst, was dir ungefähr zeigt, welch riesigen Stein ich im Brett der Jungs von Bramley-on-Sea habe. Er sagt, selbst für eine echte Ida Lupino schauten nur lumpige neun Pence raus.«

»Hör mal, Corky …«

»Er möchte seine Schulferien im Pfarrhaus verbringen, und selbstverständlich habe ich ihm geschrieben, daß mir das ein Vergnügen wäre. Ich glaube nicht, daß für Onkel Sidney das gleiche gilt, doch einem richtigen Gottesmann können solche Prüfungen nur guttun. Macht ihn noch vergeistigter, und dadurch wird er um so furioser seines Amtes walten.«

»Hör mal, Corky. Ich möchte mit dir lieber über …«

»Da ist Gussie ja schon«, imitierte sie abermals die taube Otter.

Gussie kam mit einem Ausdruck ehrfürchtiger Bewunderung auf dem Gesicht und einer dampfenden Kanne in der Hand angehüpft. Corky schenkte ihm ein strahlendes Lächeln, das wie eine rotglühende Gewehrkugel durch ein Stück Butter ging, und verstaute die Kanne im Kofferraum.

»Besten Dank, mein teurer Gussie«, sagte sie. »Also tschüs, Ihr Hübschen – ich muß jetzt los.«

Sie fuhr davon, und Gussie stand wie gelähmt da und gaffte ihr nach, als wäre er ein Goldfisch und sie ein Ameisenei. Allerdings stand er nicht lange wie gelähmt da, denn ich fuhr ihm mit dem Finger energisch zwischen die dritte und vierte Rippe, was ihn mit einem heftigen »Autsch!« zu neuem Leben erweckte.

»Gussie«, kam ich sogleich zur Sache, denn ich wollte nicht lange um irgendwelche heißen Breie herumreden. »Was höre ich da für Geschichten über deine ausbleibenden Briefe an Madeline?«

»Madeline?«

»Madeline.«

»Ach so, Madeline.«

»Jawohl, Madeline. Du hättest ihr jeden Tag schreiben sollen.«

Dies schien ihn zu erbosen.

»Wie sollte ich ihr jeden Tag schreiben? Welche Möglichkeit habe ich überhaupt, Briefe zu schreiben, wo ich doch ganz damit ausgelastet bin, den Text für diese Klamotte zu memorieren und mir gute Klamaukeinlagen auszudenken? Mir bleibt kein Moment der Ruhe.«

»Dann hast du eben einen solchen zu schaffen. Ist dir klar, daß sie angefangen hat, in dieser Sache Telegramme zu verschicken? Du mußt ihr noch heute schreiben.«

»Wem denn? Madeline?«

»Jawohl, zum Kuckuck: Madeline!«

Einigermaßen erstaunt stellte ich fest, wie grimmig er durch seine Winterfenster guckte.

»Madeline soll ich schreiben? Soweit kommt's noch!« schimpfte er und hätte wie ein Maulesel ausgesehen, wenn er nicht schon solche Ähnlichkeit mit einem Fisch gehabt hätte. »Ich werde ihr eine Lektion erteilen.«

»*Was* wirst du tun?«

»Ihr eine Lektion erteilen. Ich bin ganz und gar nicht zufrieden mit Madeline. Sie wollte, daß ich in dieses Schreckenshaus gehe, wozu ich mich unter der Bedingung bereit fand, daß sie mitkomme und mich moralisch unterstütze: ein Gentlemen's Agreement in Reinkultur. Und im letzten Moment machte sie mir nichts, dir nichts einen Rückzieher, und zwar unter dem fadenscheinigen Vorwand, daß eine alte Schulfreundin in Wimbledon ihrer Hilfe bedürfe. Ich ärgerte mich grün und blau und machte daraus auch keinen Hehl. Sie muß kapieren, daß es so nicht geht. Und deshalb werde ich ihr jetzt nicht schreiben. Das Ganze hat also durchaus System.«

Ich griff mir an die Stirn. Die Mäuse in meinem Leibe führten inzwischen ein zwangloses Tänzchen auf und hüpften herum wie ein ganzer Haufen Nijinskys.

»Gussie«, sagte ich, »wirst du jetzt wohl ins Haus gehen und einen achtseitigen Brief zu Papier bringen, der in jeder Silbe die reinste Liebe verströmt?«

»Nein, werde ich nicht«, sagte er und ließ mich stehen.

Ratlos und verzagt kehrte ich ins Haus zurück. Und wen sah ich dort als erstes? Niemand anderen als Catsmeat, der auf meinem Bett lag und eine meiner Zigaretten rauchte.

Auf seiner Visage lag ein irgendwie verträumter Ausdruck, so als sinne er Gertrude Winkworth nach.

11. Kapitel

Kaum hatte er mich erblickt, legte er den verträumten Ausdruck ad acta.

»Grüß dich, Bertie«, sagte er. »Genau dich wollte ich sehen.«

»Ach ja?« versetzte ich blitzschnell und in schneidendem Ton, denn von diesem Catsmeat hatte ich allmählich die Nase voll.

Da hatte sich dieser Mann doch aus freien Stücken entschlossen, als mein Diener zu fungieren, und hätte in dieser Eigenschaft unermüdlich ein und aus gehen sollen, um hier einen Mantel zu bürsten, dort eine Hose zu bügeln und sich ganz allgemein nützlich zu machen, doch hatte ich ihn seit dem Abend unserer Ankunft nicht mehr zu Gesicht bekommen. Eine derart systematische Arbeitsverweigerung wird nun einmal nicht gern gesehen.

»Ich wollte dir die gute Neuigkeit überbringen.«

Ich lachte dumpf.

»Gute Neuigkeit? Gibt es so was überhaupt?«

»Und ob es so was gibt! Die Wolken lichten sich, und die Sonne blinzelt hervor. Höchstwahrscheinlich werde ich die Sache mit Gertrude deichseln. Aufgrund läppischer gesellschaftlicher Konventionen, die es dem Diener eines Hausgastes nicht erlauben, mit der Tochter des Hauses vertraulichen Umgang zu pflegen, habe ich nicht mit ihr reden können, doch immerhin habe ich ihr durch Jeeves Briefchen überbringen lassen, und sie hat mir durch Jeeves Briefchen überbringen lassen, und aus ihrem jüngsten solchen ist deutlich herauszulesen, daß sie meine Gebete erhört. Ich glaube, daß zwei weitere wohlformulierte Schreiben das Kind schaukeln werden. Mit dem eigentlichen Kauf des Hochzeitsgeschenks würde ich noch warten, aber ein paar Gedanken solltest du dir bereits machen.«

Mein Groll schwand. Wir Woosters lassen, wie ich schon einmal gesagt habe, Gnade vor Recht ergehen. Ich wußte, was für eine Plackerei diese Liebesbriefe sind und daß sie einen den ganzen Tag auf Trab halten und volle Konzentration erfordern. Wenn Catsmeat mit einer Menge Korrespondenz dieser Gattung beschäftigt war, blieb ihm natürlich wenig Zeit, sich um meine Garderobe zu kümmern. Entweder man balzt, oder man bügelt – beides geht nicht.

»Na, das ist schön«, zeigte ich mich erfreut darüber, daß wenigstens jemand innerhalb der lausigen Großwetterlage Dusel hatte. »Ich werde deine weitere Entwicklung mit beträchtlichem Interesse verfolgen. Aber legen wir dein Liebesleben für einen Moment auf Eis, Catsmeat, denn Furchtbares hat sich ereignet, und ich wäre froh, wenn du etwas anzubieten hättest, was in die Kategorie ›Trost und Zuspruch‹ fällt. Gussie, dieser gemeingefährliche Irre …«

»Was hat er denn getan?«

»Was er *nicht* getan hat, darum geht's! Ich war vorhin völlig von den Socken, als ich erfuhr, daß er seit seiner Ankunft keine Zeile an Madeline Bassett geschrieben hat. Und damit nicht genug – er sagt, er werde ihr zwecks Erteilung einer Lektion überhaupt nicht mehr schreiben«, erklärte ich und legte ihm in knappen Worten die Faktenlage dar.

Seine Miene wirkte ernstlich besorgt. Catsmeat hat ein großes und mitfühlendes Herz, das nie unberührt bleibt, wenn ein alter Freund bis zum Hals in der Patsche steckt, und er weiß Bescheid über mein Verhältnis zu Madeline Bassett, da sie ihm die ganze Geschichte einst erzählt hat, als sich die beiden auf einem Wohltätigkeitsbasar begegneten und das Gespräch aufs Thema Wooster kam.

»Das ist ja ganz schön gravierend«, sagte er.

»Und ob das ganz schön gravierend ist! Ich zittere wie Espenlaub.«

»Mädchen vom Schlage einer Madeline Bassett messen dem täglichen Brief großes Gewicht zu.«

»Genau. Bleibt dieser Brief aus, eilen sie herbei, um Erkundigungen einzuziehen.«

»Und du behauptest, Gussie habe nicht mit sich reden lassen?«

»Kein bißchen. Ich flehte ihn an, und zwar mit einiger Verve, doch er stellte auf taub und verweigerte jede Zusammenarbeit.«

Catsmeat sann nach.

»Ich kann mir denken, was dahintersteckt. Das Problem liegt in dem kleinen Sprung, den Gussies Schüssel im Moment hat.«

»Was heißt denn hier ›im Moment‹? Und warum ›klein‹?«

»Er ist in Liebe zu Corky entflammt. Oder weniger feierlich ausgedrückt: Er hat sich in sie verknallt.«

»Das weiß ich auch selbst – so wie alle Menschen im Umkreis von Meilen. Seine Verknalltheit ist das Hauptgesprächsthema jedweder Tanzzusammenkunft.«

»In der Gesindestube gibt die Angelegenheit ebenfalls zu reden.«

»Das erstaunt mich kein bißchen. Todsicher wird die Sache auch in Basingstoke diskutiert.«

»Man kann ihm daraus natürlich keinen Strick drehen.«

»Ich schon!«

»Ich meine ja bloß, daß ihn keine Schuld trifft. Wir stecken im Frühjahr, Bertie, in der Paarungszeit, und du weißt ja, wie es da zugeht: ›Die Wellen blinken und fließen dahin / es liebt sich so lieblich im Lenze / am Flusse sitzt die Schäferin / und windet die zärtlichsten Kränze.‹ Die mitten im Frühjahr schlagartig von einer Schäferin wie Corky auf einen durch exzessiven Orangensaftkonsum geschwächten Schafskopf wie Gussie ausgehende Wirkung muß umwerfend gewesen sein. Wenn Corky mal in Fahrt kommt, haut sie noch den stärksten Ochsen um. Keiner weiß das besser als du. Wie unsterblich hast du dich ihretwegen einst blamiert.«

»Wir wollen jetzt nicht in der Vergangenheit herumstochern.«

»Dieses Herumstochern soll doch nur mein Argument untermauern, welches da lautet, daß er eher unser Mitleid als unseren Tadel verdient.«

»Stimmt, unseren Tadel verdient vielmehr Corky. Warum spornt sie ihn nur an?«

»Ich glaube nicht, daß sie ihn anspornt. Er klebt förmlich an ihr.«

»Natürlich spornt sie ihn an! Ich habe es mit eigenen Augen gesehen. Vorsätzlich dreht sie all ihren Charme auf und offenbart ihm ihre ganze Persönlichkeit. Erzähl mir bloß nicht, eine junge Frau wie Corky, die noch die glamourösesten Hollywood-Stars abzuservieren versteht, könne einen Gussie Fink-Nottle nicht kaltstellen, wenn sie das nur will.«

»Aber das will sie ja gar nicht.«

»Genau das bringt mich ja so auf die Palme.«

»Und ich verrate dir jetzt, warum sie's nicht will. Gefragt habe ich sie zwar nicht, doch ich bin mir ziemlich sicher, daß sie die Gussie-Szene so ausspielt, um Esmond Haddock gehörig zu piesacken. Damit er erkenne, daß es andere Männer gibt, die Corky begehren, falls er's nicht tut.«

»Aber er begehrt sie doch!«

»Das weiß sie aber nicht. Es sei denn, du hast es ihr gesagt.«

»Nein, habe ich nicht.«

»Und warum nicht?«

»Ich war mir nicht sicher, ob sich das schickt. Er hat mir nämlich all das Zeug über seine tiefsten Empfindungen im Rahmen des Beichtgeheimnisses anvertraut und sich ausbedungen, daß die Sache unter uns bleibe. ›Das muß unter uns bleiben‹, so hat er wörtlich gesagt. Andererseits könnte das rechte Wort zur rechten Zeit ein entzweites Paar Herzen spielend zusammenführen. Eine ausgesprochen heikle Frage.«

»Ich an deiner Stelle würde sie kurzerhand ins Bild setzen. Schmeiß das rechte Wort in die Debatte. Ich bin immer dafür, entzweite Herzen zu kitten.«

»Ich doch auch, aber dafür haben wir wohl zu lange gewartet. Die Bassett brennt bereits sämtliche Drähte mit Telegrammen durch, in denen sie sich erkundigt, was eigentlich los sei. Gerade ist wieder ein brandheißes Exemplar eingetroffen. Ich habe es auf dem Tisch in der Eingangshalle liegen sehen, als ich ins Haus kam. Ein solches Telegramm schreibt nur ein Mädchen, das die Faxen endgültig dicke hat. Ganz ehrlich, Catsmeat, ich sehe keinen Hoffnungsschimmer mehr. Ich bin geliefert.«

»Aber nein!«

»Aber doch! Als ich Gussie von diesem Telegramm erzählte und ihm einschärfte, daß die Stunde dränge und es rascher Tat bedürfe, da stellte er wie gesagt auf taub und meinte, er erteile ihr eine Lektion und sie kriege auch nicht den Hauch eines Briefes zu sehen, ehe sie jene Lektion kapiert habe. Der Mann ist von allen guten Geistern verlassen, und ich wiederhole, daß ich keinen Hoffnungsschimmer mehr sehe.«

»Mir erscheint die Sache ganz simpel.«

»Ach, du hast was vorzuschlagen?«

»Selbstverständlich habe ich was vorzuschlagen – ich habe immer was vorzuschlagen. Es liegt doch auf der Hand: Wenn Gussie der Kleinen nicht schreibt, dann schreibst ihr eben du.«

»Aber sie will doch nicht von mir was hören, sondern von Gussie.«

»Das wird dieses Goldstück doch auch! Gussie hat sich nämlich das Handgelenk verstaucht, und deshalb muß er dir den Brief diktieren.«

»Aber Gussie hat sich das Handgelenk doch gar nicht verstaucht.«

»Ach nein? Meines Wissens hat er sich eine üble Verrenkung eingehandelt, als er ohne Rücksicht auf die eigene Gesundheit ein durchgegangenes Pferd einfing, um ein kleines Mädchen vor einem grausamen Tod zu retten. Ein kleines Mädchen mit güldenem Haar, wenn du mir den Ratschlag erlaubst, sowie blauen Augen und rosigen Bäckchen. Außerdem hat es gelispelt. Jawohl, ein Lispeln verfehlt nie seine Wirkung!«

Mir stockte der Atem. Ich hatte begriffen, worauf er hinauswollte.

»Catsmeat, das ist phantastisch! Schreibst du mir den Brief?«

»Na selbstverständlich. Das ist ein Klacks. An Gertrude habe ich solcherlei Briefe geschrieben, da war ich noch so klein.«

Er setzte sich an den Tisch, griff zu Papier und Feder und ritt schon bald den Pegasus, wie der Ausdruck lautet. Ich erkannte gleich, daß er mitnichten aufgeschnitten hatte mit seiner Behauptung, die Sache sei ein Klacks. Nicht ein einziges Mal hielt er inne, um nachzudenken, und so überreichte er mir das abgeschlossene Manuskript in Null Komma nichts und wies mich an, die Reinschrift sogleich an die Hand zu nehmen.

»Der Brief sollte sofort rausgehen, jede Sekunde zählt. Trab mit ihm hinunter zum Postamt, auf daß Madeline ihn gleich morgen früh bekomme. Und nun muß ich dich leider verlassen, Bertie. Ich habe Queenie versprochen, mit ihr eine Partie Rommé zu spielen, und es ist schon spät. Das arme Kind bedarf der Aufmunterung. Hast du von ihrer Tragödie gehört? Von der Auflösung ihres Verlöbnisses mit dem Polypen Dobbs?«

»Nein, tatsächlich? Ist ihre Verlobung geplatzt? Darum also hat sie so schlecht ausgesehen. Ich traf sie nach dem Lunch an«, erläuterte ich, »und hatte den Eindruck, sie blase Trübsal. Was fiel denn vor?«

»Es behagte ihr nicht, daß er Atheist ist. Er aber hielt stur an seinem Atheismus fest und machte schließlich eine hämische Bemerkung über Jonas und den Wal, über die sie unmöglich hinwegsehen konnte. Heute morgen ließ sie den Ring, seine Briefe sowie ein Porzellantellerchen mit der Aufschrift ›Ein Souvenir aus Blackpool‹ zurückgehen, welches er letzten Sommer für sie gekauft hatte, als er auf Verwandtschaftsbesuch im Norden weilte. Das Ganze scheint ihr furchtbar an die Nieren zu gehen. Sie leidet Höllenqualen. So abgöttisch sie ihn auch liebt und so sehr sie die seine sein will, so wenig kann sie seine faulen Sprüche über Jonas und den Wal ertragen. Bleibt nur zu hoffen, daß eine Partie Rommé den Schmerz etwas lindert. Also schön, Bertie, klemm dich jetzt hinter den Brief. Er mag ja nicht zu meinen reifsten Leistungen zählen, da ich unter Zeitdruck stand und ihm deshalb nicht die letzte Politur verpassen konnte. Aber ich glaube doch, daß er dir gefallen wird.«

Und damit lag er goldrichtig. Ich prüfte das Schreiben gewissenhaft und war entzückt über dessen Virtuosität. Wenn dies nicht zu seinen reifsten Leistungen zählte, dann mußten seine reifsten aber schon sehr, sehr reif gewesen sein. Es überraschte mich kein bißchen, daß Gertrude Winkworth nach Erhalt einer ganzen Serie zu schmelzen begann. Es gibt Briefe, die allerlei Zweifel dahingehend nähren, ob die Formulierung hier nicht etwas eleganter hätte ausfallen können und die Formulierung dort nicht etwas spritziger, und dann gibt es andere Briefe, bei denen sagt man sich gleich: »Picobello – nur nichts mehr ändern daran!« Dieser Brief fiel in die zweite Kategorie. Die Passage mit dem durchgegangenen Pferd hatte genau das richtige Maß an Demut, und das lispelnde Mädchen war eine wahre Wucht. Die Kleine stach heraus wie ein Leuchtturm und spielte alle anderen an die Wand. Und die gefühlvolleren Stellen darüber, daß er sich unentwegt nach Madeline verzehre und sie herbeiwünsche, damit er sie in die Arme schließen könne und so weiter, waren schlicht nicht zu übertreffen.

Ich schrieb den Brief ins Reine, steckte ihn in einen Umschlag und begab mich damit zum Postamt. Kaum aber hatte ich ihn dort eingeworfen, begrüßte mich von hinten eine wohltönende Sopranstimme, und als ich mich umwandte, sah ich, wie Corky neben mir beidrehte.

12. Kapitel

Ich reagierte hocherfreut. Genau diese junge Frau wünschte ich zu sprechen! Ich packte sie am Arm, damit sie nicht wie gehabt abschwirren konnte.

»Corky«, sagte ich, »ich möchte mich mit dir in Ruhe unterhalten.«

»Aber doch hoffentlich nicht über Hollywood?«

»Nein, nicht über Hollywood.«

»Na, Gott sei Dank. Noch mehr Hollywood-Klatsch würde ich heute nachmittag nicht durchstehen. Ich hätte es nicht für möglich gehalten«, sagte sie und riß wie stets das Gespräch an sich, »daß ein Mensch so gut über die Filmwelt Bescheid wissen kann – von den Klatschreporterinnen Louella Parsons und Hedda Hopper mal abgesehen. Mrs. Clara Wellbeloved kennt die Materie weit besser als ich, und dabei sind es beim nächsten Schnitterfest zwei Jahre her, seit ich mich exklusiv in Kintoppkreisen bewege. Sie weiß genau, wie oft und weshalb jeder einzelne Schauspieler geschieden ist, wieviel in den letzten Jahren jeder einzelne Film eingespielt hat und wie viele Warner Brothers es gibt. Sie weiß sogar, wie oft Artie Shaw verheiratet war, und ich möchte wetten, daß nicht einmal er selbst das so genau sagen könnte. Sie fragte mich, ob ich je Artie Shaw geheiratet hätte, und als ich verneinte, schien sie zu glauben, daß ich sie auf den Arm nehme oder ihn einmal geheiratet hätte, ohne es überhaupt zu bemerken. Ich versuchte ihr zu erklären, daß eine junge Frau, die nach Hollywood kommt, Artie Shaw nicht heiraten *muß*, sondern die freie Wahl hat, aber ich glaube nicht, daß ich sie überzeugen konnte. Eine höchst bemerkenswerte alte Dame, wenn auch nach den ersten ein, zwei Stunden leicht ermüdend. Hast du gesagt, du wollest mich sprechen?«

»Ja, das habe ich.«

»Und warum tust du's dann nicht?«

»Weil du mich nicht zu Wort kommen läßt.«

»Oje, habe ich dazwischengeredet? Tut mir leid. Was liegt dir auf dem Herzen, mein Herr und Gebieter?«

»Gussie.«

»Fink-Nottle?«

»Jawohl, Fink-Nottle.«

»Der redlichste Kerl, den ich kenne.«

»Der bescheuertste Kerl, den du kennst. Hör zu, Corky, ich habe mich gerade mit Catsmeat unterhalten …«

»Hat er dir erzählt, daß er glaubt, Gertrude Winkworth bald soweit zu haben, daß sie mit ihm durchbrennt?«

»Ja.«

Sie setzte ein stählernes Lächeln auf, wie man es von jenen Frauen im Alten Testament kennt, die Nägel durch anderer Leute Köpfe zu treiben pflegten.

»Ich kann's kaum erwarten«, sagte sie, »und werde mich ausschütten vor Lachen über Esmonds Gesicht, wenn er erfährt, daß seine Gertrude mit einem anderen abgedampft ist. Das wird eine Gaudi, hahaha«, setzte sie hinzu.

Dieses »Hahaha«, welches sich ganz wie das letzte Quaken einer an gebrochenem Herzen sterbenden Ente anhörte, sagte mir alles, was ich wissen mußte. Ich erkannte, daß Catsmeat die Motive ganz korrekt diagnostiziert hatte, die den frechen Fratz dazu trieben, Gussie die Standardbehandlung angedeihen zu lassen, und mir blieb keine andere Wahl, als sie ohne weiteren Aufschub ins Bild zu setzen. Und so klopfte ich ihr auf die Schulter und brachte das rechte Wort zur rechten Zeit an.

»Corky«, sagte ich, »was bist du doch für eine dumme Gans! Du siehst diesen Haddock in völlig falschem Licht. Nichts liegt ihm ferner, als Gertrude Winkworth zu lieben, ja würde sie an einer Fischgräte erstikken, bekümmerte ihn dies allenfalls in der distanzierten Art eines Cousins. Du bist der Leitstern seines Lebens.«

»Wie bitte?«

»Ich hab's aus seinem eigenen Munde. Zwar war er dabei leicht beschickert, doch das macht die Sache nur noch bestechender, denn *in vino* Dingsda.«

Ihre Augen hatten aufgeleuchtet. Sie schluckte jäh.

»Er hat gesagt, ich sei der Leitstern seines Lebens?«

»Mit einem ›noch immer‹ vor dem ›Leitstern‹. ›Paß auf‹, hat er gesagt und sich von dem Portwein nachgeschenkt, mit welchem er schon recht gut abgefüllt war. ›Obschon sie mich in die Wüste geschickt hat, ist sie noch immer der Leitstern meines Lebens.‹«

»Bertie, falls du mich veräppelst …«

»Tue ich doch gar nicht.«

»Ist auch besser so, sonst würde ich dich mit dem Fluch der Pirbrights belegen, und der gehört nicht gerade zu den Flüchen, an denen du Freude hättest. Erzähl mir mehr.«

Ich erzählte ihr mehr, ja schlechterdings alles. Als ich damit zum Ende kam, lachte sie wie eine Hyäne und vergoß auch – soll mal einer schlau werden aus diesen Mädels – die eine oder andere perlenförmige Träne.

»Sieht dem süßen Kerlchen ähnlich, daß er sich so was ausdenkt!« lobte sie die zündende Idee, die Esmond Haddock aus Basingstokes Lichtspielhaus heimgebracht hatte. »Was für ein flauschiges Bählamm dieser Mann doch ist!«

Ich war mir nicht sicher, ob »flauschiges Bählamm« wirklich der Terminus war, den ich für Esmond Haddock verwendet hätte, doch wollte ich nicht darauf herumreiten, denn das war schließlich nicht mein Bier. Wenn sie einen Burschen mit einem Brustumfang von einem Meter fünfzehn und Muskeln, die an sich windende Schlangen gemahnten, ein flauschiges Bählamm zu nennen beliebte, so war das ihre Sache. Meine Aufgabe bestand einzig darin, die nun so glänzend in Fahrt gekommene Chose weiter voranzutreiben.

»Wenn das so ist«, sagte ich, »wirst du den guten Rat eines sachkundigen Mannes von Welt bestimmt mit offenen Ohren aufnehmen. Catsmeat war an der Gertrude-Front anscheinend höchst erfolgreich, indem er seine Seele in Briefform ausschüttete, und wenn du auf mich hörst, tust du desgleichen. Schreib Esmond Haddock ein paar höfliche Zeilen, in denen steht, wie sehr du ihn herbeisehnst, und er wird den Sprint-Weltrekord brechen, wenn er ins Pfarrhaus gewetzt kommt, um dich in seine Arme zu schließen. Er wartet doch nur auf grünes Licht.«

Sie schüttelte den Kopf.

»Nein«, sagte sie.

»Und warum nicht?«

»Wir wären damit keinen Schritt weiter.«

Ich begriff, worauf sie hinauswollte.

»Mir ist schon klar, was dich beschäftigt«, sagte ich. »Du beziehst dich auf seinen zivilen Ungehorsam hinsichtlich deiner Weisung, den Tanten die Stirn zu bieten. Tja, ich kann dir versichern, daß dieses Problemchen sehr bald aus der Welt geschaffen sein wird. Hör zu. Esmond Haddock singt bekanntlich beim Konzert ein Jagdlied nach einer Melodie seiner Tante Myrtle und mit einem Text seiner Tante Charlotte. Das wirst du doch nicht bestreiten, oder?«

»Nein, bis hierhin ist alles korrekt.«

»Dann nehmen wir mal an, dieses Jagdlied schlage ein wie eine Bombe.«

Und mit ein paar wohlgesetzten Worten setzte ich ihr Jeeves' erwägenswerte Theorie auseinander.

»Na, hast du's kapiert?« schloß ich. »Der Jubel der breiten Massen wirkt auf Typen mit Minderwertigkeitskomplex häufig wie eine starke Arznei. Man stachle solche Typen an, indem man beispielsweise auf den Fingern pfeift und ›Da capo!‹ ruft, wenn sie Jagdlieder zum besten geben, und sie sind wie ausgewechselt. Ihre Moral richtet sich auf. Ihre Frackschöße sausen wie Raketen in die Höhe. Sie stellen fest, daß die Gewaltmenschen, vor denen sie bisher zu kriechen pflegten, ihnen plötzlich weniger gelten als der Staub unter ihren Schuhen. Falls Esmond Haddock den von mir erwarteten Knüller landet, wird es nicht lange dauern, bis seine Tanten, kaum sieht er sie scheel an, auf die Bäume klettern und diese hinter sich hochziehen.«

Meine Zungenfertigkeit verfehlte ihre Wirkung nicht. Corky fuhr mächtig zusammen und sagte, Narren und Kinder sprächen die Wahrheit nicht ohne beizufügen, dies sei ein Bonmot ihres Onkels Sidney. Ich verriet ihr meinerseits, daß die erwägenswerte Theorie, die ich gerade skizziert hatte, nicht etwa auf meinem, sondern auf Jeeves' Mist gewachsen sei. Keiner von uns wollte sich mit fremden Federn schmücken.

»Ich glaube, er hat recht, Bertie.«

»Selbstverständlich hat er recht. Jeeves hat immer recht. Und es existiert ja auch ein Präzedenzfall dafür. Kennst du Bingo Little?«

»Eine reine Grußbekanntschaft. Er hat doch eine dieser Romanschriftstellerinnen geheiratet, nicht wahr?«

»Rosie M. Banks, Verfasserin von *Klubmensch Mervyn Keene* und *Nur eine kleine Fabrikarbeiterin.* Der Ehe der beiden war Nachwuchs beschert: Bald schon wurde die Truppe durch ein strammes Baby verstärkt. Behalt dieses Baby scharf im Auge, denn es steht im Zentrum der nun folgenden Geschichte. Seit deiner letzten Begegnung mit Bingo hat Mrs. Bingo ihren nicht unmaßgeblichen Einfluß darauf verwendet, dem Göttergatten den Chefredakteursposten beim *Kleinen Matz* zu sichern, einer Zeitschrift für Heim und Hort. Dies war in vielerlei Hinsicht eine hervorragende, aber mit einem kleinen Makel behaftete Position: Das damit einhergehende Salär war keineswegs so beschaffen, wie man es sich wünschen würde, da der Eigentümer, ein gewisser P. P. Purkiss, zu jenen Geizkragen gehörte, in deren Brieftaschen die Motten nisten und riesige Sippschaften gründen. Und so strebte Bingo unablässig danach, den alten Knickstiefel um eine Lohnerhöhung anzugehen. Bis hierhin alles klar?«

»Ich hab's kapiert.«

»Woche um Woche kam er bei P.P. Purkiss angebuckelt und stammelte zaghaft Sätze, die alle etwa so begannen: ›Ach, Mr. Purkiss, ob Sie wohl …‹ und ›Oh, Mr. Purkiss, glauben Sie, Sie könnten eventuell …‹. Der Kerl betrachtete ihn mit seinen Fischaugen und begann sich über mangelnde Liquidität und die gestiegenen Preise für Druckpapier zu verbreiten. Worauf Bingo ›Oh, durchaus, Mr. Purkiss‹ und ›Ich verstehe Sie vollkommen, Mr. Purkiss‹ sagte und wieder hinausbuckelte. Das war der erste Akt.«

»Fortsetzung folgt?«

»Haargenau: Fortsetzung folgt. Eines schönen Tages trat Bingos strammes Baby bei einem Babyschönheitswettbewerb in South Kensington gegen schärfste Konkurrenz an, heimste den ersten Preis ein (einen hübschen Dauerlutscher) und wurde im weiteren Verlauf von der Frau eines Ministers geküßt und von Krethi und Plethi angehimmelt. Und schon am nächsten Morgen stolzierte Bingo mit seltsam leuchtender Miene in P. P. Purkiss' Privatbüro, ohne auch nur anzuklopfen, schlug mit der Faust auf den Schreibtisch und sagte, er wünsche künftig zehn zusätzliche Möpse in seiner Lohntüte vorzufinden, und damit alle gut mit der neuen Regelung leben könnten, würde diese schon am folgenden Samstag in Kraft treten. Und als P. P. Purkiss die alte Platte auflegen wollte, schlug Bingo abermals auf den Schreibtisch und sagte, er sei nicht gekommen, um zu diskutieren. ›Ja oder nein, Purkiss?‹, fragte er, und der wie eine nasse Socke einknickende P. P. Purkiss antwortete: ›Aber ja, Mr. Little, selbstverständlich, Mr. Little, gewiß doch, Mr. Little‹ und fügte noch hinzu, er habe etwas ganz Ähnliches gerade selbst vorschlagen wollen. Na, da hast du's doch, oder?«

Sie zeigte sich beeindruckt, keine Frage. Nachdem sie ein versonnenes »Menschenskind!« ausgestoßen hatte, blieb sie auf einem Bein stehen und erinnerte an das Gemälde *Die Erweckung der Seele.*

»Und ergo«, fuhr ich fort, »werden wir nichts unversucht lassen, damit Esmond Haddocks Jagdlied sich zum Höhepunkt des Abends mausert. Jeeves wird im Dorf zirkulieren und rundenweise Bier ausgeben, um auf dieser Basis eine sogenannte Claque zusammenzukriegen, die für den donnernden Applaus sorgt. Und auch du wirst in diese Richtung wirken können.«

»Aber sicher! Man schätzt mich im Dorf über alle Maßen. Ich habe die Leute in der Tasche. Dann kümmere ich mich jetzt gleich darum – ich bin schon ganz kribbelig. Du hast doch nichts dagegen, daß ich dich verlasse?«

»Keineswegs, keineswegs … oder vielmehr: Und ob ich was dagegen habe! Bevor du gehst, müssen wir die Sache mit Gussie ins Lot bringen.«

»Welche Sache mit Gussie denn?«

Ich schnalzte mit der Zunge.

»Du weißt genau, wovon ich rede. Aus Gründen, auf die ich hier nicht eingehen will, hast du Augustus Fink-Nottle in jüngster Zeit zum Spielball für deine Mußestunden gemacht, und damit hat jetzt Schluß zu sein. Ich brauche dir nicht noch einmal zu sagen, was geschehen wird, wenn du in dieser Manier fortfährst. Bei unserer Besprechung in der Wohnung habe ich die Fakten in idiotensicherer Klarheit dargelegt. Sollte sich das Unheil ausbreiten, sollte also ins Getriebe der Fink-Nottle-Bassett-Liaison so viel Sand gekippt werden, daß es knirschend zum Stillstand kommt, dann sieht sich, wie du sehr wohl weißt, Bertram Wooster einem Schicksal gegenüber, das schlimmer ist als der Tod: dem Bund fürs Leben! Ich bin mir sicher, daß es dir dein gütiges Herz nun, da ich dich an die dräuende Gefahr erinnert habe, nicht gestatten wird, den obigen Fink-Nottle weiterhin so zu ermuntern, wie du es gemäß den übereinstimmenden Aussagen von fünf Tanten derzeit tust. So sehr muß dich der Gedanke an den armen alten Wooster entsetzen, der seine Hochzeitshose bügelt und das Badekostüm für die

Flitterwochen mit dieser gräßlichen Bassett einpackt, daß du dem Diktat deines besseren Ichs folgen und ihn kaltstellen wirst.«

Sie gab sich einsichtig.

»Ich soll Gussie auf den Liebesmarkt zurückwerfen?«

»Genau.«

»Die Umgarnung aufgeben? Meine Klauen von ihm lösen?«

»So ist es.«

»Aber natürlich. Ich werde mich gleich darum kümmern.«

Und in diesem schönen Einvernehmen gingen wir auseinander. Ein Riesenstein war mir vom Herzen gefallen.

Ich weiß ja nicht, wie das der Leser sieht, doch nach meiner Erfahrung bringt es wenig, wenn einem ein Stein vom Herzen fällt. Ehe man sich's nämlich versieht, wird ein neuer und meist sehr viel gewichtigerer darauf gerollt. Bei diesem Spiel scheint man wirklich nur verlieren zu können.

Kaum war ich zurück in meinem Zimmer, vollkommen besänftigt und entspannt, platzte Catsmeat herein, und sein bloßer Anblick ließ meine gute Laune erkalten, als hätte mir jemand ein nasses Handtuch ins Gesicht geschlagen. Seine Miene war ernst und sein Gebaren mitnichten das muntere Gebaren eines Mannes, der vor kurzem noch mit Stubenmädchen eine Partie Rommé gespielt hat.

»Bertie«, hob er an, »halt dich fest: Es ist etwas Schlimmes passiert.«

Der Fußboden schien sich unter mir zu heben wie das Meer bei hohem Wellengang. Die Mäuse, welche seit ihrem letzten Einsatz und meiner anschließenden Aussprache mit Corky eine Verschnaufpause eingelegt hatten, begannen sich erneut zu regen, so als wollten sie das Training für einen Leichtathletikwettkampf aufnehmen.

»Ach, du liebe Tante!« stöhnte ich auf, und Catsmeat replizierte, der Ausruf »Ach du liebe Tante!« treffe die Sache genau, denn just die meine stecke hinter dem ganzen Ungemach.

»Achtung, jetzt kommt's«, sagte er. »Als ich vorhin in der Gesindestube saß, schneite Silversmith herein. Und weißt du, was ihm die hochwohlgeborenen Damen gerade erzählt hatten? Sie hatten ihm erzählt, deine Tante Agatha komme hierher. Ich weiß nicht genau, wann, doch vermutlich in den nächsten ein, zwei Tagen. Dame Daphne Winkworth hat mit der Nachmittagspost einen Brief von ihr erhalten, in dem sie ihre Absicht kundtut, diesem mistigen Hühnerstall in Kürze einen Besuch abzustatten. Was sollen wir nur tun?«

13. Kapitel

Es war ein Bertram Wooster mit fahlem, sorgenzerfurchtem Antlitz und dem deutlichen Hang, bei jähen Geräuschen zusammenzufahren, der am folgenden Nachmittag in seinem Schlafzimmer saß oder sich gelegentlich erhob, um den Raum zu durchmessen. Nur wenige Menschen hätten in diesem schlaffen und zitternden Stück menschlichen Treibguts den weltgewandten, adretten *boulevardier* besserer Tage erkannt. Ich harrte der Rückkehr meines Hauptstadtkorrespondenten Catsmeat.

Als wir die Sache am Vorabend durchgekaut hatten, waren wir sehr schnell zum Schluß gekommen, daß es vollkommen abwegig wäre, eine solche Großkatastrophe allein bewältigen zu wollen, und daß das Oberkommando schnellstmöglich in Jeeves' Hände zu legen sei. Und da Jeeves in London weilte und es wohl seltsam ausgesehen hätte, wäre ich aus Deverill Hall abgezwitschert, um andernorts zu übernachten, hatte sich Catsmeat zu Besprechungszwecken zu ihm begeben. Klammheimlich war er in meinem Zweisitzer davonkutschiert. Und er hoffte, um die Mittagszeit zurück zu sein.

Doch der Lunch war gekommen und gegangen, Ente und Erbsen hatten sich in meinem Mund in Asche verwandelt, aber noch immer fehlte von ihm jede Spur. Die Uhr hatte bereits drei geschlagen, als er endlich eintraf.

Bei seinem Anblick warf mein Herz das Sorgenbündel sogleich ab und legte einen kurzen Steptanz aufs Parkett. Nur ein Mensch, räsonierte ich, der gute Nachrichten brachte, konnte den Marinetruppen der Vereinigten Staaten so ähnlich sehen wie er. Zuletzt, als er sich im Wagen auf seine Mission begeben hatte, war Catsmeats Miene ernst und niedergeschlagen gewesen, so als fürchte er, selbst Jeeves würde vor einer solchen Herkulesaufgabe kapitulieren. Nun aber war er heiter, fidel und putzmunter.

»Bitte entschuldige die Verspätung«, sagte er. »Ich mußte ein Weilchen warten, bis Jeeves' Gehirn in Fahrt kam. Er schoß nicht mit der üblichen Hurtigkeit aus den Startlöchern.«

Ich umklammerte seinen Arm.

»Und – hat's gefunkt?« rief ich und bebte von Kopf bis Fuß.

»O ja, es hat gefunkt. Bei Jeeves funkt es doch immer. Diesmal allerdings erst, nachdem er eine halbe Ewigkeit vor sich hingegrübelt hatte. Ich traf ihn in der Küche deiner Wohnung an, wo er eine Tasse Tee schlürfe und Spinoza las, und legte ihm unser Problem mit der Bitte dar, die kleinen grauen Zellen unverzüglich anzuwerfen und sich eine Methode auszudenken, mit der wir deine verflixte Tante von ihrer üblen Absicht abbringen können, Deverill Hall heimzusuchen. Er versprach, dies zu tun, und ich begab mich zurück ins Wohnzimmer, wo ich mich in einen Sessel pflanzte, die Füße auf den Kaminsims legte und Gertrude nachsann. Hin und wieder stand ich auf, um mich in der Küche nach dem Stand der Dinge zu erkundigen, doch er scheuchte mich mit stummer Geste davon, wobei sein Gehirn noch weiter vortrat. Schließlich kam er heraus und verkündete, er sei soweit. Wie stets hatten seine Gedanken der Individualpsychologie gegolten.«

»Von der Psychologie welches Individuums sprechen wir hier? Von der meiner Tante Agatha?«

»Selbstverständlich von der deiner Tante Agatha! Über die Psychologie welches anderen Individuums hätte er sich wohl Gedanken machen sollen? Über diejenige unseres Finanzministers Sir Stafford Cripps? Anschließend breitete er einen Plan vor mir aus, den bestimmt auch du als einsame Klasse taxieren wirst. Sag mal, Bertie, hast du je einer Tigerin ihr Junges gestohlen?«

Ich sagte, aus mannigfachen Gründen hätte ich dies nie getan, und er fragte, wie ich mir, falls ich es je täte, die Reaktion jener Tigerin vorstellte – immer vorausgesetzt, es handle sich bei dieser um eine gute Gattin und Mutter. Und ich erwiderte, daß ich mich zwar nicht als Kapazität auf dem Gebiet der fraglichen Spezies betrachtete, aber doch vermutete, daß der Kreatur die Galle ganz schön überlaufen würde.

»Genau. Und außerdem würdest du von der Tigerin wohl erwarten, daß sie, kaum ist ihr der Verlust ihres Jungen zur Kenntnis gebracht worden, alles stehen und liegen läßt und sich schnurstracks auf die Suche begibt, nicht wahr? Sie stellt alle anderen sozialen Verpflichtungen hintan, glaubst du nicht? Hat sie sich beispielsweise bei anderen Tigerinnen in einer Nachbarhöhle zum Besuch angemeldet, so wird sie diesen Besuch absagen und sich statt dessen auf Spurensuche begeben. Einverstanden?«

Ich sagte, daß ich dies für wahrscheinlich hielt.

»Und genau so wird es laut Jeeves deiner Tante Agatha gehen, kaum erfährt sie, daß von ihrem Sohn Thomas in der Schule in Bramley-on-Sea jede Spur fehlt.«

Was ich genau erwartet hatte, kann ich nicht sagen, gewiß aber nicht dies. Nachdem ich wieder soweit bei Atem war, um überhaupt eine Frage stellen zu können, erkundigte ich mich, was er gerade gesagt habe, und er wiederholte seine Worte im Diktiertempo, worauf ich »Na hör mal!« rief und er »Ja?« sagte.

»Du willst mir doch nicht weismachen, Jeeves gedenke Klein Thos zu kidnappen?«

Unwirsch schnalzte er mit der Zunge.

»Einen eingefleischten Filmfan wie deinen Cousin Thomas muß man nicht kidnappen, sondern ihm lediglich sagen, seine Lieblingsschauspielerin hoffe, daß er sich für einen mehrtägigen Aufenthalt in jenem Pfarrhaus freimachen könne, in dem die Schauspielerin im Moment wohnt. Genau mit dieser Botschaft im Gepäck hat sich Jeeves nach Bramley-on-Sea begeben, und ich bin mir ganz sicher, daß sie ihre Wirkung nicht verfehlen wird.«

»Du meinst, er wird ausbüxen?«

»Selbstverständlich wird er ausbüxen, und zwar wie der geölte Blitz. Doch um ganz sicher zu gehen, habe ich Jeeves in deinem Namen ermächtigt, auf ein allfälliges Zaudern mit einem Betrag von fünf Pfund zu antworten. Laut Jeeves, dem sich Klein Thos anvertraut hat, ist dieser im Moment ganz besonders scharf auf den Zaster, da er auf einen Fotoapparat spart.«

Lauthals begrüßte ich das scharfsinnige Kalkül, wiewohl es mir unwahrscheinlich erschien, daß der schnöde Mammon überhaupt ins Spiel kommen würde. Thos ist ein von wildesten Leidenschaften getriebener Bursche, der noch seine letzten drei Pence auf eine Briefmarke verwenden würde, um Dorothy Lamour ein Autogramm abzubetteln. Die von Catsmeat skizzierte Botschaft allein würde ausreichen, ihn auf Trab zu bringen.

»Ja«, schloß sich mir Catsmeat an, »der Jungspund dürfte in Bälde bei uns eintreffen, ganz im Gegensatz zu deiner Tante Agatha, die andernorts beschäftigt sein wird. Es ist natürlich ein Jammer, daß sie sich vorübergehend ihres Jungen beraubt sieht, und Muttersorgen rühren jedem Menschen ans Herz. Es wäre wirklich schön gewesen, hätte sich das Ganze auf andere Art bewerkstelligen lassen, aber so ist es nun mal. Wo Licht ist, ist auch Schatten, muß man sich in solchen Momenten eben sagen.«

Eigentlich glaubte ich ja eher, daß Tante Agatha weniger mit Sorge als mit rasender Wut reagieren würde.

»Thos«, sagte ich, »macht sich schon fast einen Sport daraus, von der Schule auszubüxen. Bereits zweimal hat er dies getan, einmal, um bei einem Pokalendspiel dabeizusein, und das zweite Mal, um in der Karibik nach versunkenen Schätzen zu suchen, und ich kann mich nicht erinnern, daß Tante Agatha dabei die vom Schicksal schwer gebeutelte Mutter gespielt hätte. Als schwer gebeutelt könnte man allenfalls Thos' Hintern bezeichnen, denn den hat sie ihm jeweils tüchtig gegerbt. Dazu wird es wohl wieder kommen. Selbst wenn er sich seiner Aufgabe für reinen Liebeslohn annimmt, werde ich ihm den Fünfer wohl als kleines Schmerzensgeld zustecken.«

»Das fände ich sehr nobel von dir.«

»Was ist Geld schon? Das letzte Hemd hat bekanntlich keine Taschen.«

»Genau die richtige Einstellung!«

»Aber wird Corky nicht leicht verdattert sein, wenn er plötzlich vor ihr steht?«

»Das ist geregelt. Ich habe sie im Dorf angetroffen und ihr alles erzählt.«

»Und sie ist einverstanden?«

»Voll und ganz. Corky ist stets mit allem einverstanden, was auch nur ein bißchen nach Komplikationen riecht.«

»Sie ist ein ganz wunderbares Mädchen.«

»Ein vortreffliches Wesen, ja. Übrigens hat sie mir verraten, daß du das rechte Wort zur rechten Zeit angebracht hast.«

»Stimmt. Es scheint sie ganz schön aufgemöbelt zu haben.«

»Den Eindruck hatte ich auch. Schon komisch, daß sie an Esmond Haddock einen solchen Narren gefressen hat. Ich habe ihn zwar nur von ferne gesehen, hätte aber gedacht, er sei für Corky ein bißchen steif.«

»Steif? Daß ich nicht lache! Du solltest mal sehen, wie er sich beim Portwein entspannt.«

»Vielleicht hast du recht. Und außerdem haben Liebe und Vernunft ja nicht viel miteinander zu tun. Wahrscheinlich könnten Tausende nicht begreifen, daß die gute Gertrude mich liebt. Und doch tut sie es. Oder schau dir mal die kleine Queenie an. Ein Polyp, in dessen Gesellschaft ich mich nicht mal im Totenhemd zeigen würde, hat ihr das Herz gebrochen. Apropos Queenie: Ich würde sie heute nachmittag gern nach Basingstoke ins Kino mitnehmen, falls du mir deinen Wagen leihst.«

»Aber natürlich. Glaubst du denn, das heitert sie auf?«

»Gut möglich. Ich möchte zu gern Balsam auf ihre wunde Seele träufeln, so sich das einrichten läßt. Ist man verliebt, möchte man all seinen Mitmenschen einen Gefallen tun. Im Moment trieft mir die Mildtätigkeit aus sämtlichen Poren, so als wäre ich einem Dickens-Roman entstiegen. Um ein Haar hätte ich dir in London eine Krawatte gekauft. Mensch, wer ist denn das?«

Jemand hatte an die Tür geklopft.

»Herein!« rief ich, und Catsmeat sauste zum Schrank und kam schon im nächsten Augenblick zurückgesaust, behängt mit Hosen und ähnlichem Zeug, ganz im Geiste seiner Profession.

Silversmith wandelte über die Schwelle. Diesen majestätischen Mann umwehte stets die Aura eines Botschafters, der gerade einem regierenden Monarchen wichtige Geheimdokumente überbrachte. Unterstrichen wurde die Ähnlichkeit jetzt durch den Umstand, daß er vor seinem ausladenden Bauch ein Tablett hertrug, auf dem zwei Telegramme lagen. Ich schnappte mir diese, und er wandelte wieder hinaus.

Catsmeat legte die Hosen zurück. Er zitterte leicht.

»Sag mal, Bertie, was löst dieser Kerl bei dir aus?« erkundige er sich so gedämpft, als säßen wir in einem Kirchenschiff. »Er paralysiert mich. Ich weiß nicht, ob du mit Joseph Conrads Werken vertraut bist, aber in *Lord Jim* gibt es einen Burschen, von dem heißt es: ›Der Beherrscher beider Indien hätte sich in seiner Gegenwart klein fühlen müssen.‹ Silversmith, wie er leibt und lebt! Er erfüllt mich mit furchtbarer Demut. Er läßt meine lautere Seele auf die Größe einer vertrockneten Erbse schrumpfen. Außerdem ist er einigen der alten Rampentiger wie aus dem Gesicht geschnitten, die mir das Leben zur Hölle machten, als ich auf der Bühne anfing. Na los, öffne sie schon.«

»Du meinst die Telegramme?«

»Was sollte ich sonst wohl meinen?«

»Sie sind an Gussie adressiert.«

»Selbstverständlich sind sie an Gussie adressiert. Und doch sind sie für dich bestimmt.«

»Das können wir nicht wissen.«

»Ist gar nicht anders möglich. Eines kommt wahrscheinlich von Jeeves, der dir mitteilt, daß der Ballon nun steige.«

»Und das andere? Vielleicht handelt es sich um all die zärtlichen Worte, die Madeline für einen Shilling übermitteln konnte.«

»Los, mach schon auf!«

Ich blieb hart.

»Nein, Catsmeat. Der Woostersche Ehrenkodex verbietet es mir. Der Ehrenkodex eines Wooster ist eben strikter als derjenige eines Pirbright. Ein Wooster kann kein an einen anderen Menschen adressiertes Telegramm öffnen, selbst wenn er im Moment jener andere ist, falls du weißt, was ich meine. Ich habe sie an Gussie weiterzureichen.«

»Na schön, wenn du meinst. Ich muß jetzt los, um Sonnenschein in Queenies Herz zu zaubern.«

Er verduftete, und ich nahm Platz und blieb weiterhin hart. Die Uhr zeigte Viertel vor vier.

Meine Härte hielt bis fünf vor vier an.

Der Woostersche Ehrenkodex hat nämlich einen kleinen Haken: Wird sein Besitzer von zwei vor ihm liegenden Telegrammen auf die Probe gestellt, von denen eines wohl Neuigkeiten von äußerster Wichtigkeit enthält, so fragt er sich nach einem Weilchen, ob es mit dem besagten Kodex wirklich so weit her ist. Kurzum, ihn beschleicht der Gedanke, daß ein Wooster, der sich nach einem solchen Kodex richtet, bei Licht betrachtet ein ziemlicher Gipskopf ist. Um vier war ich nicht mehr ganz so hart wie ehedem. Um zehn nach vier begannen meine Finger merklich zu zucken.

Auf die Minute genau um Viertel nach vier öffnete ich das erste Telegramm. Wie Catsmeat prophezeit hatte, handelte es sich um eine umsichtig formulierte Botschaft von Jeeves, aufgegeben im Kolonialwarenladen von Bramley-on-Sea. In verklausulierten Worten erfuhr ich, daß alles nach Plan gelaufen sei. Die Ware befinde sich auf dem Weg, und mit ihrer Anlieferung sei im Laufe des Abends zu rechnen. Hocherfreulich.

Ich hielt ein brennendes Streichholz an den Zettel und verwandelte ihn in Asche, denn man kann in diesen Dingen nicht vorsichtig genug sein. Nun aber mußte ich feststellen, daß meine Finger noch immer zuckten, als ich den zweiten Umschlag betrachtete. Ich griff nach dem Ding und befummelte es nachdenklich.

Ich kann mir schon denken, was Sie jetzt sagen werden: Nachdem ich das erste unter die Lupe genommen und mich in dessen Inhalt vertieft hatte, sprach nichts mehr dafür, daß ich auch das zweite noch öffnete, und damit haben Sie natürlich recht. Aber Sie wissen ja, wie es ist. Fragen Sie das erstbeste Löwenjunge, und dieses wird Ihnen bestätigen, daß es kein Zurück mehr gibt, wenn man einmal Blut geleckt hat. Gleich verhält es sich mit dem Öffnen von Telegrammen. Das Gewissen flüsterte mir zwar ein, daß das vorliegende, welches an Gussie adressiert *und* für Gussie bestimmt war, einzig von seinen Augen gelesen werden dürfe, und ich pflichtete dem vollkommen bei. Und doch konnte ich mich ebensowenig davon abhalten, es zu öffnen, wie Sie sich davon abhalten können, nach einer weiteren Salzmandel zu greifen!

Ich riß den Umschlag also auf, und Schamesröte stieg mir ins Gesicht, als mein Auge als Unterzeichnerin das Wort »Madeline« erblickte.

Und dann erblickte mein Auge auch noch den Rest des vermaledeiten Dings.

Es lautete wie folgt:

Fink-Nottle
Deverill Hall
King's Deverill
Hampshire

Brief erhalten. Mir schleierhaft, warum kein beruhigendes Telegramm. Sicher verschweigst du Schwere des Unfalls. Angstzustände. Fürchte das Schlimmste. Ankunft Deverill Hall morgen nachmittag. Gruß und Kuß. Madeline.

14. Kapitel

Jawohl, dies war der Torpedo, der unter meinem Bug explodierte, und mich beschlich jenes komische Gefühl, das einen zuweilen beschleicht: so als hätte einem gerade irgendein Witzbold sämtliche Knochen aus den Beinen entfernt und durch eine höchst unzulängliche Gallertmasse ersetzt. Ich las das Ding noch einmal, um mich zu vergewissern, ob ich das, was ich zu sehen geglaubt hatte, auch tatsächlich gesehen hatte, und als ich feststellte, daß dem so war, vergrub ich das Gesicht in den Händen.

Richtig düster wurde die Sache aber dadurch, daß ich ohne jeden Berater war. In diesen Momenten, da einem das Fatum nicht nur ein Veilchen, sondern anschließend auch noch einen Tritt in den Hintern verpaßt hat, möchte man am liebsten die Kumpels um sich scharen und das Ganze bereden, nur gab es keine Kumpels zum Scharen. Jeeves war in London, Catsmeat in Basingstoke. Ich kam mir vor wie ein Premierminister, der eine wichtige Kabinettssitzung einberufen will, nur um festzustellen, daß der Innenminister und der Lordpräsident des Geheimen Staatsrats nach Paris abgezwitschert sind und der Minister für Landwirtschaft und Fischerei sich mit dem Rest der Clique auf der Hunderennbahn vergnügt.

Es schien mir nichts anderes übrigzubleiben, als zu warten, bis sich Catsmeat nach Wochenschau, Hauptfilm und kurzem Zeichentrickfilm wieder auf den Heimweg begab. Und obschon mir die Vernunft sagte, daß er frühestens in zwei Stunden zurück sein würde und daß selbst dann wenig dafür sprach, daß er einen konstruktiven Vorschlag zu machen hatte, begab ich mich hinunter zum Haupttor, wo ich hin und her schritt und den Horizont absuchte wie weiland Schwester Sowieso in jener Geschichte, die wir in der Schule immer lesen mußten.

Der Abend war schon weit fortgeschritten, und die einheimische Vogelwelt hatte sich längst aufs Ohr gehauen, als ich den Zweisitzer auf mich zukommen sah. Ich gab ein Handzeichen, und Catsmeat stand auf die Bremse.

»Ach, grüß dich, Bertie«, sagte er in gedämpftem Ton, und nachdem er ausgestiegen war und ich ihn beiseite gezogen hatte, erklärte er den Grund für seine Bedrücktheit.

»Sehr bedauerlich«, sagte er und warf seiner Beifahrerin einen mitleidigen Blick zu. Diese starrte mit wehen Augen vor sich hin und tupfte sie von Zeit zu Zeit mit dem Taschentuch trocken. »Da diese knallharten Gangsterfilme heute so en vogue sind, hätte ich eigentlich wissen können, daß so etwas passieren würde. Der Streifen war rappelvoll mit Polypen, Dutzenden und Aberdutzenden von Polypen, und diese hatten ständig ein ›Ach, du willst also nicht reden, wie?‹ auf den Lippen, und das war einfach zu viel für die arme kleine Queenie – Salz auf die Wunde, wie man vielleicht sagen könnte. Inzwischen geht es ihr zwar wieder besser, aber sie schnieft noch immer.«

Suchte man mit einem feinen Kamm und einem Paar Bluthunden den Londoner Zustellbezirk W1 ab, so fänden sich wohl nicht mehr als drei Männer, die Bertram Wooster darin übertreffen, Mitgefühl für eine Maid in Not zu empfinden, und unter normalen Umständen hätte ich zweifelsohne einen leisen, einfühlsamen Pfiff ausgestoßen und »Was für ein Jammer!« gerufen. Doch nun fehlte mir die Zeit, leidgeprüfte

Stubenmädchen zu betrauern. Alle mir zu Gebote stehende Trauer war für B. Wooster reserviert.

»Hier, lies«, sagte ich.

Er blinzelte mich an.

»Ha, da schau her!« sprach er in einem Tonfall, den man normalerweise als sardonisch bezeichnet. »Dann ist der Woostersche Ehrenkodex also doch nicht mehr so wasserdicht? Hab' ich mir fast gedacht.«

Er wollte das Thema vermutlich noch vertiefen und billige Scherze auf meine Kosten reißen, doch in diesem Moment begann er das Dokument zu überfliegen, und dessen Kernbotschaft traf ihn mit voller Wucht.

»Hm!« sagte er. »Hier ist erhebliches Geschick gefragt.«

»Ja«, pflichtete ich bei.

»Die Sache will klug angegangen werden. Wir werden reiflich darüber nachdenken müssen.«

»Ich denke bereits seit Stunden reiflich darüber nach.«

»Schon, aber du hast ja bloß eins dieser billigen Ersatzgehirne, welche keinen Schuß Pulver wert sind. Ganz anders sieht es aus, wenn ein Mann wie ich die Crème de la crème seiner grauen Zellen in die Waagschale wirft.«

»Wäre doch nur Jeeves hier!«

»Ja, Jeeves könnten wir jetzt gut brauchen. Zu dumm, daß er uns nicht Gesellschaft leistet.«

»Und nicht minder dumm ist es«, ergänzte ich, denn diesen Seitenhieb konnte ich mir nicht verkneifen, auch wenn ein feinfühliger Mensch nur ungern auf solchen Dingen herumreitet, »daß du den Stein ins Rollen gebracht hast, indem du Gussie den Brunnen am Trafalgar Square hast durchwaten lassen.«

»Stimmt. Das ist zu bedauern. Gleichwohl erschien es mir damals richtig, ja geradezu unumgänglich. Da war zum einen er, und da war zum anderen der Brunnen. Ich wußte, daß sich so eine Gelegenheit nie mehr bieten würde. Und obschon ich der letzte wäre, der die Unerfreulichkeit der Konsequenzen bestreiten würde, trug die Sache reiche Früchte. Ein Mann, der gesehen hat, wie Gussie Fink-Nottle in korrekter Abendmontur um fünf Uhr morgens den Brunnen am Trafalgar Square auf der Suche nach Molchen durchwatet, ist ein Mann, der nicht umsonst gelebt hat. Zumindest kann er seinen Enkeln dermaleinst davon erzählen. Doch wo wir schon die Schuldfrage klären, sollten wir noch einen Schritt zurückgehen: Das ganze Elend nahm seinen Lauf, als du mich genötigt hast, ihn zum Dinner auszuführen. Der reine Wahnsinn! Du hättest wissen müssen, daß etwas schiefgeht.«

»Tja, weitere Erörterungen in diese Richtung sind wohl müßig.«

»Stimmt, nun zählt allein die Tat. Und zwar eine schneidige, entschlossene Tat nach dem Vorbild Napoleons. Du gehst vermutlich bald zurück ins Haus, um dich fürs Dinner umzuziehen, oder?«

»Ja, ich denke schon.«

»Wie schnell nach dem Dinner wirst du denn wieder auf dem Zimmer sein?«

»So schnell es nur geht.«

»Dann erwarte mich dort – ich bringe vermutlich einen bis ins kleinste Detail ausgearbeiteten Schlachtplan mit. Und nun muß ich mich wirklich wieder um Queenie kümmern. Die gute Seele tritt schon bald ihren Dienst an und wird sich noch das Näschen pudern und die Tränenspuren entfernen wollen. Du machst dir ja keine Vorstellung, Bertie, wie sehr mir das Schicksal des armen Kinds ans Herz rührt.«

Da nun so viel daran hing, daß wir möglichst ohne Aufschub wieder zusammenkamen, entpuppte sich dieser Abend selbstverständlich genau als einer jener Abende, an denen einem der zügige Abgang versagt bleibt. Statt eines normalen Essens hatte man ein regelrechtes Gelage anberaumt, zu dem sich Gäste aus der ganzen Gegend einfanden. Nicht weniger als zehn der steifsten Stöcke Hampshires waren zum Futtertrog beordert worden, und wie Kletten klebten sie noch zu einer

Stunde an ihren Stühlen, da ihnen jeder professionelle Rausschmeißer längst die Tür gewiesen hätte. Wer die Mühe einer zwanzig Meilen langen Autofahrt auf sich genommen hat, nur um in einem fremden Haus zu dinieren, verspürt wenig Neigung, dort hastig ein paar Bissen hinunterzuschlingen und gleich wieder abzuzittern. Vielmehr stellt er sich auf das musikalische Begleitprogramm und den Schlummertrunk um halb elf ein.

Jedenfalls ging es scharf auf Mitternacht zu, als der letzte Wagen davonrollte. Und so fehlte, als ich endlich aller gesellschaftlichen Pflichten ledig war und auf mein Zimmer sausen konnte, von Catsmeat jede Spur.

Hingegen fand sich auf dem Kopfkissen ein Briefchen, das ich mit fiebrigen Fingern aufriß.

Es war auf 23 Uhr datiert und in tadelndem Ton gehalten. Catsmeat rügte mich dafür, mit all diesen feinen Pinkeln zu schlemmen und zu bechern (seine Wortwahl), wo ich doch am Konferenztisch ehrliche Arbeit hätte verrichten sollen. Er wollte wissen, ob ich eigentlich erwartete, daß er sich in meinem verfluchten Zimmer die ganze Nacht den Hintern wundsitze, und gab der Hoffnung Ausdruck, daß ich am nächsten Morgen nicht nur einen monumentalen Kater, sondern auch einen durch all die deftigen Speisen tüchtig verdorbenen Magen hätte. Er könne nicht länger warten, da er mit meinem Wagen nach London zu fahren gedenke, um in aller Früh in Wimbledon Common einzutreffen und sich mit Madeline Bassett zu besprechen. Und bei dieser Gelegenheit, so schloß er in sehr viel freundlicherem Ton, würde er das Kind so geschickt schaukeln, wie es nur die beste Mutter zu tun verstehe, denn er habe eine umwerfende Idee gehabt – eine derart überragende Idee, daß ich mir mein Hirn (falls man von einem solchen überhaupt sprechen könne) nicht länger zu zermartern brauche. Er bezweifle, ob selbst ein bis zum Platzen mit Fisch gemästeter Jeeves einen trefflicheren *modus operandi* hätte ausgraben können.

Das war natürlich beruhigend, sofern man die Theorie gelten ließ, daß Catsmeat so gut war, wie er behauptete. Bei ihm kann man sich nie so sicher sein. In einem seiner Schulzeugnisse, welches ich eines Nachts zufällig gesehen hatte, als ich das Büro des Reverend Aubrey Upjohn nach Keksen durchstöberte, beschrieb ihn jener Reverend als »hochintelligent, aber unzurechnungsfähig«, und falls je ein Schuldirektor mit Vogel-Strauß-Visage einen ersten Preis in Menschenkenntnis verdient hatte, dann war dieser Schuldirektor jener Schuldirektor.

Gleichwohl räume ich ein, daß mich Catsmeats Botschaft ausgesprochen erleichterte. Es kann als gesicherte Tatsache gelten, daß ein Herz, von Kummer schwer, noch der schwächsten Hoffnung anhängt, und genau dies tat das meine. In entsprechend aufgeräumter Stimmung warf ich deshalb die Gala ab und schlüpfte in mein Nachtgewand, ja ich glaube fast – auch wenn ich es nicht beschwören möchte –, daß ich dabei die Anfangstakte des neuesten Gassenhauers trällerte.

Ich hatte mich gerade in meinen Morgenmantel gehüllt und schickte mich an, eine letzte Zigarette zu rauchen, als die Tür auflog und Gussie eintrat. Gussie wirkte gereizt. Er hatte an den steifen Stöcken wenig Gefallen gefunden und beklagte sich nun bitter darüber, in solchem Kreise einen Abend vertrödelt zu haben, den er besser *chez* Corky verbracht hätte.

»Bei einer solchen Abendgesellschaft kann man sich nicht gut auf französisch empfehlen«, mahnte ich ihn.

»Das hat Corky auch gesagt. Sie meinte, so etwas schicke sich nicht. *Noblesse oblige,* so lautete einer ihrer Ausdrücke. Schon erstaunlich, welch eherne Prinzipien sie vertritt. Nicht oft begegnet man einer derart schönen Frau mit derart ehernen Prinzipien. Und wie schön sie ist, nicht wahr, Bertie? Doch wenn ich schön sage, meine ich eigentlich: von engelhafter Anmut.«

Durchaus zustimmend sagte ich, für ihr Frätzchen brauche Corky wahrlich keinen Waffenschein, und er verlangte aufgebracht zu wissen, was ich damit meinte.

»Sie ist traumhaft. Sie ist das bildhübscheste Mädchen, das mir je untergekommen ist. Nicht zu fassen, daß sie Pirbrights Schwester ist. Man sollte meinen, eine Schwester von Pirbright sei zwingend so abstoßend wie er selbst.«

»Ich finde, Catsmeat sieht ziemlich gut aus.«

»Da muß ich dir entschieden widersprechen. Er ist ein Höllenhund, und das zeigt sich auch an seinem Äußeren. ›Es gibt Molche in diesem Brunnen, Gussie‹, hat er mir gesagt. ›Hopp, hopp, steig ihnen nach!‹ Und nicht den leisesten Widerspruch hat er dabei geduldet, sondern mich mit schallenden Jagdrufen angetrieben. ›Hussa!‹ hat er gebrüllt und ›Horrido!‹. Doch gekommen bin ich, Bertie«, sagte Gussie und brach diesen offenbar schmerzhaften Blick in die Vergangenheit abrupt ab, »um dich zu fragen, ob du mir deine Krawatte mit den rosaroten Rauten vor taubengrauem Hintergrund leihen könntest. Ich schaue morgen früh im Pfarrhaus vorbei und möchte einen möglichst guten Eindruck machen.«

Neben dem flüchtigen Gedanken, daß er ein hoffnungsloser Optimist war, wenn er glaubte, eine Krawatte mit rosaroten Rauten vor taubengrauem Hintergrund vermöge die Pfuscherei der Natur so weit zu verschleiern, daß er nicht mehr wie eine fischgesichtige Witzfigur aussah, verspürte ich bei diesen Worten nichts als Erleichterung darüber, daß ich mit Corky geredet und ihr das Versprechen abgerungen hatte, Gussie umgehend abzuwimmeln und auf Eis zu legen.

Denn offenbar war keine Zeit zu verlieren. Mit jedem weiteren Wort, das aus dem Mund dieses überhitzten Molchfreundes kam, wurde klarer, wie tief Amors Pfeil in sein Herz gedrungen war. Hörte man zu, wie sich Augustus Fink-Nottle über Corky verbreitete, konnte man glauben, man lausche Antonius' Schwärmereien in Sachen Kleopatra, und jede Sekunde, die er außerhalb des Gefrierschranks verbrachte, war brandgefährlich. Es ließ sich nicht übersehen, daß für ihn das »Haus zur Lärche«, Wimbledon Common, in die Bedeutungslosigkeit versunken war und sich vom einstigen heiligen Schrein, der das Mädchen seiner Träume beherbergte, in eine x-beliebige Adresse im Telefonbuch »Großlondon« verwandelt hatte.

Ich überreichte ihm die Krawatte, und er dankte mir und rüstete sich zum Aufbruch.

»Ach, übrigens«, sagte er vor der Tür, »du hast mir doch eingebleut, Madeline zu schreiben. Ich hab's getan. Jawohl, heute nachmittag habe ich ihr geschrieben. Warum guckst du denn wie eine sterbende Ente aus der Wäsche?«

Wie eine sterbende Ente guckte ich selbstverständlich aus der Wäsche, weil ich sogleich den Haken an der Sache erkannte. Was, so fragte ich mich, würde Madeline Bassett denken, wenn sie neben dem Brief über das verstauchte Handgelenk einen zweiten, von Gussie eigenhändig abgefaßten Brief erhielt, in dem durchgegangene Pferde ebensowenig Erwähnung fanden wie kleine, unter einem Lispeln leidende Mädchen mit güldenem Haar?

Ich setzte Gussie über die jüngsten Taten des Duos Catsmeat-Wooster in Kenntnis, und er legte die Stirn mißbilligend in Falten. Eine verdammte Anmaßung sei das, sagte er, anderer Leute Liebesbriefe zu schreiben, und eine Geschmacklosigkeit sondergleichen.

»Aber das ist ja nun gehupft wie gesprungen«, fuhr er fort, »da ich in meinem Brief die Chose ohnehin abgeblasen habe.«

Ich wankte und wäre wohl ganz hingefallen, hätte ich mich nicht an einer zufällig dastehenden Kommode festhalten können.

»Abgeblasen?«

»Ich habe die Verlobung gelöst. Schon seit Tagen spüre ich, daß Madeline zwar ganz nett, aber nicht die Richtige für mich ist. Mein Herz gehört Corky. Nun denn, Bertie, nochmals gute Nacht. Und besten Dank für die Krawatte.«

Er verschwand, eine sentimentale Ballade auf den Lippen.

15. Kapitel

Das »Haus zur Lärche«, Wimbledon Common, war einer jener begehrten von üppigen Parkanlagen umgebenen Wohnsitze, die über fließendes Wasser (kalt und warm) aus eigener Quelle ebenso verfügen wie über aller anderen Komfort und die rechterhand an einem vorbeiziehen, wenn man von London nach Putney Hill fährt. Ich weiß nicht, wem genau diese Schuppen gehören – gewiß Bürgern, die ihre Schäfchen im trockenen haben –, und genausowenig wußte ich, wem das »Haus zur Lärche« gehörte. Bekannt war mir einzig, daß Gussies Brief an Madeline Bassett jenen Ort mit der Morgenpost erreichen würde, weshalb ich nun alles in meiner Macht Stehende tun wollte, um ihn abzufangen und zu vernichten.

Ich ahnte, daß ich etwa vierzig Jahre Haft riskierte, wenn ich derartigen Schindluder mit der königlichen Post trieb, doch dieses Risiko wollte ich gern auf mich nehmen. Vierzig Jahre sind schnell um, und nur indem ich verhinderte, daß der Brief seinen Bestimmungsort erreichte, kam ich zu jener Verschnaufpause, der ich so dringend bedurfte, um alles in Ruhe durchzudenken.

Aus diesem Grund beinhaltete am folgenden Morgen die üppige Parkanlage des »Hauses zur Lärche« neben Rasen, Sommerhaus, Weiher, Blumenrabatten, Gebüsch und einer Auswahl verschiedener Baumsorten auch einen Wooster, dessen Füße einer gewissen Kühle zustrebten – und der zwischen dreißig und fünfundvierzig Zentimeter himmelwärts schoß, wann immer ein Hahn in der Nachbarschaft seinen ersten Schrei ausstieß. Der Wooster, auf den ich mich hier beziehe, kauerte im Inneren eines Strauchs, welcher unweit einer Verandatür stand, die – sofern der Architekt nicht alle Pläne über den Haufen geworfen hatte – ins Eßzimmer führte. Er, Wooster, war um 02.54 Uhr in King's Deverill in den Milchzug gestiegen und hierhergefahren.

Ich sage »gefahren«, doch »getuckert« wäre weit eher das *mot juste.* Wird Milch von Ort zu Ort transportiert, kann sich das ziehen, und so ging es bereits auf die Stunde X zu, bis ich mich durch das Tor geschlichen und meine Grundposition eingenommen hatte. Als ich mich endlich in meinen Strauch zwängte, stand die Sonne – um mit Esmond Haddocks Tante Charlotte zu sprechen – bereits hoch am Himmelszelt, derweil ich, wie schon so oft, in Reflexionen über die Gefühllosigkeit versank, mit welcher Mutter Natur die Hände in den Schoß legt, wenn das menschliche Herz im Schlamassel steckt.

Wiewohl Wolkenbrüche und heulende Orkane eine angemessenere Begleitmusik für die Szene abgegeben hätten, mußte man von einem wahrhaft prächtigen – oder prächt'gen, falls man Tante Charlotte hieß – Morgen sprechen. Mein Nervenkostüm war ernstlich derangiert, und eine von Gottes unleidlicheren Kreaturen mit geschätzten einhundertvierzehn Beinen war meinen Nacken hinuntergekrabbelt und trieb nun auf der empfindlichen Haut Frühgymnastik. Doch kümmerte dies Mutter Natur? Nicht die Bohne! Der Himmel blieb unverändert blau, und die Sonne, welche ich bereits erwähnt habe, lächelte ihr debiles Dauerlächeln.

Käfer, die auf der Wirbelsäule herumturnen, sind schlimm genug, verlangen sie einem Mann doch noch das letzte Quentchen Charakterfestigkeit ab, doch wer sich auf ein Abenteuer einläßt, zu dem es gehört, daß man seinen Leib in Sträuchern deponiert, der stellt sich fast automatisch auf Käfer ein. Viel mehr als das sportliche Treiben des Betreffenden setzte mir der Gedanke zu, daß ich nicht wußte, was bei Ankunft des Briefträgers passieren würde. Es war durchaus denkbar, so dachte ich, daß sämtliche Bewohner des »Hauses zur Lärche« im Bett frühstückten, in welchem Falle ein Dienstmädchen Gussies epistelförmige Dynamitladung auf einem Tablett zu Madelines Zimmer hochtragen und all meine Pläne null und nichtig machen würde.

Doch genau in dem Moment, da mich dieser demoralisierende Gedanke anhauchte, stieß etwas gegen mein Bein. Dies sorgte dafür, daß meine Schädeldecke sogleich aus ihrer Verankerung gerissen wurde. Mein erster Eindruck, von einer Gruppe mächtiger Feinde umzingelt worden zu sein, dauerte zwar nur zwei Sekunden, doch fühlten sich diese wie ein ganzes Jahr an. Als die vor meinen Augen tanzenden Sterne verschwanden und die Welt nicht länger jenes Ballett aufführte, das sie gerade in Szene gesetzt hatte, vermochte ich zu erkennen, daß nichts weiter in mein Leben getreten war als eine rötlichbraune Katze mittlerer Größe. Als ich wieder normal atmen konnte (mir war einen Moment lang die Luft weggeblieben), bückte ich mich und kitzelte die Katze hinter dem Ohr, wie ich es in Tuchfühlung mit diesen Geschöpfen stets tue. Damit war ich auch noch beschäftigt, als ein Knallen und Klappern ertönte und jemand die Verandatür zum Eßzimmer aufriß.

Kurz danach ging auch das Hauptportal auf. Ein Hausmädchen trat auf die Treppe und klopfte lustlos einen Vorleger aus.

Da ich nun ins Eßzimmer linsen und erkennen konnte, daß der Frühstückstisch gedeckt war, wandelten sich meine Gedanken zum Besseren. Madeline Bassett, so sagte ich mir, gehörte nicht zu denen, die träge im Bett verharren, während andere sich von ihrem Lager erheben. Schlüge sich die ganze Sippschaft unten den Wanst voll, wäre sie todsicher mit von der Partie. Einer der Teller in meinem Blickfeld mußte ergo der ihre sein, und neben diesem läge schon bald der verhängnisvolle Brief. Ein beherzter Spurt nur, und ich würde ihn mir krallen können, bevor sie herunterkam. Ich lockerte also die Muskeln, um jederzeit in Aktion treten zu können, und war auch schon startklar, als aus südwestlicher Richtung ein Pfiff ertönte und eine Stimme »Huhu!« rief. Ich sah, daß der Briefträger eingetroffen war. Dieser blieb vor der Treppe stehen und beaugapfelte das Hausmädchen.

»Na, du Hübsche!« sagte er.

Das wollte mir gar nicht gefallen, und ich ließ den Mut wieder sinken. Nun, da ich diesen Briefträger in seiner ganzen Pracht und Herrlichkeit sah, erkannte ich in ihm einen feschen jungen Mann, geschmeidig und ein wahrer Ausbund an Sex-Appeal. Kurzum, es handelte sich um einen jener Briefträger, die als Privatpersonen keinen Dorftanz auslassen und in Ausübung ihres Berufes jeden Tag als vertan betrachten, den sie nicht damit beginnen, der erstbesten Hausangestellten zehn Minuten lang beherzt den Hof zu machen. Eigentlich hatte ich ja auf ein Exemplar gehofft, das in Jahren sehr viel fortgeschrittener war und dem Typus »Frauenschwarm« nicht ganz so aufdringlich entsprach. Mit einem derartigen Burschen am Ruder würde die Zustellung der Morgenpost eine halbe Ewigkeit dauern. Und mit jedem Moment, der ins Land ging, wurde das Eintreffen von Madeline Bassett & Co. wahrscheinlicher.

Meine Befürchtungen waren alles andere als grundlos. Minute um Minute verstrich, und noch immer wich der flotte junge Briefträger nicht von der Stelle, sondern frotzelte weiter so geistreich vor sich hin, als wäre er ein unbeschwerter Lebemann, den sein Morgenspaziergang zufällig am Haus vorbeigeführt hatte. Ich fand es wirklich starken Tobak, daß ein Staatsdiener, dessen Gehalt ich mitfinanzierte, dem Gemeinwesen auf solch frivole Art die Zeit stahl, und am liebsten hätte ich gleich einen Leserbrief an die *Times* geschrieben, der diesen Mißstand in geharnischten Worten geißelte.

Schließlich erinnerte er sich doch seiner Obliegenheiten und überreichte ein Bündel Korrespondenz, um dann mit einem letzten Bonmot seiner Wege zu gehen. Das Hausmädchen verschwand im Haus und erschien kurz darauf im Eßzimmer, wo sie zunächst zwei, drei Postkarten las, und zwar so angeödet, als vermöge sie der Inhalt nicht recht zu fesseln, bevor sie endlich tat, was sie schon vor einer geschlagenen Viertelstunde hätte tun sollen, nämlich diese Postkarten zusammen mit den Briefen neben die verschiedenen Teller zu legen.

Nun wurde ich munterer. Allmählich schien die Sache doch in Fahrt zu kommen. Ich rechnete jedenfalls damit, daß das Hausmädchen nun abzischen würde, um ihren häuslichen Pflichten nachzugehen, wodurch ich freie Bahn hätte. Und so wie ein Schlachtroß, welches das Hornsignal hört, straffte ich abermals die Muskeln und setzte zum Sprung an, wobei ich nicht weiter auf die Katze achtete, welche mit einer Kameradschaftlichkeit zwischen meinen Beinen Slalom fuhr, die vermuten ließ, sie hätte mich nun endgültig als ein Geschenk des Himmels für Wimbledons Tierreich abgeheftet.

Man male sich meinen Kummer und seelischen Schmerz aus, als dieses unberechenbare Hausmädchen nun nicht etwa aus dem Zimmer tippelte, sondern durch die Verandatür ins Freie trat, einen Glimmstengel hervorzog, sich gegen die Hausmauer lehnte, heftig zu paffen begann und dabei verträumt den Himmel betrachtete, so als sinne sie Briefträgern nach.

Es gibt für mich kaum etwas Widerwärtigeres, als in letzter Sekunde durch eine unvorhergesehene Wendung schachmatt gesetzt zu werden, und man kann ohne Übertreibung sagen, daß ich vor ohnmächtiger Wut bebte. Meine Beziehung zu Hausmädchen ist in der Regel freundlich und von Sympathie geprägt. Begegne ich einem solchen Wesen, so strahle ich es an und sage »Guten Morgen«, und es strahlt zurück und sagt »Guten Morgen«, und alles ist Friede, Freude, Eierkuchen. Diesem Hausmädchen dagegen hätte ich liebend gern einen Ziegelstein über die Rübe gezogen.

Ich stand da und fluchte. Sie stand da und rauchte. Wie lange ich fluchte und sie rauchte, kann ich nicht sagen, doch ich fragte mich gerade, ob dieses entwürdigende Schauspiel ewig weitergehen würde, als sie hochschreckte, einen hastigen Blick über die Schulter warf, den Glimmstengel von sich warf und um die Hausecke sauste. Das Ganze erinnerte stark an eine beim Bade überraschte Nymphe.

Und wenig später offenbarte sich mir der Grund ihrer Besorgnis. Einen Moment lang hatte ich gedacht, daß die Stimme des Gewissens etwas in ihr Ohr geflüstert hatte, doch dem war nicht so. Jemand trat durch die Haustür ins Freie, und mein Herz vollführte einen Doppelsalto, handelte es sich doch um Madeline Bassett.

Und ich sagte mir schon: »Das ist das Ende«, denn es erschien mir unvermeidlich, daß sie in wenigen Sekunden im Eßzimmer stehen und die letzten Neuigkeiten aus Deverill Hall in sich aufsaugen würde, als meine *joie de vivre,* die gerade einen neuen Tiefststand erreicht hatte, vom Anblick einer sich nach links statt nach rechts wendenden Madeline neuen Auftrieb erhielt und ich erkannte, was mir in jenem ersten Schreckensmoment entgangen war: Sie trug einen Korb und eine Gartenschere. Dies aber legte den Schluß nahe, daß sie Blumen für ein Frühstückssträußchen pflücken wollte, und dieser Schluß erwies sich denn auch als korrekt. Sie entschwand, und ich fand mich abermals allein mit der Katze wieder.

Der Strom der menschlichen Geschäfte wechselt, wie Jeeves es einmal sehr elegant formuliert hat: Nimmt man die Flut wahr, führt sie zum Glück. Daß dies die wahrzunehmende Flut war, stand außer Frage. Der alles entscheidende Moment war zweifelsohne gekommen, und jeder sachverständige Beobachter, wäre ein solcher zugegen gewesen, hätte mich aufgefordert, keine Zeit zu verlieren und die Gunst der Stunde zu nutzen.

Doch die jüngsten Ereignisse hatten mich geschwächt. Da Madeline Bassett so dicht neben mir gestanden hatte, daß ich einen Kieselstein hätte in ihren Mund werfen können – rein theoretisch, versteht sich –, waren meine Sehnen erstarrt. Im Moment war ich am Boden zerstört und hätte nicht einmal mehr der Katze einen Tritt geben können, welche (vermutlich unter dem Eindruck, der stocksteife Bertram sei ein Baum) inzwischen ihre Krallen an meinem Bein schärfte.

Und ich konnte noch von Glück reden, daß ich das war (am Boden zerstört, meine ich, nicht ein Baum), denn genau in dem Augenblick, da ich durch die Verandatür des Eßzimmers gesegelt wäre, hätte ich denn die Kraft dazu aufgebracht, trat eine junge Frau aus dieser heraus, in den Armen einen weißen, wuscheligen Hund. Wie blöd wäre ich dagestanden, hätte ich die zum Glück führende Flut tatsächlich wahrgenommen, denn diese hätte mitnichten zum Glück oder zu etwas Glückähnlichem geführt. Ein übler Zusammenprall auf der Schwelle wäre die einzige Folge gewesen.

Es handelte sich um eine stramme, robuste Frau jenes Typus, der am Stück fünf Sätze Tennis spielt, ohne mit der Wimper zu zucken, und aus dem Umstand, daß ihre Miene trübsinnig war und sie sich lustlos bewegte, zog ich den Schluß, daß dies jene Schulfreundin von Madeline Bassett sein mußte, deren Liebesleben neulich in die Binsen gegangen war. Wirklich ein Jammer, und es tat mir ja auch leid, daß sie und ihr Märchenprinz nicht zu Potte gekommen waren, doch im Moment beschäftigte mich ihre Drangsal nur wenig, wurde meine ganze Aufmerksamkeit doch von der verstörenden Tatsache in Beschlag genommen, daß ich in der Tinte saß. Die dem Bummelantentum des lustigen jungen Briefträgers geschuldete Verzögerung hatte meinen Schlachtplan zu Makulatur werden lassen. Unmöglich konnte ich aus den Startblöcken schießen, solange stämmige Damen dumm vor der Ziellinie herumstanden.

Mir blieb bloß eine Hoffnung. Ihr Gebaren erinnerte an eine junge Frau, die sich anschickt, mit dem Hund eine Runde zu drehen, und möglicherweise entfernte sie sich ja samt ihrem Spezi so weit, daß ich mein Ding doch noch drehen konnte. Ich kalkulierte gerade meine diesbezüglichen Chancen, als sie den Hund auf den Boden setzte und ich mit unbeschreiblicher Gemütsbewegung zusehen mußte, wie er schnurstracks auf meinen Strauch zustrebte, über dessen Inhalt er sich schon im nächsten Moment die Kehle heiser bellen würde. Kein Hund nämlich, sei er weiß oder nicht weiß, sei er wuschelig oder nicht wuschelig, sieht über die Anwesenheit von Fremden in Sträuchern hinweg, indem er bloß die Augenbrauen hochzieht. Die Sache mochte, so empfand ich, nicht nur in Demaskierung sowie in Schimpf und Schande gipfeln, sondern auch in einem jähen Schnappen nach meinem Knöchel.

Lockerung erfuhr die angespannte Situation dank der Katze. Vielleicht hatte sie noch nicht gefrühstückt und wollte sich nun dazu anschicken, vielleicht legte sich aber auch allmählich der Reiz von Bertram Woosters Gesellschaft, jedenfalls wählte sie genau diesen Moment, um mich zu verlassen. Sie machte auf dem Absatz kehrt und trat mit aufgerichtetem Schwanz aus dem Strauch, worauf der ihrer ansichtig werdende weiße Wuschelhund eine Vierbeinerversion von Tante Charlottes »Wir jagen und sind froh«-Lied anschlug und ihr mit einem munteren »Hallo, hallo, hallo, hallo« nachhetzte. Lustig ging's alsgleich über Busch und Dorn, wobei Madeline Bassetts Schulfreundin den Schluß bildete.

Bei der Wende präsentierte sich folgende Formation:

1. Katze
2. Hund
3. Madeline Bassetts Schulfreundin

Die Spitzengruppe lag dicht beisammen, während mehrere Längen die Nummern 2 und 3 trennten.

Ich schritt sogleich zur Tat. Das einzige, was ein zufälliger Passant gesehen hätte, wäre denn einer zugegen gewesen, war ein verschwommener Fleck. Zehn Sekunden später stand ich leicht keuchend neben dem Frühstückstisch und hielt Gussies Brief in der Hand.

Im Nu hatte ich diesen eingesteckt. In einem weiteren Nu stand ich in der Verandatür und hegte die Absicht, postwendend die Flatter zu machen. Und ich wollte bereits in analoger Eile hinausschießen, als ich plötzlich die robuste junge Frau mit dem weißen Wuschelhund in den Armen zurückkommen sah und erkannte, was vorgefallen sein mußte: Diesen weißen Wuschelhunden gebricht es an Stehvermögen. Auf der

Kurzstrecke gar nicht mal so übel, erweisen sie sich im Geländelauf als Schuß in den Ofen. Diesem hier war die Hallo-hallo-Laune offenbar schon auf den ersten fünfzig Metern abhanden gekommen, und so war er während seiner allerersten Atempause prompt beim Wickel gefaßt worden.

In Stunden der Gefahr pflegen wir Woosters nicht lange zu fackeln. Der eine Ausgang war mir versperrt, und so beschloß ich blitzschnell, den anderen zu benutzen. Ich flitzte durch die Tür, flitzte durch den Korridor und erlangte nach unentwegtem Weiterflitzen den vorläufigen Schutz des gegenüberliegenden Zimmers.

16. Kapitel

Das Zimmer, in dem ich mich wiederfand, war hell und freundlich, in welcher Hinsicht es sich erheblich von Bertram Wooster unterschied. Dem Äußeren nach zu schließen, handelte es sich um die Bude oder das Kabäuschen eines sich für Spiel und Sport interessierenden weiblichen Wesens, und so vermutete ich darin das Hauptquartier von Madeline Bassetts robuster Schulfreundin. Über dem Kaminsims hing ein Ruder, über dem Buchregal ein Squashschläger und an den Wänden eine große Anzahl Fotografien, welche selbst mein flüchtiger Blick als Gruppenaufnahmen von allerlei Tennis- und Hockeyteams zu identifizieren vermochte.

Und ein flüchtiger Blick war alles, wofür ich im Moment Zeit fand, denn gleich beim Eintreten war mein Auge auf eine praktische Verandatür gefallen, und ich stürzte mich darauf wie ein durstiger Wandersmann, der zwei Minuten vor der Polizeistunde in eine Dorfschenke gehetzt kommt. Die Tür ging hinaus auf einen verwunschenen Garten neben dem Haus und bot eine vortreffliche Fluchtmöglichkeit für einen Menschen, dessen oberstes Lebensziel es war, sich von diesem

Herrensitz in Wimbledon zu entfernen und den elenden Schuppen nie mehr zu Gesicht zu bekommen.

Ich habe gerade gesagt, mir habe sich eine vortreffliche Fluchtmöglichkeit geboten, doch von einer solchen hätte man korrekterweise nur reden können, wenn unmittelbar vor der besagten Tür nicht ein gedrungener und sich faul auf seinen Spaten stützender Gärtner in Kordhose gestanden hätte, der eine rot-gelbe Mütze trug, dank welcher er zu der – wohl irrigen – Annahme verleitete, Mitglied des Marylebone Cricket Club zu sein. Das Hemd war braun, das Schuhwerk schwarz, das Gesicht kirschrot und der Backenbart grau.

Die Farbskala kann ich in solchem Nuancenreichtum auffächern, weil ich diesen Sohn der Scholle einer recht eingehenden Musterung unterzog. Und je eingehender ich ihn musterte, desto weniger konnte ich mit dem Burschen anfangen. Wie schon das qualmende Hausmädchen, so betrachtete ich nun auch den Gärtner des »Hauses zur Lärche« mit scheelem Blick und in der festen Überzeugung, daß man unter seinem ausladenden Hosenboden dringend anderthalb Pfund Dynamit zünden sollte.

Bald schon wandte ich mich von ihm ab, da ich seinen Anblick nicht länger ertragen konnte, und begann das Zimmer wie ein Raubtier im Käfig zu durchmessen. Von einem Raubtier im Käfig unterschied mich lediglich, daß ein solches kaum in ein Tischchen mit einem Silberbecher, einem in einer Vitrine liegenden Golfball und einer gerahmten Fotografie geprallt und besagtes Tischchen um ein Haar umgeworfen hätte, indes ich genau dies zuwege brachte. Nur dank der Fingerfertigkeit eines Taschenspielers konnte ich den Fotorahmen im freien Fall noch auffangen und so jenen Mordslärm abwenden, der gewiß jeden Bewohner des Hauses im Schweinsgalopp hätte herbeistürmen lassen. Und nachdem ich den Rahmen aufgefangen hatte, bemerkte ich, daß in diesem das exakte Abbild von Madeline Bassett steckte.

Es handelte sich um eines jener en face aufgenommenen Abbilder. Die Betreffende starrte einen aus weit aufgerissenen traurigen Augen an, und auf ihren flehenden, ja bebenden Lippen schien ein leiser Vorwurf zu liegen. Und als ich jene traurigen Augen betrachtete und die bebenden Lippen genauer unter die Lupe nahm, fiel in meiner Birne der buchstäbliche Groschen: Ich hatte eine Eingebung gehabt.

Das weitere Geschehen sollte erweisen, daß meine Idee – wie auch etwa 94 Prozent der auf Catsmeats Mist gewachsenen Ideen – eine von denen war, die zunächst sehr viel besser aussehen, als sie es dann sind. Jedenfalls glaubte ich felsenfest, alles käme ins Lot, wenn ich nur dieses Studioporträt einsacken könnte, um es Gussie vorzulegen, damit dieser es auf sich einwirken lasse und der Stimme seines Gewissens lausche. Tiefe Reue würde sich seiner bemächtigen, seinem besseren Ich würde der Kamm schwellen, und er würde in neuer Liebe entbrennen. Meines Wissens geschehen solche Dinge recht häufig. Einbrecher, deren Blick auf Fotografien ihrer Mütter fällt, schmeißen den Bettel sofort hin und beschließen, ein neues Leben anzufangen, und ebenso verhält es sich wohl mit Wegelagerern, Bauernfängern und jenen Zeitgenossen, die für ihren Hund keine Marke gelöst haben. Ich konnte keinen Grund erkennen, weshalb Gussies Reaktion weniger dramatisch ausfallen sollte.

Genau in diesem Augenblick vernahm ich das Geräusch eines durch die Eingangshalle rollenden Staubsaugers, und mir wurde bewußt, daß das Hausmädchen im Begriff stand, das Zimmer zu machen.

Wohl nie fühlt sich der Mensch stärker wie ein gehetztes Reh als dann, wenn er sich in einem Zimmer aufhält, in dem er sich nicht aufhalten sollte, und dabei Hausmädchen nahen hört, die das fragliche Zimmer gleich machen werden. Würde man behaupten, bei Bertram Wooster seien in diesem kritischen Moment alle Sicherungen durchgebrannt, läge man gar nicht so falsch. Ich machte einen Satz zum Fenster. Der Gärtner war noch immer da. Ich machte einen Satz zurück und hätte beinahe wieder das Tischchen umgeworfen. Schließlich machte ich geistesgegenwärtig einen Satz zur Seite. Mein Auge war nämlich auf ein unförmiges Sofa in der Zimmerecke gefallen, und eine bessere Dekkung hätte ich mir gar nicht wünschen können. So schnell flitzte ich dahinter, daß mir sogar noch zwei Sekunden Reserve blieben.

Es wäre wohl übertrieben zu sagen, daß ich wieder frei atmete, denn richtig wohl fühlte ich mich bei weitem noch nicht. Allerdings glaubte ich, in meiner kuscheligen Nische einigermaßen sicher zu sein. Wer auch nur ein bißchen herumgekommen ist in der Welt, wird wissen, daß kein Hausmädchen je hinter dem Sofa saubermacht. Hat es seinen Staubsauger erst einmal über den exponierten Teil des Teppichs gezogen, betrachtet es sein Tagewerk für erledigt und verkrümelt sich zu Tee und Marmeladenbrot.

Im vorliegenden Fall wurde nicht einmal dem exponierten Teil des Teppichs Pflege zuteil, denn kaum hatte das Mädchen seine Gerätschaft in Stellung gebracht, wurde es von höchster Stelle abberufen.

»Guten Morgen, Jane«, erklang eine Stimme, und da diese von einem schrillen Bellen begleitet wurde, welches nur aus der Kehle eines weißen Wuschelhundes kommen konnte, ordnete ich sie der robusten Schulfreundin zu. »Um das Zimmer können Sie sich später kümmern.«

»Jawohl, Miss«, antwortete das Hausmädchen, welches der Idee offenbar einiges abgewinnen konnte, und zitterte ab, um sich wohl in der Spülküche einen weiteren Glimmstengel zu Gemüte zu führen. Nun war Papiergeraschel zu hören, denn die robuste junge Frau, welche auf dem Sofa Platz genommen hatte, durchblätterte die Morgenzeitung. Schließlich hörte ich sie »Ach, grüß dich, Madeline« sagen, und so wußte ich nun auch, daß die Bassett zu uns gestoßen war.

»Guten Morgen, Hilda«, antwortete die Bassett in jenem schmalztriefenden Ton, der sie bei allen rechtschaffenen Männern so gründlich in Mißkredit gebracht hat. »Was für ein wunderwunderschöner Morgen.«

Die robuste junge Frau sagte, ihr sei schleierhaft, was an diesem Morgen so besonders sein solle, und fügte bei, sie persönlich finde jedweden Morgen zum Speien. Sie sprach in verdrießlichem Ton, und mir wurde klar, daß die Enttäuschungen der Liebe die Ärmste arg verbittert hatten. Ihr Kummer rührte mir ans Herz, und unter anderen Umständen hätte ich den Arm gern gehoben und ihr das Haupt getätschelt.

»Ich habe Blümlein gepflückt«, fuhr die Bassett fort. »Sanft lächelnde Blümlein, vom Morgentau lieblich benetzt. Wie *glücklich* diese Blümlein doch aussehen, Hilda.«

Die robuste junge Frau erwiderte, die Dinger hätten ja auch keinen Grund zur Klage, worauf eine Pause eintrat. Die robuste junge Frau verbreitete sich nun über die Leistungen des Surrey Cricket Club, erhielt jedoch keine Antwort, und kurz darauf wurde klar, daß Madeline Bassett mit den Gedanken weit fort gewesen war.

»Ich komme gerade aus dem Eßzimmer«, sagte sie, und das Zittern in ihrer Stimme war nicht zu überhören. »Gussie hat nicht geschrieben – ich mache mir ja solche Sorgen, Hilda. Wahrscheinlich nehme ich einen früheren Zug nach Deverill.«

»Tu, was du nicht lassen kannst.«

»Ich werde das schlimme Gefühl einfach nicht los, daß er schwer verletzt darniederliegt. Zwar behauptet er, er habe sich nur das Handgelenk verstaucht, aber stimmt das auch wirklich? Genau das frage ich mich die ganze Zeit. Mal angenommen, das Pferd hat ihn umgerannt und er ist unter seine Hufe geraten?«

»Das hätte er wohl erwähnt.«

»Eben nicht! Genau das meine ich ja. Gussie ist so selbstlos und rücksichtsvoll. Er denkt allein daran, wie er mir Kummer ersparen kann. Ach, Hilda, glaubst du, er hat sich das Rückgrat gebrochen?«

»So ein Stuß! Das Rückgrat gebrochen, daß ich nicht lache! Wenn kein Brief da ist, bedeutet das nur, daß ihm dieser andere Typ ... wie heißt er noch gleich ... Wooster ... nicht länger die Schreibkraft machen will, was ich ihm auch gar nicht verargen kann. Er ist doch in dich verknallt, oder?«

»Er hat mich sehr, sehr lieb. Was für eine Tragödie! Ich kann dir unmöglich schildern, Hilda, welch stummer, herzzerreißender Schmerz in seinem Blick liegt, wann immer wir uns begegnen.«

»Siehste! Wer in ein Mädchen verschossen ist, das sich sein Kumpel schon geschnappt hat, empfindet es als überaus lästig, an einem Schreibtisch zu sitzen und sich die Finger gemäß dem Diktat des anderen mit einer möglicherweise auch noch kratzenden Feder wundzuschreiben: ›Mein einziges Komma liebwertestes Schnuckilein Komma wie bete ich Dich an Komma wie innig verehre ich Dich Punkt Wie wünschte ich mir Komma meine Herzallerliebste Komma daß ich Dich an meinen Busen drücken und Dein zauberhaftes Antlitz mit heißen Küssen bedecken könnte Ausrufezeichen.‹ Erstaunt mich kein bißchen, daß Wooster hingeschmissen hat.«

»Wie herzlos du bist, Hilda!«

»Dazu habe ich auch guten Grund. Wie oft schon wollte ich mit allem Schluß machen. In der Schublade dort drüben liegt übrigens ein Schießeisen.«

»Hilda!«

»Na ja, wahrscheinlich lasse ich es bleiben. All die Umstände, die das verursacht. Hast du heute morgen die Zeitung gelesen? Dem Vernehmen nach soll im Cricket die Bein-vor-Wicket-Regel geändert werden. Schon komisch, wie anders man mit gebrochenem Herzen die Welt sieht. Ich kann mich an eine Zeit erinnern, da hätte mich eine Änderung der Bein-vor-Wicket-Regel ganz aus dem Häuschen gebracht. Nun ist mir das alles schnurzpiepegal. Sollen sie sie doch ändern, wenn's ihnen Spaß macht. Was ist eigentlich dieser Wooster für einer?«

»Ein ganzganz Lieber.«

»Ist ja auch gar nicht anders möglich, wenn er sich um Gussies Liebeskorrespondenz kümmert. Entweder das oder eine Nulpe im Quadrat. Ich an deiner Stelle würde Gussie über die Klinge springen lassen und Wooster an Bord holen. Da er ein Mann ist, wird er zwar wie alle Männer eine ganz miese Nummer sein, doch wenigstens hat er Zaster, und das ist schließlich das einzige, was zählt.«

Aus dem Ton, in welchem Madeline »Also, *Hilda,* ich muß schon bitten!« rief – die von Tadel erfüllte Stimme und Ähnliches, meine ich –, schloß ich mühelos, daß diese zynischen Worte sie mitten ins Mark getroffen, sie erschüttert und ihre erhabensten Gefühle verletzt hatten, und ich ging vollkommen d'accord mit ihr. Diese junge Frau war mir mitsamt ihrer Weltanschauung herzlich zuwider, und ich wünschte, daß sie sich solche losen Reden verkneife. Die Lage sah düster genug aus, ohne daß alte Schulfreundinnen Madeline Bassett dazu ansporten, Gussie über die Klinge springen zu lassen und mich an Bord zu holen.

Vermutlich hätte Madeline zu scharfem Tadel angesetzt, doch in diesem Moment stieß sie keine Rüge aus, sondern einen Schrei beziehungsweise einen wortlosen Ausruf, worauf die robuste junge Frau »Was ist denn los?« fragte.

»Mein Foto!«

»Was soll damit sein?«

»Wo ist es?«

»Auf dem Tischchen.«

»Eben nicht – es ist weg.«

»Dann hat Jane es bestimmt zerdeppert. Sie zerdeppert alles, was nicht gerade aus Eisenblech gefertigt ist, und ich wüßte nicht, warum sie bei deinem Foto eine Ausnahme machen sollte. Am besten, du gehst sie fragen.«

»Ja«, pflichtete Madeline bei, und ich hörte sie enteilen.

Es verstrichen ein paar Augenblicke, in denen meine Wenigkeit Fusseln inhalierte und die robuste junge Frau vermutlich ihre Zeitung nach weiteren Informationen über die Bein-vor-Wicket-Regel abgraste. Und dann hörte ich sie »Platz!« rufen, ein Befehl, der sich zweifellos an den weißen Wuschelhund richtete, denn kurz darauf ergänzte sie:

»Also gut, du blöder Kläffer, dann schwirr halt ab«, worauf ein ge-
dämpftes Geräusch zu hören war – kein entsetzlich dumpfes Geräusch,
sondern jene Art von Geräusch, das entsteht, wenn ein weißer Wu-
chelhund einen Satz von einem mittelhohen Sofa hinunter auf den
Teppich macht. Und kurz darauf war in meiner unmittelbaren Umgebung ein Schnüffeln zu vernehmen, und mit fortgesetzt hosenwärts rut-
schendem Herzen (ziemlich tief abgesackt war es zuvor schon) wurde
ich gewahr, daß der Vierbeiner die Wooster-Witterung aufgenommen
hatte und sich nun anschickte, diese an ihren Ursprung zu verfolgen.
Und genau so verhielt es sich. Als ich mich umschaute, mußte ich feststellen, daß sein Kopf höchstens zwei Handbreit von meinem entfernt
war und er sich ganz wie ein Hund gebärdete, der seinen Augen nicht
traut. Mit einem entsetzten »Huch!« wich er bis in die Zimmermitte
zurück und bellte los.

»Was hast du nur, du Knalltüte?« erkundigte sich die robuste junge
Frau, worauf eine Pause eintrat, zumindest auf Seiten der Frau. Der
weiße Wuschelhund strapazierte seine Stimmbänder weiter nach
Kräften.

Madeline Bassett kam wieder herein.

»Jane sagt ...«, hob sie an, bevor sie einen durchdringenden Schrei
ausstieß. »*Hilda!* Oh, Hilda, was tust du denn mit der Pistole?«

Die robuste junge Frau konnte Madeline, nicht aber mich beruhigen.

»Nur keine Panik. Ich werde mich schon nicht umnieten, obwohl die
Idee recht bestrickend ist. Hinter dem Sofa steckt ein Mann.«

»Hilda!«

»Ich habe mich schon die ganze Zeit gefragt, woher dieses merkwür-
dige Atemgeräusch kommt. Percy hat seine Fährte aufgenommen.
Brav, Percy, gut gemacht! Raus da jetzt, und zwar dalli, dalli!«

In der korrekten Annahme, daß sie mit dem letzten Satz mich meinte,
kroch ich hervor, worauf Madeline einen weiteren durchdringenden
Schrei ausstieß.

»Ein adretter, wenn auch leicht angestaubter Ganove« sagte die robuste junge Frau und musterte mich über den Lauf ihrer Miniaturkanone mit der sie in die Gegend meiner Weste zielte. »Gehört wohl zu diesen Gentleman-Verbrechern, über die man dieser Tage so viel liest. Schau her, er hat das Foto, nach dem du gesucht hast. Und außerdem wohl ein halbes Dutzend anderer Dinge. Als erstes sollten wir ihn wohl auffordern, seine Taschen umzustülpen.«

Der Gedanke an Gussies Brief in einer der besagten Taschen ließ mich taumeln und einen erstickten Schrei ausstoßen, und die robuste junge Frau meinte, falls ich vorhätte, einen Schlaganfall zu erleiden, habe sie keine grundsätzlichen Einwände, nur wäre sie mir sehr verbunden wenn ich mich hierfür durch die Verandatür ins Freie begeben könnte.

Zum Glück fand in diesem Moment Madeline Bassett die Sprache wieder Während der vorangegangenen Unterhaltung – so man von einer Unterhaltung sprechen kann, wenn eine Person das Wort ergriffen hat und keine Anstalten macht, sich davon wieder zu lösen – hatte sie, gegen die Wand gelehnt, bloß dagestanden, die eine Hand ans Herz gedrückt, und recht überzeugend eine Katze nachgeahmt, die sich gerade an einer Fischgräte verschluckte. Nun lieferte sie ihren ersten Gesprächsbeitrag ab.

»Bertie!« rief sie.

Die robuste junge Frau wirkte ratlos.

»Bertie?«

»Das ist Bertie Wooster.«

»Der Gesamtkorrespondent? Aber was hat denn der hier verloren? Und warum hat er dein Foto gemopst?«

Madelines Stimme senkte sich zu einem bebenden Wispern.

»Den Grund kann ich mir denken.«

»Dann hast du mehr Grütze als ich im Kopf. Vollkommen meschugge, anders kann man das Ganze nicht bezeichnen.«

»Würdest du uns bitte allein lasen, Hilda? Ich möchte mit Bertie reden – unter vier Augen.«

»Alles klar. Ich zische dann mal rüber ins Eßzimmer. So wie ich mich fühle, kriege ich zwar bestimmt keinen Bissen runter, aber ich kann ja wenigstens das Silberbesteck zählen.«

Die robuste junge Frau dampfte ab, begleitet von dem weißen Wuschelhund, so daß unserem Tête-à-tête nichts mehr im Wege stand, obschon ich darauf gut hätte verzichten können. Ich glaube fast, daß mir selbst ein Tête-à-tête mit Dame Daphne Winkworth lieber gewesen wäre, auch wenn sich schwer sagen läßt, was hier Regen und was Traufe gewesen wäre.

17. Kapitel

Die Eröffnung bildete einer jener langen, betretenen Momente des Schweigens, in denen man sich so unbehaglich fühlt, als hätte man sich für ein Laienspiel als »Bulstrode, ein Butler« einspannen lassen, nur um beim Betreten der Bühne festzustellen, daß man seinen Text komplett vergessen hat. Madeline stand da und starrte mich an, als wäre ich ein Fotograf, der gleich den Auslöser für ein Studioporträt in Sepiatönung drücken würde, und so erschien es mir nach einem geschlagenen Weilchen unabdingbar, daß einer von uns etwas sage. In solchen Momenten geht es schlicht darum, das Gespräch überhaupt in Gang zu bringen.

»Schönes Wetter heute«, sagte ich. »Ich habe mir gedacht, ich schaue mal rein.«

Sie weitete die Augen, blieb jedoch stumm, so daß ich fortfuhr.

»Ich dachte mir, du freust dich bestimmt, die neuesten Nachrichten über unseren Patienten zu erhalten, und deshalb bin ich gleich in den nächsten Milchzug gehüpft. Gussie befindet sich, wie ich mit Freude sagen darf, auf dem Weg der Besserung. Das Handgelenk ist zwar noch etwas steif, doch die Schwellung klingt ab, und Schmerzen hat er auch keine mehr. Er läßt dich herzlich grüßen.«

Sie blieb verschwiegen wie das hierfür berühmte Grab, und ich redete weiter. Ein paar Worte über mein jüngstes Treiben erschienen mir am Platze, schließlich kann man nicht gut hinter dem Mobiliar hervorspringen und so tun, als wäre nichts geschehen. Vielmehr hat man über seine Motive Rechenschaft abzulegen. Die weibliche Neugier will nun mal befriedigt werden.

»Wahrscheinlich fragst du dich«, hob ich an, »was ich hinter dem Sofa zu suchen hatte. Ich habe mich aus einer reinen Laune heraus dorthin gepflanzt. Du weißt schon, wie das manchmal ist mit diesen Launen. Vielleicht kommt es dir aber auch komisch vor, daß ich mit deinem Studioporträt durch die Gegend laufe. Ich will dir das gern erklären. Als ich es auf dem Tischchen dort erblickte, nahm ich es an mich, um es Gussie zu bringen. Ich dachte, daß er es sicher gern hätte und damit deine Abwesenheit besser durchstehen würde. Er vermißt dich ja so sehr, und mir fiel ein, daß es doch ganz nett wäre, wenn er es auf die Frisierkommode stellen und sein Auge gelegentlich daran weiden könnte. Bestimmt besitzt er schon etliche Porträts von dir, doch davon kann man ja nie genug haben.«

Gar nicht so schlecht, wollte mir scheinen, wenn man bedachte, daß ich die Sache unter Zeitdruck zusammenschustern mußte, und so hoffte ich denn auf das breite Lächeln und das herzliche »Aber ja, natürlich, was für eine entzückende Idee!« Statt dessen wackelte Madeline nur traurig und bedächtig mit dem Kopf, derweil sich eine Träne in ihr Auge stahl.

»Oh, Bertie!« sagte sie.

Ich habe mich von jeher schwergetan mit einer passenden Replik auf den Ausruf »Oh, Bertie!«. Meine Tante Agatha ruft dies andauernd, und noch jedesmal macht sie mich sprachlos damit. Und sprachlos war ich auch jetzt. Zwar unterschied sich das »Oh, Bertie!« der Bassett in vielerlei Hinsicht von Tante Agathas »Oh, Bertie!«, war es doch in schmachtendem statt schneidendem Ton gehalten, doch die Wirkung blieb die gleiche: Ich stand da wie der Ochs vorm Berg.

»Oh, Bertie!« sagte sie abermals. »Liest du etwa die Romane von Rosie M. Banks?«

Ich war etwas erstaunt über den Themenwechsel, gleichzeitig aber auch erleichtert. Ein Gespräch über Gegenwartsliteratur würde die Anspannung vielleicht lösen – gelahrtes Palaver hat ja oft diese Wirkung.

»In jüngerer Zeit leider nicht«, antwortete ich. »Sollen aber laut Bingo weggehen wie warme Semmeln.«

»Du hast nicht zufällig *Klubmensch Mervyn Keene* gelesen?«

»Zu dumm, den hab' ich verpaßt. Taugt er was?«

»Er ist wunderwunderschön.«

»Dann muß ich ihn unbedingt auf meine Bibliotheksliste setzen.«

»Bist du ganz sicher, daß du ihn nicht gelesen hast?«

»Ganz sicher. Aber ich will dir nichts vormachen: Um Mrs. Bingos Krempel habe ich stets einen großen Bogen gemacht. Warum?«

»Weil das ein ganz unglaubliches Zusammentreffen ist ... Soll ich dir jetzt die Geschichte von Mervyn Keene erzählen?«

»Sehr gern.«

Sie nahm sich etwas Zeit, um ein paarmal zu schlucken. Dann fuhr sie mit leiser, aber stark vibrierender Stimme fort.

»Er war jung, reich und gutaussehend, ein Offizier bei den Gardegrenadieren und das Idol aller Menschen, die ihn kannten. Jedermann beneidete ihn.«

»Nicht weiter erstaunlich, wenn einer so viel Schwein hat!«

»Dabei war er überhaupt nicht zu beneiden. Eine große Tragödie überschattete seine Existenz. Er liebte Cynthia Grey, die schönste junge Frau Londons, doch gerade als er ihr seine Liebe offenbaren wollte, kam ihm zu Ohren, daß sie mit dem Forschungsreisenden Sir Hector Mauleverer verlobt war.«

»Mit diesen Forschungsreisenden ist wahrlich nicht zu spaßen. Bei denen muß man aufpassen wie ein Schießhund. In Anbetracht der Umstände verkniff er sich wohl seine Liebeserklärung, oder? Sagte keinen Piep, wie?«

»Ja, er offenbarte seine Liebe tatsächlich nicht. Gleichwohl fuhr er fort, sie glühend zu verehren – gegen außen heiter und unbeschwert, im Herzen jedoch von stetem Schmerz zerfressen. Bis eines Abends ihr Bruder Lionel, ein jähzorniger junger Mann, der unseligerweise in schlechte Gesellschaft geraten war, vorbeikam und ihm gestand, er habe ein schlimmes Verbrechen begangen, weswegen man ihn wohl bald festnehmen werde. Er bat Mervyn darum, ihn zu retten, indem er die Schuld auf sich nehme. Und dazu erklärte Mervyn sich anstandslos bereit.«

»So ein Blödmann! Warum nur?«

»Cynthia zuliebe. Auf daß ihrem Bruder Haft und Schmach erspart blieben.«

»Aber dadurch wanderte er doch auf direktem Weg selbst ins Kittchen. Das war ihm wohl nicht klar, oder?«

»Doch, Mervyn war sich der Konsequenzen bewußt. Gleichwohl bekannte er sich zu dem Verbrechen und ging ins Gefängnis. Als er schließlich die Freiheit wiedererlangte, ergraut und gebrochen, erfuhr er, daß Cynthia Sir Hector geheiratet hatte, und so emigrierte er in die Südsee, wo er sich auf einer Insel als Strandgutsammler verdingte. Die Jahre zogen ins Land, doch eines Tages trafen Cynthia und ihr Gatte während einer Forschungsreise dort ein und schlugen ihr Lager im Haus des Generalgouverneurs auf. Und Mervyn sah Cynthia im Wagen vorbeifahren, und sie war so schön wie ehedem, und ihre Blicke begegneten sich, doch Cynthia erkannte ihn nicht wieder, denn er trug einen Bart, und sein Gesicht war gezeichnet, da er, um zu vergessen, oftmals zu tief ins Glas schaute.«

Mir fiel ein prima Witz ein, den ich einmal aufgeschnappt hatte: Zu tief kann man einzig in jene Gläser gucken, die man nicht rechtzeitig nachgefüllt hat. Allerdings erschien mir der Moment unpassend, diesen vom Stapel zu lassen.

»Er hörte, daß sie am nächsten Morgen abreisen würde, und da er keinerlei Andenken von ihr besaß, brach er nachts ins Haus des Generalgouverneurs ein und stahl von Cynthias Frisierkommode die Rose, welche sie in ihrem Haar getragen hatte. Und Cynthia überraschte ihn und war zutiefst erschüttert, als sie ihn erkannte.«

»Ach, diesmal erkannte sie ihn also? Dann hatte er sich wohl rasiert, wie?«

»Nein, er trug noch immer seinen Bart, doch sie wußte, wer er war, weil er ihren Namen sagte, und nun folgte eine ungemein bewegende Szene, in der er ihr offenbarte, wie sehr er sie stets geliebt habe und daß er gekommen sei, um ihre Rose zu stehlen, und sie erzählte ihm, daß ihr Bruder auf dem Totenbett gestanden habe, jenes Verbrechen begangen zu haben, für welches Mervyn im Zuchthaus geschmachtet hatte. Und dann trat Sir Hector ins Zimmer.«

»Prickelnde Szene – stark!«

»Und natürlich hielt er Mervyn für einen Einbrecher und erschoß ihn. Und Mervyn starb mit der Rose in der Hand. Selbstverständlich weckte der Schuß das ganze Haus auf, und der Generalgouverneur kam herbeigeeilt und fragte: ›Wurde etwas entwendet?‹ Und Cynthia antwortete in leisem, fast unhörbarem Ton: ›Nur eine Rose.‹ Und das ist die Geschichte des Klubmenschen Mervyn Keene.«

Es fiel mir schwer, darauf in angemessener Weise zu reagieren. Ich sagte: »Oh, ach!«, spürte aber sofort, daß dies nicht das Gelbe vom Ei war. Um ganz ehrlich zu sein, blieb mir die Spucke weg. Zwar hatte ich schon immer geahnt, daß Mrs. Bingo den fürchterlichsten Schund auf dem weiten Erdenrund verfaßte – Bingo pflegt eilends das Thema zu wechseln, sobald jemand die Produktion seines Frauchens anspricht –, doch niemals hätte ich ihr einen derart stinkenden Käse zugetraut.

Die Bassett brachte mich aber schnell wieder von diesem literaturkritischen Pfad ab. Sie hatte auf ihr weitäugiges Starren zurückgeschaltet, und die Träne im Auge glänzte auffälliger denn je.

»Oh, Bertie«, sagte sie im selben leisen, fast unhörbaren Ton wie Cynthia, »ich hätte dir mein Foto längst geben sollen. Es ist nur meine

Schuld. Aber ich dachte, daß dies zu schmerzhaft für dich wäre, eine allzu traurige Erinnerung an all das, was du verloren hast. Nun aber erkenne ich, daß ich mich getäuscht habe. Die Anspannung war zu groß für dich, und du mußtest das Foto einfach haben, koste es, was es wolle. Und so hast du dich wie Mervyn Keene ins Haus geschlichen und es dir geholt.«

»Was!?«

»Ja, Bertie. Zwischen uns beiden bedarf es keiner Verstellung. Und glaub bloß nicht, ich sei dir böse. Nein, ich bin gerührt, weit tiefer gerührt, als ich zu sagen vermöchte, und es tut mir so leid – so furchtbar leid. Wie traurig das Leben doch ist!«

In diesem Punkt herrschte Einigkeit.

»Das kannst du laut sagen«, stimmte ich bei.

»Du hast meine Freundin Hilda Gudgeon ja gesehen. Eine große Tragödie überschattet auch ihre Existenz. Ihr ganzes Glück ging zuschanden wegen eines häßlichen Zanks mit dem Manne, den sie liebt, einem gewissen Harold Anstruther. Es ist noch gar nicht lange her, da traten die beiden bei einem Tennisturnier im gemischten Doppel an, wo er sich ihren Aussagen zufolge – ich verstehe von Tennis ja nicht so viel – das Spiel ›komplett unter den Nagel riß‹. Damit meint sie wohl, daß er jedesmal, wenn der Ball in ihre Richtung flog und sie zum Schlag ausholte, herübergestürmt kam, um ihn selbst zu schlagen, was sie sehr in Rage brachte. Sie machte ihm Vorwürfe, auf die er äußerst patzig reagierte, indem er sagte, sie sei eine Niete und überlasse das Ganze besser ihm. Hilda löste die Verlobung gleich nach Beendigung der Partie. Und nun ist sie untröstlich.«

Besonders untröstlich wirkte sie auf mich ja nicht. Kaum nämlich hatte die Bassett diese Worte gesprochen, erklang von draußen knatternder Gesang, und ich identifizierte die Stimme als diejenige der robusten Schulfreundin. Sie gab den alten Schlager »Hoppla, jetzt komm ich!« zum besten und erinnerte hierbei an ein ausgelassenes Nebelhorn.

Kurz darauf kam sie ins Zimmer gehüpft, und noch nie habe ich auf einem Gesicht ein breiteres Strahlen gesehen. Wäre da nicht der weiße Wuschelhund in ihren Armen gewesen, hätte ich das trübsinnige Frauenzimmer von vorhin überhaupt nicht wiedererkannt.

»Hallo, Madeline«, rief sie laut. »Nun rate mal, was ich auf dem Frühstückstisch gefunden habe – einen katzbuckelnden Brief von meinem werten Freund! Er kapituliert bedingungslos und schreibt, er müsse von Sinnen gewesen sein, mich eine Niete zu nennen. Er werde sich das selbst nie verzeihen können, aber ob wenigstens ich ihm verzeihe? Die Frage kann ich beantworten. Übermorgen werde ich ihm verzeihen. Früher nicht – Ordnung muß sein!«

»Oh, Hilda! Wie mich das freut!«

»Mir paßt das auch ganz gut in den Kram. Der gute alte Harold! Ein König unter den Männern, auch wenn er natürlich hin und wieder in den Senkel gestellt und darüber in Kenntnis gesetzt werden muß, wo Barthel den Most holt. Aber ich darf jetzt nicht länger von Harold reden, denn eigentlich bin ich hier, um dir zu sagen, daß draußen ein Mann in einem Wagen wartet und dich zu sprechen wünscht.«

»Mich?«

»Ja, so sieht es aus. Sein Name ist Pirbright.«

Madeline drehte sich mir zu.

»Aber, Bertie, das ist bestimmt dein Freund Claude Pirbright. Was er nur hier will? Ich gehe jetzt besser nachschauen.« Sie sah sich nach der robusten jungen Frau um, und als sie feststellte, daß diese durch die Verandatür gegangen war – vermutlich, um dem Gärtner wegen irgendeiner Lappalie die Hammelbeine langzuziehen –, trat sie auf mich zu und drückte mir fest die Hand. »Du mußt tapfer sein, Bertie«, flüsterte sie mit belegter Stimme. »Eines Tages wird eine andere Frau in dein Leben treten und dich sehr, sehr glücklich machen. Wenn wir beide alt sind und grau, werden wir gemeinsam über dies alles lachen … lachen, jawohl, auch wenn unserem Frohsinn eine leise Träne beigemischt sein wird.«

Sie zischte ab, und ich blieb mit einem flauen Gefühl im Magen zurück. Die robuste junge Frau, die dem Gärtner, wie ich undeutlich hörte, gerade gesagt hatte, er dürfe ungeniert etwas energischer auf den Spaten treten, der gehe davon schon nicht kaputt, rauschte ganz im Geiste von »Hoppla, jetzt komm ich!« herein und gab mir einen kräftigen (und mich allzu vertraulich anmutenden) Klaps auf die Schulter.

»Na, Wooster, alter Knabe«, sagte sie.

»Na, Gudgeon, altes Haus« gab ich artig zurück.

»Ich kann mir einfach nicht helfen, Wooster, aber Ihr Name klingt so vertraut? Bestimmt hat Harold ihn mal in den Mund genommen. Kennen Sie Harold Anstruther?«

Ich hatte den Namen augenblicklich erkannt, kaum war er über Madeline Bassetts Lippen gekommen. Harold (»Beefy«) Anstruther war während meines letzten Jahres in Oxford mein Partner gewesen, als ich meine Alma Mater im Racketspiel vertreten hatte. Dies eröffnete ich der robusten jungen Frau, und sie gab mir einen neuerlichen Klaps auf die Schulter.

»Wußte ich es doch! Harold schwärmt in den höchsten Tönen von Ihnen, Wooster, alter Schwede, und ich will Ihnen was verraten. Ich habe sehr viel Einfluß bei Madeline, welchen ich gern für Sie verwenden will. Ich werde ihr wie eine Mutter zureden. Kommt doch überhaupt nicht in die Tüte, daß sie eine Pestbeule wie Gussie Fink-Nottle heiratet, wo auf ihrer Warteliste ein hochverdienter Schlägerschwinger wie Sie steht. Nur Mut, Wooster, mein Alter. Mut und Geduld. Und jetzt kommen Sie schon, das Frühstück wartet!«

»Sehr freundlich von Ihnen, aber lieber nicht«, sagte ich, obwohl ich der Stärkung dringend bedurft hätte. »Ich muß mich jetzt auf die Socken machen.«

»Tja, wer nicht will, hat gehabt. Ich aber will und werde darum das Frühstück meines Lebens verputzen. Solche Bärenkräfte habe ich nicht mehr verspürt, seit ich in Roedean im Tennis-Einzel gewonnen habe.«

Ich hatte mich auf einen weiteren Klaps auf die Schulter eingestellt, doch aufgrund eines jähen Meinungsumschwungs stupste sie mich in die Rippen und beraubte mich noch der letzten Luftreserven, die mir ihre grauenerregenden Worte gelassen hatten. Meine Knie waren ganz weich geworden beim Gedanken an die Folgen, die es haben mochte, wenn eine Frau von ihrem gebieterischen Wesen wie eine Mutter mit Madeline Bassett sprach. Mit bleischweren Füßen begab ich mich durch die Verandatür ins Freie und von dort zur Straße hinunter. Ich wollte Catsmeat unbedingt abfangen und über den Ausgang des Gesprächs ausfragen.

Doch selbstverständlich sauste er kurz darauf in einem solchen Affenzahn vorbei, daß ich ihn unmöglich auf mich aufmerksam machen konnte. Er entschwand am Horizont, als gehe es darum, in irgendeinem Autorennen den ersten Preis zu gewinnen.

In düsterer Stimmung und von bösen Ahnungen ganz geknickt, machte ich mich auf den Weg, um etwas zu frühstücken und den Zug zurück nach King's Deverill zu erwischen.

18. Kapitel

Die für den Eisenbahnbetrieb Zuständigen machen es dem Passagier wahrlich nicht leicht, von Wimbledon nach King's Deverill zu gelangen, da sie bestimmt der – vermutlich gut gemeinten – Ansicht sind, daß man die erwähnten Stätten, welche von Rabauken und bösen Geistern bewohnt werden, mit Vorteil meide. Schon bis Basingstoke muß man zweimal umsteigen, und daselbst noch ein drittes Mal auf eine Nebenstrecke, obschon man jenen letzten Streckenabschnitt eigentlich genauso schnell per pedes bewältigen könnte.

Als ich schließlich am Ziel anlangte und mit dem Gefühl ins Freie taumelte, das halbe Leben auf dem gepolsterten Zugsitz verbracht zu haben – wobei mich einzig erstaunte, daß ich nicht wie eine Jungfernrebe Ranken geschlagen hatte –, war die erste Person, die ich sah, mein Cousin Thomas. Er kaufte am Zeitungskiosk gerade allerlei Filmmagazine.

»Ach, grüß dich«, rief ich. »Dann bist du also angekommen, wie?«

Er betrachtete mich abschätzig und sagte »Manometer!«, ein Ausdruck, für den er eine allzu große Schwäche hat. Dieser Thos ist ein kaltblütiger und abgebrühter Junge, eine Art James Cagney im Westentaschenformat, abgeschmeckt mit einer Prise Edward G. Robinson. Er hat rotblondes Haar, einen spöttischen Zug um den Mund und ein dünkelhaftes Gebaren. Man sollte meinen, ein Mensch, der nicht nur eine Mutter wie meine Tante Agatha hat, sondern auch weiß, daß man ihm dies jederzeit nachweisen kann, schleiche mit Leichenbittermiene herum, doch dem ist nicht so. Vielmehr stolziert er durch die Welt, als gehöre sie ihm, und läßt im Gespräch mit einem Cousin jeden Respekt vermissen, ja er zeigt eine ausgeprägte Tendenz, persönlich zu werden. Und persönlich wurde er auch jetzt wieder, nämlich hinsichtlich meines Äußeren, welches zugegebenermaßen nicht gerade adrett war. Nächtliche Fahrten im Milchzug sind dem Glanz wenig förderlich, und man kann unmöglich mit Käfern in Sträuchern Umgang pflegen und sich gleichzeitig wie aus dem Ei gepellt präsentieren.

»Manometer!« sagte er. »Du schaust ja aus, als hätte dich die Katze über die Schwelle getragen.«

Der Leser wird verstehen, was ich meine: der falsche Ton. Da mir nicht nach langen Diskussionen zumute war, gab ich dem Knaben verdrossen eine Kopfnuß und schlenderte weiter. Als ich auf den Bahnhofsplatz hinaustrat, jodelte mir jemand zu, und ich sah Corky in ihrem Wagen sitzen.

»Grüß dich, Bertie«, sagte sie. »Woher kommst denn du so plötzlich, du Mond meiner Wonne?« Sie sah sich in mißtrauischer und verschwörerischer Manier um, als hätte sie in einem Spionagethriller »Verschlagenheit« zu mimen. »Hast du gesehen, was sich im Bahnhof herumtreibt?« flüsterte sie.

»Ja.«

»Jeeves hat ihn gemäß Vereinbarung gestern abend abgeliefert. Onkel Sidney reagierte zunächst einigermaßen bestürzt und machte schon Anstalten, einige der Dinge auszusprechen, die auszusprechen er sich abgewöhnen mußte, als er in den geistlichen Stand trat, doch inzwischen hat sich alles in Wohlgefallen aufgelöst. Er spielt gern Schach, und Thomas scheint der unangefochtene Großmeister seiner Schule zu sein, bis oben voll mit Gambits und Eröffnungen und ähnlichem Kokolores, weshalb die beiden glänzend miteinander können. Und ich liebe ihn. Was für ein aufgeweckter und einnehmender Junge!«

Ich kniff die Augen kurz zusammen.

»Du sprichst von meinem Cousin Thomas?«

»Er ist ja so *loyal*. Als ich ihm erzählte, dieser Halunke Dobbs habe meinen Sam Goldwyn verhaftet, kochte er fast über vor gerechtem Zorn. Er sagt, daß er ihm eins überbraten will.«

»*Was* will er?«

»In Kriminalromanen ist das gängige Praxis. Man bedient sich dazu eines kleinen, aber praktischen Totschlägers aus Gummi.«

»Aber er hat doch gar keinen kleinen, aber praktischen Totschläger aus Gummi!«

»O doch! Er hat ihn in Seven Dials gekauft, als er bei dir zu Gast war. Ursprünglich war er für einen gewissen Stinker in Bramley-on-Sea bestimmt, doch inzwischen ist er für Dobbs reserviert.«

»Du meine Güte!«

»So ein Hieb mit dem Totschläger kann Dobbs nur guttun. Vielleicht erweist sich dies sogar als Wendepunkt in seinem Leben. Ich habe den leisen Verdacht, daß uns ein Wechsel zum Besseren bevorsteht und bald eine Epoche weltumspannenden Glücks anbricht. Schau dir nur mal Catsmeat an: Beweisstück A! Hast du ihn gesehen?«

»Nur von weitem«, sagte ich abwesend, denn meine Gedanken kreisten noch immer um Thos und seine Pläne. Das letzte, was ein Mensch braucht, dessen Nervenkostüm sich in Auflösung befindet, sind Cousins ersten Grades, die Polizisten mit Totschlägern zu Leibe rücken.

»Was ist mit Catsmeat?«

»Ich habe ihn gerade getroffen, und er hat wie eine Nachtigall tiriliert. Gestern abend ist ihm ein Briefchen von Gertrude zugegangen, worin steht, daß sie mit ihm durchbrennen werde, sofern sie sich dem wachenden Auge ihrer Mutter entziehen könne. Sein Himmel hängt voller Geigen.«

»Schön, daß wenigstens ein Himmel das tut.«

Der düstere Ton, in dem ich sprach, ließ sie aufmerken, und ihre Augen weiteten sich, als sie sah, wie ramponiert meine Außenhülle war.

»Bertie, armes Kerlchen!« rief sie sichtlich aufgewühlt. »Was hast du bloß mit dir angestellt? Du sieht aus …«

»… als hätte mich die Katze über die Schwelle getragen?«

»Eigentlich wollte ich sagen: als hätte man dich aus Tutanchamuns Grab gebuddelt, aber dein Vorschlag ist auch nicht schlecht. Was ist nur geschehen?«

Mit schlaffer Hand fuhr ich mir über die Stirn.

»Corky«, sagte ich, »ich bin durch die Hölle gegangen.«

»Ach, und ich dachte, das sei der einzige Ort, durch den man nicht kommt, wenn man nach King's Deverill fährt. Und was treiben die Leutchen dort unten so?«

»Ich muß dir eine furchtbare Geschichte erzählen.«

»Hat dir jemand eins übergebraten?«

»Ich komme gerade aus Wimbledon.«

»Aus Wimbledon? Aber um Wimbledon hat sich doch Catsmeat gekümmert. Er hat mir alles erzählt.«

»Er hat dir mitnichten alles erzählt, denn justament *alles* ist das, was er gar nicht wissen kann. Falls du bloß Catsmeats Anekdoten gelauscht hast, bist du mit der wahren Sachlage auch nicht ansatzweise vertraut. Er hat Wimbledon nur ganz oberflächlich gestreift, derweil ich … Wünschst du die grauenhaften Details zu erfahren?«

Sie sagte, nichts wäre ihr lieber, und so setzte ich sie davon in Kenntnis, und ausnahmsweise lauschte sie von Anfang bis Ende mit gespitzten Ohren – eine erfreuliche Abweichung von ihrem üblichen Taube-Otter-Gehabe. Ich fand in ihr eine aufmerksame Zuhörerin. Sie zeigte sich tief beeindruckt, als ich von Gussies Brief erzählte, und versäumte auch nicht, japsend Luft zu holen, als ich auf die Gudgeon und die brenzlige Affäre mit dem Studioporträt zu sprechen kam. Auch die mit dem weißen Wuschelhund zusammenhängenden Informationen zeigten Wirkung.

»Menschenskind!« rief sie, als ich zum Ende kam. »Du lebst doch noch, Bertie, nicht wahr?«

Ich bestätigte, daß ich noch lebte, ließ aber durchblicken, daß ich es wenig lohnend fände, unter den herrschenden Umständen damit fortzufahren. Vielmehr, so sagte ich, sei mir danach, mit einem »Tod, wo ist dein Stachel?« auf der Zunge den Löffel abzugeben.

»Bestenfalls läßt sich behaupten«, schloß ich, »daß ich mir einen gewissen Aufschub verschafft habe. Und auch das nur, falls Catsmeat die Bassett von ihrem schrecklichen Ansinnen hat abbringen können. Wer weiß, vielleicht kommt sie ja schon mit dem nächsten Zug.«

»Nein, nein, er hat sie abgewimmelt.«

»Hast du das aus sicherer Quelle?«

»Ja, direkt von seinen Lippen.«

Ich holte tief Luft. Dies gab dem Wolkenmeer ein bedeutend freundlicheres Aussehen, ja das Wort »Halleluja!« erschien mir am Platz, was ich denn auch erwähnte.

Besorgt sah ich, daß sie mit einer gewissen Skepsis reagierte.

»Ja, wahrscheinlich ist das Wort ›Halleluja!‹ am Platz … in gewisser Weise zumindest. Ich will sagen, du brauchst keine Angst mehr zu haben, daß sie hierher kommen könnte. Sie kommt nicht hierher. Doch in Anbetracht deiner Ausführungen über den Klubmenschen Mervyn Keene und das Studioporträt ist es schade, daß Catsmeat keinen anderen Weg gefunden hat, sie abzuwimmeln. Doch, doch, schade finde ich das schon.«

Mein Herz stand still. Ich stützte mich gegen die Windschutzscheibe und sagte: »W-w-w-w-WAS?«

»Eines müssen wir uns vor Augen halten und uns immer wieder ins Gedächtnis rufen: Er hat es nur gut gemeint.«

Mein Herz stand stiller. Auf Spaziergängen durch London sieht man manch gekrümmte, abgehärmte Gestalt, die den Eindruck erweckt, vor kurzem durch ein mächtiges Räderwerk gedreht worden zu sein. Und dabei ist der Betreffende bloß an einen Catsmeat geraten, der es nur gut gemeint hat.

»Er hat Miss Bassett folgendes berichtet: Du hättest die Nachricht, daß sie nach Deverill Hall kommen werde, mit Erregung und Sorge aufgenommen, und er habe dir schließlich den Grund deiner Gefühlswallung entlockt. Da du so hoffnungslos in sie verliebt seist, hätte dich die Aussicht entsetzt, sie Tag für Tag in Gussies Nähe zu sehen.«

Mein Herz stand nun nicht länger still, sondern tat einen mächtigen Satz, ja es versuchte zwischen den Schneidezähnen hindurch zu entweichen.

»*Das* hat er Madeline Bassett erzählt?« fragte ich mit bebender Stimme und wurde von Kopf bis Fuß durchgeschüttelt.

»Ja, und er flehte sie an, nicht zu kommen und dir diese Qualen zu ersparen. Er ist offenbar zu ganz großer Form aufgelaufen, und ihn reut nur, daß ihm kein einziger Regisseur dabei zusehen konnte. Auch ich glaube übrigens, daß er brilliert hat, denn Miss Bassett soll Rotz und Wasser geheult und gesagt haben, sie verstehe durchaus und werde selbstverständlich ihren Besuch absagen, wobei sie mit leiser Stimme eine Bemerkung über den ach so vergeblichen Griff nach den Sternen und über die ach so große Traurigkeit des Lebens hinzufügte. Was hast du gesagt?«

Ich erklärte, ich hätte nicht gesprochen, sondern lediglich gequält aufgestöhnt, und sie konzedierte, daß ein gequältes Aufstöhnen dem Ernst der Lage durchaus entspreche.

»Aber selbstverständlich war es für den armen Engel kein Leichtes, sie vom Besuch abzubringen«, machte sie geltend. »Und entscheidend war nun mal, sie davon abzubringen – mit welchen Mitteln auch immer.«

»Stimmt.«

»Deshalb würde ich an deiner Stelle versuchen, dem Ganzen etwas Positives abzugewinnen. Besinn dich auf das, was dir beschert worden ist, wenn du weißt, was ich meine.«

Bei Bertram Wooster stößt ein solcher Appell selten auf taube Ohren. Die Schreckstarre, die sich bei ihren Worten über mich gelegt hatte, fiel zwar nicht ganz von mir ab, verlor aber doch an Intensität. Ich begriff, worauf sie hinauswollte.

»Da ist was dran«, stimmte ich ihr bei, getreu meiner Maxime, über vergangene Schmach hinwegzusehen und stets nach Höherem zu streben. »Entscheidend war, wie du zu Recht festhältst, die Bassett davon abzubringen, hier hereinzuschneien, und da dieses Ziel erreicht ist, wäre es kleinlich, an der Methode herumzukritteln, zumal sie schon vorher von meiner unbedingten Hingabe überzeugt war. Catsmeat hat mich also nicht sehr viel tiefer in die Bredouille gestoßen, als ich es ohnehin schon war.«

»So ist's recht! So liebe ich meinen kleinen Bertie!«

»Wir haben uns einen Aufschub verschafft, und alles hängt davon ab, wie schnell du Gussie auf Eis legen kannst. Sobald dies geschehen ist, sehen wir klarer. Steht er nicht mehr unter deinem fatalen Bann, wird er automatisch zu seiner alten Liebe zurückkehren, denn so klug wird er ja wohl noch sein, sich einem Menschen zuzuwenden, der ihn wirklich schätzt. Wann willst du ihm denn nun Kühlung verschaffen?«

»Demnächst.«

»Und warum nicht gleich?«

»Das kann ich dir gern verraten, Bertie. Es gibt einen kleinen Gefallen, den er mir tun soll.«

»Was für einen Gefallen denn?«

»Na endlich, da kommt Thomas! Offenbar hat er sämtliche Fanheftchen gekauft, die der Kiosk führt – seine Lektüre für das Dorfkonzert, falls er Köpfchen hat. Dir ist doch klar, daß das Konzert heute abend statt-findet? Nicht vergessen, kapiert? Und wenn du Jeeves siehst, dann frag ihn, wie es mit Esmonds Claque steht. Los, Thomas, hüpf schon rein!«

Thos hüpfte rein und warf mir abermals einen seiner dünkelhaften Blik-ke zu. Und kaum war er drin, lehnte er sich wieder hinaus und drückte mir mit den Worten »Da, mein Ärmster« einen Penny in die Hand und ermahnte mich, diesen nur ja nicht zu vertrinken. In jedem anderen Moment hätten solch derbe Zoten das wilde Tier wachgerüttelt, das in Bertram Wooster schlummert, und dem kleinen Giftmischer eine weite-re Kopfnuß eingetragen, doch ich hatte keine Zeit, mich mit Cousins abzugeben. Statt dessen fixierte ich Corky mit brennendem Auge.

»Was für einen Gefallen?« wiederholte ich.

»Ach, das würde dich nicht interessieren«, antwortete sie. »Ein ganz belangloser kleiner Gefallen.«

Und sie brauste davon und ließ mich in namenloser Furcht zurück.

Ich tippelte die Straße entlang, die nach Deverill Hall führte, und stellte träge Spekulationen darüber an, was Corky wohl mit der Wen-dung »belangloser kleiner Gefallen« hatte ausdrücken wollen, als hin-ter einer Straßenbiegung eine große, jackenumhüllte Gestalt auf-tauchte, die ich sogleich als Esmond Haddock identifizierte.

19. Kapitel

Aufgrund des Umstands, daß Dame Daphne (»Safety First«) Wink-worth den Befehl ausgegeben hatte, nach dem Abendessen keinen Portwein mehr auszuschenken – was die männlichen und weiblichen Bandenmitglieder am Ende des Dinners jeweils geschlossen vom Tisch gehen ließ –, war mir seit dem Abend meiner Ankunft kein Tête-à-tête mit Esmond Haddock mehr vergönnt gewesen. Selbstverständlich war er mir immer wieder im Haus begegnet, jedoch stets in Begleitung eines Tantengeschwaders oder seiner Cousine Gertrude, und stets hatte er dabei an Lord Byron erinnert. (Meine Nachfrage bei Jeeves hat die Korrektheit des erwähnten Namens nun tatsächlich bestätigt. Offensichtlich war Byron selig eine recht trübe Nummer, die das Leben ziemlich schwer nahm.)

Unsere Wege kreuzten sich, seiner von Nordnordost her, meiner von Südsüdwest, und er begrüßte mich mit einem mürrischen Zucken seiner Backenmuskulatur, als hätte er zu einem Lächeln angesetzt, es sich dann aber anders überlegt und mit einem »Hol's der Geier!« darauf verzichtet.

»Grüß dich«, sagte er.

»Grüß dich«, sagte ich.

»Schönes Wetter heute«, sagte er.

»Ja«, sagte ich. »Machst du einen Spaziergang?«

»Ja«, sagte er. »Du auch?«

Die Vorsicht ließ mich zu einem Täuschungsmanöver greifen.

»Ja«, sagte ich. »Ich mache einen Spaziergang. Gerade bin ich Miss Pirbright begegnet.«

Als er den Namen hörte, fuhr er zusammen, so als zwickte ihn eine alte Wunde.

»Ach?« sagte er. »Miss Pirbright, soso?«

Er schluckte mehrmals. Ich sah, daß ihm eine Frage auf der Zunge brannte, doch augenscheinlich erfüllte sie ihn mit Ekel, denn kaum hatte er das Wort »war« ausgesprochen, setzte die Schlucktätigkeit abermals ein. Ich wollte zwecks Aufrechterhaltung der Konversation bereits die politische Lage auf dem Balkan erörtern, als er mit der Sprache endlich herausrückte.

»War Wooster bei ihr?«

»Nein, sie war allein.«

»Bist du sicher?«

»Ganz sicher.«

»Vielleicht hat er ja im Hintergrund gelauert – hinter einem Baum oder so.«

»Die Begegnung fand auf dem Bahnhofsplatz statt.«

»Und er hielt sich auch nicht in einem Toreingang versteckt?«

»O nein.«

»Seltsam. Seit Tagen läßt sie sich kaum je ohne Wooster blicken«, sagte er und knirschte mit den Zähnen.

Ich bemühte mich, seine Qualen zu lindern, denn ich erkannte, daß diese nicht von Pappe waren. Auch ihm schien Gussies loses Treiben nicht entgangen zu sein, und es ließ sich nicht übersehen, daß ihm jenes Gefühl, welches bei Shakespeare unter dem Fachterminus »grüngeaugtes Scheusal« firmiert, die Petersilie gehörig verhagelte.

»Sie sind alte Freunde«, sagte ich.

»Tatsächlich?«

»Oh, durchaus. Wir … äh, ich meine sie kennen sich seit Kindestagen. Sie sind miteinander in die Tanzstunde gegangen.«

Kaum hatte ich den letzten Satz ausgesprochen, packte mich Reue, denn er reagierte darauf etwa so, als hätte ihm eine verborgene Hand kräftig in die Flanke gekniffen. Zwar konnte man nicht gut behaupten, seine Miene hätte sich verfinstert, denn reichlich finster war sie von Beginn weg gewesen, doch krümmte er sich sichtlich, als wäre er der sich über die Rezension seines letzten schmalen Gedichtbandes beugende Lord Byron, welcher dabei feststellen muß, daß es sich um einen Verriß handelt. Mich überraschte dies keineswegs. Ein Verliebter, den die Anwesenheit eines Nebenbuhlers mit Sorge erfüllt, malt sich nur ungern aus, wie das angebetete Objekt mit dem Rivalen in Tanzstunden Pirouetten dreht und in der Elf-Uhr-Pause sogar Milch und Kekse mit ihm teilt.

»Aha!« sagte er und stieß dabei einen pfeifenden Seufzer aus, der an die letzten Züge eines leeren Sodasiphons erinnerte. »Miteinander in der Tanzstunde, soso?«

Er versank in Grübeleien. Als er schließlich weitersprach, klang seine Stimme heiser und knurrend.

»Erzähl mir mehr von diesem Wooster, Gussie. Er ist doch ein Freund von dir, oder?«

»O ja.«

»Kennst du ihn schon lange?«

»Wir sind zusammen zur Schule gegangen.«

»War bestimmt ein gräßlicher Galgenstrick – geächtet von allen?«

»O nein.«

»Ach, dann ist er also erst als Erwachsener auf Abwege geraten? Offenbar hat er dabei ziemlich aufs Tempo gedrückt, denn von allen falschen Schlangen, die kennenzulernen ich je das Pech hatte, ist er die allerschleimigste.«

»Würdest du ihn als falsche Schlange bezeichnen?«

»Spar dir den Konjunktiv: Ich *habe* ihn als falsche Schlange bezeichnet, und ich werde dies auch fürderhin tun. Diese miese Klette mit ihrer elenden Fischvisage!«

»Er ist schon recht.«

»Das mag deine Meinung sein – meine ist es nicht. Und bestimmt auch nicht die der meisten ehrenhaften Menschen. Die Hölle wimmelt von Männern wie diesem Wooster. Was zum Teufel sieht sie bloß in ihm?«

»Ich habe keine Ahnung.«

»Da bist du nicht der einzige. Ich habe diesen Kerl gewissenhaft und frei von Vorurteilen geprüft. Ihm geht meines Erachtens jeder Reiz ab. Hast du schon mal einen flachen Stein umgedreht?«

»Gelegentlich.«

»Und was kam darunter hervorgekrochen? Ein Haufen scheußlicher Viecher, die seine Brüder sein könnten. Ich sag' dir eins, Gussie, würdest du ein Stückchen Gorgonzola auf das Plättchen eines Mikroskops legen und mich bitten, es in Augenschein zu nehmen, würde ich, kaum hätte ich darauf fokussiert, den Ruf ausstoßen: ›Schau her, Wooster!‹«

Er brütete ein Weilchen im Byron-Stil vor sich hin.

»Ich weiß schon, welches Scheinargument du nun anbringen willst, Gussie«, fuhr er fort. »Du willst sagen, es sei nicht Woosters Schuld, daß er wie eine leicht vergrößerte Käsemilbe aussehe. Das hat was, und man will ja auch niemandem unrecht tun. Doch nicht allein das abstoßende Äußere dieses Mannes deprimiert den rechtschaffenen Bürger in solchem Maße. Er ist eine Gefahr für die Gesellschaft.«

»Jetzt mach mal 'nen Punkt!«

»Was heißt denn hier ›Jetzt mach mal 'nen Punkt!‹? Du hast doch gehört, was meine Tante Daphne uns am Abend deiner Ankunft bei Tische erzählt hat. Darüber, daß dieser vermaledeite Wooster in einer Tour Polizeihelme stehle.«

»Nicht in einer Tour, sondern nur bei besonderem Anlaß, nämlich am Abend der großen Ruderregatta.«

Er runzelte die Stirn.

»Mir will nicht gefallen, wie du dich für diesen Kerl stark machst, Gussie. Wahrscheinlich kommst du dir auch noch furchtbar tolerant dabei vor. Paß bloß auf, daß diese falsch verstandene Toleranz nicht einreißt, sonst wird daraus moralische Blindheit. Die Fakten liegen auf dem Tisch. Wann immer dieser Wooster einen Moment der Muße hat, drangsaliert er in London arme Polizisten, wird tätlich gegen sie, hindert sie an der Ausübung ihrer Pflichten und macht ihnen das Leben schwer. Genau so einer ist Wooster.«

Er hielt inne und versank einen Moment lang in Gedanken. Dann aber huschte über sein Gesicht ein weiteres jähes Zucken, das ihm dieser Tage offenbar als vollwertiger Ersatz für ein Lächeln diente.

»Ich verrate dir jetzt etwas, Gussie. Hoffentlich versucht er, auch hier etwas auszufressen. Wir stehen Gewehr bei Fuß.«

»Wie bitte?«

»Wir stehen Gewehr bei Fuß und passen ihm ab. Du kennst Dobbs?«

»Den Polypen?«

»Unseren Polizeiwachtmeister, ja. Ein prächtiger Bursche, der unermüdlich seines Amtes waltet.«

»Persönlich bin ich ihm noch nie begegnet. Ich habe gehört, seine Verlobung sei geplatzt.«

»Um so besser – das wird in seinem Herzen noch die letzten Spuren von Mitleid und Milde tilgen. Ich habe Dobbs alles über Wooster erzählt und ihn ermahnt, auf der Hut zu sein. Und weiß Gott, auf der Hut ist er! Er zerrt förmlich an der Leine. Kommt dieser Wooster auch nur mit dem kleinen Finger in die Nähe von Dobbs' Helm, dann hat er ausgespielt. Auch wenn du mir dies bestimmt nicht ansiehst, Gussie, bekleide ich in diesem Landkreis das Amt des Friedensrichters, in welcher Funktion ich die kriminellen Elemente hart anzufassen pflege, falls sie nicht spuren. Ich hege ganz ernsthaft die Hoffnung, daß Woosters verbrecherische Ader zum Durchbruch kommt, denn dann wird sich Dobbs wie ein Leopard auf diesen Spitzbuben stürzen und ihn vor meinen Richterstuhl schleifen. Worauf ich ihn zu dreißig Tagen Haft verbrumme, und zwar ohne Rücksicht auf Alter oder Geschlecht und auch ohne Zulassung einer ersatzweisen Geldbuße.«

Das wollte mir nicht gefallen.

»So etwas würdest du doch nicht tun, Esmond?«

»O doch, ich freue mich schon darauf. Sobald Wooster auch nur einen Millimeter vom Pfad der Tugend abkommt – einen einzigen Millimeter nur –, verschwindet er für dreißig Tage in der Versenkung. So, und nun muß ich weiter, Gussie. Die Bewegung tut mir gut.«

Er strebte mit mindestens acht Stundenkilometern dem Horizont zu, während ich verdattert stehenblieb. Das Gefühl drohenden Unheils war stärker denn je. »Oh wäre doch Jeeves hier!« sagte ich mir.

Und im nächsten Moment stellte ich fest, daß dem so war. Bereits zuvor hatte ich die Präsenz eines Objekts im Hintergrund zu spüren geglaubt, das »Guten Morgen, Sir« gesagt hatte, und als ich mich nun nach der Geräuschquelle umsah, erblickte ich neben mir Jeeves, der braungebrannt und kerngesund aussah, so als habe ihm der Aufenthalt in Bramley-on-Sea gutgetan.

20. Kapitel

»Guten Morgen, Sir«, sagte er. »Ob ich mir eine Bemerkung erlauben dürfte?«

»Aber gewiß, Jeeves, nur zu. Erlauben Sie sich meinetwegen mehrere.«

»Die Sache betrifft Ihre äußere Erscheinung, Sir. Wenn ich mir den Vorschlag gestatten darf …«

»Na los, raus mit der Sprache. Ich schaue aus, als hätte mich die Katze aus Tutanchamuns Grab gebuddelt, wie?«

»So weit würde ich nicht gehen, Sir, aber der Formulierung ›wie aus dem Schächtelchen‹ haben Sie zweifellos schon mal stärker entsprochen.«

Zuerst wollte ich eine clevere Replik des Gehalts zusammenbasteln, daß die Wendung »wie hinter dem staubigen Sofa hervor« meinem Fall angemessener wäre, doch fühlte ich mich zu matt, die Sache sauber auszuformulieren.

»Wenn Sie erlauben, Sir, nehme ich mich jetzt Ihres Anzugs an.«

»Vielen Dank, Jeeves.«

»Ich werde ihn mit einem Schwamm reinigen und anschließend aufbügeln.«

»Vielen Dank, Jeeves.«

»Nichts zu danken, Sir. Ein herrlicher Morgen, nicht wahr, Sir?«

»Vielen Dank, Jeeves.«

Er zog eine Augenbraue hoch.

»Sie wirken geistesabwesend, Sir.«

»Ich *bin* geistesabwesend – geistesabwesender geht's nicht. Und mein Geist hat ja auch tausend Gründe, sich zu absentieren.«

»Aber, Sir, es läuft doch alles bestens. Ich habe Master Thomas ins Pfarrhaus gebracht. Und laut meinem Onkel Charlie hat ihre Ladyschaft – ich spreche von Ihrer Tante – den Besuch in Deverill Hall vertagt.«

»Das schon, nur handelt es sich hierbei um reine Randprobleme. Ich gebe gern zu, daß diese auf ihre bescheidene Art Silberstreife darstellen, doch betrachten Sie die schwarzen Wolken, die andernorts aufziehen. Zunächst einmal geht dieser Mann wieder um.«

»Sir?«

Ich riß mich am Riemen, denn mir war klargeworden, daß ich mich nebulös ausgedrückt hatte.

»Tut mir leid, Jeeves, ich habe in Rätseln gesprochen«, entschuldigte ich mich. »Ich wollte bloß sagen, daß sich Gussie erneut zu einer Gefahr erster Güte gemausert hat.«

»Tatsächlich, Sir? In welcher Weise denn?«

»Das will ich Ihnen gern verraten. Was stand am Anfang dieses ganzen Kuddelmuddels?«

»Der Umstand, Sir, daß Mr. Fink-Nottle zu einer Haftstrafe verurteilt wurde.«

»Haargenau. Und höchstwahrscheinlich wird er nun gleich noch einmal zu einer Haftstrafe verurteilt.«

»Tatsächlich, Sir?«

»Bitte schenken Sie sich Ihr ›Tatsächlich, Sir?‹. Jawohl, der Schatten der Strafanstalt droht sich erneut auf Augustus Fink-Nottle zu legen. Der Justizapparat läßt schon die Muskeln spielen und kann jeden Moment zuschlagen. Ein falscher Schritt nur – und Gussie wird in der ersten Minute Dutzende davon machen –, und schon wandert er für dreißig Tage ins Kittchen. Und was dann passiert, wissen wir wohl, oder?«

»Das tun wir tatsächlich, Sir.«

»Meinetwegen dürfen Sie ruhig ›Tatsächlich, Sir‹ sagen, solange Sie diese Worte wie hier anwenden. Jawohl, wir wissen, was passieren wird, und das Blut gefriert einem in den Adern, nicht wahr?«

»Ohne jeden Zweifel, Sir.«

Ich zwang mich zu einer Art Ruhe. Bloß eine gespannte Ruhe, doch eine gespannte Ruhe ist immer noch besser als gar keine Ruhe.

»Vielleicht befinde ich mich ja auf dem Holzweg mit meiner Vermutung, daß der alte Knastbruder erneut auf Abwege geraten wird, Jeeves, aber eigentlich glaube ich das nicht. Hier sind die Fakten: Gerade eben bin ich Miss Pirbright auf dem Bahnhofsplatz begegnet. Selbstverständlich entspann sich eine Konversation, und nach einem Weilchen kamen wir auf Gussie zu sprechen. Und wir hatten noch gar nicht lange über ihn geplaudert, da ließ sie eine Bemerkung fallen, die mich mit namenloser Furcht erfüllte. Sie sprach von einem kleinen Gefallen, um den sie ihn bitten wolle. Und als ich fragte: ›Was für einen Gefallen?‹, da antwortete sie: ›Ach, ein ganz belangloser kleiner Gefallen.‹ Und ihr Gebaren erschien mir ausweichend. Oder sollte ich besser unaufrichtig sagen?«

»Welches Wort Sie immer vorziehen, Sir.«

»Es handelte sich um das Gebaren einer jungen Frau, die ein schlechtes Gewissen hat, weil sie mit irgendeiner Schandtat schwanger geht. ›Hört, hört!‹, sagte ich mir. ›Hallo, hallo, hallo, hallo!‹«

»Wenn ich Sie kurz unterbrechen dürfte, Sir. Es ist mir ein Vergnügen, Ihnen mitzuteilen, daß meinen Bemühungen, Mr. Esmond Haddock eine Claque für das Konzert zu besorgen, Erfolg beschieden war. Hinten in der Dorfhalle werden seine Anhänger und Sympathisanten dicht an dicht stehen.«

Ich legte die Stirn in Falten.

»Das sind ja ausgezeichnete Neuigkeiten, Jeeves, aber ich sehe beim besten Willen nicht, was sie mit dem hier zur Debatte stehenden Thema zu tun haben.«

»Nein, Sir, Verzeihung. Es fiel mir nur gerade ein, weil Sie die Worte ›Hallo, hallo, hallo, hallo‹ verwendeten. Bitte entschuldigen Sie, Sir. Sie wollten gerade sagen ...«

»Na, was wollte ich gerade sagen? Es ist mir entfallen.«

»Sie ließen sich über Miss Pirbrights ausweichendes beziehungsweise unaufrichtiges Gebaren aus, Sir.«

»Ja, stimmt. Welches darauf schließen ließ, daß sie mit irgendeiner Schandtat schwanger geht. Und dabei traf mich wie ein Schlag die Erkenntnis, daß eine Corky, die sich mit einer Schandtat trägt, besagte Schandtat mit an Sicherheit grenzender Wahrscheinlichkeit unserem Dorfschupo Dobbs angedeihen läßt. Stimmt's oder habe ich recht, Jeeves?«

»Mutmaßungen in diese Richtung erscheinen mir wohlfundiert, Sir.«

»Ich kenne doch meine Pappenheimerin: Corkys Psyche liegt vor mir wie ein offenes Buch. Schon in jener grauen Vorzeit, da sie noch im Spielhöschen steckte und eine sehr markante Zahnlücke hatte, verfügte sie über ein feuriges und aufbrausendes Naturell und reagierte auf jederlei Sperenzchen höchst allergisch. Unter dem Schlagwort ›Sperenzchen‹ hat sie bestimmt auch des eifrigen Gesetzeshüters jüngste Arretierung ihres Hundes abgebucht. Und wenn sie ihn schon wegen theologischer Differenzen so auf dem Kieker gehabt hat, wie sehr wird sie ihn jetzt erst auf dem Kieker haben! Der Unglückshund schmachtet angekettet in einem dunklen Verlies, was eine temperamentvolle junge Frau wie sie nicht einfach hinnehmen wird.«

»Nein, Sir.«

»Ihr ›Nein, Sir‹ trifft die Sache genau. Wir dürfen die Augen nicht vor den Fakten verschließen, mögen diese auch noch so übel aussehen. Corky plant einen Frontalangriff auf Wachtmeister Dobbs, welcher Gott weiß welche Form annehmen mag, und es erscheint mir schon in fast brechreizerregender Weise sicher, daß sich Gussie, den man um jeden Preis vor weiteren Zusammenstößen mit dem Gesetz schützen muß, als Werkzeug für ihre finsteren Pläne zur Verfügung stellen wird. Und da wäre noch etwas, was Ihnen ein ›Tatsächlich, Sir?‹ entlocken wird: Ich habe mich gerade mit Esmond Haddock unterhalten, welcher sich als Friedensrichter entpuppt hat. Er ist hier in King's Deverill der Alleinherrscher über Recht und Gesetz, und folglich ist es für ihn ein Klacks, einem x-beliebigen Bürger dreißig Tage Haft aufzubrummen. Hinzu kommt, daß er Gussie überhaupt nicht grün ist und mir freimütig gestanden hat, es sei sein innigster Wunsch, den Burschen in Handschellen zu sehen. Da staunen Sie wohl, Jeeves, wie?«

Ihm schien etwas auf der Zunge zu liegen, doch hieß ich ihn mit erhobener Hand schweigen.

»Ich weiß schon, was Sie sagen wollen, und ich gebe Ihnen auch vollkommen recht. Ließe sich Gussie einzig von seinem Gewissen leiten, wäre er der letzte, der sich irgendeines Vergehens schuldig machen und damit Friedensrichter dazu anstiften könnte, exemplarische Urteile zu fällen. Völlig einverstanden. Bestimmt hat er schon mit der Muttermilch die Lebensmaxime eingesogen, niemals in den Pfad des Leichtsinns einzubiegen und jene Dummheiten zu begehen, die ungestümere Naturen für dreißig Tage im Bunker qualifizieren. Doch man weiß auch, daß er sich leicht beschwatzen läßt. Catsmeat zum Beispiel hat ihn auf dem Trafalgar Square beschwatzt, indem er ihm eine Flasche aus Haupt zu schlagen drohte. Es würde mich höchlichst überraschen, wenn nicht auch Corky ihn beschwatzt. Und aus ureigenster Erfahrung weiß ich«, fügte ich in Erinnerung an die Orange in der Tanzstunde an, »daß es kein Halten gibt, wenn Corky einen erst einmal zu beschwatzen beginnt.«

»Sie glauben, Mr. Fink-Nottle hätte ein offenes Ohr für die Vorschläge der jungen Dame?«

»Corkys Wort ist für ihn Gesetz. Er wird sich in ihren Händen in Wachs verwandeln. Ich sag's Ihnen gleich, Jeeves, meine Moral liegt am Boden. Ich weiß nicht, ob Sie schon einmal mit Händen und Füßen an einen Stuhl gefesselt waren, der vor einem Faß Schießpulver stand, auf dem ein Kerzenstummel brannte.«

»Nein, Sir, diese Erfahrung blieb mir bislang erspart.«

»Genau so komme ich mir aber vor. Mit zusammengebissenen Zähnen harre ich des großen Knalls.«

»Möchten Sie, daß ich Mr. Fink-Nottle erkläre, wie unratsam es wäre, sich zu impulsiven Taten hinreißen zu lassen?«

»Nichts sähe ich lieber. Womöglich hört er ja auf Sie.«

»Ich werde mich bei nächster Gelegenheit darum kümmern, Sir.«

»Vielen Dank, Jeeves. Es sieht rabenschwarz aus, wie?«

»Das kann man wohl sagen, Sir.«

»Ich glaube nicht, daß mir je etwas Finstereres untergekommen ist. Das Wort ›zappenduster‹ drängt sich förmlich auf.«

»Wenn man einmal von Mr. Pirbrights Geschick absieht, nicht wahr, Sir?«

»Stimmt, über Catsmeats Glückssträhne hat man mich aufgeklärt. Angeblich strahlt er wie ein Honigkuchenpferd.«

»Eine gewisse Ähnlichkeit mit der erwähnten Kreatur war bei unserer letzten Begegnung nicht zu übersehen, Sir.«

»Besser als nichts. Jawohl, das Herz hüpft einem im Leibe«, sagte ich, denn selbst wenn wir Woosters mit der Vertracktheit unserer eigenen Probleme beschäftigt sind, finden wir uns stets bereit, am Glück eines Kumpels freudig Anteil zu nehmen. »Ja, Catsmeats Happy-End läßt sich eindeutig als Silberstreif abheften. Und Sie behaupten also, daß die Dorfrabauken Mr. Haddock heute abend die Stange halten werden?«

»In beeindruckender Zahl, Sir.«

»Na prima, das wären dann schon zwei Silberstreife. Und falls Sie Gussie davon abbringen können, sich bis auf die Unterhosen zu blamieren, kämen wir sogar auf drei. Es geht aufwärts. Also schön, Jeeves, schieben Sie ab, und schauen Sie, was Sie ausrichten können. Sie finden Gussie vermutlich im Pfarrhaus.«

»Jawohl, Sir.«

»Und noch was, Jeeves! Wenn Sie schon im Pfarrhaus sind, dann treten Sie bitte in Kontakt mit Klein Thos, und jagen Sie ihm den stumpfen Gegenstand – vulgo Totschläger – ab, den er in seinen Besitz gebracht hat. Es handelt sich um einen dieser Gummiknüppel, und Sie wissen so gut wie ich, wie ungern man ihn mit einem solchen Gegenstand hantieren sieht. Man könnte das Telefonbuch von A bis Z durchblättern und stieße auf keinen einzigen Namen, dem man mit größerem Widerwillen einen Totschläger in die Griffel legen würde. Sie können sich ungefähr vorstellen, wovon ich rede, wenn ich Ihnen verrate, daß er ganz unverblümt davon spricht, Wachtmeister Dobbs eins mit dem fraglichen Instrument überzubraten. Luchsen Sie es ihm also unbedingt ab. Ich habe keine ruhige Minute, bis ich weiß, daß Sie es beschlagnahmt haben.«

»Sehr wohl, Sir. Ich werde mich der Sache annehmen«, erwiderte er, und wir trennten uns mit den besten Wünschen – er, um im Pfarrhaus seine gute Tat zu vollbringen, ich, um mein Tippeln in die entgegengesetzte Richtung fortzusetzen.

Doch nach etwa zweihundert Metern fortgesetzten Tippelns wurde ich aus den Tagträumen, in die ich gefallen war, durch einen Anblick gerissen, der das Blut in den Adern gefrieren und die Augen aus den Höhlen schießen ließ. Ich hatte nämlich Gussie aus dem Tor eines pittoresken Häuschens treten sehen, welches durch einen schmucken Garten von der Straße abgetrennt war.

King's Deverill gehört zu jenen Dörfern, in denen sich pittoreske Häuschen offenbar wie die Karnickel vermehren, doch was dieses pittoreske Häuschen von all den anderen unterschied, waren das königliche Wappen sowie das Wort

POLIZEIWACHE

Und daß es sich bei der erwähnten Überschrift nicht bloß um einen Gag handelte, wurde von der Tatsache unterstrichen, daß Gussie sich in Begleitung eines Menschen befand, der ihn zwar nicht gerade mit einer Hand am Kragen und mit der anderen am Hosenboden gepackt hielt, dieser Beschreibung aber doch so nahe kann, daß ein flüchtiger Beobachter das Ganze ohne weiteres als eine Festnahme hätte interpretieren können. Bei dem stämmigen Begleiter, den eine blaue Uniform und ein Helm zierten, konnte es sich einzig und allein um Wachtmeister Ernest Dobbs handeln.

21. Kapitel

Zum erstenmal war es mir vergönnt, diesen sagenumwobenen Bobby zu betrachten, von dem ich schon so viel gehört hatte, und ich hätte wohl selbst in einem weniger angespannten Moment innegehalten, um ihn in Augenschein zu nehmen, war er doch wie Silversmith eine respekteinflößende Persönlichkeit, die die Aufmerksamkeit auf sich zog und die Atemtätigkeit von Passanten ganz schön ins Stocken brachte.

Der rastlose Ordnungshüter von King's Deverill gehörte der klobigen, vierschrötigen Sorte an und ließ vermuten, daß sich Mutter Natur, als sie zu seiner Endmontage ansetzte, gesagt hatte: »Nicht kleckern, klotzen!« Und gekleckert hatte sie fürwahr nicht, oder doch höchstens in bezug auf die Größe. Meines Wissens hat man, um in den Polizeidienst einzutreten, in Socken mindestens einen Meter fünfundsiebzig zu messen, und Ernest Dobbs hatte sich hierfür bestimmt mächtig auf die Zehenspitzen stellen müssen. Doch seine vertikalen Defizite ließen seinen Leibesumfang um so beeindruckender erscheinen. Er war ein Mann, der – entsprechende Neigung vorausgesetzt – ohne weiteres für den Dorfschmied hätte einspringen können, denn man erkannte auf den ersten Blick, daß die Muskeln seiner dicken Arme stark wie Eisenreifen waren. Die Ähnlichkeit wurde noch verstärkt durch den ehrlichen Schweiß, der ihm im Moment auf der Stirn stand. Er vermittelte den Eindruck, gerade eine aufwühlende Erfahrung gemacht zu haben. Die Augen waren glutrot, die Schnurrbarthaare gesträubt, die Nasenflügel gebläht.

»Grrrr!« sagte er und spuckte aus. Nur dies – nicht mehr. Offenbar ein Mann, der mit Worten geizte, aber nicht mit Spucke.

Gussie, der inzwischen die freie Wildbahn erreicht hatte, lächelte zag. Auch ihn schienen starke Gefühle umzutreiben. Und da es mir nicht anders ging, waren wir damit zu dritt.

»Nun denn, auf Wiedersehen, Herr Wachtmeister«, sagte er.

»Auf Wiedersehen, Sir«, entgegnete der Schutzmann knapp.

Er begab sich wieder ins Häuschen und schlug die Tür zu, derweil ich wie von der Tarantel gestochen auf Gussie zustürzte.

»Was ist denn hier los?« fragte ich mit bebender Stimme.

Die Tür des Häuschens ging auf, und Wachtmeister Dobbs erschien abermals. Er hielt eine Schaufel in der Hand, und in dieser Schaufel glaubte ich Frösche zu erkennen. Jawohl, bei genauerer Betrachtung handelte es sich eindeutig um Frösche. Er gab der Schaufel einen kräftigen Ruck, worauf die stummen Kreaturen in hohem Bogen durch die Luft segelten, als wären es Konfetti. Sie landeten auf dem Rasen und gingen alsdann ihrer Wege. Der Gesetzeshüter hielt inne, warf Gussie einen stechenden Blick zu, spuckte noch einmal in bewährter Heftigkeit und Präzision aus und zog sich zurück, indes Gussie den Hut abnahm und sich die Stirn abwischte.

»Nichts wie weg hier!« sagte er mit Nachdruck und erlangte die Fassung – oder wenigstens einen Anschein davon – erst zurück, als wir uns eine Viertelmeile entfernt hatten. Er nahm die Brille ab, putzte sie und setzte sie wieder auf. Dies schien ihm gutzutun. Jedenfalls atmete er nun wieder regelmäßig.

»Das war Wachtmeister Dobbs«, erläuterte er.

»Zu diesem Schluß bin auch ich gekommen.«

»Aufgrund der Uniform, nehme ich an?«

»Und aufgrund des Helms.«

»Jawohl«, sagte Gussie. »Verstehe. Jawohl. Verstehe. Jawohl. Verstehe.«

Es erschien durchaus möglich, daß er noch ein Weilchen in diesem Stil weiterfaseln würde, doch nachdem er weitere sechs Male »Jawohl« und weitere sieben Male »Verstehe« gesagt hatte, wechselte er schließlich die Platte.

»Bertie«, sagte er, »du hast dich doch schon öfter in polizeilichem Gewahrsam befunden, oder?«

»Nicht öfter – nur ein einziges Mal.«

»Eine erschütternde Erfahrung, nicht wahr? Das ganze Leben scheint an einem vorbeizuziehen. Gütiger Himmel, was würde ich jetzt für ein Glas Orangensaft geben!«

Ich blieb zunächst stumm, um mich von einem kurzen Schwindelanfall zu erholen.

»Was ist denn passiert?« fragte ich, als ich mich wieder gefaßt hatte.

»Hm?«

»Was hast du angestellt?«

»Wer, ich?«

»Ja, du.«

»Ach«, antwortete Gussie ganz beiläufig, so als wäre von einem englischen Gentleman nichts anderes zu erwarten, »ich habe Frösche ausgesetzt.«

Ich glotzte ihn an.

»*Was* hast du getan?«

»Frösche ausgesetzt. In Wachtmeister Dobbs' Boudoir. Der Vorschlag kam vom Vikar.«

»Vom Vikar?«

»Um genauer zu sein: Er hat Corky auf die Idee gebracht. Die Ärmste hat sich krank gegrübelt wegen Dobbs' anmaßendem Gebaren gegenüber ihrem Hund, und gestern abend sprach der Vikar beiläufig über den Pharao und all die Plagen, die er sich aufhalse, als er die Kinder Israels nicht ziehen lassen wollte. Du erinnerst dich doch noch an den Vorfall, oder? Seine Worte stießen jedenfalls einen Gedankengang an. Corky fiel nämlich ein, daß Dobbs, suchte ihn eine Froschplage heim, möglicherweise einen Sinneswandel durchmachen und Sam Goldwyn auf freien Fuß setzen würde. Und so bat sie mich, seinem Häuschen einen Besuch abzustatten und die Sache zu erledigen. Sie sagte, dies würde ihr große Freude bereiten und Dobbs guttun, und für mich wäre die Chose ja in wenigen Minuten erledigt. Die Stechmückenplage hätte sie zwar noch wirkungsvoller gefunden, aber als eine praktisch denkende junge Frau erkannte sie, daß man an Stechmücken nur schwer herankommt, während man in jeder Hecke Dutzende von Fröschen findet.«

Jede einzelne Maus in meinem Leibe erwachte zu neuem Leben. Nur mit Mühe konnte ich mich davon abhalten, wie eine Seele in höchster Not aufzuheulen. Nicht zu fassen, daß dieses mordsmäßige Rindvieh schon so lange durchs Leben ging, ohne je in irgendeiner Klapsmühle zu landen. Eigentlich hätten ihn die allgegenwärtigen Talentsucher der entsprechenden Anstalten – das Irrenhaus Colney beispielsweise drängte sich auf – schon vor Jahren aufgreifen müssen.

»Erzähl mir haarklein, was vorgefallen ist. Hat er dich ertappt?«

»Gott sei Dank nicht. Er kam etwa eine halbe Minute zu spät. Ich hatte gewartet und mich vergewissert, daß das Häuschen leer war. Dann ging ich hinein und verteilte meine Frösche.«

»Er aber hielt sich ganz in der Nähe auf?«

»So ist es. In einem Schuppen hinter dem Haus, wo er wohl Geranien eintopfte – seine Hände waren jedenfalls von Erde verschmiert. Wahrscheinlich hatte er sich zurück ins Haus begeben, um sie zu waschen. Eine äußerst peinliche Situation! Wir wußten beide nicht, wie wir das Eis brechen sollten. Schließlich sagte ich: ›Ach, sieh an, da sind Sie ja!‹, und er starrte die längste Zeit auf die Frösche und erwiderte dann: ›Was soll denn das werden?‹ Die Dinger hopsten nämlich ganz schön rum. Du weißt doch, wie Frösche rumhopsen.«

»Hierhin und dorthin, meinst du?«

»Genau: hierhin und dorthin. Ich bewies jedoch große Geistesgegenwart und fragte: ›Was soll denn *was* werden, Herr Wachtmeister?‹

Und er antwortete: ›Na, all die Frösche.‹ Und ich sagte: ›Stimmt, hier im Haus scheint es zu wimmeln davon. Haben Sie diese Tierchen denn so gern?‹ Darauf fragte er, ob die Frösche auf mein Konto gingen. Und ich gab zurück: ›In welchem Sinn benutzen Sie das Wort „Konto", Herr Wachtmeister?‹ Und er sagte: ›Haben *Sie* diese Frösche ins Haus gebracht?‹ Und an dieser Stelle machte ich mich, wie ich leider gestehen muß, einer arglistigen Täuschung schuldig, denn ich verneinte seine Frage. Selbstverständlich widerstrebte es mir zutiefst, die Unwahrheit zu sagen, doch es gibt meiner Meinung nach Zeiten, da hat man das Recht …«

»Weiter im Text!«

»Hetz mich doch nicht so, Bertie! Wo war ich noch gleich? Ach ja. Ich verneinte also seine Frage und sagte, ich trüge keinerlei Verantwortung für ihre Anwesenheit. Es handle sich wohl einfach um eines dieser Dinge, die wir nie verstehen würden, führte ich aus, ja es sei im Weltenplan wohl auch gar nicht vorgesehen, daß wir sie je verstünden. Und selbstverständlich hatte er keinerlei Beweise, denn schließlich kann irgendein Mensch arglos in ein Zimmer spazieren, in dem Frösche herumhopsen – sei es der Erzbischof von Canterbury, sei es sonst jemand. Dies muß ihm eingeleuchtet haben, denn er murmelte nur, es sei ein äußerst gravierendes Delikt, Frösche in eine Polizeiwache zu bringen, und ich stimmte ihm zu und zeigte mich betrübt darüber, daß sich der Missetäter nie würde fassen lassen. Und dann wollte er wissen, was ich bei ihm suche, und ich sagte, ich sei gekommen, um ihn um Sam Goldwyns Freilassung zu bitten, und er lehnte eine solche mit der Begründung ab, er habe inzwischen ermittelt, daß er schon der zweite sei, den Sam gebissen habe, und daß sich der Vierbeiner aufgrund dieses Zweitbisses in einer äußerst ungemütlichen Lage befinde. Deshalb sagte ich: ›Also schön, ich mach' mich dann wohl besser auf den Weg‹, und tat dies auch. Er begleitete mich, wie du gesehen hast, und knurrte dabei vor sich hin. Gerade sympathisch ist er mir ja nicht. Miserable Manieren. Schroff. Ruppig. Keiner von denen, die sich viele Freunde machen und einen positiven Einfluß auf andere ausüben. Doch nun muß ich los, um Corky Bericht zu erstatten. Die Geschichte mit dem Zweitbiß wird ihr gewaltig Kummer machen.«

Er wiederholte seine Aussage, wonach ihm nach einem Glas Orangensaft sei, und nahm Kurs auf das Pfarrhaus. Ich setzte meinen Weg nach Deverill Hall fort und hing trüben Spekulationen über den Schrecken nach, der wohl als nächstes anstand. Eine Begegnung mit Dame Daphne Winkwort, so sinnierte ich schwermütig, würde dem finsteren Tag noch die Krone aufsetzen.

Mein Ziel war es, mich unerkannt ins Haus zu schleichen, und zunächst schien es so, als sei mir das Glück tatsächlich hold. Während ich mich durch die Gartenanlagen stahl, im Schutz der Sträucher und eifrig darum bemüht, auf kein einziges Zweiglein zu treten, konnte ich hören, wie die eine oder andere Tante Laut gab. Doch ich blieb unentdeckt, und so lag mir fast schon ein »Trallala« auf den Lippen, als ich durch die Haustür in die Eingangshalle trat und – zack! – mitten im Weg Dame Daphne Winkworth sah, die gerade Blumen auf einen Tisch stellte.

Napoleon oder Attila der Hunnenkönig (oder ein anderer Bursche dieser Kategorie) hätte wohl einfach kurz gewinkt und »Aha, sieh an!« gesagt, um flugs weiterzuziehen, doch eine solche Heldentat lag jenseits meiner Möglichkeiten. Ihr in meine Richtung schießender Blick traf mich wie eine Gewehrkugel und brachte mich abrupt zum Stillstand.

»Da sind Sie ja, Augustus!«

Leugnen war zwecklos. Ich blieb auf einem Bein stehen und schnippte mir eine Schweißperle von der Stirn.

»Ich hatte keine Zeit, Sie gestern abend danach zu fragen: Haben Sie Madeline geschrieben?«

»O ja, durchaus.«

»Ich will doch hoffen, daß Sie sich in aller Form entschuldigt haben.«

»Oh, durchaus, ja.«

»Und warum sehen Sie aus, als hätten Sie in den Kleidern geschlafen?« fragte sie und musterte meine Kluft angewidert.

Eines muß man uns Woosters lassen: Wir wissen, wann wir hinterm Berg halten sollen und wann nicht. Irgend etwas sagte mir, daß sich in dieser Situation mannhafte Offenheit auszahlen würde.

»Um ganz ehrlich zu sein«, antwortete ich, »habe ich das tatsächlich getan. Ich bin letzte Nacht im Milchzug nach Wimbledon gefahren, um Madeline zu sehen. Sie wissen ja, wie es ist. Man kann in Briefen nie wirklich ausdrücken, was man ausdrücken will, und da dachte ich mir ... na ja, die persönliche Note, Sie wissen schon.«

Besser hätten meine Worte gar nicht einschlagen können. Ich habe zwar noch nie einen Hirten gesehen, der ein weggelaufenes Schaf wieder in die Herde aufnimmt, doch ich könnte mir vorstellen, daß dessen Haltung größte Ähnlichkeit mit derjenigen dieser weiblichen Beißzange hatte, als sie meine Worte vernahm. Ihr Blick wurde sanfter. Über das Gesicht huschte ein zufriedenes Lächeln. Die gerümpfte Nase, welche sich gerade noch furchtbar markant ausgenommen hatte, so als wäre ich eine lecke Gasleitung oder ein nicht über jeden Zweifel erhabenes Ei, glättete sich vollkommen, ja man könnte mit Fug behaupten, die Frau habe gestrahlt.

»Augustus!«

»Ich glaube, ich bin gut angekommen damit.«

»Ganz bestimmt! Genau solche Dinge rühren an Madelines romantisches Gemüt. Ich muß schon sagen, Augustus, Sie sind ein richtiger Romeo. Im *Milch*zug? Da müssen Sie ja die ganze Nacht unterwegs gewesen sein.«

»Kommt einigermaßen hin.«

»Sie Ärmster! Wie ich sehe, sind Sie todmüde. Ich läute jetzt nach Silversmith, damit er Ihnen ein Glas Orangensaft bringt.«

Sie betätigte die Klingel. Es folgte eine längere Pause. Sie betätigte die Klingel noch einmal, und es folgte eine zweite längere Pause. Gerade wollte sie einen dritten Anlauf nehmen, als der Mann der Stunde von links kommend eintrat. Zu meinem Erstaunen zeichnete sich auf seiner Miene ein nachsichtiges Lächeln ab. Zwar knipste er es sofort aus und fiel in die angestammte Rolle eines respektvollen Teigklumpens, doch die Gesichtszuckung war fraglos da gewesen.

»Bitte verzeihen Sie, daß ich erst jetzt auf Ihr Klingeln reagiere, Mylady«, sagte er. »Als Ihre Ladyschaft läuteten, steckte ich gerade in einer Ansprache, weswegen ich nicht gleich hörte, daß Sie mich riefen.«

Dame Daphne kniff die Augen zusammen. Ich tat es ihr gleich.

»Eine *Ansprache?*«

»In Würdigung des freudigen Anlasses, Mylady. Meine Tochter Queenie hat sich verlobt, Mylady.«

Dame Daphne sagte »Ach wirklich?«, während mir beinahe ein »Tatsächlich, Sir?« entfahren wäre, denn diese Neuigkeit traf mich vollkommen unvorbereitet. Zum einen hatte ich keine Sekunde damit gerechnet, daß Blutsbande diesen korpulenten Butler und jenes grazile Stubenmädchen verbinden könnten, und zum anderen fand ich, sie sei reichlich schnell über ihren Bruch mit Dobbs hinweggekommen. So also sieht's aus mit der Beständigkeit des weiblichen Geschlechts, sagte ich mir, und es würde mich nicht wundern, wenn ich diesem Gedanken noch ein »Pfui Spinne!« beigegeben hätte.

»Und wer ist der Glückliche, Silversmith?«

»Ein netter, solider Mann, Mylady. Der junge Herr heißt Meadowes.«

Mir war, als hätte ich den Namen schon einmal gehört, doch wollte mir nicht einfallen, wo. Meadowes? Meadowes? Nein, ich kam nicht drauf.

»Tatsächlich? Aus dem Dorf?«

»Nein, Mylady. Meadowes ist Mr. Fink-Nottles Diener«, antwortete Silversmith, der nun eindeutig ein Lächeln vom Stapel ließ und in meine Richtung schickte. Er schien mir auf diese Weise vermitteln zu wollen, daß er mich nun geradezu als Kumpel betrachte, ja praktisch als angeheirateten Verwandten, und daß zumindest von seiner Seite keine

Kommentare über meinen Hang zu gewärtigen seien, zum Portwein Jagdlieder anzustimmen und bissige Hunde in Landhäuser einzulassen. Vermutlich hörte sich für Dame Daphne das Keuchen, das über meine Lippen gekommen war, wie das Röcheln eines Verdurstenden an, denn sie gab umgehend das Glas Orangensaft in Auftrag.

»Silversmith bringt es besser auf Ihr Zimmer. Sie werden sich umziehen wollen.«

»Vielleicht könnte er ja Meadowes bitten, es mir zu bringen«, sagte ich schwach.

»Aber natürlich! Sie wollen ihm bestimmt alles Gute wünschen.«

»Allerdings«, bestätigte ich.

Catsmeat ließ ein Weilchen auf sich warten. Wer all sein Trachten danach richtet, die Tochter des Hauses zu ehelichen, und sich plötzlich in einer Verlobung mit dem Stubenmädchen wiederfindet, der bedarf zunächst der inneren Sammlung. Als er schließlich erschien, hatte ich den Eindruck, seine Sammlungsbemühungen seien noch nicht ganz zum Abschluß gekommen. Er trug die Miene eines Mannes zur Schau, dem man soeben mit einem kleinen, aber praktischen Totschläger eins übergebraten hat.

»Bertie«, sagte er, »eine ziemlich leidige Situation ist eingetreten.«

»Ich weiß.«

»Ach, du weißt es schon? Und was rätst du mir?«

Darauf konnte es nur eine Antwort geben.

»Du legst das Ganze besser in Jeeves' Hände.«

»Das werde ich tun. Sein immenses Gehirn findet womöglich einen Ausweg. Ich werde Jeeves mit den Fakten vertraut machen und ihn bitten, darüber zu brüten.«

»Aber was sind das überhaupt für Fakten? Wie konnte es soweit kommen?«

»Das will ich dir gleich verraten. Trinkst du diesen Orangensaft?«

»Nein.«

»Dann nehme ich ihn. Vielleicht hilft er mir ja.«

Er trank einen großen Schluck und tupfte sich die Stirn ab.

»Das hat man nun davon, wenn man sich von diesem Dickens-Geist einlullen läßt, Bertie. Ich gebe jedem jungen Mann, der etwas werden will im Leben, den guten Rat, diesem Autor aus dem Weg zu gehen. Ich habe dir doch erzählt, daß mir seit einigen Tagen die Mildtätigkeit aus allen Poren trieft. Heute morgen hat sich die Sache zugespitzt. Ich hatte gerade Gertrudes Briefchen erhalten, in dem stand, daß sie mit mir durchbrennen werde, was mich in einen Barmherzigkeitskloß verwandelte. Da ich außer mir vor Freude war, wollte ich meine Umgebung in dasselbe Glück getaucht sehen. Ich liebte das ganze Menschengeschlecht und sehnte mich danach, ihm Gutes zu tun. Und mit diesen in mir sprudelnden Gefühlen und bis zu den Kiemen voll mit der Milch der frommen Denkungsart spazierte ich in die Gesindestube und traf dort eine in Tränen aufgelöste Queenie an.«

»Dir blutete das Herz?«

»Und wie! Ich sagte ›Ist ja gut‹ und tätschelte ihr das Händchen. Doch da ich damit bei ihr nicht durchzudringen schien, zog ich sie ohne böse Absicht auf meinen Schoß, legte ihr den Arm um die Hüfte und begann sie zu küssen. Wie ein Bruder, versteht sich.«

»Hm.«

»Sag bitte nicht ›Hm‹, Bertie. Nichts anderes hätte an meiner Stelle Sir Galahad oder irgendein anderer Ritter der Tafelrunde getan. Verflixt noch mal, es spricht doch nichts dagegen, sich gegenüber einem Mädchen in Not wie ein mitfühlender älterer Bruder zu verhalten, oder? Ein recht untadeliges Verhalten, so will mir scheinen. Aber glaub jetzt nicht, daß ich es nicht vorzöge, dem wohltätigen Impuls nicht nachgegeben zu haben. Doch, doch, es tut mir aufrichtig leid. In diesem Moment trat nämlich Silversmith ein. Und weißt du, was? Er ist ihr Vater!«

»Ich weiß.«

»Du scheinst aber auch alles zu wissen.«

»So ist es.«

»Eines freilich weißt du nicht: Er kam in Begleitung von Gertrude.«

»Ojemine!«

»Ja. Als sie mich erblickte, reagierte sie leicht unterkühlt. Ganz im Gegensatz zu Silversmith. Er wirkte wie ein zweitrangiger Prophet ohne Bart, der sich plötzlich mit den Sünden des Volkes konfrontiert sieht, und begann auf der Stelle, wüsteste Verwünschungen auszustoßen. Es gibt Väter, die wissen, wie man mit einer fehlbaren Tochter umzuspringen hat, und Väter, die wissen es nicht. Silversmith zählt eindeutig zur ersten Gruppe. Und dann hörte ich wie in Trance, daß Queenie ihm sagte, wir seien verlobt. Sie hat mir später erklärt, daß ihr dies als der einzig gangbare Ausweg erschienen sei. Selbstverständlich führte das zu einer kurzfristigen Stimmungsaufhellung.«

»Und wie reagierte Gertrude?«

»Nicht besonders erfreut. Vorhin habe ich eine kurze Notiz erhalten, in der sie unsere Vereinbarungen für null und nichtig erklärt.«

Er stöhnte genauso gequält auf, wie ich es in jüngster Zeit oft getan hatte.

»Bertie, du siehst vor dir einen Mann, der am Ende ist, einen Mann, der alle Hoffnung hat fahrenlassen. Du hast nicht zufällig Zyankali dabei?« Abermals stöhnte er gequält auf. »Und als wäre dies nicht schlimm genug«, fuhr er fort, »muß ich mir auch noch einen grünen Bart ankleben und in einer Klamotte Mike spielen!«

Natürlich tat mir der junge Unglücksrabe von Herzen leid, doch wurmte es mich zugleich, daß er offenbar glaubte, nur er habe Sorgen.

»Na, und ich muß Christopher-Robin-Gedichte rezitieren.«

»Pah!« gab er zurück. »Du hättest dir auch Pu den Bären einhandeln können.«

Da war natürlich was dran.

22. Kapitel

Die Dorfhalle stand auf halber Höhe der Hauptstraße, vom Ententeich achteraus. Bei dem Gebäude – im Jahre 1881 errichtet von Sir Quintin Deverill, Baronet, einem Mann, der keinen blassen Schimmer von Architektur gehabt, aber dafür haargenau gewußt hatte, was ihm gefiel – handelte es sich um eines jener aus glasiertem rotem Backstein zusammengestoppelten Dinger der hochviktorianischen Epoche, die in sämtlichen Weilern, die auf alt machen, anzutreffen sind und die Hauptverantwortung für die heutige Landflucht tragen. Das Innere war – wie ich es noch in jedem Schuppen dieses Gepräges wahrgenommen habe – schäbig und muffig, und es roch zu ungefähr gleichen Teilen nach Äpfeln, Kreide, feuchtem Gips, Pfadfindern und der Kernigkeit des englischen Bauernstandes.

Der Konzertbeginn war auf Viertel nach acht angesetzt, und da ich mit meinem Scherflein erst nach der Pause dran war, schlenderte ich wenige Minuten vor dem Startschuß hinein und gesellte mich zu den im hinteren Teil des Saales versammelten Stehplatzinhabern, wobei ich ohne Freude konstatierte, daß ich vor brechend vollem Haus spielen würde. Das Volk war massenhaft aufmarschiert, wovon ich ihm dringend abgeraten hätte, denn mir war das Programm zu Augen gekommen, so daß ich wußte, was uns bevorstand.

Kaum nämlich hatte ich überflogen, was geboten wurde, war mir klar, weshalb Corky sich an jenem Nachmittag in meiner Wohnung so verdrossen über das ihr zur Verfügung stehende Ensemble ausgelassen hatte – wie eine junge Frau, der man einen Strich durch die Rechnung gemacht und die Flügel kräftig gestutzt hat. Ich wußte, was vorgefallen war. Als sie sich voller Hoffnungen und brennender Ideale darangemacht hatte, die Sause zu planen, da war die Ärmste über den fatalen

Fallstrick gestolpert, der stets auf den Impresario solcher Lustbarkeiten lauert. Ich spreche hier vom Umstand, daß bei jedem Dorfkonzert einflußreiche Interessengruppen zu berücksichtigen sind. Oder anders ausgedrückt: Es gibt verschiedene Honoratioren der Gegend, die von jeher ihre Nummer dargeboten haben und deshalb einigermaßen vergrätzt reagieren, wenn man sie nicht erneut berücksichtigt. Konkret: Corky war an den Clan der Kegley-Bassingtons geraten.

Für einen Mann mit meinem reichen Erfahrungsschatz sprechen Programmpunkte wie »Solo: Miss Muriel Kegley-Bassington« oder »Duodrama (zwei Irrenhäusler): Oberst und Mrs. R. P. Kegley-Bassington« wahrlich Bände. Und Gleiches gilt für »Stimmenimitationen: Watkyn Kegley-Bassington«; »Kartentricks: Percival Kegley-Bassington« sowie »Rhythmustanz: Miss Poppy Kegley-Bassington«. Dem kleinen George Kegley-Bassington dagegen, der als Rezitator vorgesehen war, konnte ich keine Vorwürfe machen, hegte ich doch den Verdacht, daß höhere Gewalt ihn in diese Zwangslage gebracht hatte und er sich lieber mit einem finanziellen Vergleich aus der Affäre gezogen hätte.

Zwischen solchen Anflügen brüderlicher Zuneigung für Master George, in denen ich mir wünschte, seine Bekanntschaft zu machen und ihm ein tröstendes Glas Ingwerbier zu spendieren, nutzte ich die Zeit dazu, die Gesichter meiner Nachbarn zu betrachten, hoffte ich darin doch Ansätze von Mitleid, Erbarmen und milder Nachsicht zu entdecken. Fehlanzeige! Wie bei allen bäuerischen Stehplatzinhabern handelte es sich um strenge, unzugängliche Männer, denen es nicht gegeben war, einmal fünf gerade sein zu lassen und in Rechnung zu stellen, daß ein Bursche, der auf eine Bühne tritt und zu einer Rezitation ansetzt, in der Christopher Robin wahlweise hoppidi-hoppida-hoppelt oder sein Nachtgebet spricht, dies nicht aus Jux und Tollerei tut, sondern allein deshalb, weil er das Opfer von Umständen ist, die sich seiner Kontrolle entziehen.

Mit einiger Besorgnis musterte ich gerade ein besonders furchterregendes Exemplar zu meiner Linken, einen Vergnügungssüchtigen mit

Haaröl auf dem Kopf und just jenen alerten Lippen, denen Buhrufe wie von selbst entfleuchen, als zaghaftes Händeklatschen von den Zwei-Shilling-Sitzen anzeigte, daß es nun losgehe. Der Vikar eröffnete den Abend mit einer kurzen Ansprache.

Sah man einmal von der Information ab, daß er Schach spielte und – wie Catsmeats gegenwärtige Verlobte – etwas gegen Polizisten hatte, die faule Sprüche über Jonas und den Wal absonderten, war Reverend Sidney Pirbright für mich bisher ein Buch mit sieben Siegeln gewesen, und so sah ich ihn hier zum erstenmal in Aktion. Er war ein großer und leicht gebeugter Mann, der zur Annahme verleitete, ein inkompetenter Präparator habe ihn in allzu großer Eile ausgestopft. Gleich zu Beginn zeigte sich schon, daß er nicht zu jenen spritzigen Vikaren gehörte, die ein Dorfkonzert eröffnen, indem sie mit federndem Schritt auf die Bühne hüpfen, den Gemeindemitgliedern ein schallendes »Hallo!« entgegenschmettern, ein paar nicht ganz jugendfreie Possen reißen und dann strahlend wieder abgehen. Vielmehr wirkte er niedergeschlagen, was ich ihm weiß Gott nicht verdenken konnte. Angesichts einer fest im Haus installierten Corky, die auf Muttchen machte, eines Gussie, der praktisch zu jeder Mahlzeit hereinschneite, und eines Gorillas wie Thomas, der das Gästezimmer mit Beschlag belegte, konnte man kaum erwarten, daß er vor *joie de vivre* überschäumte. Solche Dinge gehen nicht spurlos an einem Menschen vorbei.

Und überschäumend wirkte er in der Tat nicht. Das Thema seiner Ausführungen war die Kirchenorgel, zu deren Nutz und Frommen das ganze finstere Treiben ins Werk gesetzt worden war, und er sprach in pessimistischem Ton von ihren Zukunftsaussichten. Die Kirchenorgel, so verriet er uns frank und frei, befinde sich in hundserbärmlichem Zustand. Seit Jahren schon gehe sie mit Löchern in den Socken auf Betteltour und stehe nun im Begriff, den Schirm endgültig zuzumachen. Es habe Zeiten gegeben, da habe er noch gehofft, der Teamgeist helfe ihr wieder auf die Beine, doch inzwischen dränge sich ihm der Verdacht auf, daß die Talfahrt nicht mehr zu stoppen sei, weshalb er denn auch sein letztes Hemd darauf verwetten würde, daß die lumpige Gerätschaft vor die Hunde gehen und sich nie mehr aufrappeln würde.

Er schloß, indem er schwermütig verkündete, als erstes stehe ein Geigensolo von Miss Eustacia Pulbrook auf dem Programm, und dabei durchblicken ließ, daß ihm zwar so schmerzhaft wie uns allen bewußt sei, wie mächtig Eustacia auf die Schmalztube drücken würde, er uns aber doch rate, das beste daraus zu machen, da wir es anschließend mit der Familie Kegley-Bassington zu tun bekämen.

Abgesehen davon, daß in meinen Ohren ein Geigensolo wie das andere klingt, betrachte ich mich nicht als Koryphäe auf diesem Gebiet, weshalb ich denn auch nicht abschließend beurteilen kann, ob die Pulbrook jenen Helfershelfern, die ihr den Gebrauch des Instruments beigebracht hatten, zur Ehre gereichte oder nicht. Das Stück war stellenweise laut und stellenweise leise und verfügte über jene Qualität, die ich noch an jedem Geigensolo wahrgenommen habe: Es schien sehr viel länger zu dauern, als es tatsächlich dauerte. Als es endlich vorüber war, zeigte sich, was der Gottesmann Sidney mit seinem Seitenhieb über die Kegley-Bassingtons gemeint hatte. Ein Assistent kam mit einem Tischchen auf die Bühne. Auf dieses Tischchen stellte er eine gerahmte Fotografie – und sogleich begriff ich, was nun ins Haus stand. Man zeige Bertram Wooster ein Tischchen und eine gerahmte Fotografie, und ihm ist ohne weitere Erklärung klar, worauf die Sache hinausläuft: Muriel Kegley-Bassington würde sich gleich als große Freundin des Lieds »Mein Held« aus der Operette *Der tapfere Soldat* offenbaren.

Ich fand, daß die Jungs hinter der letzten Reihe außerordentliche Würde und Zurückhaltung bewiesen, und ihre Wohlerzogenheit nährte in mir erstmals die schwache Hoffnung, daß mir später, wenn ich selbst vor das Exekutionskommando zu treten hätte, die befürchteten Exzesse erspart bleiben würden. Nach meiner Erfahrung treibt nichts die Stehplatzinhaber so zuverlässig zur Weißglut wie das Lied »Mein Held« (von »Ein Bäuerlein zur Hochzeit geht« vielleicht einmal abgesehen), und als eine große Blonde auftauchte, nach der Fotografie griff, sie schmachtend betrachtete, angespannt die Hände knetete und ihre Lungenflügel aufblies, da machte ich mich auf allerlei gefaßt. Doch diese Prachtkerle beharkten sich offenbar nicht mit Damen. Nicht nur sahen sie davon ab, mit der Zunge zwischen den Lippen rüpelhafte Laute zu produzieren, nein, ein oder zwei von ihnen applaudierten sogar – was natürlich höchst unklug war, denn zusammen mit dem Beifall der Zwei-Shilling-Zausel, die alles und jedes beklatschten, zog dies eine Zugabe (»Liebesklage im Lenz«) nach sich.

Muriel, deren Blut durch den vielversprechenden Start in Wallung geraten war, hätte wohl gern weitergemacht und vermutlich als nächstes »Heute kömmst du nicht, lieb Liebchen« vorgetragen, doch irgend etwas an unserer Haltung verriet ihr, daß sie damit den Bogen überspannen würde, denn sie wich zurück und ging stracks ab. Nach kurzer Pause kam ein kleiner Junge mit Vollmondgesicht und Eton-Jackett angehoppelt, als wäre er Christopher Robin höchstpersönlich. Sein Hoppeln ließ darauf schließen, daß hinter den Kulissen ein paar Blutsverwandte seine Aversion gegen den Bühnenauftritt dadurch überwunden hatten, daß sie ihm eine Hand zwischen die Schulterblätter gelegt und kräftig geschubst hatten. Master George Kegley-Bassington, wie er leibte und lebte. Der kleine Racker tat mir in der Seele leid. Ich wußte genau, wie ihm zumute war.

Es lag auf der Hand, was zu diesem überstürzten Schritt geführt hatte. Die erste fatale Andeutung seiner Mutter, daß der Vikar ja solche Freude daran hätte, wenn George jenes Gedicht zum Vortrag brächte, das er stets so schön rezitiere. Der gequälte Aufschrei. Das ins Feld geführte Gegenargument. Der Gruppendruck. Die finstere Schnute. Die Mobilisierung der väterlichen Autorität. Das widerwillige Einlenken. Der Ausbruchsversuch in letzter Sekunde, welcher, wie wir gesehen haben, durch jenen energischen Stoß zwischen die Schulterblätter vereitelt worden war.

Und nun stand er also mutterseelenallein auf der Bühne.

Er warf uns einen garstigen Blick zu und sagte:

»Ben Battle.«

Ich schürzte die Lippen und schüttelte den Kopf. Dieser »Ben Battle« war mir wohlbekannt, hatte er doch in frühen Jahren eine prominente Rolle in meinem eigenen Repertoire gespielt. Eine dieser ollen Kamellen, die in jeder zweiten Zeile einen miesen Kalauer auffahren – wahrlich das letzte, zu dem sich ein rechtschaffener Junge hergeben will und jedenfalls dem Stil dieses Vortragskünstlers gänzlich unangemessen. Hätten mir Oberst und Mrs. R. P. Kegley-Bassington ein Ohr geliehen, so hätte ich in dieses geflüstert: »Herr Oberst, Mrs. Kegley-Bassington, hören Sie auf den guten Rat eines alten Freundes. Halten Sie Ihren Knaben vom Komödienfach fern, und bleiben Sie der bewährten Form der Moritat treu. Grimmigkeit ist Georges Stärke.«

Nachdem er die Worte »Ben Battle« ausgesprochen hatte, hielt er kurz inne und wiederholte seinen garstigen Blick. Mir war klar, was ihm durch den Kopf ging. Er wünschte zu erfahren, ob ihm in der ersten Reihe irgendwer frech kommen wolle. Die Pause war der Feindseligkeit geschuldet, wurde von seinen Lieben aber offenbar falsch interpretiert, denn in den Kulissen ertönten nun gleich zwei Stimmen, beide laut und tragend. Die eine war im Kasernenhofton gehalten, während die andere eindeutig der Sängerin gehörte, welche gerade noch in »Mein Held« geglänzt hatte.

»Ben Battle war Soldat mit Stolz …«

»Ist ja gut!« gab George zurück und wandte den garstigen Blick in die besagte Richtung. »Ich weiß, ich weiß. Ben-Battle-war-Soldat-mit-Stolz-der-Krieg-war-sein-Handwerk-'ne-Kugel-riß-ihm-ab-die-Bein'-was-ihm-die-Händ'-nun-stärkt«, fügte er hinzu, wobei er es fertigbrachte, vier Zeilen in ein einziges Wort zu pressen. Und daraufhin fuhr er fort.

Nur Mut, nur Mut, dachte ich derweil, läuft doch alles bestens. Konnte es denn wirklich sein, so fragte ich mich, daß sich hinter den mich umgebenden rauen Schalen lauter butterweiche Kerne verbargen? Genau danach sah es jedenfalls aus, denn obwohl sich etwas Lausigeres als George Kegley-Bassingtons Vorstellung schwerlich denken ließ, riß diese die Stehplatzinhaber zu keinerlei Mißfallenskundgebungen hin. Sie hatten sich nicht mit Damen beharkt, und sie beharkten sich auch nicht mit Kindern. War es, so sinnierte ich, nicht ohne weiteres denkbar, daß sie sich auch mit Woosters nicht beharkten? Kopf hoch, Bertram, sagte ich mir und beobachtete fast frohgemut, wie George die letzten drei Strophen ausließ und davonschlurfte, wobei er uns einen letzten garstigen Blick über die Schulter zuwarf. Und der Überschwang, mit dem ich nun das kleine Männchen begrüßte, dessen Gesicht an einen bangen Krallenaffen erinnerte – Adrian Higgins, so entnahm ich meinem Programm und sollte später erfahren, daß er der liebenswürdige und allseits geschätzte Totengräber von King's Deverill war –, kam kompletter Sorgenfreiheit schon sehr, sehr nahe.

Adrian Higgins bat um unsere Aufmerksamkeit für seine »Imitationen beliebter Waldvögel«. Diese schlugen zwar nicht wie eine Bombe ein, dafür fanden die anschließenden akustischen Impressionen aus dem Viehstall freundlichere Aufnahme, und als er am Ende auch noch das Öffnen und Eingießen einer Bierflasche nachahmte, landete er sogar einen veritablen Hit, der die Besucher in aufgekratztester Stimmung zurückließ. Mit dem Schluß von Georges Rezitation glaubten sie, das Schlimmste hinter sich zu haben und auch noch dem Rest der Kegley-Bassington-Offensive standhalten zu können, wenn sie nur die Zähne zusammenbissen. Es machte sich allgemeine Erleichterung breit, und Gussie und Catsmeat hätten es gar nicht besser treffen können. Als sie im Schmuck ihrer grünen Bärte auf die Bühne traten, empfing sie stürmischer Beifall.

Es sollte der letzte sein, denn ihre Klamotte war ein Blindgänger der übelsten Sorte. Von Anfang an war mir klar, daß sich die Nummer als Schuß in den Ofen entpuppen würde, und so kam es denn auch. Sie war saftlos. Es fehlte ihr an Pfeffer und Schwung. Schon die ersten Worte ließen mich erschauern.

»Hallo, Pat«, sprach Catsmeat mit dumpfer, tonloser Stimme.

»Hallo, Mike«, entgegnete Gussie nicht minder muffelig. »Wie geht's deinem Vater?«

»Gar nicht gut – das Schloß gefällt ihm genausowenig wie die Riegel.«

»Ach, wohnt er denn in einem Riegelschloß?«

»Nein, hinter Schloß und Riegel«, antwortete Catsmeat verdrießlich und begann nun im selben depressiven Tonfall von seinem Bruder Jim zu sprechen, der als Gärtner arbeite und dem es die Petersilie verhagelt habe.

Mir war schleierhaft, welche Laus Gussie über die Leber gelaufen war, es sei denn, er sann der Kirchenorgel nach. Catsmeats Verzagtheit dagegen ließ sich leicht erklären. Von der Bühne aus hatte er freie Sicht auf Gertrude Winkworth in der ersten Reihe der Zwei-Shilling-Sitze, und der Anblick dieser blassen, stolzen und in luftigen Stoff – ich tippte auf Musselin – gehüllten Frau fuhr ihm bestimmt wie ein Schwerthieb ins Herz. Wie man einem Vikar, in dessen Privatleben sich die Corkies und Gussies und Thoses breitgemacht haben, ein gerüttelt Maß an Schwermut nicht verargen kann, so sollte man auch einem gepeinigten Galan, der sich der Frau gegenübersieht, die er verloren hat, gerechterweise zugestehen, daß er in Trübsinn verfällt.

Doch, doch, das ist schon in Ordnung so. Ich sage nicht, daß man ihm dies nicht zugestehen sollte – und ich gestand es ihm auch ohne weiteres zu. Hätte mich der geneigte Leser gefragt: »Genießt Claude Cattermole Pirbright Ihr volles Mitgefühl, Wooster?«, so hätte ich repliziert: »Worauf Sie Gift nehmen können! Er tut mir in tiefster Seele leid.« Allerdings kann ich auch nicht verschweigen, daß dieses Lord-Byron-Getue nicht dazu angetan ist, die Pointen in einer Pat-und-Mike-Klamotte richtig zünden zu lassen.

Die ganze Darbietung vermittelte dem Zuschauer ein Gefühl grauer Hoffnungslosigkeit, etwa so, wie wenn man an einem Novembersonntag um drei Uhr nachmittags dem Regen lauscht. Selbst die Stehplatzinhaber – harte, knorrige Männer, die erhabenere Gefühle nicht einmal erkannt hätten, wären sie ihnen auf einem Silbertablett, garniert mit Brunnenkresse, serviert worden – empfanden offenbar die tiefe Melancholie des Ganzen. Sie lauschten in gedrücktem Schweigen und traten von einem Fuß auf den anderen, was ich ihnen gut nachfühlen konnte. Wenn ein Knilch einen zweiten Knilch fragt, wer die Dame sei, mit der er ihn auf der Straße gesehen habe, und der zweite Knilch antwortet, das sei keine Dame gewesen, sondern seine Alte, dann sollte einem dieser Wortwechsel nicht ganz so schmerzhaft ans Herz rühren. Ein lustiges kleines Mißverständnis, sollte man meinen. Doch als Gussie und Catsmeat den Dialog sprachen, schienen sie dem allumfassenden Elend unseres irdischen Daseins Ausdruck geben zu wollen.

Zunächst wollte mir nicht recht einfallen, woran mich das Ganze erinnerte, doch dann kam es mir wieder in den Sinn. Zu der Zeit, als ich mit Florence Craye verlobt gewesen war und sie versucht hatte, meine Seele auf Vordermann zu bringen, hatte eine von ihr eingesetzte Methode darin bestanden, mich am Sonntagabend ins Theater mitzuschleppen, um russische Stücke zu sehen, in denen das alte Heim unter den Hammer kommt, während die Leute unentwegt darüber lamentieren, wie traurig dies alles doch sei. Wenn ich meine Kritik in einen Satz hätte fassen müssen, wäre es dieser gewesen: Catsmeat und Gussie hatten allzuviel russischen Geist in ihre Arbeit einfließen lassen. Und so reagierte Krethi und Plethi denn auch mit großer Erleichterung, als diese mitten aus dem ernsten Leben gegriffene Episode zum Ende kam. »Weißt du, was passiert, wenn sich ein Thunfisch und ein Walfisch treffen?« fragte Catsmeat als nächstes reichlich mutlos.

An dieser Stelle trat eine Pause ein, da Gussie in eine Art Trance gefallen war und stumm ins Leere starrte, so als hätte ihm der Gedanke an die Kirchenorgel endgültig die Flügel geknickt. Aus diesem Grund sah sich Catsmeat, dem klarwurde, daß von jener Seite höchstens noch mit moralischer Unterstützung zu rechnen war, nun gezwungen, die Unterhaltung allein zu bestreiten, was der Wirkung in solchen Momenten doch sehr abträglich ist. Kern jeder Klamotte ist ein lebendiges Hin und Her, und es will einfach keine rechte Stimmung aufkommen, wenn ein Bursche die Fragen nicht nur stellt, sondern gleich selbst beantwortet.

»Ach, du willst also wissen, was passiert, wenn sich ein Thunfisch und ein Walfisch treffen?« hakte Catsmeat mit stockender Stimme nach. »Ja, bei meiner Seel', ich will wissen, was passiert, wenn sich ein Thunfisch und ein Walfisch treffen«, bestätigte er und warf Gertrude Winkworth einen Blick zu, während ihn ein Schauer tiefster Pein durchlief. »Dann will ich dir gern verraten, was dabei passiert. Der Walfisch fragt den Thunfisch: ›Traun fürwahr, was soll'n wir tun, Fisch?‹« sagte er und unterdrückte ein Schluchzen. »›Antwortet der Thunfisch: ›Bei meiner Seel', du hast die Wahl, Fisch.‹«

Und da er schon zu geschwächt war, um Gussie noch eins mit dem Schirm auf den Deckel zu geben, packte er ihn am Ellbogen und führte ihn hinaus. Gebeugten Hauptes und schleppenden Schritts entfernten sich die beiden, als wären sie Sargträger, die ihren Sarg vergessen hatten und ihn nun holen mußten – und zu den mitreißenden Klängen von »Hallo, hallo, hallo, hallo! Wir jagen und sind froh, padamm« kam nun Esmond Haddock auf die Bühne geschritten.

Er sah umwerfend aus. Eifrig darum bemüht, alles in die Waagschale zu werfen, was ihm die Gunst des Publikums sichern konnte, hatte er sich in vollen Wichs gestürzt, inklusive rosaroter Jagdjacke und allem Drum und Dran, und die Wirkung war schlicht überwältigend. Er schien die düstere Halle mit einer Note der Freude und Hoffnung zu erfüllen. Die Welt war also doch kein solches Jammertal, dachten die Leute, und das Leben bestand nicht allein aus komischen Iren mit grünen Bärten, die »traun fürwahr« und ähnlich absurdes Zeug sagten.

Einem geschulten Auge wie dem meinen entging nicht, daß sich der junge Gutsherr seit Beendigung des improvisierten Imbisses, der das

Dinner ersetzt hatte, einen auf die Lampe gegossen hatte, doch wie ich immer wieder sage: Warum nicht? Bei keiner Gelegenheit bedarf ein das Licht der Öffentlichkeit scheuender Mann mit ausgewachsenem Minderwertigkeitskomplex dringender eines kräftigen Schluckes als vor einem Dorfkonzert, bei dem er aufzutreten hat. Und da für ihn so viel auf dem Spiel stand, wäre es grobfahrlässig gewesen, sich nicht maßvoll zu betütern.

Und just den von ihm gekippten Gläsern schreibe ich seinen selbstbewußten Auftritt zu, obschon ihn die Haltung der Anwesenden bestimmt sehr schnell davon überzeugte, daß er selbst auf Limonadenbasis hätte bestehen können. Jeder Zweifel daran, der Publikumsliebling zu sein, wurde vom donnernden Applaus weggefegt, der ihm von überall her entgegenbrandete. Ich zählte nicht weniger als zwölf Stehplatzinhaber, die auf den Fingern pfiffen, und wer nicht pfiff, der stampfte auf den Boden. Der Haaröltjäger zu meiner Linken tat das eine, ohne das andere zu lassen.

Doch nun nahte natürlich die Stunde der größten Gefahr. Ein dünnes, an austretendes Gas erinnerndes Piepsen oder gar die Unfähigkeit, sich an mehr als ein paar sporadische Textstellen zu erinnern – und schon wäre der günstige erste Eindruck ruiniert. Zwar war den rauheren Elementen im Saal über Tage unentwegt Bier ausgegeben worden, wofür sie sich stillschweigend zu Duldsamkeit verpflichtet hatten. Gleichwohl war es nun an Esmond Haddock, Nägel mit Köpfen zu machen.

Diese Nägel machte er fürwahr – ganze Säcke davon! Am Abend unserer portweinbefeuerten Durchlaufprobe hatten meine Gedanken anfänglich nur um den Liedtext gekreist, und ich war zu sehr damit beschäftigt gewesen, Tante Charlottes Material aufzupeppen, als daß ich der Güte seiner Stimme große Aufmerksamkeit hätte schenken können. Und später hatte ich selbstverständlich selbst gesungen, eine Tätigkeit, die mir stets alles an Konzentration abverlangt. Als ich auf dem Stuhl gestanden und die Karaffe geschwungen hatte, war mir zwar schwach bewußt gewesen, daß auf dem Tisch eine gewisse Unruhe herrschte, doch hätte mich Dame Daphne Winkworth bei ihrem Eintreten gefragt, was ich von Esmond Haddocks Timbre und Brio hielt, so hätte ich der Ehrlichkeit halber gestehen müssen, daß ich kaum etwas davon mitbekommen hatte.

Nun aber präsentierte sich Esmond als der Besitzer eines wohltönenden Baritons – voller Vitalität und Gefühl, vor allem aber von beträchtlicher Lautstärke. Und ein angemessener Geräuschpegel ist ja genau das, was man bei einem Dorfkonzert braucht. Wer die Lichter flackern und den Gips von der Decke rieseln läßt, der hat ausgesorgt. Esmond Haddock bot nicht einfach nur denen etwas, die Eintritt bezahlt hatten, sondern berücksichtigte auch Spaziergänger in der Hauptstraße, ja sogar jene Stubenhocker, die es sich zu Hause bei einem guten Buch gemütlich gemacht hatten. Der Leser mag sich erinnern, daß Catsmeat von den vereinten Schreien, welche Dame Daphne und die vier Deverill-Schwestern ausgestoßen hatten, als die Kunde von seiner Verlobung mit Gertrude Winkworth an ihr Ohr gedrungen war, keck behauptet hatte, diese Schreie seien bis nach Basingstoke zu hören gewesen. Ich würde meinen, daß auch Esmond Haddocks Jagdlied in Basingstoke klar und deutlich empfangen werden konnte.

Falls es sich denn so verhielt, wurde besagtem Ort ein akustischer Leckerbissen von beträchtlicher Länge zuteil, denn Esmond gab drei Zugaben, verbeugte sich mehrmals unter tosendem Applaus, gab eine vierte Zugabe, verbeugte sich abermals und schmetterte zu guter Letzt den Refrain noch einmal in die Welt. Und selbst danach ließen ihn seine Sympathisanten nur widerwillig ziehen.

Seinen Ausdruck fand dieser Widerwille während des nächsten Programmpunkts (»Großer Gott, wir loben dich«, dargebracht vom Kirchenchor unter der Leitung der Dorfschullehrerin), und zwar im Gemurmel hinten im Saal sowie in einem gelegentlichen »Hallo«. So richtig schlug er aber erst durch, als Miss Poppy Kegley-Bassington ihren Rhythmustanz zur Aufführung brachte.

Im Gegensatz zu ihrer Schwester Muriel, welche einer Kellnerin von altem Schrot und Korn glich, war Poppy Kegley-Bassington langbeinig, dunkelhaarig, gelenkig und mit einer geschmeidigen Figur gesegnet, die an eine Schlange mit Hüften denken ließ – eines jener Mädchen also, die bei jeder noch so nichtigen Gelegenheit in einen Rhythmustanz verfallen und von solchem Treiben höchstens mit dem Schlachtbeil abzubringen sind. Die Begleitmusik war orientalischen Einschlags, und ich vermutete, daß die Nummer ursprünglich als »Tanz der sieben Schleier« angelegt gewesen, dann aber an verschiedenen Stellen entschärft und dem Feingefühl des Britischen Frauenverbands angepaßt worden war. Sie bestand aus einer Reihe schlängelnder Verrenkungen, durchsetzt von gelegentlichen Pausen, während deren die Tänzerin, die sich gerade zu irgendeinem Zimmermannsknoten geschürzt hatte, auf jemanden zu warten schien, der die Kombination kannte und ihr helfen konnte, sich wieder aufzudröseln.

Und genau während einer dieser Pausen ließ der Haaröl-Grobian eine Bemerkung fallen. Seit Esmonds Abgang hatte er recht griesgrämig in die Welt geschaut, fast wie ein Baby, dem man seinen Lieblingsschnuller weggenommen hat, und er bedauerte offenkundig sehr, daß der junge Gutsherr nicht mehr in unserem Kreise weilte. Von Zeit zu Zeit murmelte er verdrossen ein paar Worte, aus denen ich Esmonds Namen herauszuhören meinte. Nun erhob er die Stimme, und ich durfte feststellen, daß ich mich keineswegs verhört hatte.

»Wir wollen Haddock«, rief er. »Wir wollen Haddock, wir wollen Haddock, wir wollen Haddock, wir wollen HADDOCK!«

Er stieß diese Worte mit lauter, klarer und durchdringender Stimme aus, als wäre er ein Gemüsehändler, der die Marktgänger über sein Spezialangebot an Blutorangen informiert, und das auf diese Weise ausgedrückte Gefühl stimmte offenbar mit den Ansichten seiner unmittelbaren Umgebung überein. Es dauerte nicht lange, da skandierten mindestens zwanzig qualitätsbewußte Konzertbesucher ebenfalls:

»Wir wollen Haddock, wir wollen Haddock, wir wollen Haddock, wir wollen Haddock, wir wollen HADDOCK!«

Was nur wieder einmal beweist, wie ansteckend solche Dinge sind. Höchstens fünf Sekunden später hörte ich eine weitere Stimme:

»Wir wollen Haddock, wir wollen Haddock, wir wollen Haddock, wir wollen Haddock, wir wollen HADDOCK!«

Einigermaßen erstaunt stellte ich fest, daß die fragliche Stimme mir selbst gehörte. Und da sich die restlichen Stehplatzinhaber, zirka dreißig an der Zahl, den Slogan ebenfalls zu eigen machten, fiel unser Urteil einstimmig aus.

Fazit: Der Bursche mit dem Haaröl, fünfzig weitere, ebenfalls mit Haaröl eingeschmierte Burschen und ich hatten gleichzeitig zu rufen begonnen, und was wir riefen, war dies:

»Wir wollen Haddock, wir wollen Haddock, wir wollen Haddock, wir wollen Haddock, wir wollen HADDOCK!«

Einige der Zwei-Shilling-Zausel zischten zwar »Pst!«, doch wir ließen uns nicht beirren, und obwohl sich die tapfere Miss Kegley-Bassington noch ein paar Sekunden weiterverrenkte, konnte das Kräftemessen nur einen Ausgang nehmen. Sie zog sich unter freundlichem Beifall zurück (wir zeigten im Sieg durchaus Größe), und Esmond kam in Stiefeln und rosaroter Jacke zurück. Und da er vorne im Saal froh jagen ging und unser Intellektuellenkreis hinten im Saal nicht minder froh jagen ging, hätte die Sache ohne weiteres den Rest des Abends beanspruchen können, wäre nicht jemand geistesgegenwärtig genug gewesen, den Vorhang für die Pause fallen zu lassen.

Nun wird man wohl annehmen, ich sei in Hochstimmung gewesen, als ich aus dem Gebäude schlenderte, um eine Zigarette zu paffen. Und einen Moment lang war dem tatsächlich so. Oberstes Ziel meiner Außenpolitik war es gewesen, Esmond zu einem Bombenerfolg zu verhelfen, und einen solchen hatte er wahrlich gefeiert. Er hatte alle anderen an die Wand gespielt. Etwa eine Viertelzigarette lang frohlockte ich ohne Wenn und Aber.

Dann jedoch verließ mich die gehobene Stimmung jäh. Die Zigarette fiel mir aus den kraftlosen Fingern, und ich blieb wie angewurzelt stehen, die Kinnlade nonchalant auf die Hemdbrust gesenkt. Soeben war mir klargeworden, daß aus verschiedenen Gründen – als da zum Beispiel waren: mein beschwerlicher Tag, mein bewegter Abend sowie die mannigfachen auf mir lastenden Bürden – jedes einzelne Wort der Christopher-Robin-Gedichte aus meinem Gedächtnis getilgt worden war.

Und ich war nach der Pause schon als Dritter an der Reihe.

23. Kapitel

Wie lange ich wie angewurzelt dastand, vermag ich nicht zu sagen. Ein gemessenes Weilchen ganz bestimmt, denn die völlig unerwartete Entwicklung hatte mich schwer mitgenommen. Aus meinen Grübeleien riß mich schließlich der Klang bäurischer Stimmen, die »Hallo, hallo, hallo, hallo, wir jagen und sind froh, tralla, wir jagen und sind froh« sangen und, wie ich nun erkannte, aus dem Inneren des *Goose & Cowslip* auf der anderen Straßenseite drangen. Und plötzlich ging mir auf – ich habe keine Ahnung, warum erst jetzt –, daß dort womöglich das geistige Stärkungsmittel auf mich wartete, dessen ich so dringend bedurfte. Wer weiß, vielleicht fühlte ich mich ja nur deshalb so schwach, weil ich zu wenig zu mir genommen hatte. Und so zog ich die Kinnlade hoch, sauste hinüber und stürzte mich in die Schankstube.

Die Sangesbrüder, die noch einmal die Nummer eins der abendlichen Hitparade zum besten gaben, taten dies vorne im Stehausschank. Der einzige Gast in der vornehmeren Schankstube war ein gottähnlicher Mann mit Melone und ernsten, fein geschnittenen Zügen sowie einem ausgeprägten Hinterkopf, welcher auf enorme Gehirnkapazitäten schließen ließ. Mit einem Wort: Jeeves. Versonnen saß er am Tisch an der Wand, vor sich ein Bier.

»Guten Abend, Sir«, sagte er und erhob sich formvollendet wie immer. »Es freut mich, Ihnen mitteilen zu dürfen, daß ich Master Thomas den Gummiknüppel abnötigen konnte. Dieser befindet sich in meiner Tasche.«

Ich hob die Hand.

»Das ist nun wirklich nicht der richtige Moment für Gespräche über Gummiknüppel.«

»Nein, Sir. Ich wollte es nur en passant erwähnt haben. Mr. Haddock hat einen überaus erfreulichen Triumph feiern dürfen, finden Sie nicht auch, Sir?«

»Noch ist jetzt der richtige Moment für Gespräche über Esmond Haddock, Jeeves«, sagte ich. »Ich bin geliefert.«

»Tatsächlich, Sir?«

»Jeeves!«

»Ich bitte um Verzeihung, Sir. Ich hätte sagen sollen: ›Wirklich, Sir?‹«

»›Wirklich, Sir?‹ ist genauso schlimm. Höchstens ein ›Sakrament!‹ oder ein ›Heiliges Kanonenrohr!‹ wäre dem Ernst der Lage angemessen. Es gab Gelegenheiten – Gelegenheiten sonder Zahl! –, in denen Sie Bertram Wooster in der Patsche sitzen sahen, doch noch nie saß er so tief drin wie jetzt. Sie erinnern sich doch noch an die von mir zu rezitierenden Gedichte? Die verdammten Dinger sind mir bis aufs letzte Wort entfallen. Ich brauche wohl die Brenzligkeit der Situation nicht eigens zu betonen. In einer halben Stunde schon werde ich oben auf der Bühne stehen, hinter mir unsere Nationalflagge, vor mir ein erwartungsfrohes Publikum, das gespannt meiner Darbietung harrt. Was aber habe ich darzubieten? Nicht eine Silbe! Und obwohl die Zuhörer eines Dorfkonzerts ziemlich krötig werden, wenn man Christopher-Robin-Gedichte rezitiert, werden sie noch sehr viel krötiger, wenn der Rezitator bloß dasteht und wie ein Goldfisch den Mund auf- und zumacht.«

»Wohl wahr, Sir. Und Sie können Ihrem Gedächtnis nicht auf die Sprünge helfen?«

»Genau mit der Absicht bin ich hier – gibt es in diesem Laden Brandy?«

»Jawohl, Sir. Ich bringe Ihnen einen Doppelten.«

»Bringen Sie mir gleich zwei Doppelte.«

»Sehr wohl, Sir.«

Er begab sich dankenswerterweise zu der kleinen Durchreiche in der Wand und meldete sein Begehr bei der unsichtbaren Hilfskraft auf der anderen Seite an. Kurz darauf kam eine Hand mit einem randvollen Glas zum Vorschein, welches Jeeves zurück zum Tisch trug.

»Mal schauen, wie das wirkt«, sagte ich. »Hoch die Tassen, Jeeves!«

»Sehr zum Wohl, Sir.«

Ich leerte das Glas und stellte es ab.

»Es ist schon eine unfaßbare Ironie des Schicksals«, sagte ich, während ich darauf wartete, daß das Zeug seine Wirkung entfalte, »daß ich einerseits über Christopher Robin nur noch Rudimentärstes zu berichten weiß, nämlich daß er hoppidi-hoppida-hoppelt, andererseits aber ›Ben Battle‹ wie am Schnürchen aufsagen könnte. Haben Sie gehört, wie sich Master George Kegley-Bassington über ›Ben Battle‹ verbreitet hat?«

»Jawohl, Sir. Meines Erachtens eine ganz unzulängliche Vorstellung.«

»Darum geht's doch gar nicht, Jeeves! Ich versuche Ihnen zu erklären, daß mich sein Vortrag in meine Knabenjahre zurückversetzt hat, wenn Sie wissen, was ich meine. Und darum bin ich nun, was das Rezitieren angeht, wieder der Bertram Wooster von anno dazumal und erinnere mich an jedes Wort von ›Ben Battle‹ so deutlich wie in der Ära, da mir das Gedicht ständig über die Lippen kam. Ich könnte den ganzen Riemen silbengetreu runterrasseln. Aber frommt mir das?«

»Nein, Sir.«

»›Nein, Sir‹, Sie sagen es! Dank George ist die Nachfrage unseres Publikums nach ›Ben Battle‹ mehr als gedeckt. Würde nun auch ich es noch damit beglücken, käme ich nicht über die erste Strophe hinaus. Krakeelend würde man die Bühne stürmen und mich ziemlich grob anfassen. Was also haben Sie vorzuschlagen?«

»Hat Ihnen die Erfrischung, die Sie zu sich genommen haben, nicht zu neuen geistigen Kräften verholfen, Sir?«

»Nicht die Bohne – ich hätte genausogut Wasser trinken können.«

»Wenn das so ist, wären Sie gut beraten, ganz auf die Zerstreuung des Publikums zu verzichten, Sir. Am besten überlassen Sie die Sache Mr. Haddock.«

»Wie bitte?«

»Ich bin mir sicher, daß Mr. Haddock gern für Sie einspringen wird. In seinem gegenwärtigen Gefühlsüberschwang freut er sich bestimmt über jede Gelegenheit, noch einmal vor sein Publikum zu treten.«

»Aber er kann den ganzen Kram doch unmöglich in einer Viertelstunde auswendig lernen!«

»Das stimmt, Sir, aber er könnte aus dem Buch vorlesen. Ich habe ein Exemplar bei mir, da ich vorhatte, mich am Rand der Bühne aufzustellen, um Ihnen bei Bedarf zu soufflieren, wie der Theaterterminus lautet.«

»Furchtbar lieb von Ihnen, Jeeves. Sehr redlich. Äußerst nobel.«

»Keine Ursache, Sir. Soll ich jetzt hinübergehen, um Mr. Haddock ins Bild zu setzen und ihm das Buch zu geben?«

Ich sinnierte. Und je länger ich dies tat, desto besser gefiel mir der Vorschlag. Wer sich gezwungen sieht, in einem Faß die Niagarafälle hinunterzugehen, der findet die Idee recht berückend, einen treuen Freund als Stellvertreter zu gewinnen, und das einzige, was einen von einem solchen Rollentausch Abstand nehmen läßt, ist normalerweise der Gedanke daran, daß dies für den treuen Freund kein Honiglecken sein wird. Im vorliegenden Falle aber zog dieser Einwand nicht, denn in dieser schönsten aller Nächte konnte sich Esmond Haddock schlechterdings alles erlauben. Ich meinte mich schwach zu erinnern, daß es im Buch ein Gedicht über Christopher Robins zehn kleine Zehelein gab. Selbst dieser Vers würde, wenn ihn King's Deverills neuer Volksheld auftischte, zu keinem Krawall führen.

»Jawohl, Jeeves, flitzen Sie gleich rüber, und bringen Sie das Geschäft unter Dach und Fach«, sagte ich ohne weiteres Zögern. »Wie immer haben Sie einen Ausweg gefunden.«

Er rückte die Melone gerade, welche er bei meinem Eintreten stilsicher gezogen hatte, und begab sich auf seine Rettungsmission. Und auch mich hielt es nicht länger auf dem Sitz, und so schlenderte ich hinaus auf die Straße und begann vor dem Wirtshaus auf und ab zu gehen. Ich war gerade kurz stehengeblieben, um die Sterne zu betrachten – wobei ich mir wie jedesmal, wenn ich Sterne sehe, die Frage stellte, warum Jeeves diese wohl einst als »Chor der hellgeaugten Cherubim« bezeichnet hatte –, als mir ein Klaps auf den Arm und ein geblöktes »Hör mal, Bertie« verrieten, daß irgendein Wesen der Nacht meine Aufmerksamkeit zu erregen suchte. Ich wandte mich um und erblickte eine Gestalt mit grünem Bart und einem schreiend karierten Anzug, und da die Gestalt nicht groß genug war, um Catsmeat zu sein, zog ich den korrekten Schluß, daß nur Gussie in solch spektakulärem Aufzug durch die Gegend spazieren konnte.

»Hör mal, Bertie«, sprach Gussie sichtlich bewegt, »ob du mir wohl einen Brandy bringen könntest?«

»Du meinst wohl einen Orangensaft?«

»Durchaus nicht, ich meine einen Brandy. Und zwar idealerweise gleich einen Eimer davon.«

Verwirrt, aber sonst ganz im Geiste eines guten Bernhardinerhundes ging ich wieder in den Schankraum und kehrte schon bald mit dem Feuerwasser zurück. Dankbar nahm Gussie das Glas entgegen, kippte etwa die Hälfte seines Inhalts in einem Zug und rang nach Atem, als wäre ein Blitz in ihn gefahren – ähnlich habe ich auch schon gestandene Männer auf Jeeves' Katertrunk reagieren sehen.

»Vielen Dank«, sagte er, nachdem er sich wieder gefaßt hatte. »Das hab' ich gebraucht. Ich hätte mich mit diesem Bart nicht selbst hineingetraut.«

»Warum nimmst du ihn nicht ab?«

»Das geht nicht. Ich habe ihn mit Mastix angeklebt, und es tut höllisch weh, wenn ich daran ziehe. Ich werde Jeeves fragen müssen, was sich da tun läßt. Sag mal, ist das Zeug hier tatsächlich Brandy?«

»Unter diesem Namen hat man es mir jedenfalls verkauft.«

»Was für eine Dreckbrühe – schmeckt wie Schwefelsäure! Wie kannst du mit deinen Zechbrüdern nur so etwas zum Vergnügen trinken?«

»Und wofür trinkst du es? Etwa weil du's deiner Mutter hoch und heilig versprochen hast?«

»Ich trinke es, Bertie, um mich gegen ein scheußliches Martyrium zu wappnen.«

Ich klopfte ihm freundlich auf die Schulter. Offenbar war er geistig nicht ganz auf dem Posten.

»Gussie, du scheinst da was zu vergessen: Dein Martyrium ist vorüber. Du hast deine Nummer abgezogen, und zwar in erbärmlichster Weise«, sagte ich streng, denn diese Rüge konnte ich ihm nicht ersparen. »Was war denn nur los mit dir?«

Er blinzelte wie ein in den Senkel gestellter Dorsch.

»War ich denn nicht gut?«

»Nein, du warst nicht gut. Du warst unter aller Kanone. Dein Auftritt hatte weder Biß noch Pfiff.«

»Auch dein Auftritt hätte weder Biß noch Pfiff, wenn du in der Gewißheit in einer derben Klamotte mittun müßtest, daß du unmittelbar danach in eine Polizeiwache einbrechen und einen Hund stehlen wirst.«

Die Sterne verloren für einen Moment noch die letzte Ähnlichkeit mit dem Chor der hellgeaugten Cherubim. Vielmehr legten sie einen flotten Stepptanz aufs Parkett.

»Sag das noch mal.«

»Wozu sollte ich? Du hast mich schon verstanden. Ich habe Corky versprochen, Dobbs' Häuschen aufzusuchen und ihren Hund rauszuholen. Sie wartet in nächster Umgebung im Wagen und wird den Vierbeiner entgegennehmen, um mit ihm zum Haus von Freunden zu brausen, die etwa zwanzig Meilen von hier in Richtung London wohnen, also weit außerhalb von Dobbs' Einflußbereich. Nun weißt du, weshalb ich einen Brandy brauchte.«

Auch ich brauchte einen Brandy. Oder jedenfalls etwas ähnlich Aufbauendes. »O einen Becher Süden, warm und rund / Voll echter Hippokrene, rosigblaß«, so sprach ich zu mir. Ich habe bereits vom Hang der Woosterschen Moral gesprochen, sich zu erheben, wenn man sie schon am Boden zerstört glaubt, doch es gibt Grenzen, und eine solche war hier erreicht. Bei diesen Schreckensworten glaubte die Woostersche Moral, ein Elefant hätte sich auf sie gesetzt. Und ich meine keinen dieser schnittigen Elefanten von mädchenhafter Statur. Nein, nein, ich rede von einem richtig dicken Brummer.

»Gussie, das darfst du nicht!«

»Was heißt denn hier ›Das darfst du nicht‹? Natürlich darf ich das – ich muß sogar. Corky wünscht es sich.«

»Aber du bist dir der Gefahr nicht bewußt. Dobbs liegt auf der Lauer nach dir. Esmond Haddock liegt auf der Lauer nach dir. Die beiden sind zum Sprung bereit.«

»Woher willst du das wissen?«

»Esmond Haddock hat es mir selbst gesagt. Er kann dich nicht riechen und hegt keinen innigeren Wunsch als den, dich eines Tages auf Abwegen zu ertappen und ins Kittchen zu stecken. Und er ist Friedensrichter, hält also sämtliche Trümpfe für das von ihm herbeigesehnte Happy-End in der Hand. Du wirst ziemlich dämlich gucken, wenn du plötzlich dreißig Tage im Loch schmorst.«

»Für Corky würde ich sogar ein Jahr lang schmoren. Und auch wenn dich das erstaunen mag, nachdem ich so lauthals nach Brandy gerufen habe«, fügte Gussie in vertraulichem Ton hinzu, »ist es ausgeschlossen, daß man mich ertappt: Dobbs ist beim Konzert.«

Das verbesserte die Großwetterlage natürlich sehr. Ich will nicht behaupten, daß ich wieder vollkommen frei atmete, aber immerhin sehr viel freier als bisher.

»Bist du auch ganz sicher?«

»Ich habe ihn mit eigenen Augen gesehen.«

»Und du hast dich auch bestimmt nicht getäuscht?«

»Mein lieber Bertie, wenn Dobbs in ein Zimmer tritt, in dem man gerade Frösche ausgesetzt hat, und er auf seinem Schnurrbart herumkaut und einen anstiert und dazu mit den Zähnen knirscht, dann erkennt man ihn, wenn man ihn wiedersieht.«

»Und doch …«

»Spar dir dein ›und doch‹! Corky will, daß ich ihren Hund raushole, und genau das werde ich jetzt tun. ›Gussie‹, so hat sie mir gesagt, ›du bist *unbezahlbar*.‹ Ich werde mich dieser Worte für würdig erweisen.«

Und dann gab er seinem Bart einen abschließenden Ruck, entschwand in die stille Nacht und überließ es mir, den Brandy zu berappen.

Ich hatte dies gerade getan, als Jeeves zurückkehrte.

»Es ist alles zur allseitigen Zufriedenheit geregelt, Sir«, sagte er. »Ich habe Mr. Haddock aufgespürt, und dieser springt, wie nicht anders zu erwarten, mit dem größten Vergnügen für Sie ein.«

Mir fiel ein gewaltiger Stein vom Herzen.

»Eine Seele von einem Menschen, unser Mr. Haddock!« sagte ich. »Diese jungen englischen Grundbesitzer sind wahrhaftig nicht von Pappe, Jeeves, wie?«

»Durchaus, Sir.«

»Der Rückgrat des Vaterlands, wie ich immer sage. Aber Sie waren eine Ewigkeit weg. Ich nehme an, Sie haben mächtig Überzeugungsarbeit leisten müssen.«

»Nein, Sir. Mr. Haddock willigte sogleich und mit Begeisterung ein. Meine Rückkehr wurde vielmehr durch den Umstand verzögert, daß mich Polizeiwachtmeister Dobbs in ein Gespräch verwickelte. Er wollte mit mir unbedingt eine Reihe von Fragen theologischer Natur erörtern. Sein besonderes Interesse gilt offenbar Jonas und dem Wal.«

»Gefällt ihm das Konzert?«

»Nein, Sir. Er hat sich in abfälliger Weise über die Güte des Gebotenen geäußert.«

»Mit George Kegley-Bassington hat er wohl nicht viel anfangen können, wie?«

»Nein, Sir. Master Kegley-Bassington bedachte er mit scharfer Kritik, und ähnlich beißend fielen seine Kommentare zu Miss Kelgey-Bassingtons Rhythmustanz aus. Um nicht auch noch die Darbietungen der restlichen Familienmitglieder erdulden zu müssen, ist er nun in sein Häuschen zurückgekehrt, wo er den Abend bei einer Pfeife Tabak und dem religionskritischen Werk von Robert G. Ingersoll beschließen will.«

24. Kapitel

So also präsentierte sich die Lage: Oben, am klaren Himmel, bildeten die Sterne den Chor der hellgeaugten Cherubim. Hinter den Kulissen (beziehungsweise in der Kneipe) bildeten die Dorfrabauken gleichfalls einen Chor, der laut nach Bier verlangte. Und im Bühnenhintergrund betrachtete mich Jeeves, welcher seine Bombe gerade hatte platzen lassen, voller Besorgnis, so als fürchtete er, daß mit dem jungen Herrn etwas nicht stimme – und mit dieser Annahme lag er ja auch hundertprozentig richtig. Der junge Herr fühlte sich, als wäre gerade ein Expreßzug über seine arme Seele gerattert.

Ich mußte fünf- oder sechsmal nach Luft schnappen, bevor ich weiterreden konnte.

»Jeeves, das habe ich wohl falsch verstanden, oder?«

»Sir?«

»Daß Wachtmeister Dobbs in sein Häuschen zurückkehrt.«

»Nein, Sir. Er hat mir verraten, daß er dies zu tun gedenke, da es ihn nach Ruhe dürste.«

»Nach Ruhe?« rief ich. »So ein Witz!«

Und mit dumpfer, tonloser Stimme – vergleichbar derjenigen von George Kegley-Bassington beim Rezitieren von »Ben Battle« – setzte ich ihn ins Bild.

»Der langen Rede kurzer Sinn, Jeeves: So sieht's aus«, kam ich zum Schluß. »Und obwohl dies nicht von Belang ist, wie ja nun überhaupt nichts mehr von Belang ist, möchte ich Sie fragen, ob Ihnen auch auffällt, wie sehr die momentane Lage jener in Alfred Lord Tennysons berühmtem Gedicht ›Der Angriff der leichten Brigade‹ gleicht, welches ebenfalls zu den Stücken gehörte, die ich in glücklicheren Tagen zu rezitieren pflegte. Ich meine damit, daß jemand gepatzt hat und Gussie nun – wie die im Gedicht erwähnten Sechshundert – ins Todestal reitet. ›Vorwärts, er fraget und zaget nicht / Vorwärts, er wanket und schwanket nicht / Vorwärts, gehorchen ist einzige Pflicht …‹«

»Bitte um Verzeihung, Sir, wenn ich Sie unterbreche …«

»Nicht doch, Jeeves, ich war ohnehin fast fertig.«

»… aber wäre es nicht ratsam, Gegenmaßnahmen einzuleiten?«

Trüben Auges betrachtete ich ihn.

»Gegenmaßnahmen, Jeeves? Was soll denn das bringen? Und wie hätten diese Ihres Erachtens auszusehen? Meiner Meinung nach entzieht sich das Ganze allem menschlichen Einfluß.«

»Vielleicht läßt sich Mr. Fink-Nottle noch einholen und über die Gefahr in Kenntnis setzen.«

Ich zuckte mit den Schultern.

»Wir können's ja versuchen. Viel verspreche ich mir freilich nicht davon, doch Probieren geht über Studieren. Kennen Sie den Weg zu Dobbs' Häuschen?«

»Jawohl, Sir.«

»Na dann los«, sagte ich matt.

Als wir uns vom Ende der Hauptstraße in die finsteren Gefilde dahinter aufmachten, trieben wir ein bißchen Konversation.

»Mir ist aufgefallen, Jeeves, daß vorhin, als ich die unfrohe Kunde überbracht habe, eine Ihrer Augenbrauen gezuckt hat.«

»So ist es, Sir. Meine Erregung war beträchtlich.«

»Ist die Beträchtlichkeit Ihrer Erregung denn nie so groß, daß Sie ›Heiliger Strohsack!‹ sagen?«

»Nein, Sir.«

»Oder ›Hol's der Henker!‹?«

»Nein, Sir.«

»Seltsam. Ich hätte gedacht, daß Sie das in einem solchen Moment tun würden. Wenn Sie mich fragen, ist dies das Ende – oder nicht?«

»Wo Leben ist, da ist Hoffnung, Sir.«

»Treffend formuliert, auch wenn ich mich Ihnen nicht anschließen kann. Ich sehe auch nicht den geringsten Anlaß für Hoffnung. Wir werden Gussie nicht einholen. Bestimmt ist er längst dort. Inzwischen hat ihn Dobbs todsicher im Schwitzkasten und montiert ihm die Handschellen.«

»Vielleicht ist der Herr Wachtmeister ja nicht auf direktem Weg heimgekehrt, Sir.«

»Sie halten es für möglich, daß er noch irgendwo einen zischt? Kann schon sein, obwohl sich mein Optimismus in Grenzen hält, denn dies würde bedeuten, daß Fortuna heute ihre Spendierhosen trägt. Und meine Erfahrung mit Fortuna sagt mir …«

Ich hätte weitergesprochen und das Feld wohl in einiger Tiefe durchpflügt, sinne ich doch oft Fortunas ständigem Hang nach, wackeren Männern ein Bein zu stellen. In diesem Moment sprach mich jedoch ein weiteres Wesen der Nacht an, diesmal mit Sopranstimme, worauf ich feststellte, daß am Straßenrand ein Auto stand.

»Juhu, Bertie!« erklang die silberhelle Stimme. »Holdrio, Jeeves!«

»Guten Abend, Miss«, antwortete Jeeves weltgewandt wie immer. »Miss Pirbright, Sir«, setzte er, zu meiner Aufklärung, leise hinzu.

Ich hätte die silberhelle Stimme auch so erkannt.

»Grüß dich, Corky«, sagte ich mißmutig. »Du wartest auf Gussie?«

»Ja, er ist gerade vorbeigekommen. Was hast du gesagt?«

»Ach, nichts«, erwiderte ich, denn ich hatte bloß im Sinne einer Randbemerkung gemurmelt: »Vorwärts! Kanonen rechts und links / Kanonen in Front, gewärtig des Winks / Falle, was da fallen muß.« – »Dir ist doch hoffentlich klar, daß du ihn in ein Verhängnis gelockt hast, welches so grauenhaft ist, daß einem schon beim bloßen Gedanken schwindlig wird?«

»Wie meinst du das?«

»Er wird am Ziel seiner Wanderschaft einen in das Werk Robert G. Ingersolls vertieften Wachtmeister Dobbs antreffen. Wie lange der Wachtmeister in das Werk Robert G. Ingersolls vertieft bleiben wird, nachdem er festgestellt hat, daß Gussie in sein Häuschen eingedrungen ist und es enthundifiziert hat, läßt sich nur schwer …«

»So ein Mumpitz! Dobbs ist beim Konzert.«

»Er *war* beim Konzert, hat sich jedoch vorzeitig entfernt und befindet sich nun …«

Erneut wurde ich in meinen Ausführungen unterbrochen. Am Ende der Straße hatte ein Bellen die Stille der Nacht zerrissen. Dieses schwoll nun an, was darauf schließen ließ, daß sich das bellende Wesen auf uns zubewegte. Corky sprang aus dem Wagen und postierte sich als eine Art Empfangskomitee mitten in der Fahrbahn.

»Was bist du doch für ein Quatschkopf, Bertie!« rief sie recht hitzig. »Man nimmt doch eine junge Frau nicht so auf den Arm und jagt ihr eine Heidenangst ein. Alles ist nach Plan gelaufen. Da rennt Sam ja schon – diese Stimme würde ich überall erkennen. So ist's brav, Sam! Los, hierher. Komm zu Muttchen.«

Was nun folgte, kam der großen Szene im *Hund der Baskervilles* schon sehr nahe. Das Gekläffe und Getrappel wurde immer lauter, und plötzlich dampfte Sam Goldwyn in hohem Tempo an, wobei sein ganzes Gebaren unmißverständlich verriet, wie gelegen ihm die Beendigung der tagelangen Seßhaftigkeit gekommen war. Man hätte ihm ohne weiteres fünfzig Meilen in gleicher Geschwindigkeit zugetraut, doch unser Anblick ließ ihn umdenken. Er blieb stehen, schaute und lauschte. Und als ihm auch noch unsere vertraute Duftnote in die Nase stieg, warf er seine ganze Seele in einen Aufschrei des Entzückens. Er stürzte sich auf Jeeves, als wolle er ihm das Gesicht ablecken, doch die stille Würde des Mannes gebot ihm Einhalt. Jeeves betrachtet das Tierreich zwar mit wohlgefälligem Auge und ist der erste, der hier einen Kopf streichelt und da einen passenden Leckerbissen anbietet, doch das Gesicht läßt er sich nicht ablecken.

»Rein mit dir, Sam«, sagte Corky, nachdem sich die Wiedersehensfreude etwas gelegt hatte und unser aller Blut nicht länger auf dem Siedepunkt stand. Sie schob ihn in den Wagen und nahm ihren Platz hinter dem Lenkrad wieder ein. »Die Zeit des Abschieds ist gekommen«, sagte sie. »Jeder Regisseur, der auf sich hält, würde an dieser Stelle die rasche Abblende einsetzen. Ich sehe dich später in Deverill Hall, Bertie. Man hat Onkel Sidney gebeten, nach der Vorstellung zu Kaffee und Sandwiches vorbeizuschauen, und ich werde mich ihm zwanglos anschließen – in der vielleicht auf etwas wackligen Beinen stehenden Hoffnung, ich sei in die Einladung eingeschlossen.«

Sie gab ihrem Zweisitzer die Sporen und entschwand in die Dunkelheit. Sam Goldwyns Sologesang erstarb, und abermals kehrte Ruhe ein. Wobei Ruhe wohl nicht das richtige Wort ist, denn in diesem Moment ertönte in der Ferne ein seltsames Hämmern, welches ich zunächst nicht einzuordnen vermochte. Es hörte sich an, als übe sich jemand im Stepptanz. Allerdings war es eher unwahrscheinlich, daß jemand um diese Nachtzeit noch so etwas im Freien tat. Doch dann kam ich drauf. Irgend jemand – nein, es waren zwei Personen – kam – oder besser: kamen – durch die Straße auf uns zugerannt, und ich wandte mich mit fragend in die Höhe gezogener Augenbraue an Jeeves, als dieser mich in den Schatten zog.

»Ich befürchte das Schlimmste, Sir«, sagte er mit gedämpfter Stimme – und im nächsten Moment schon rückte das Schlimmste tatsächlich an. Neben dem erwähnten Chor der hellgeaugten Cherubim stand inzwischen ein recht ansehnlicher Mond am klaren Himmel und verbesserte – wie unter solchen Umständen üblich – die Sicht ganz entscheidend. Und so war klar zu erkennen, was vor sich ging.

Vor sich gingen, und zwar in dieser Reihenfolge, Gussie und Wachtmeister Dobbs. Da ich die Startphase der Ereignisse nicht vor Ort verfolgt hatte, kann ich nur erahnen, was vorgefallen war, doch jeder Mensch, der eine Polizeiwache betritt, um einen Hund zu stehlen, und dort einen Wachtmeister Dobbs antrifft, würde unweigerlich Fersengeld geben, und so dürfen wir annehmen, daß Gussie einen Blitzstart hingelegt hatte. Als die Läufer in Sicht kamen, war sein Vorsprung schon beträchtlich, und er schien diesen noch ausbauen zu wollen.

Es ist merkwürdig, wie man mit einem Burschen von Kindesbeinen an die innigste Freundschaft unterhalten kann und doch eine Seite seiner Persönlichkeit überhaupt nicht kennt. In jahrelangem Umgang hatte ich Gussie als Molchfreund, als Liebenden und als Hornochsen erlebt, doch nie hätte ich in ihm den geborenen Kurzstreckenläufer vermutet. Mit entsprechender Verblüffung gewahrte ich nun, wie hervorragend er sich in dieser Spezialdisziplin schlug. In der Art eines Eselhasen der amerikanischen Prärie wetzte er dahin, den Kopf in den Nacken und den grünen Bart in den Wind geworfen. Auch seine Beinarbeit vermerkte ich positiv.

Dobbs dagegen bewegte sich weit schwerfälliger, und ein geschultes Auge wie das meine, welches schon so manches Geländejagdrennen gesehen hat, erkannte gleich, daß er beim Kampf um den Sieg nicht mittun würde. Bereits keuchte er stark, und ich bin überzeugt, daß Gussie bald das Feld abgehängt und das Rennen locker nach Hause gelaufen hätte, wäre er nur intelligent genug gewesen, den Kopf bei der Sache zu behalten. Polizeiwachtmeister sind nicht auf Tempo ausgelegt.

In Hochform erlebt man sie vielmehr an Straßenecken, wo sie »Bitte weitergehen!« sagen.

Doch wie ich vorhin betont habe, war Augustus Fink-Nottle nicht nur ein Kurzstreckenläufer von beträchtlichem Talent, sondern auch ein Hornochse, und nun, da er den Sieg bereits in der Tasche hatte, brach sein Hornochsennaturell durch. Am Wegesrand stand ein Baum, auf den Gussie, der jäh von seinem Kurs abgekommen war, zustürzte, und im nächsten Augenblick schon schwang er sich in dessen Geäst hoch. Was ihm dies bringen sollte, wußte wohl nur sein kranker Geist. Ernest Dobbs mochte ja keiner von Hampshires hellsten Köpfen sein, doch wie man sich unter einen Baum stellte, wußte auch er.

Und genau dazu schickte er sich nun an. Die Absicht, die Sache auf diese Weise auszufechten, selbst wenn dies den ganzen Sommer in Anspruch nehmen sollte, stand in jede Faser seines stämmigen Leibs geschrieben. Da er mir den Rücken zugewandt hielt, konnte ich sein Gesicht natürlich nicht sehen, doch bestimmt zeichnete sich darauf ebenfalls Entschlossenheit ab, und nichts hätte schließlich resoluter klingen können als seine Stimme, mit der er dem menschlichen Vogel auf der Stange zurief, er steige jetzt besser ohne weiteren Aufschub hinunter. »Widerstand ist zwecklos!« rief Ernest Dobbs, und wo er recht hatte, hatte er recht. Ich schloß die Augen, um mir das nun zwingend folgende Trauerspiel zu ersparen.

Ein komisches, dumpfes Geräusch – so als pralle ein fester Gegenstand in einen zweiten festen Gegenstand – ließ mich die Augen wieder öffnen. Ich traute ihnen kaum: Ernest Dobbs, der gerade noch mit breiten Beinen und in den Gürtel gesteckten Daumen dagestanden hatte, als posiere er für die Statue »Das Recht gibt dem Missetäter Saures«, streckte nun, wie es so schön heißt, alle viere von sich. Oder um es noch präziser auszudrücken: Er lag auf der Straße, das Gesicht den Sternen zugewandt, derweil Jeeves – einem Krieger gleich, der sein Schwert in die Scheide schiebt – ein Objekt in seine Tasche zurücksteckte, welches, so sagte mir mein Instinkt, klein, aber praktisch und aus Kautschuk gefertigt war.

Ich wankte hinüber und rang nach Atem, als ich die sterblichen Überreste des Wachtmeisters Ernest Dobbs betrachtete. Daß er friedlich aussah, war noch das beste, was sich über ihn sagen ließ.

»Gütiger Himmel, Jeeves!« rief ich.

»Ich habe mir erlaubt, den Herrn Wachtmeister mit dem Gummiknüppel ruhigzustellen, Sir«, erläuterte er in respektvollem Ton. »Dies schien mir die simpelste Methode zu sein, um Unbill abzuwenden. Die Gefahr ist gebannt, Sir, Sie können hinunterklettern«, fuhr er, an Gussie gewandt, fort. »Gestatten Sie mir jedoch den Hinweis, daß die Zeit drängt. Ich würde mich nicht dafür verbürgen wollen, daß der Wachtmeister auf Dauer reglos verharren wird.«

Dies brachte mich auf einen ganz neuen Gedanken.

»Sie glauben doch nicht ernsthaft, daß er sich wieder aufrappeln wird?«

»O doch, Sir. Das ist nur eine Frage der Zeit.«

»Ich hätte gedacht, ihm fehle zur perfekten Leiche bloß noch eine Lilie in der rechten Hand.«

»Aber nein, Sir. Der Gummiknüppel sorgt lediglich für eine temporäre Unpäßlichkeit. Erlauben Sie, Sir«, sagte er und half Gussie hinunter. »Ich rechne allerdings damit, daß Dobbs recht stechende Kopfschmerzen verspüren wird, wenn er zur Besinnung kommt, aber …«

»Wo gehobelt wird, fallen Späne?«

»Genau, Sir. Es wäre wohl klüger, wenn Mr. Fink-Nottle den Bart abnähme. Dieser bietet ein allzu offensichtliches Erkennungszeichen.«

»Aber das geht nicht. Das Ding ist mit Mastix angeklebt.«

»Wenn Mr. Fink-Nottle nichts einzuwenden hat, begleite ich ihn gern auf sein Zimmer, wo ich die Sache im Handumdrehen bereinigen kann.«

»Tatsächlich? Dann nichts wie los, Gussie!«

»Hm?« sagte Gussie, dem es ganz ähnlich sah, in einem solchen Moment dumm rumzustehen und »Hm?« zu sagen. Er wirkte wie betäubt, so als hätte man auch ihm gerade eine verpaßt.

»Hau schon ab!«

»Hm?«

Ich machte eine matte Geste.

»Schaffen Sie ihn fort, Jeeves«, sagte ich.

»Sehr wohl, Sir.«

»Ich würde Sie ja gern begleiten, werde aber andernorts in Anspruch genommen. Ich brauche jetzt nochmals ein halbes Dutzend Brandys, und zwar zackig. Sind Sie auch ganz sicher, was die Vermeintlichkeit dieser Leiche angeht?«

»Sir?«

»›Vermeintlich‹ ist doch hier das *mot juste,* nicht wahr?«

»O ja, Sir. Überzeugen Sie sich selbst – der Herr Wachtmeister kommt bereits zu sich.«

Und siehe da, Ernest Dobbs schien tatsächlich kurz davorzustehen, seinen Dienst wieder anzutreten. Er regte sich, er rührte sich, und neue Lebensgeister schienen ihn zu durchzucken. Und da dem so war, hielt ich einen raschen Abgang für angezeigt. Ich hatte wenig Lust, am Krankenbett zu wachen, wenn ein Bursche von seiner Muskelkraft und Reizbarkeit zu Bewußtsein kam und sich nach dem Schuldigen umsah. Wieselflink kehrte ich deshalb ins *Goose & Cowslip* zurück, um die Hand, welche in der Durchreiche erschien, ein Weilchen auf Trab zu halten. Als ich mich wieder halbwegs bekrabbelt hatte, spazierte ich zurück nach Deverill Hall und verschanzte mich in meinem Zimmer.

Ich hatte, wie man sich denken kann, reichlich Stoff zum Grübeln. Die Begegnung mit diesem tieferen, knüppelschwingenden Charakterzug meines Dieners hatte mich vollkommen unvorbereitet getroffen. Da mußte man sich doch einfach fragen, wohin das alles noch führte. Jeeves und ich hatten in der Vergangenheit schon so manche Differenz ausgetragen und beispielsweise keine Einigkeit über purpurrote Socken oder weiße Smokingjacken erzielen können, und da wir beide senkrechte Männer waren, käme es auch in Zukunft zwingend zu solchen Differenzen. Um so beunruhigender war der Gedanke, daß er in der Hitze des Gefechts – das beispielsweise der Frage galt, ob sich eine weiche Hemdbrust für die Abendgarderobe schicke – alle Anstandsregeln vergessen und die Debatte beschließen könnte, indem er ausholte und mir mit einem festen Gegenstand eins aufs Stirnbein gab. Es blieb nur zu hoffen, daß Sitte und Anstand solche Impulse in Schach halten würden.

Ich versuchte mich noch immer an den Gedanken zu gewöhnen, daß ich an meinem Busen über Jahre hinweg ein Wesen genährt hatte, das von jeder Verbrecherbande mit Handkuß als Nachwuchsschläger aufgenommen worden wäre, als der von seinem Kinngestrüpp befreite Gussie eintrat. Er hatte den karierten Anzug zugunsten einer Smokingjacke abgelegt, und jäh wurde mir bewußt, daß auch ich mich umzuziehen hätte. Mir war ganz entfallen, daß Corky erwähnt hatte, nach dem Konzert steige im Salon von Deverill Hall eine große Sause mit Kaffee und Sandwiches, und inzwischen stand man in der Dorfhalle bestimmt kurz davor, »God Save the King« anzustimmen.

Gussie schien in Gedanken versunken zu sein. Er wirkte fahrig. Während ich eilends in Socken, Hemd und Abendschuhe schlüpfte, durchmaß er den Raum und befingerte die *objets d'art* auf dem Kaminsims, und als ich in die enganliegende Hose glitt, drang an mein Ohr der vertraute Klang eines gequälten Aufstöhnens – ob es nun gequälter war als die von mir und Catsmeat in jüngster Zeit abgesonderten Exemplare, kann ich nicht sagen, aber gequält war es auf jeden Fall. Seit geraumer Zeit schon starrte er auf das an der Wand hängende Bild einer jungen, eine Taube angurrenden Frau mit Schutenhut, die von einem im Bildhintergrund stehenden Burschen mit Dreispitz und aufreizend knappem Beinkleid beäugt wurde – eines jener Bilder, von denen es in Häusern wie Deverill Hall nur so wimmelte. Nun wandte er sich um und sprach:

»Bertie, kennst du das Gefühl, wenn einem etwas wie Schuppen von den Augen fällt?«

»Selbstverständlich. Mir ist schon so manches wie Schuppen von den Augen gefallen.«

»Mir auch«, sagte Gussie, »und ich kann dir auch genau sagen, wann. Es war in dem Moment, da ich oben in der Baumkrone saß und auf Wachtmeister Dobbs hinuntersah. Als ich ihn sagen hörte, Widerstand sei zwecklos, fiel es mir wie Schuppen von den Augen.«

Ich erlaubte mir, ihn zu unterbrechen.

»Einen Moment, bitte«, sagte ich. »Nur damit wir uns recht verstehen: Wovon sprichst du eigentlich?«

»So hör mir doch zu: Von den Schuppen, die mir von den Augen gefallen sind! Etwas ist mit mir passiert. Im Nu und ohne jede Vorwarnung erstarb die Liebe.«

»Wessen Liebe denn?«

»Meine, du Blödmann. Für Corky. Ich spürte, daß ein Mädchen, welches einen Mann auf einen derartigen Spießrutenlauf schickt, keine Ehefrau für mich sein kann. Versteh mich nicht falsch, ich bewundere sie noch immer über alle Maßen und glaube, sie wäre eine geradezu ideale Partnerin für einen die Gefahr liebenden Kerl wie Ernest Hemingway. Doch nach allem, was heute abend vorgefallen ist, steht für mich fest, daß ich als Lebensgefährtin ein nicht ganz so flatterhaftes Wesen brauche. Du hättest sehen sollen, wie die Augen von Wachtmeister Dobbs im Mondschein gefunkelt haben!« sagte er und verstummte mit einem heftigen Schauer.

Stille trat ein, denn meine Begeisterung über diese sensationelle Neuigkeit war so groß, daß ich zunächst keinen Laut rausbrachte. Schließlich rief ich »Juchhe!«, wobei ich die Stimme möglicherweise leicht hob, denn Gussie vollführte nun einen gewaltigen Satz und sagte, er wäre mir sehr verbunden, wenn ich nicht so unvermittelt »Juchhe!« brüllen würde, nun habe er sich doch prompt auf die Zunge gebissen.

»Tut mir leid«, entgegnete ich, »aber ich halte daran fest. Ich habe ›Juchhe!‹ gesagt, und ›Juchhe!‹ habe ich auch gemeint. ›Juchhe!‹ ist, vielleicht abgesehen von ›Halleluja!‹, das einzige Wort, das die Sache trifft, und gebrüllt habe ich es schlicht deshalb, weil ich so aufgewühlt bin. Ich gestehe dir offen, Gussie, daß mir deine Leidenschaft für die kleine Corky großen Kummer bereitet hat. Mit geschürzten Lippen stellte ich mir die Frage, ob du da auch wirklich aufs richtige Pferd setzt. Corky ist ja ganz nett und, wie du zu Recht sagst, eine geradezu ideale Braut für einen Mann, dem es nichts ausmacht, wenn er ihretwegen Knall und Fall in einer unserer dem Strafvollzug gewidmeten Anstalten landet, doch die Frau, die wirklich zu dir paßt, ist selbstverständlich Madeline Bassett. Nun kannst du zu ihr zurückkehren und ihr die Treue halten, bis daß der Tod euch scheide. Es wird mir ein Vergnügen sein, den silbernen Eierkocher – oder welches Hochzeitsgeschenk auch immer gewünscht wird – beizusteuern, und du kannst Gift darauf nehmen, daß ich in der ersten Kirchenreihe sitzen und aus voller Kehle ›Herr, vor dein Antlitz treten zwei‹ singen werde.«

Ich legte eine kurze Pause ein, war mir doch aufgefallen, daß er sich ganz furchtbar wand. Ich fragte ihn, warum er sich so furchtbar winde, und er antwortete, daß sich wohl jeder Mensch furchtbar winden würde, der sich so ins Unglück geritten habe wie er, und daß ich mir meine dummen Sprüche über eine Rückkehr zu Madeline gefälligst verkneifen solle.

»So gern ich dies auch täte, wie soll ich zu Madeline zurückkehren, nachdem ich ihr geschrieben habe, die Chose sei abgeblasen?«

Ich erkannte, daß es an der Zeit war, ihm die guten Neuigkeiten mitzuteilen.

»Gussie«, sagte ich, »alles ist gut. Kein Grund zur Sorge. Andere waren emsig, derweil du geruht hast.«

Und ohne weiteres Geplänkel schilderte ich ihm, was in Wimbledon über die Bühne gegangen war.

Zu Beginn lauschte er stumm. Die Augen traten ihm fast aus dem Kopf, und die Lippen bewegten sich wie die eines Lachses zur Laichzeit.

Als er den Kern aber endlich erfaßt hatte, hellte sich sein Gesicht auf, Feuer erleuchtete die Hornbrille, und er umklammerte meine Hand und sprach dazu die recht großmütigen Worte, er stehe in aller Regel hinter keinem zurück, der in mir den ungekrönten König der Schwachköpfe sehe, doch in diesem Falle müsse er einräumen, daß ich Mut, Findigkeit, Unternehmungsgeist und eine schon fast menschliche Intelligenz an den Tag gelegt hätte.

»Du hast mir das Leben gerettet, Bertie!«

»Keine Ursache, alter Knabe.«

»Ohne dich …«

»Nicht der Rede wert. Ein Wooster ist stets zu Diensten.«

»Ich rufe sie jetzt an.«

»Das wäre ein äußerst kluger Schachzug.«

Er sann kurz nach.

»Aber nein, zum Kuckuck! Ich zische besser gleich zu ihr. Jawohl, ich hole jetzt meinen Wagen und fahre nach Wimbledon.«

»Sie liegt aber schon im Bett.«

»Dann übernachte ich eben in London und sause morgen in aller Früh hin.«

»Kurz nach acht ist sie garantiert auf den Beinen. Denk aber bitte an dein verstauchtes Handgelenk.«

»Aber ja, zum Kuckuck! Gut, daß du mich erinnerst. Was war das noch mal für ein süßes Mädchen, das ich gerettet habe?«

»Klein, blaue Augen, güldenes Haar, mit einem Lispeln.«

»Klein, blaue Augen, güldenes Haar, mit einem Lispeln – ist notiert.«

Abermals umklammerte er meine Hand und sprang davon. An der Tür blieb er noch einmal stehen, um mir zu sagen, ich solle Jeeves bitten, ihm das Gepäck nachschicken zu lassen. Da ich meine Toilette inzwischen beendet hatte, ließ ich mich in einen Sessel sinken und gönnte mir eine Zigarette, bevor es in den Salon ging.

Wahrscheinlich hätte ich mich in diesem Moment des Wohlbehagens – das Herz hüpfte mir im Leibe, und das gute alte Blut rauschte durch die Adern, wie man so schön sagt – ermahnen sollen: »Bloß nicht übertreiben mit dem Jubelgeschrei. Vergiß nicht, daß das verworrene Liebesleben von Catsmeat, Esmond Haddock, Gertrude Winkworth, Wachtmeister Dobbs und Queenie, dem Stubenmädchen, noch immer der Entwirrung harrt«, aber der Leser weiß ja, wie es ist. Es gibt Zeiten im Leben eines Mannes, da neigt er allzu stark dazu, nur an sich zu denken, und ich räume ein, daß das Leid der oben angeführten Seelen in Not förmlich pulverisiert wurde von dem Gedanken, daß Fortuna nach verpatztem Start wenigstens Bertram Wooster mit Anstand behandelt hatte.

Kurzum, meine Geisteshaltung entsprach ungefähr der eines Forschungsreisenden in Afrika, der dank hurtiger Erklimmung eines Baumes um Haaresbreite einem cholerischen Krokodil entronnen ist und der nun aus einer Reihe von Schreien in der Tiefe schließt, daß seinem treuen eingeborenen Träger das Glück weniger hold ist. Zweifellos lauscht er dem Treiben mit einiger Schwermut, doch so sehr ihm auch das Herz bluten mag, verspürt er, ob er will oder nicht, zuvörderst eine gewisse Erleichterung darüber, daß das Leben eingeborener Träger zwar gerade recht beschwerlich, er selbst dagegen aller Sorgen ledig ist.

Ich drückte die Zigarette aus und rüstete mich zum Aufbruch, ganz erpicht auf ein wohlschmeckendes Sandwich und eine stärkende Tasse Kaffee, als im Türrahmen etwas Rosarotes aufblitzte und Esmond Haddock ins Zimmer trat.

25. Kapitel

Beim Abfassen dieser Geschichte für die ganze Familie ist es stets mein oberstes Ziel gewesen, das richtige Wort an die richtige Stelle zu setzen und die Kundschaft, welche ein Recht auf aussagekräftige Formulierungen hat, nicht mit Platitüden abzuspeisen. Das zieht natürlich einige Mehrarbeit nach sich, doch man hat schließlich seine Grundsätze.

Deswegen wollen wir das letzte Wort am Ende des vorherigen Kapitels tilgen und das »trat« schleunigst durch ein »kurbettierte« ersetzen: Etwas Rosarotes blitzte auf, und Esmond Haddock kurbettierte ins Zimmer. Ich weiß nicht, ob der Leser schon einmal jemanden kurbettieren sah, aber Schlachtrösser taten dies in grauer Vorzeit recht häufig, und auch Esmond Haddock tat dies nun. Seine gestiefelten Füße legten einen schon fast an Poppy Kegley-Bassington erinnernden Rhythmustanz auf den Teppich, und ich bedurfte nicht einmal der von ihm geschmetterten Jagdrufe, um zu wissen, daß vor mir einer stand, dem der Frohsinn wohl aus mehr Poren drang als je einem Burschen.

Ich rief ihm ein »Hallo, Esmond!« zu und bat ihn, Platz zu nehmen, doch er starrte mich nur ungläubig an.

»Du glaubst doch nicht im Ernst, daß ich mich in dieser Nacht der Nächte *hinsetzen* kann, oder?« fragte er. »Die nächsten Monate werde ich mich wohl überhaupt nicht mehr setzen. Nur mit größter Willensanstrengung kann ich mich abhalten, zur Decke hochzuschweben. Horrido!« rief er, das Thema jäh wechselnd. »Halali! Weidmannsheil! Hussa-hussa-hussa!«

Jeeves und ich hatten eine gewisse moralische Aufheiterung infolge des Triumphs im Konzertsaal in Rechnung gestellt, doch gab es nichts daran zu deuteln, daß wir die berauschende Wirkung eines Bads in der Menge kraß unterschätzt hatten. Als ich diesen Haddock kurbettieren sah und seinen animalischen Schreien lauschte, dachte ich, es sei ein Glück, daß mein alter Kumpel Sir Roderick Glossop nicht zugegen war. Jener übereifrige Seelenklempner wäre längst ans Telefon gehechtet, um seine rauhbeinigsten Pfleger anzuweisen, mit der Zwangsjacke herbeizueilen und in der Gummizelle schon mal Staub zu wischen.

»Tja, wie dem auch sei, und ehe ich es vergesse«, sagte ich nach weiteren eineinhalb Minuten seines Hussa-Gebrülls. »Ich möchte dir von ganzem Herzen für deine ritterliche Bereitschaft danken, dich meiner Gedichte anzunehmen. Hat alles geklappt?«

»Bestens.«

»Kein Volksaufstand?«

»Nicht die Spur. Die Leute haben mir aus der Hand gefressen.«

»Freut mich, freut mich. Wir dachten uns schon, die breiten Massen seien dir bestimmt so gewogen, daß keine wirkliche Gefahr bestehe. Dennoch bist du ein beträchtliches Risiko eingegangen, und man kann nur dem Himmel dafür danken, daß alles glimpflich verlaufen ist. Kein Wunder, daß du so aufgekratzt bist«, sagte ich und würgte eine neuerliche Hussa-Kaskade ab. »Das würde wohl jedem so gehen, der einschlägt wie du. Du hast sie ganz schön umgehauen.«

Er hielt mitten in einer Kurbette inne, um mir abermals einen ungläubigen Blick zuzuwerfen.

»Mein lieber Gussie«, sagte er, »du glaubst doch nicht etwa, daß ich so schwebe, weil mein Lied gut angekommen ist?«

»Nein?«

»Aber woher!«

»Und warum schwebst du dann?«

»Wegen Corky natürlich. Du lieber Himmel!« rief er und schlug sich an die Stirn, schien dies aber sogleich zu bereuen, da er recht kräftig zugelangt hatte. »Du lieber Himmel, ich habe dir noch gar nicht davon erzählt, wie? Woran du ungefähr ermessen kannst, wie sehr ich aus dem Häuschen bin, denn nur um dir davon zu berichten, bin ich hier! Du bist nicht auf dem laufenden, Gussie. Du hast die große Neuigkeit noch nicht gehört. Hier passieren die weltbewegendsten Dinge, und du hast keinen Schimmer davon. Ich will dir die ganze Geschichte erzählen.«

»Tu das«, sagte ich und fügte hinzu, ich könne es kaum erwarten.

Er beruhigte sich leicht – zwar nicht so sehr, daß er sich hätte setzen können, aber doch so, daß er sein Kurbettieren vorübergehend einstellte.

»Gussie, ich frage mich gerade, ob du dich noch an das Gespräch erinnerst, das wir am Abend deiner Ankunft geführt haben. Ich will dein Gedächtnis gern auffrischen: Es war das letzte Mal, daß wir freien Zugang zum Portwein hatten. Du hattest gerade den Liedtext meiner Tante Charlotte aufgemöbelt, die Schwachstellen ausgebügelt und so das Fundament zum Kassenschlager gelegt. Weißt du noch?«

Ich sagte, ich wisse noch.

»Im Laufe jenes Gesprächs erzählte ich dir, Corky habe mich in die Wüste geschickt. Erinnerst du dich?«

Ich sagte, ich erinnerte mich.

»Tja, heute abend … weißt du eigentlich, Gussie«, fiel er sich selbst ins Wort, »was für ein unglaubliches Gefühl es ist, ein derart gigantisches Publikum im Bann zu halten?«

»Würdest du das Publikum wirklich gigantisch nennen?«

Die Frage schien ihn zu fuchsen.

»Na ja, sämtliche Plätze für zwei Shilling sowie diejenigen für einen Shilling acht Pence waren ausverkauft, und hinten im Stehplatzbereich gab es bestimmt fünfzig Besucher à drei Pence«, entgegnete er recht steif. »Aber wenn du das Publikum lieber ›ziemlich gigantisch‹ nennen willst, soll mir das recht sein, ändert es doch nichts an meiner Hauptaussage. Es ist ein ganz unglaubliches Gefühl, wenn man ein ziemlich gigantisches Publikum im Bann hält. So was geht nicht spurlos an einem vorbei. Man glaubt, Bäume ausreißen zu können, und spürt, daß man ein ganz toller Hecht ist, der sich von niemandem auf der Nase herumtanzen läßt – schon gar nicht von jungen Frauen, die glauben, einen in die Wüste schicken zu müssen. Ich möchte dies nur erwähnt haben, damit du den Fortgang der Geschichte verstehst.«

Ich lächelte verschmitzt, wie es meine Art ist.

»Der Fortgang ist mir bekannt. Du hast dir Corky vorgeknöpft und ihr den Marsch geblasen.«

»Ja, stimmt«, sagte er leicht geknickt. »Genau darauf wollte ich hinaus. Aber wie bist du darauf gekommen?«

Abermals lächelte ich verschmitzt.

»Ich wußte schon, was passieren würde, wenn dir jenes ziemlich gigantische Publikum erst einmal zu Füßen lag. Mir war klar, daß du zu jenen Menschen gehörst, die auf Beifallsstürme in stupendester Weise reagieren. Dein Leben war bislang von Unterdrückung geprägt, was in dir zweifelsohne einen ausgeprägten Minderwertigkeitskomplex genährt hat. Der Jubel der breiten Massen wirkt auf Minderwertigkeitskomplexler wie dich oft wie eine starke Arznei.«

Ich hatte damit gerechnet, daß ihn dies beeindrucken würde, und so verhielt es sich auch. Seine Kinnlade rastete auf der nächstunteren Stufe ein, und er stierte mich ehrfürchtig an.

»Gussie, was bist du doch für ein tiefschürfender Geist!«

»Das war ich schon immer. Von Kindesbeinen an.«

»Wenn man dich so anschaut, würde man dir das gar nicht geben.«

»Tja, du siehst eben nur die Spitze des Eisbergs. Jawohl«, sagte ich und kehrte zum eigentlichen Thema zurück, »die Sache hat sich genau in der von mir prognostizierten Weise entwickelt. Die Hurrarufe der Massen im Ohr, bist du wie ausgewechselt von der Bühne gegangen: ein wahrer Teufelskerl, dem die Flammen aus den Nasenlöchern schießen. Du hast Corky aufgespürt. Du hast sie in eine Ecke getrieben. Du hast das Alphatier rausgehängt und alles geregelt. Stimmt's?«

»Ja, genau so war's. Unglaublich, wie du alles durchschaut hast.«

»Tja, man macht sich eben nicht umsonst Gedanken über die Individualpsychologie.«

»In eine Ecke habe ich sie freilich nicht getrieben. Sie saß im Wagen und wollte schon abfahren, als ich den Kopf durchs Fenster steckte.«

»Und dann ...?«

»Ach, wir haben ein bißchen rumgealbert«, sagte er leicht betreten, so als enthülle er nur ungern, was sich in jenem hehren Augenblick abgespielt hatte. »Ich sagte ihr, sie sei der Leitstern meines Lebens und andere Dinge in diesem Stil, fügte aber auch hinzu, ich verbäte mir von ihrer Seite weiteres dummes Geziere, was die Frage angehe, mich zu heiraten, und nachdem ich sie ein bißchen in die Zange genommen hatte, gestand sie, daß ich der Baum sei, an dem die Frucht ihres Lebens hänge.«

Wer Bertram Wooster etwas näher kennt, weiß, daß er kein willkürlicher Rückenklopfer ist – er wählt mit Bedacht. Doch keine Sekunde zweifelte ich daran, daß ich hier einen Rücken vor mir hatte, den nicht zu klopfen geradezu flegelhaft wäre. Und so klopfte ich ihn.

»Gut gemacht«, sagte ich. »Dann ist also alles in Butter?«

»Ja«, bestätigte er. »Alles im Lot ... abgesehen von einem kleinen Detail.«

»Und was ist das für ein Detail – im Detail?«

»Nun ja, ich weiß nicht, ob du das ganz verstehen kannst. Der Klarheit halber muß ich wohl eine Rückblende in die Zeit unserer ersten Verlobung machen. Corky löste damals die Beziehung, weil sie fand, ich stünde zu sehr unter der Fuchtel meiner Tanten, was ihr überhaupt nicht behagte.«

Soviel wußte ich natürlich schon, und zwar aus ihrem eigenen Munde, doch ich hielt mich bedeckt und warf ein erstauntes »Was du nicht sagst!« in die Debatte.

»Ja, und leider hat sie ihre Meinung nicht geändert. Sie sagt, ich kriege auch nicht den winzigsten Bissen Hochzeitstorte zwischen die Zähne, bevor ich meinen Tanten die Stirn biete.«

»Dann nichts wie los – biet ihnen die Stirn!«

Meine Worte schienen ihm zu mißfallen. Mit einem Anflug von Verärgerung griff er nach der Statuette einer Schäferin, die auf dem Kaminsims stand, und schleuderte sie in den Kamin, wo sie ihren Geist in einer Staubwolke aushauchte.

»Du hast leicht reden. Das wirft alle möglichen technischen Fragen auf. Man kann nicht einfach auf eine Tante zutreten und ihr sagen: ›Ich biete dir jetzt die Stirn.‹ Sie muß einem schon ein Zeichen für den Einsatz geben. Ich habe keinen Schimmer, wie ich das anstellen soll.«

Ich sann nach.

»Hör zu, ich hab's«, sagte ich schließlich. »Wir haben es hier ganz offensichtlich mit einem Problem zu tun, das du am besten Jeeves vorlegst.«

»Jeeves?«

»Meinem Diener.«

»Ich habe gedacht, Meadowes sei dein Diener.«

»Ein reiner Versprecher«, sagte ich eilends. »Ich wollte sagen: Woosters Diener. Jeeves ist ein blitzgescheiter Kopf und hat noch nie die in ihn gesetzten Erwartungen enttäuscht.«

Er legte die Stirn in Falten.

»Sollte man Diener von Hausgästen nicht besser aus dem Spiel lassen?«

»Nein, man sollte Diener von Hausgästen keineswegs aus dem Spiel lassen«, sagte ich resolut, »solange diese auf den Namen ›Jeeves‹ hören. Würdest du nicht jahraus, jahrein in diesem ländlichen Leichenschauhaus vor dich hinvegetieren, wüßtest du, daß Jeeves weniger ein Diener als ein veritabler Wunderheiler ist. Die Reichen und Schönen des ganzen Landes strömen mit ihren Problemen zu ihm. Ich wäre nicht erstaunt, wenn er ständig juwelenbesetzte Schnupftabakdosen geschenkt bekäme.«

»Und du glaubst, er hätte etwas vorzuschlagen?«

»Er hat noch jedesmal etwas vorzuschlagen.«

»Wenn das so ist«, sagte ein sichtlich aufgeheiterter Esmond Haddock, »dann gehe ich ihn jetzt suchen.«

Mit einem knappen »Hussa-hussa!« schlug er die Sporen zusammen und düste ab, während ich mich zu einer weiteren Zigarette niederließ und süßen Gedanken nachhing.

So ganz allmählich, sagte ich mir, löste sich der Knoten also doch. Natürlich beherbergte Deverill Hall noch immer eine respektable Zahl gepeinigter Seelen, doch die Kurve wies eindeutig nach unten. Ich war aus dem Schneider. Gussie war aus dem Schneider. Bloß an der Catsmeat-Front präsentierte sich die Zukunft noch unsicher: Sein Glücksstern glänzte nicht – oder höchstens durch Abwesenheit.

Ich sann ein Weilchen Catsmeats Angelegenheiten nach, wandte mich dann aber den sehr viel ersprießlicheren eigenen zu, womit ich, von Sekunde zu Sekunde beschwingter werdend, noch immer beschäftigt war, als die Tür aufging.

Diesmal blitzte nichts Rosarotes auf, denn es handelte sich nicht etwa um den von der Jagd heimkehrenden Esmond, sondern um Jeeves.

»Ich habe Mr. Fink-Nottle von seinem Bart befreit, Sir«, sagte er und wirkte, bei aller Bescheidenheit, überaus zufrieden mit sich – wie einer, der seinen Mann gestanden hat. Ich erwiderte, Gussie habe mir gerade einen freundnachbarschaftlichen Besuch abgestattet, bei dem mir die fehlende Gesichtswucherung aufgefallen sei.

»Er hat mir gesagt, ich solle Sie bitten, seine Sachen zu packen und ihm nachschicken zu lassen. Er ist nach London zurückgefahren.«

»Jawohl, Sir. Ich habe Mr. Fink-Nottle noch gesehen und konnte so seine Anweisungen in persona entgegennehmen.«

»Hat er Ihnen auch verraten, weshalb er nach London fährt?«

»Nein, Sir.«

Ich zögerte. Zwar verlangte es mich danach, die guten Neuigkeiten mit Jeeves zu teilen, doch fragte ich mich, ob dies nicht die Besudelung eines Frauennamens nach sich ziehen würde. Und wie ich bereits früher erwähnt habe, besudeln Jeeves und ich unter gar keinen Umständen den Namen einer Frau.

Ich streckte meine Fühler aus.

»Jeeves, Sie hatten doch in jüngster Zeit regelmäßig Tuchfühlung mit Gussie, oder?«

»Jawohl, Sir.«

»Und dabei haben Sie wohl allerlei beredet, wie?«

»Jawohl, Sir.«

»Ich frage mich gerade, ob er zufällig … in einem Moment der Mitteilsamkeit, wenn man so will … ob ihm da vielleicht etwas herausgerutscht ist, was Sie argwöhnen ließ, sein Herz klebe nicht länger wie eine Klette an Wimbledon, sondern sei in eine andere Richtung ausgeschwärmt?«

»Jawohl, Sir. Mr. Fink-Nottle war so freundlich, mir zu offenbaren, welche Gefühle Miss Pirbright in seinem Busen entfacht hatte. Er äußerte sich sehr freimütig darüber.«

»Na prima, dann kann ich mich ebenso freimütig äußern: Die Chose ist abgeblasen.«

»Tatsächlich, Sir?«

»Ja. Als er von seinem Baum stieg, sah er in Corky nicht länger jene Gefährtin seiner Träume, für die er sie bis dahin gehalten hatte. Wie Schuppen fiel ihm dies von den Augen. Zwar bewundert er weiterhin ihre mannigfachen positiven Eigenschaften und glaubt, daß sie eine gute Partie für Sinclair Lewis abgäbe, aber …«

»Ganz recht, Sir. Ich muß gestehen, daß ich fast mit einer solchen Entwicklung gerechnet habe. Mr. Fink-Nottle ist ein eher stiller, häuslicher Typ, der ein ruhiges und stetes Leben schätzt, indes Miss Pirbright vielleicht doch etwas …«

»Mehr als nur ›etwas‹ – entschieden mehr! Das hat er inzwischen selbst begriffen. Ihm ist klar geworden, daß zwar allerhand für eine Verbindung mit Klein Corky spricht, ihm aber eine solche zwangsläufig fünf Jahre in Wormwood Scrubs – oder einer ähnlich gelagerten Anstalt – eintragen würde. Seine Absicht ist es nun, noch heute abend in London zu sein, um morgen in aller Herrgottsfrühe nach Wimbledon Common aufbrechen zu können. Ihn drängt es nach einer möglichst raschen Zusammenkunft mit Miss Bassett. Bestimmt werden die beiden gemeinsam frühstücken und im Anschluß daran mit zwei, drei Speckscheiben und einer Kanne Kaffee im Magen händchenhaltend durch die sonnenüberstrahlten Gartenanlagen flanieren.«

»Sehr erfreulich, Sir.«

»Allerdings. Und ich will Ihnen noch etwas sehr Erfreuliches verraten: Esmond Haddock und Corky sind verlobt.«

»Tatsächlich, Sir?«

»Provisorisch, sollte ich vielleicht hinzufügen.«

Und ich brachte ihn in knappen Worten auf den neuesten Stand.

»Ich habe ihm geraten, Sie zu konsultieren«, sagte ich, »und er hat sich auf die Suche nach Ihnen gemacht. Sie erkennen doch, worum's geht, Jeeves? Er sagt es ganz richtig: Mag man diesen Tanten auch noch so freudig die Stirn bieten wollen – geben sie einem keinen Anlaß dazu, tritt man auf der Stelle. Gefordert ist hier eine aus der Bibel sattsam bekannte Situation, in der sie sagen: ›Geh hin!‹, doch anstatt zu gehen, kommet er. Wenn Sie wissen, was ich meine.«

»Ich kann Ihnen mühelos folgen, Sir, und werde alle meine Geisteskraft auf das Problem verwenden. Doch nun muß ich Sie leider verlassen, Sir. Ich habe meinem Onkel Charlie versprochen, ihm beim Servieren der Erfrischungen im Salon zur Hand zu gehen.«

»Das fällt ja wohl nicht in Ihr Ressort, Jeeves.«

»Nein, Sir. Aber für einen Verwandten läßt man schon mal fünfe grade sein.«

»Blut ist dicker als Wasser, meinen Sie?«

»Genau, Sir.«

Er zog sich zurück, und etwa eine Minute später schneite Esmond herein, der etwa so aufgeschmissen wirkte wie ein oberster Jagdleiter, dem es nicht gelungen ist, den Fuchs aufzuspüren.

»Ich kann den Kerl einfach nicht finden«, sagte er.

»Gerade war er noch hier. Er ist in den Salon gegangen, um Sandwiches zu reichen.«

»Genau dort sollten auch wir jetzt sein, mein Lieber«, sagte Esmond. »Wir sind reichlich spät dran.«

Er hatte recht. Silversmith, den wir in der Eingangshalle antrafen, teilte uns mit, daß er soeben die letzte Gruppe fremder Gäste, den Clan der Kegley-Bassingtons nämlich, hinausgeleitet habe und daß sich auf dem sinkenden Schiff außer den Mitgliedern der Familie nur noch der Vikar, Miss Pirbright und »der junge Gentleman« (eine ganz unzureichende Charakterisierung meines Cousins Thomas) befänden. Esmond zeigte sich erfreut über die Nachricht und sagte, das gebe uns wenigstens ein bißchen Ellbogenfreiheit.

»Eine reife Leistung, diesen steifen Stöcken aus dem Weg zu gehen, Gussie. Was England braucht, sind weniger, aber bessere Kegley-Bassingtons. Sie pflichten mir doch bei, Silversmith?«

»Darüber habe ich mir leider noch kein Urteil bilden können, Sir.«

»Silversmith«, versetzte Esmond, »Sie sind ein aufgeblasener alter Affe.« Und dabei fuhr er – so unglaublich dies klingen mag – seinem Gegenüber mit spitzem Finger zwischen die gut gepolsterten Rippen und rief »Hussa!«.

Der verdatterte Butler taumelte nach hinten und wankte mit ungläubigem Entsetzen in den Glubschaugen davon, um sich bestimmt in seinem Kabäuschen neue Kraft anzutrinken. In diesem Moment trat Dame Daphne aus dem Salon.

»Esmond!« rief sie in einem Ton, der einst in ihrem Studierzimmer so manche Jane und Myrtle und Gladys in ein Häufchen Elend verwandelt hatte. »Wo bleibst du so lange?«

In der seinem Hallo-hallo-Triumph vorgelagerten Epoche hätte sich

Esmond Haddock in einer solchen Situation bestimmt gewunden vor Entschuldigungen und Blut geschwitzt. Nichts unterstreicht schöner, wie sehr sich der Seelenzustand dieses Bing Crosby von King's Deverill gebessert hatte als die Tatsache, daß sich seine Stirn nicht befeuchtete und er den strengen Blick seiner Tante mit einem freundlichen Lächeln erwiderte.

»Ach, grüß dich, Tante Daphne«, sagte er. »Wohin des Wegs?«

»Ins Bett. Ich habe Kopfschmerzen. Warum kommst du denn so spät, Esmond?«

»Wenn du's wirklich wissen willst: Weil ich nicht früher gekommen bin«, antwortete Esmond heiter.

»Oberst und Mrs. Kegley-Bassington waren höchlichst erstaunt. Sie konnten gar nicht begreifen, warum du nicht da warst.«

Esmond stieß ein schallendes Lachen aus.

»Was sind das nur für Schafsköpfe! Selbst ein Kind wäre wohl darauf gekommen, daß ich anderswo war. Na komm, Gussie«, sagte er, fügte ein eher leidenschaftsloses »Hussa-hussa-hussa!« hinzu und führte mich in den Salon.

Obschon der Salon aller Kegley-Bassingtons entkleidet war, machte er noch immer einen recht vollen Eindruck. Vier Tanten, Corky, Klein Thos, Gertrude Winkworth und Reverend Sidney Pirbright besetzten den Raum zwar nicht bis auf den letzten Platz, doch von einem bescheidenen Publikumsaufmarsch konnte man wahrlich nicht sprechen. Wenn man Esmond und mich sowie Jeeves und Queenie, die mit den Erfrischungen hin und her eilten, hinzuzählte, war das Quorum jedenfalls erreicht.

Ich hatte Jeeves zwei Sandwiches (Sardine) abgenommen und lümmelte gerade mit dem wohligen Gefühl in einem Sessel, daß dies alles doch ganz nett sei, als der von seiner jüngsten Prüfung noch ganz bleiche Silversmith in der Tür erschien.

Er stand stramm und blies seinen Brustkorb auf.

»Wachtmeister Dobbs«, verkündete er.

26. Kapitel

Wenn sich im Salon eines Landsitzes ein Schwarm von Kaffee-und-Sandwich-Liebhabern gerade ans Werk machen will und plötzlich zusehen muß, wie sich der Dorfpolyp durch die Tür drängt, dann variieren die Reaktionen der Versammelten gemäß der von Jeeves so gern angeführten Individualpsychologie. Esmond Haddock hieß den Neuankömmling mit einem munteren »Hussa-hussa!« willkommen, in den hochgezogenen Augenbrauen der Tanten lag ein eisernes »Was verschafft uns die Ehre?«, und der Vikar richtete sich streng auf und vermittelte mit seiner ganzen Haltung, daß er schon wisse, was zu tun sei, sollte sich der eifrige Ordnungshüter auch nur ein müdes Scherzchen über Jonas und den Wal erlauben. Gertrude Winkworth, die apathisch gewirkt hatte, setzte ihre Apathie fort, Silversmith wahrte jene Distanz, die Butler in allen Lebenslagen wahren, und das Stubenmädchen Queenie erbleichte und stieß ein ersticktes »Uuuh!« aus, so als würde sie gleich eine Wehklage über ihren Don Juan anstimmen. Ich selbst beschied mich mit einem leichten Würgen. Jedwedes Wohlgefühl fiel von mir ab, und ich verspürte in den Füßen eine gewisse Abkühlung. Wenn sich die Lage in solch delikater Weise zuspitzt, wie sie es in Deverill Hall gerade tat, dann sieht man sich ungern von Gendarmen umzingelt. Der Wachtmeister richtete seine ersten Worte an Esmond Haddock.

»Ich bin in mißlicher Mission hier, Sir«, sagte er, und das Frösteln in den Woosterschen Füßen wurde markanter. »Doch bevor ich darauf zu sprechen komme«, fuhr er fort und wandte sich an Reverend Sidney Pirbright, »wäre da noch etwas anderes. Ob ich mich wohl mit Ihnen kurz über eine Glaubensfrage unterhalten dürfte?«

Ich sah, wie sich der Gottesmann versteifte, und wußte, daß er sich gerade sagte: »Obacht, jetzt kommt's.«

»Es geht um die Erleuchtung, wo ich gehabt hab', Sir.«

Irgend jemand rang röchelnd nach Luft – wie ein Pekinese, der ein Lammkotelett zu verschlingen sucht, das für seinen fragilen Leib eine Nummer zu groß ist, und als ich mich umsah, erkannte ich, daß es sich um Queenie handelte. Mit großen Augen und aufgesperrtem Mund starrte sie Wachtmeister Dobbs an.

Dieses Röcheln hätte wohl für mehr Aufmerksamkeit gesorgt, wäre es nicht exakt mit dem nicht minder röchelnden Laut zusammengefallen, der dem Brustkasten von Reverend Sidney entstieg. Auch er machte große Augen und erinnerte an einen Vikar, der zusieht, wie sich der krasse Außenseiter, auf den er sein letztes Chorhemd gesetzt hat, an den anderen Rennpferden vorbeischiebt und kurz vor der Ziellinie plötzlich den Kopf vorne hat.

»Dobbs! Wie war das noch mal? Sie haben eine Erleuchtung gehabt?«

Ich hätte dem Wachtmeister sagen können, daß nur ein Hornochse nicken würde, nachdem er erst gerade einen saftigen Hieb mit einem praktischen Gummiinstrument abbekommen hatte. Gleichwohl tat er genau dies, um schon im nächsten Moment »Autsch!« zu rufen. Doch so ein britischer Bobby ist aus hartem Holz geschnitzt, und nachdem er sich zunächst aufgeführt hatte wie ein Mann, der gerade einen Jeevesschen Katertrunk gekippt hat, nahm er seine gewohnte Haltung wieder ein, nämlich die eines ausgestopften Gorillas.

»Grrrr!« sagte er. »Und ich will Ihnen verraten, wie's dazu gekommen ist, Sir. Am Abend des dreiundzwanzigsten d. M. – mit anderen Worten: heute – jagte ich in Ausübung meiner Amtspflichten 'nen Marodeur 'nen Baum hoch, als mich aus heiterem Himmel ein Blitzschlag traf.«

Dies sorgte, wie nicht anders zu erwarten, für beträchtlichen Aufruhr. Der Vikar sagte: »Ein Blitzschlag?«, zwei Tanten sagten: »Ein *Blitzschlag*!«, und Esmond Haddock sagte: »Hussa!«

»Jawohl, Sir«, fuhr der Schutzmann fort, »ein Blitzschlag. Das verflixte

Ding hat mich voll am Hinterkopf erwischt und mir 'ne Riesenbeule verpaßt.«

Der Vikar sagte: »Nicht zu fassen!«, die beiden anderen Tanten sagten: »Ts, ts«, und Esmond sagte: »Horrido!«

»Da ich nicht auf den Kopf gefallen bin, Sir, kann ich ein solches Zeichen schon richtig deuten«, fuhr Ernest Dobbs fort. »›Dobbs‹, hab' ich mir gesagt, ›mach dir nix vor. Du weißt haargenau, was das ist, Dobbs. Ein Wink von oben ist's‹, hab' ich mir gesagt. ›Wenn es nun schon Blitzschläge regnet‹, hab' ich mir gesagt, ›solltest du deine religiösen Ansichten scharf überdenken, Dobbs‹, hab' ich mir gesagt. Falls Sie mir folgen können, Sir, wissen Sie jetzt, daß ich eine Erleuchtung gehabt hab', und was ich von Ihnen nun wissen möcht', Sir, ist folgendes: Muß ich zuerst in die Sonntagsschule gehen, oder kann ich gleich in den Kirchenchor eintreten?«

Bereits früher habe ich erwähnt, daß ich noch nie einen Hirten gesehen habe, der ein weggelaufenes Schaf wieder in die Herde aufgenommen hat, doch da ich bei besagter Gelegenheit Dame Daphne Winkworth hatte beobachten können, waren mir einige der damit einhergehenden Symptome inzwischen vertraut, weshalb ich auch erkannte, daß genau dies nun passieren würde. Man konnte sowohl an den glühenden Augen und dem gütigen Lächeln des Gottesmanns wie auch an seiner gleichsam zum Segen erhobenen Hand ablesen, daß die unverhoffte Bekehrung des Dorfabtrünnigen alle Kümmernis im Zusammenhang mit der Kirchenglocke zerstreut hatte. Wahrscheinlich wäre Reverend Sidney schon in den nächsten Sekunden mit ein paar schlichten, mannhaften Worten zu ganz großer Form aufgelaufen, hätte es das Glück nicht gewollt, daß ihm dazu keine Zeit blieb. Noch während sich seine Lippen öffneten, kam aus der Peripherie ein Geräusch wie von einem aufflatternden Fasan, worauf ein festes Objekt aus dem Glied trat und sich an des Wachtmeisters Brust warf.

Bei näherer Betrachtung erwies sich das Objekt als Queenie. Wie ein feuchter Umschlag heftete sie sich an den Gesetzeshüter, und da sie dabei »Oh, Ernie!« stöhnte und seine Uniform mit Tränen des Glücks benetzte, folgerte ich messerscharf, sie wolle hiermit vermitteln, daß alles vergessen und verziehen sei und sie die umgehende Retournierung des Rings, der Briefe und des Porzellantellerchens mit der Aufschrift »Ein Souvenir aus Blackpool« erwarte. Und weil meiner Aufmerksamkeit genausowenig entging, daß er das zu ihm hochsehende Antlitz mit heißen Küssen bedeckte und dazu »Oh, Queenie!« sagte, zog ich den Schluß, daß die Gepeinigte-Seelen-Vorzugsaktie noch weiter nach oben geklettert war und man abermals zwei Strichchen für ehedem entzweite und im Frühjahr wiedervereinte Herzen auf die Schiefertafel kritzeln konnte.

Solch zärtliche Szenen wirken auf unterschiedliche Menschen in unterschiedlichster Weise. Mich selbst erquickte das Schauspiel sehr, da mir klarwurde, daß Catsmeats Ehrenpflichten gegenüber diesem Mädchen nun gegenstandslos waren. Bei Silversmith dagegen schien das blanke Entsetzen darüber vorzuherrschen, daß derlei Dinge ausgerechnet im Salon von Deverill Hall vonstatten gingen. Er schaltete sogleich auf »strengen Vater« um, watschelte hinüber zu dem glücklichen Paar, löste seine Tochter mit energischem Griff aus ihrer Umarmung und führte sie hinaus.

Wachtmeister Dobbs riß sich immerhin so weit aus seinem Taumel, daß er um Entschuldigung bat, weil er seine Emotionen so unziemlich zur Schau gestellt hatte, worauf Reverend Sidney sagte, er verstehe schon, verstehe voll und ganz.

»Schauen Sie morgen bei mir vorbei, Dobbs«, sprach er gütig, »dann können wir alles in Ruhe besprechen.«

»Noch so gerne, Sir.«

»Und nun«, sagte der Gottesmann, »werde ich meine Schritte heimwärts lenken. Leistest du mir Gesellschaft, Cora?«

Corky sagte, sie bleibe noch ein Weilchen, und Thos, dem keineswegs entgangen war, daß Sandwiches in rauhen Mengen des Verzehrs harrten, verweigerte den Ortswechsel ebenfalls, und so entfernte sich der strahlende Reverend allein. Erst nachdem die Tür zugegangen war, erkannte ich, daß Wachtmeister Dobbs noch immer dastand, und mir fiel wieder ein, daß er gleich zu Beginn gesagt hatte, er sei in mißlicher Mission gekommen. Abermals sackte die Temperatur in meinen Füßen talwärts, und ich musterte den Mann argwöhnisch.

Er kam ohne Umschweife zur Sache. Diesen Polypen bringt man früh bei, nicht lange zu fackeln.

»Sir«, richtete er das Wort an Esmond.

Esmond unterbrach ihn mit der Frage, ob er ein Sardinensandwich wünsche, und er antwortete: »Nein, vielen Dank, Sir«, und als Esmond sagte, er bestehe keineswegs auf Sardine, sondern würde sich genauso glücklich schätzen, wenn sich der andere an Schinken, Zunge, Gurke oder Pökelfleisch gütlich täte, erklärte dieser, daß er lieber auf jede wie auch immer geartete Nahrungsaufnahme verzichte aufgrund dieser mißlichen Mission, deretwegen er gekommen sei. Offensichtlich streichen Polizisten, die in mißlicher Mission unterwegs sind, jedwede Verköstigung von der Liste.

»Ich suche nach Mr. Wooster, Sir«, sagte er.

Der Glückstaumel über seine Versöhnung mit der Frau, die er liebte, hatte Esmond wohl kurzfristig vergessen lassen, wie sehr er Gussie verabscheute, doch bei diesen Worten wurde klar, daß der alte Ekel vor einem Mann, der mit seiner Angebeteten hatte anbandeln wollen, abermals hochgeschwappt war, denn seine Augen blitzten auf, die Miene verfinsterte sich, und auch an Stirnfalten herrschte kein Mangel. Der Schnulzensänger von King's Deverill hatte sich in Luft aufgelöst und dem strengen, unbarmherzigen Friedensrichter Platz gemacht. »Wooster, soso?« sagte er und leckte sich, wie mir nicht entging, die Lippen. »Wünschen Sie ihn dienstlich zu sehen?«

»Jawohl, Sir.«

»Was hat er denn ausgefressen?«

»Einen Einbruchdiebstahl, Sir.«

»Großer Gott, tatsächlich?«

»Jawohl, Sir. Am dreiund… heute abend, Sir, ist der Beschuldigte mit einbrecherischem Vorsatz in meine Polizeiwache eingedrungen und hat sich am Eigentum der Krone vergriffen – namentlich an einem Hund, wo wegen zwo Beißvergehen in Haft saß. Ich habe den Kerl auf frischer Tat ertappt, Sir«, sagte Wachtmeister Dobbs, der sich nun eines etwas simpleren Erzählstils zu befleißigen begann. »Er war der Marodeur, wo ich 'nen Baum hochjagte, als mich der Blitzschlag ganz unverhofft traf.«

Esmond hielt die Stirn noch immer gerunzelt. Offenbar nahm er die Angelegenheit sehr ernst. Und wenn Friedensrichter eine Angelegenheit sehr ernst nehmen, macht man besser einen großen Bogen um sie. »Sie haben ihn tatsächlich dabei ertappt, wie er sich an besagtem Eigentum – oder genauer: Hund – vergriffen hat?« hakte er scharf nach, und man hätte glauben können, er walte über ein mittelalterliches Femegericht.

»Jawohl, Sir. Ich komme in meine Polizeiwache, und er schickt sich gerade an, den Hund loszumachen und aufzufordern, schleunigst abzuzischen. Dieser schickt sich seinerseits an abzuzischen, und ich schicke mich an, ›Hoho!‹ zu rufen, worauf er sich, nunmehr in Kenntnis meiner Anwesenheit, ebenfalls anschickt abzuzischen – und ich ruck, zuck hinter ihm her. Ich jage ihn 'nen Baum hoch und will ihn bereits arretieren, als plötzlich dieser Blitz zuschlägt und mich meiner Sinne beraubt. Als ich wieder zu mir komme, ist der Beschuldigte über alle Berge.«

»Und warum glauben Sie, es sei Wooster gewesen?«

»Er hat 'nen grünen Bart getragen, Sir, und 'nen karierten Anzug. Das fiel mir von Anfang an ins Auge.«

»Ach so, er hat sich nach dem Auftritt also nicht umgezogen?«

»Nein, Sir.«

Abermals leckte sich Esmond die Lippen.

»Dann müssen wir als erstes diesen Wooster finden«, sagte er. »Hat ihn irgendwer gesehen?«

»Jawohl, Sir. Mr. Wooster ist mit seinem Wagen nach London gefahren.«

Es war Jeeves, der gesprochen hatte, und Esmond warf ihm einen ziemlich erstaunten Blick zu.

»Nanu, wer sind denn Sie?« fragte er.

»Mein Name ist Jeeves, Sir. Ich bin Mr. Woosters persönlicher Bediensteter.«

Esmond betrachtete ihn interessiert.

»Sie sind also Jeeves, wie? Ich würde mich gern einmal mit Ihnen unterhalten.«

»Sehr wohl, Sir.«

»Nicht jetzt natürlich – später einmal. Wooster ist also nach London gefahren, was?«

»Jawohl, Sir.«

»Er hat sich der Justiz entzogen, wie?«

»Nein, Sir. Ob ich mir eine Bemerkung gestatten dürfte, Sir?«

»Nur zu, Jeeves.«

»Besten Dank, Sir. Ich wollte lediglich anmerken, daß sich der Herr Wachtmeister im Irrtum befindet, wenn er glaubt, bei dem für das Delikt verantwortlichen Missetäter handle es sich um Mr. Wooster. Ich bin nicht von Mr. Woosters Seite gewichen, seit er den Konzertsaal verlassen hat. Ich habe ihn auf sein Zimmer begleitet, und dort blieben wir bis zu seiner Abfahrt nach London. Außerdem war ich ihm bei der Entfernung seines Bartes behilflich, Sir.«

»Mit anderen Worten: Sie verschaffen ihm ein Alibi?«

»Jawohl, Sir, ein wasserdichtes.«

»Soso?« sagte Esmond, der so aufgeschmissen wirkte wie der Bösewicht in einem Melodram. Man konnte förmlich spüren, welch heftigen Stich ihm die Erkenntnis versetzt hatte, Gussie nun doch nicht zu einer harten Strafe verknurren zu können.

»Hoho!« rief Wachtmeister Dobbs, der wohl gar nicht die Absicht hatte, etwas Essentielles zur Debatte beizusteuern, sondern dies einfach tat, weil sich kein Polizist je die Gelegenheit entgehen läßt, »Hoho!« zu rufen. Dann aber trat plötzlich ein seltsames Leuchten in seine Miene, und er sagte abermals »Hoho!«, schwängerte das Wort diesmal aber mit sehr viel mehr Bedeutung.

»Hoho!« rief er. »Wenn es also nicht Wooster war, dann muß es der andere Bursche gewesen sein. Dieser Meadowes, der die Rolle des Mike gespielt hat. Auch er hat 'nen grünen Bart getragen.«

»Aaah!« sagte Esmond.

»Ha!« sagten die Tanten.

»Oh!« sagte Gertrude Winkworth und schreckte auf.

»Hoppla!« sagte Corky und schreckte ebenfalls auf.

Ich gestehe, daß auch mir ein »Hoppla!« auf der Zunge lag. Mich erstaunte, daß sich Jeeves nicht Rechenschaft darüber abgelegt hatte, welche Folgen das Alibi haben würde, das er Gussie verschaffte. Er warf damit Catsmeat den Wölfen zum Fraß vor. Es sah ihm so gar nicht ähnlich, einen derartigen Fallstrick zu übersehen.

Mein Blick traf sich mit demjenigen von Corky. Es handelte sich um den Blick eines Mädchens, das sich mit ansehen muß, wie der geliebte Bruder zum dritten und letzten Mal in der Tinte versinkt. Und als nächstes fiel mein schweifender Blick auf Gertrude Winkworth.

Gertrude Winkworth kämpfte augenscheinlich mit mächtigen Gefühlen. Ihre Miene war abgespannt, ihr Busen wogte. Das feine Taschentuch ging, von einer jähen Handbewegung arg strapaziert, entzwei.

Esmond war nun Friedensrichter durch und durch.

»Holen Sie Meadowes her!« befahl er barsch.

»Sehr wohl, Sir«, antwortete Jeeves und düste ab.

Kaum war er gegangen, befragten die Tanten Wachtmeister Dobbs und verlangten Einzelheiten, und als ihnen klarwurde, daß es sich bei dem Hund just um denjenigen handelte, der am Abend meiner Ankunft in den Salon geplatzt war und Tante Charlotte vor sich hergehetzt hatte, sprachen sie sich unisono dafür aus, daß Esmond diesen Meadowes zu der schärfsten vom Gesetz gerade noch zugelassenen Strafe verurteile, wobei Tante Charlotte zu besonders drastischen Worten griff

Und die Tanten bestürmten Esmond noch immer, auf gar keinen Fall Schwäche zu zeigen, als Jeeves Catsmeat hereinführte. Esmond betrachtete diesen mit trübem Auge.

»Meadowes?«

»Ja, Sir. Sie wollten mich sprechen?«

»Ich wollte Sie nicht nur sprechen«, gab Esmond garstig zurück, »sondern Ihnen dreißig Tage ohne Zulassung einer ersatzweisen Geldbuße aufbrummen.«

Ich hörte Wachtmeister Dobbs heftig schnauben – ein Schnauben der Ekstase. Mir drängte sich der Eindruck auf, ein schwächerer und nicht in der eisernen Disziplin unserer Gendarmerie geschulter Mann hätte an dieser Stelle »Juchheirassa!« gerufen. Denn so wie Esmond Haddock es auf Gussie abgesehen hatte, weil dieser Corky zu nahe getreten war, so hatte es Wachtmeister Dobbs auf Catsmeat abgesehen, weil dieser dem Stubenmädchen Queenie zu nahe getreten war. Beides waren sie zupackende Männer, die mit ihren Rivalen gern Schlitten fuhren.

Catsmeat wirkte ratlos.

»Wie bitte, Sir?«

»Sie haben mich schon verstanden«, versetzte Esmond. Er intensivierte die Trübheit seines Blicks. »Ich will Ihnen ein paar simple Fragen stellen. Sie haben heute abend die Rolle des Mike in der Pat-und-Mike-Klamotte gespielt?«

»Jawohl, Sir.«

»Sie haben einen grünen Bart getragen?«

»Jawohl, Sir.«

»Und einen karierten Anzug?«

»Jawohl, Sir.«

»Damit sind Sie überführt«, schloß Esmond schneidig, und die vier Tanten sagten, das wollten sie aber auch meinen. Tante Charlotte fragte Esmond zudem in flehentlichem Ton, ob dreißig Tage wirklich das absolute vom Gesetz sanktionierte Maximum seien – sie habe da neulich eine Reportage über das Leben in den Vereinigten Staaten gelesen, und dort schlügen offenbar selbst Bagatelldelikte mit neunzig Tagen zu Buche.

Inmitten ihrer Ausführungen darüber, daß die Amerikanisierung des britischen Alltags immer schneller voranschreite und sie diese Tendenz lauthals begrüße, da sie finde, wir hätten noch viel von unseren Brüdern und Schwestern in Übersee zu lernen, kam es zu einer abrupten Wiederholung jener Fasanennummer, die dem Dobbs-Queenie-Einakter vorausgegangen war. Das Auge des Betrachters bekam nämlich nun zu sehen, wie Gertrude Winkworth aufstand und sich in Catsmeats Arme warf. Ohne Zweifel hatte sie sich den einen oder anderen Kniff bei Queenie abgeschaut, denn in den Grundzügen lehnte sich ihre Darbietung an den jüngsten Auftritt des Stubenmädchens an. Der Hauptunterschied lag darin, daß Silversmiths Augenstern »Oh, Ernie!« gerufen hatte, indes sie »Oh, Claude!« rief.

Esmond Haddock starrte Catsmeat an.

»Hallo!« sagte er und gab, Macht der Gewohnheit, gleich noch drei weitere Hallos dazu.

Eigentlich hätte man denken sollen, daß ein Bursche in Catsmeats Lage, dem die Aussicht drohte, einen geschlagenen Monat nichts als gesiebte Luft zu atmen, nervlich kaum in der Lage wäre, junge Frauen zu umarmen, und es hätte mich auch kaum verwundert, wenn er sich mit einem »Ja, ja, schon gut, besser sonst einmal, nicht?« aus Gertrude Winkworths Umarmung geschält hätte. Doch nichts dergleichen! Im Nu hatte er sie an seine Brust gedrückt, und es war nicht zu übersehen,

daß er dies als den wichtigsten Teil des abendlichen Geschehens betrachtete, der die ihm für Gespräche mit Friedensrichtern zur Verfügung stehende Zeit empfindlich beschnitt.

»Oh, Gertrude!« sagte er. »Ich komme gleich«, fügte er, an Esmond gerichtet, hinzu. »Oh, Gertrude!« fuhr er fort, eine Bemerkung, die nun
wieder für sein liebenswertes Anhängsel bestimmt war. Und genau so,
wie es Wachtmeister Dobbs in einer ähnlichen Situation getan hatte,
bedeckte er ihr zu ihm hochsehendes Antlitz mit heißen Küssen.

»Igitt!« sagten die Tanten wie aus einem Munde.

Ich konnte ihnen nicht verdenken, daß sie im dunkeln tappten und
dem Gang der Dinge nicht zu folgen vermochten. Es ist nicht üblich,
daß sich eine Nichte gegenüber dem Diener eines Hausgastes so verhält, wie es im Moment ihre Nichte Gertrude tat, und wenn die Wer-
testen wie Mäuse quiekten, dann geschah dies meines Erachtens mit
gutem Grund. Sie hatten bisher ein behütetes Leben geführt, und dies
alles überforderte sie nun heillos.

Doch auch Esmond schien nicht ganz Schritt halten zu können.

»Was soll denn das werden?« wollte er wissen, eine Frage, die man eher
aus dem Mund von Wachtmeister Dobbs erwartet hätte. Und tatsächlich sah ich, daß ihn der Schutzmann scharf ins Visier nahm, so als treffe ihn diese Verletzung des Urheberrechts zutiefst.

Corky trat vor und hakte sich bei ihm ein. Offensichtlich fand sie, daß
die Zeit reif sei für eine freimütige, geradlinige Erklärung.

»Aber Esmond, das ist doch mein Bruder Catsmeat!«

»Was?«

»Der da.«

»Was – *der*?«

»Ja. Er hat sich hier aus Liebe zu Gertrude als Diener eingeschlichen.
Eine erstklassige Drehbuchidee, wenn du mich fragst.«

Esmond furchte die Stirn. Er wirkte ungefähr so wie am Abend meiner
Ankunft, als er mit mir den Witz noch einmal durchgegangen war.

»Betrachten wir die Sache einmal näher«, sagte er. »Gehen wir ihr auf den Grund. Diese Person ist nicht Meadowes?«

»Nein.«

»Er ist kein Diener?«

»Nein.«

»Aber er *ist* dein Bruder Catsmeat?«

»Ja.«

Esmonds Miene hellte sich auf.

»Jetzt hab' ich's kapiert«, sagte er. »Jetzt sehe ich klar. Wie geht's denn so, Catsmeat?«

»Mir geht's prächtig«, antwortete dieser.

»Freut mich«, sagte Esmond beschwingt. »Freut mich ganz außerordentlich.«

Er hielt inne und merkte auf. Vermutlich hatte ihm das Gebell, welches die Tantenmeute in diesem Moment anschlug, im Verein mit der Tatsache, daß er gerade über seine Sporen gestolpert war, vorübergehend das Gefühl gegeben, auf der Jagd zu sein, denn auf seinen Lippen schwebte nun ein »Hussa«, und er hob auch schon den Arm, so als wollte er dem Pferd tüchtig die Peitsche geben.

Die Tanten drückten sich zwar nicht in wünschenswerter Klarheit aus, aber nach und nach kristallisierte sich aus ihren Meinungsäußerungen doch so etwas wie eine Botschaft heraus. Sie versuchten Esmond begreiflich zu machen, daß Catsmeats Verbrechen nur noch ruchloser werde, wenn er sich nun als Corkys Bruder entpuppe, und daß Esmond fortfahren und das Urteil wie vorgesehen sprechen solle.

Ihre Beobachtungen hätten bei Esmond zweifelsohne mehr Anklang gefunden, wenn er ihnen denn gelauscht hätte. Davon aber konnte keine Rede sein. Seine ganze Aufmerksamkeit wurde nämlich von Catsmeat und Gertrude in Anspruch genommen, die die Ruhepause dazu genutzt hatten, eine Reihe heißer Küsse auszutauschen.

»Wollen du und Gertrude denn heiraten?« fragte er.

»Ja«, sagte Catsmeat.

»Ja«, sagte Gertrude.

»Nein«, sagten die Tanten.

»Ruhe!« rief Esmond und hob die Hand. »Und wie soll's weitergehen?« fragte er, nun wieder an Catsmeat gewandt.

Catsmeat sagte, er halte es für das beste, wenn sie gleich nach London abdüsten und die Sache tags darauf über die Bühne brächten. Die Heiratserlaubnis liege bereit, und er sehe keinerlei Probleme, die nicht von einem guten Standesamt aus der Welt geschafft werden könnten. Esmond sagte, er schließe sich ihm an, und schlug vor, daß sich die beiden seinen Wagen borgten. Catsmeat sagte, das sei schrecklich lieb von ihm, und Esmond sagte, das sei doch nicht der Rede wert. »Ruhe!« fügte er, an die Tanten gewandt, hinzu, welche inzwischen wie Todesfeen heulten.

Und genau in diesem Moment drängte sich Wachtmeister Dobbs vor.

»Hoho!« sprach Wachtmeister Dobbs.

Esmond zeigte sich der Situation mehr als gewachsen.

»Ich weiß, was Ihnen zu schaffen macht, Dobbs. Sie sind scharf auf eine Arretierung. Aber überlegen Sie einmal, Dobbs, wie dürftig die Beweislage für Ihre Beschuldigung ist. Sie behaupten, Sie hätten einen Mann mit grünem Bart und kariertem Anzug einen Baum hochgejagt. Doch die Sicht war miserabel, und Sie räumen selbst ein, ständig von irgendwelchen Blitzschlägen getroffen worden zu sein, was Ihrer Konzentration gewiß nicht förderlich war, so daß Sie sich mit größter Wahrscheinlichkeit getäuscht haben. Ich frage Sie, Dobbs: Als Sie einen Mann mit grünem Bart und kariertem Anzug zu sehen glaubten, könnte es sich da nicht ebensogut um einen glattrasierten, in dezentes Blau gekleideten Mann gehandelt haben?«

Er wartete auf eine Antwort, und es stand zu vermuten, daß sich der Wachtmeister die Sache reiflich überlegte.

Was das Leben eines Dorfpolizisten so verdrießlich macht, was ihn an der gehäkelten Tischdecke zupfen läßt und ihm Hautausschläge beschert, das ist die ständige Angst, daß er eines Tages etwas Falsches sagen und es sich mit dem Friedensrichter verderben könnte. Und ihm ist sehr wohl bewußt, was passiert, wenn man es sich mit Friedensrichtern verdirbt. Diese lauern einem auf. Sie passen den richtigen Moment ab. Und irgendwann entdecken sie einen kleinen Formfehler und kanzeln einen sogleich nach Strich und Faden ab. Und wenn ein junger Schutzmann auf eine Erfahrung gern verzichtet, dann ist es die, in den Zeugenstand zu treten und sich die kalten Blicke des Kadis einzufangen, der etwas sagt, was mit »Dann gehen wir richtig in der Annahme, Herr Wachtmeister …?« beginnt und im juristischen Pendant eines Buhrufs oder Pfeifkonzertes gipfelt.

Und es war für ihn offenkundig, daß im vorliegenden Fall jede Auflehnung gegen Esmond unweigerlich solche Resultate zeitigen würde.

»Ich habe Sie etwas gefragt, Dobbs«, sagte Esmond.

Wachtmeister Dobbs seufzte. Wohl keine geistige Qual ist peinigender als die eines Polypen, der gerade einen dicken Fisch gefangen hat und zusehen muß, wie ihm dieser aus der Hand glitscht. Doch er schickte sich ins Unvermeidliche.

»Vielleicht haben Sie recht, Sir.«

»Selbstverständlich habe ich recht!« bestätigte Esmond gutgelaunt. »Wußte ich doch, daß Sie sich meiner Beweisführung nicht entziehen können. Wir wollen uns schließlich nicht eines Justizirrtums schuldig machen, nicht wahr?«

»Nein, Sir.«

»Das wäre ja noch schöner! Nichts geht mir mehr gegen den Strich als ein Justizirrtum. Catsmeat, du kannst als unbescholtener Bürger deiner Wege gehen.«

Catsmeat sagte, da sei er aber froh, und Esmond antwortete, er habe sich schon gedacht, daß der andere sich darüber freuen würde.

»Ich nehme nicht an, daß du und Gertrude noch länger hier Wurzeln schlagen oder Stunden fürs Packen verschwenden wollt, oder?«

»Nein, wir haben gedacht, wir ziehen gleich Leine.«

»Das wäre auch mein Vorschlag gewesen.«

»Falls Gertrude Kleider braucht«, sagte Corky, »kann sie sich in meiner Wohnung welche holen.«

»Na wunderbar!« sagte Esmond. »Der schnellste Weg zur Garage führt hier durch.«

Er wies auf die Verandatür, welche an diesem milden Abend offenstand. Dann klopfte er Catsmeat auf die Schulter und schüttelte Gertrude die Hand, und die beiden zitterten ab.

Wachtmeister Dobbs, der sie entschwinden sah, seufzte noch einmal schwer, und Esmond klopfte auch ihm auf die Schulter.

»Ich weiß genau, wie Ihnen zumute ist, Dobbsy«, sagte er. »Aber bei genauer Überlegung werden Sie bestimmt froh sein, daß Sie zwei jungen Herzen im Frühjahr keine Steine in den Weg zu ihrem Glück gelegt haben. Ich an Ihrer Stelle würde jetzt spornstreichs in die Küche sausen und das Gespräch mit Queenie suchen. Es gibt da bestimmt allerlei zu besprechen.«

Wachtmeister Dobbs hatte keines jener Gesichter, auf denen sich Emotionen leicht ablesen lassen. Vielmehr schien das seine aus beinhartem Holz geschnitzt zu sein, und zwar von einem Bildhauer, der sein Metier im Fernkursverfahren erlernt hatte und nach der dritten Lektion ausgestiegen war. Doch bei diesem Vorschlag hellte es sich eindeutig auf.

»Da haben Sie recht, Sir«, sagte er und verschwand mit einem knappen »Guten Abend allerseits« in die angezeigte Richtung, und sein ganzes Gebaren war das eines Polizisten, der findet, das Leben habe neben viel Schatten auch den einen oder anderen Sonnenstrahl zu bieten.

»Tja, das hätten wir«, sagte Esmond.

»Stimmt, das hätten wir«, pflichtete Corky bei. »Ich glaube, deine Tanten heischen deine Aufmerksamkeit, mein Lieber.«

Auch wenn mich die Dringlichkeit anderer Dinge abgehalten hat, dies zu erwähnen, waren die Tanten während der ganzen vorangegangenen

Szene ziemlich laut geworden, ja es ließe sich ohne Übertreibung behaupten, sie hätten ein Affentheater aufgeführt. Und besagtes Affentheater drang offenbar bis in die oberen Gefilde des Hauses, denn in diesem Moment ging jäh die Tür auf und gab den Blick auf Dame Daphne Winkworth frei. Sie trug einen rosaroten Morgenrock und machte ganz den Anschein, als habe sie vor kurzem Aspirintabletten geschluckt und sich die Schläfen mit Kölnischwasser betupft.

»Also wirklich!« rief sie. Sie sprach in recht gereiztem Ton, was man ihr auch gar nicht vorwerfen konnte. Wer sich mit Kopfschmerzen auf sein Zimmer begibt, wünscht nicht, wegen nächtlicher Ruhestörung schon nach einer halben Stunde wieder nach unten geholt zu werden. »Ob wohl jemand die Güte hätte, mir den Grund für diesen Radau zu verraten?«

Die gewünschte Güte hatten gleich vier im Chor loszeternde Tanten. Daß sie alle gleichzeitig sprachen, hätte ihre Bemerkungen unverständlich gemacht, wäre das Thema nicht ein und dasselbe gewesen. Gertrude, so sagten sie, sei gerade mit Miss Pirbrights Bruder durchgebrannt, und Esmond habe dazu nicht nur seinen Segen gegeben, sondern dem jungen Paar sogar seinen Wagen zur Verfügung gestellt.

»Da!« untermauerten sie ihre Aussage, als das Geräusch eines anfahrenden Autos und das fröhliche Tut-tut einer Hupe durch die stille Nacht drangen.

Dame Daphne kniff die Augen zusammen, als hätte man ihr mit einem nassen Spüllappen eins über den Dez gegeben. Drohend wandte sie sich dem jungen Gutsherrn zu, und man konnte ihre Quengeligkeit durchaus verstehen. Nur weniges stößt einer Mutter saurer auf als die Erkenntnis, daß ihr einziges Kind mit einem Mann durchgebrannt ist, den sie stets als einen Schandfleck der Menschheit betrachtet hat. Kein Wunder also, daß bei ihr der große Katzenjammer ausbricht.

»Esmond! Ist das wirklich wahr?«

Der Ton, in dem sie sprach, hätte mich, wäre er denn an mich gerichtet

264

gewesen, die Wände hochkraxeln und Unterschlupf im Kronleuchter suchen lassen, doch Esmond Haddock blieb ungerührt. Furcht schien für diesen Mann ein Fremdwort zu sein. Er wirkte wie die zentrale Figur auf einem jener Zirkusplakate, welche einen unerschrockenen Muskelmann in Militäruniform zeigen, der mit todesverachtender Entschlossenheit zwölf mordlustigen, menschenfressenden Herrschern des Dschungels entgegentritt.

»Aber sicher ist es wahr«, antwortete er. »Und darüber gibt's nun wirklich nichts zu reden oder gar zu streiten. Ich habe nach bestem Wissen und Gewissen gehandelt – Ende der Diskussion! Ruhe, Tante Daphne. Kein Ton mehr von dir, Tante Emmeline. Laß gut sein, Tante Charlotte. Schweig stille, Tante Harriet. Tante Myrtle, halt die Klappe. Ich muß schon sagen, so wie ihr euch hier aufführt, sollte man nicht glauben, daß ich Herr des Hauses und Familienoberhaupt bin, dessen Wort Gesetz sein sollte. Ich weiß nicht, ob euch das bekannt ist, aber in der Türkei hätte solche Renitenz, hätten all die Versuche, dem Herrn des Hauses und Familienoberhaupt auf der Nase herumzutanzen, längst dazu geführt, daß man euch mit Bogensehnen erdrosselt und in den Bosporus geworfen hätte. Tante Daphne, du hast schon eine Verwarnung kassiert. Noch einen Piep von dir, Tante Myrtle, und ich streiche dir das Taschengeld. Also schön«, sagte Esmond Haddock, nachdem er auf diese Weise für Ruhe gesorgt hatte, »ich sage euch jetzt, was Sache ist. Ich habe die kleine Gertrude in ihren Heiratsplänen unterstützt, weil der Mann, den sie liebt, eine gute Haut ist. Dies habe ich aus zuverlässiger Quelle, nämlich aus dem Mund seiner Schwester Corky, die in den höchsten Tönen von ihm schwärmt. Ach, und bevor ich es vergesse: Seine Schwester Corky und ich werden ebenfalls heiraten. Korrekt?«

»Bis ins kleinste Detail«, bestätigte Corky.

Sie schmachtete ihn mit leuchtenden Augen an. Es fehlten bloß ein Tisch und ein Foto darauf, und sie hätte, so mein Eindruck, das Lied »Mein Held« angestimmt.

»Na kommt«, beschwichtigte Esmond, als die Schreie der Besatzung langsam verhallten, »deswegen braucht ihr doch keine Zustände zu kriegen. Euch betrifft das ja gar nicht, meine Lieben! Ihr werdet hier leben wie bisher, falls ihr das ›Leben‹ nennen wollt. Die einzige Veränderung besteht darin, daß ihr eines Haddock verlustig gehen werdet. Ich gedenke nämlich meine Gattin nach Hollywood zu begleiten, und wenn sie ihren Vertrag dort erfüllt hat, werden wir irgendwo auf dem Lande unsere Zelte aufschlagen und Schweine und Kühe und anderes Getier züchten. Damit wären wohl alle Fragen geklärt, wie?«

Corky sagte, sie denke schon.

»Schön«, sagte Esmond. »Wie wär's dann mit einem kleinen Spaziergang im Mondschein?«

Zärtlich führte er sie durch die Verandatür und küßte sie en route, derweil ich mich unauffällig zur Tür stahl und hinauf in mein Zimmer ging. Natürlich hätte ich bei den Tanten bleiben und noch ein bißchen mit ihnen plaudern können, doch dafür war ich einfach nicht in Stimmung.

27. Kapitel

Als ich in meinem Schlafgemach ankam, setzte ich mich gleich mit Bleistift und Papier hin, um eine Bilanz aufzustellen. Diese präsentierte sich wie folgt:

ENTZWEITE HERZEN	WIEDERVEREINTE HERZEN
1. Esmond	1. Esmond
2. Corky	2. Corky
3. Gussie	3. Gussie
4. Madeline	4. Madeline
5. Wachtmeister Dobbs	5. Wachtmeister Dobbs
6. Queenie	6. Queenie
7. Catsmeat	7. Catsmeat
8. Gertrude	8. Gertrude

Die Rechnung ging ohne den kleinsten Rest auf. Mit einem nicht unmännlichen Seufzer – gerade im Frühjahr erfreut nichts das Herz eines
rechtschaffenen Mannes mehr als die Klärung von Mißverständnissen
zwischen liebenden Herzen – legte ich die Schreibwaren beiseite und
wollte schon zu Bett gehen, als Jeeves hereingeschwirrt kam.

»Sieh an, Jeeves!« begrüßte ich ihn herzlich. »Ich habe mich gefragt, ob
Sie noch auftauchen würden. Ein denkwürdiger Abend, nicht?«

»Allerdings, Sir.«

Ich zeigte ihm meine Bilanz.

»Keine Fehler zu erkennen, wie?«

»Nicht ein einziger, Sir.«

»Erfreulich, was?«

»Überaus erfreulich, Sir.«

»Und wie immer kraft Ihrer unablässigen Bemühungen.«

»Sehr freundlich von Ihnen, Sir.«

»Nicht doch, Jeeves. Wir können einen weiteren Triumph auf Ihrem
Konto verbuchen. Ich gebe zu, daß ich im Verlauf der Ereignisse einmal – als Sie nämlich Gussie das Alibi verschafften – gewisse Zweifel
daran hegte, ob Sie wirklich auf dem richtigen Dampfer seien. Ich
hatte nämlich das Gefühl, daß Sie Catsmeat damit ins Verderben stürz-
ten. Doch bei genauerer Betrachtung erkannte ich, was Sie im Schilde
führten. Sie dachten sich, daß Gertrude Winkworth, sähe sie Catsmeat
von einer exemplarischen Strafe bedroht, die Vergangenheit ad acta legen und ihm beispringen würde, da seine Drangsal ihr gütiges Herz zum
Schmelzen brächte. Na, habe ich recht?«

»Vollkommen, Sir. Der Dichter Scott …«

»Legen Sie den Dichter Scott mal kurz auf Eis, sonst verliere ich den
Faden.«

»Sehr wohl, Sir.«

»Obwohl ich genau weiß, was Sie meinen. ›Oh, Weib, wenn wir der
Muße frönen‹, wie?«

»Genau, Sir. ›… entziehst du dich, läßt dich verwöhnen. Doch …‹«

»›… furcht die Stirn uns tiefes Leid: ein Engel der Barmherzigkeit.‹ Und so weiter und so fort. Den Dichter Scott kenne ich aus dem Effeff, denn auch ihn pflegte ich in der guten alten Zeit zu rezitieren. Zuerst ›Der Angriff der leichten Brigade‹ oder ›Ben Battle‹, dann als tosend eingeforderte Zugabe den Dichter Scott. Aber um auf meine vorherigen Ausführungen zurückzukommen … Tja, Jeeves, jetzt haben wir den Salat: Ich kann mich nicht mehr an meine vorherigen Ausführungen erinnern! Ich habe Sie davor gewarnt, was passieren würde, wenn Sie das Gespräch auf den Dichter Scott lenken.«

»Ihre vorherigen Ausführungen betrafen die Versöhnung zwischen Miss Winkworth und Mr. Pirbright, Sir.«

»Aber natürlich! Ich wollte gerade ausführen, daß Sie aufgrund Ihrer individualpsychologischen Einsichten voraussahen, was geschehen würde. Ihnen war klar, daß Catsmeat nicht in echter Gefahr schwebte. Esmond Haddock würde den Bruder der Frau, die er liebte, ganz gewiß nicht ins Loch stecken.«

»Genau, Sir.«

»Man kann nicht mit der einen Hand einer jungen Frau den Verlobungsring anstecken und mit der anderen ihren Bruder für dreißig Tage einbuchten.«

»Nein, Sir.«

»Und Ihr Scharfsinn erkannte zudem, daß dies Esmond Haddock dazu bringen würde, seinen Tanten die Stirn zu bieten. Mich hat die Zielstrebigkeit, die Haddock der Furchtlose an den Tag gelegt hat, mächtig beeindruckt. Sie nicht auch?«

»Ohne jede Frage, Sir.«

»Es ist eine schöne Vorstellung, daß er und Corky nun schnurstracks auf den Altar zusteuern.« Ich hielt inne und warf ihm einen stechenden Blick zu. »Sie haben geseufzt, Jeeves.«

»Ja, Sir.«

»Warum haben Sie geseufzt?«

»Ich habe an Master Thomas denken müssen, Sir. Die Nachricht von Miss Pirbrights Verlöbnis hat ihn schwer getroffen.«

Von solchen Nebenaspekten wollte ich mir meine gute Laune nun wirklich nicht verderben lassen.

»Sparen Sie sich Ihr Mitleid mit Klein Thos, Jeeves. Er ist von Natur aus unverwüstlich, und der Schmerz wird irgendwann abklingen. Auch wenn er Corky verloren hat, gibt es immer noch Betty Grable, Dorothy Lamour und Jennifer Jones.«

»Meines Wissens sind die genannten Damen allesamt schon unter der Haube, Sir.«

»Das beeindruckt Thos kein bißchen – er wird ihre Autogramme gleichwohl anfordern. Ich glaube, er hat eine helle Zukunft vor sich. Oder wenigstens eine halbwegs helle«, korrigierte ich mich. »Zuerst muß er die Unterredung mit seiner Mutter hinter sich bringen.«

»Die hat bereits stattgefunden, Sir.«

Ich glotzte den Mann an.

»Wie darf ich das verstehen?«

»Zu so später Stunde habe ich Sie aufgesucht, Sir, weil ich Sie darüber in Kenntnis setzen wollte, daß ihre Ladyschaft unten ist.«

Ich erbebte vom pomadisierten Scheitel bis zur Sohle.

»Tante Agatha!«

»Jawohl, Sir.«

»Unten?«

»Jawohl, Sir. Im Salon. Ihre Ladyschaft ist vor wenigen Minuten eingetroffen. Offenbar wollte Master Thomas ihr keinen Kummer bereiten, weshalb er sie brieflich darüber informierte, wohlauf zu sein. Unglücklicherweise führte das auf die Briefmarke gestempelte ›King's Deverill‹ jedoch dazu …«

»Du meine Güte! Sie raste mit Karacho hierher?«

»Jawohl, Sir.«

»Und …«

»Es kam zu einer recht unschönen Szene zwischen Mutter und Sohn, in deren Verlauf Klein Thos …«

»… mich erwähnte?«

»Jawohl, Sir.«

»Er hat mich verpfiffen?«

»Jawohl, Sir. Und ich habe mich gerade gefragt, ob Sie es angesichts der Umstände nicht ratsam fänden, die Regenrinne hinunterzusteigen und umgehend abzureisen. Wie ich höre, soll es um zwei Uhr vierundfünfzig einen ausgezeichneten Milchzug geben. Ihre Ladyschaft hat bereits ihrem Wunsch Ausdruck gegeben, Sie zu sehen, Sir.«

Ich würde den Leser hinters Licht führen, wollte ich behaupten, ich hätte nicht für einen Moment den Mut sinken lassen: Dieser sackte förmlich in den Keller. Dann aber erfüllte mich plötzlich eine große Kraft.

»Jeeves«, sagte ich, »dies sind wahrlich schlimme Nachrichten, doch sie treffen mich in einem Moment, da ich bestens gegen sie gewappnet bin. Ich war soeben Zeuge, wie Esmond Haddock nicht weniger als fünf Tanten zur Minna gemacht hat, und nach einem solchen Schauspiel würde es einem Wooster schlecht anstehen, vor einer einzigen Tante zu Kreuze zu kriechen. Ich fühle mich stark und resolut, Jeeves, und werde mich nun nach unten begeben, um Tante Agatha zu zeigen, wo Esmond den Most holt. Und sollte sich das Ganze doch in eine unerfreuliche Richtung entwickeln, kann ich mir immer noch Ihren Totschläger borgen, nicht wahr?«

Ich straffte die Schultern und schritt zur Tür – wie Herr Roland, der sich anschickte, gegen die Heiden ins Feld zu ziehen.